ଅନୁପମା ପ୍ରିୟତମା

ଅନୁପମା ପ୍ରିୟତମା

ରମେଶ ପଟ୍ଟନାୟକ

ବ୍ଲାକ୍ ଇଗଲ୍ ବୁକ୍ସ
ଭୁବନେଶ୍ୱର, ଓଡ଼ିଶା

BLACK EAGLE BOOKS
Dublin, USA

BLACK EAGLE BOOKS

USA address:
7464 Wisdom Lane
Dublin, OH 43016

India address:
E/312, Trident Galaxy, Kalinga Nagar,
Bhubaneswar-751003, Odisha, India

E-mail: info@blackeaglebooks.org
Website: www.blackeaglebooks.org

First International Edition Published by
BLACK EAGLE BOOKS, 2025

ANUPAMA PRIYATAMA
by **Ramesh Patnaik**

Copyright © **Ramesh Patnaik**

Cover & Interior Design: Ezy's Publication

ISBN- 978-1-64560-739-7 (Paperback)

Printed in the United States of America

ଉତ୍ସର୍ଗ

ସାହିତ୍ୟରେ ପ୍ରଚୁର ଆସକ୍ତି ରଖିଥିବା
ଓ ମହାର୍ଘ ଓଡ଼ିଆ କୃତିମାନଙ୍କୁ ନିଜସ୍ୱ କରିଥିବା
ମୋର କାହାଣୀର ପ୍ରଥମ ପାଠିକା
ଏବେ ଡିମେନ୍ସିଆ ଆକ୍ରାନ୍ତ ଜୀବନରେ
ଏକେଲା ସହଯାତ୍ରୀ ସ୍ୱର୍ଣ୍ଣପ୍ରଭାଙ୍କୁ...

– ଲେଖକ

୧

ଘରଦ୍ୱାର, ଗାଆଁ ଓ ପରିବାର ପଛରେ ଛାଡ଼ି ଆସିଥିଲା ଗୌରାଙ୍ଗ ନାୟକ। ବୟସ ପଚିଶ। ବିଏ ପାଶ୍ କରି ମାତିଥିଲା ଭଜନମଣ୍ଡଳୀରେ। ଗିନି, ମୃଦଙ୍ଗ ଓ ଘଣ୍ଟ ଧରି କୀର୍ତ୍ତନିଆଙ୍କ ଦଳରେ ସାମିଲ ହୋଇ ଜିଲ୍ଲାର ସବୁ ଅଞ୍ଚଳ ପରିକ୍ରମା କରି ଦେଇଥିଲା।

କ'ଣ କରୁଛୁ? କଲେଜ ପଢ଼ା ସାରି ଏବେ କ'ଣ କରୁଛୁ ତୁ? ପଚାରିଲେ ସ୍କୁଲର ହେଡ୍ ସାର୍।

ଗିନି। ଗିନି ବଜାଉଛି। ଗିନି, କହିଥିଲା ଗୌରାଙ୍ଗ।

ସାର୍ ଗୌରାଙ୍ଗର ମୁଣ୍ଡରୁ ତଳିପା ଯାଏଁ ପହଁରାଇ ଆଣିଲେ ଦୃଷ୍ଟି। ଏକ ଅକଥ୍ୟ କ୍ରୋଧ କିମ୍ବା ଅଭିମାନ ଥିଲା ସେ ଚାହାଣିରେ। ତାଙ୍କ ପ୍ରାକ୍ତନ ଛାତ୍ର ତାଙ୍କୁ ଏମିତି ଅବଜ୍ଞାରେ ଉତ୍ତର ଦେବ, ଏହା ତାଙ୍କ ଧାରଣା ନଥିଲା।

କିରେ? ବିଏ ପାଶ୍ କରି ଗିନି ବଜାଉଛୁ?

ହଁ ସାର୍। ଓଡ଼ିଶାରେ ଚାକିରି କେଉଁଠି ଅଛି? ଭାଗଚାଷରେ ଲାଗିଛି ପୈତୃକ ଜମି। ତେଣୁ ବଜାଉଛି ଗିନି, ସେ ଦୋହରାଇ ଥିଲା।

ହେଡ୍ ସାର୍ ଆଗକୁ ବଢ଼ି ନଥିଲେ। ଏହା ବୋଧହୁଏ ଆଜିକାଲି ଛାତ୍ରଙ୍କ ସାଧାରଣ ଶିଷ୍ଟାଚାର ଏମିତି ହୋଇଥିବ ବା ପାରିବାରିକ ସଂସ୍କାରର ପ୍ରଭାବ। ସାର୍ ଆଶା କରୁଥିଲେ ଗୌରାଙ୍ଗ ସିଭିଲ୍ ସାର୍ଭିସ ପାଇଁ କୌଣସି କୋଚିଂ ସେଣ୍ଟରରେ ଭର୍ତ୍ତି ହୋଇଥିବ। କିମ୍ବା କେଉଁ ବିଶ୍ୱବିଦ୍ୟାଳୟର ସ୍ନାତକୋତ୍ତର ଶ୍ରେଣୀରେ ଦାଖଲ ହୋଇଥିବ। ପିଲାଦିନେ ଏତେ ଉଦ୍ଧତ ନଥିଲା ଏଇ ପିଲା।

ଭଜନ କୀର୍ତ୍ତନରେ ମାତିଗଲେ ଘର ଆଦୌ ମନେ ପଡ଼େନାହିଁ ଗୌରାଙ୍ଗର। କିନ୍ତୁ ତାକୁ ଭୋକ ହୁଏ। ଭୋକ ହେଲେ ସେ ନିଶ୍ଚୟ ଘରକୁ ସୁମରଣା କରେ, ଯେହେତୁ ବାହାରେ ସେ କେଉଁଠି ଖାଏ ନାହିଁ। ବୋଉ ହାତରନ୍ଧା ସନ୍ତୁଳା କିମ୍ବା ଶାଗଭଜା ଓ ପଖାଳ ତାକୁ ଘର ସହ ବାନ୍ଧି ରଖିଥାଏ।

କେବେ କେମିତି ଯଜ୍ଞ, ସଂକୀର୍ତ୍ତନ ଓ ଯାତ୍ରା ପାଇଁ ସେ ଗାଆଁ ବାହାରକୁ ଯାଇଛି ଓ ଦିନେ ଦୁଇଦିନ ରହିଛି ଅନ୍ୟତ୍ର। ସେସବୁ ଦିନର ବ୍ୟତିକ୍ରମ ଛାଡ଼ିଦେଲେ ସେ ବୋଉ ହାତରନ୍ଧା କେଉଁଦିନ ହାତଛଡ଼ା କରିନି।

ଅନ୍ଧଶ୍ରଦ୍ଧାରେ ଗୌରାଙ୍ଗ ଅନେକ ସମୟ ବ୍ୟୟିତ କରିଛି ଶ୍ରୀମହର୍ଷିଙ୍କ ସାନ୍ନିଧ୍ୟ ପାଇବା ପାଇଁ। ଭାବିଥିଲା, ଆଶ୍ରମରେ ପହଞ୍ଚି ଏକ ଯୋଗୀ ଜୀବନ ଆରମ୍ଭ କରିଦେବ। କିନ୍ତୁ ଯୋଗୀ ହେବା କ'ଣ ସହଜ ହୋଇଛି ? ଆଶ୍ରମରେ ପ୍ରବେଶ କରିବା ପାଇଁ ମଧ୍ୟ ଏକ ସର୍ବନିମ୍ନ ଯୋଗ୍ୟତା ରହିଛି। ତା' ହାସଲ କରିବାରେ ପ୍ରଥମେ ଧ୍ୟାନ ଦେଇଛି ଗୌରାଙ୍ଗ। ଆଧ୍ୟାତ୍ମିକ ପଥରେ ସଦ୍‌ଗୁଣ ଆହରଣର ଅନ୍ତ ନାହିଁ। ଯାହା ଅନନ୍ତ ତାହା ହିଁ ଦୃଶ୍ୟମାନ ପୃଥିବୀର ଶେଷତମ ପରିଣାମ।

ରାତିଦିନ ଖୁସି ଓ ଆନନ୍ଦରେ ରହିବୁ ବୋଲି ସମସ୍ତେ କାମନା କରନ୍ତି। ଇଚ୍ଛା ହୁଏ ଭସା ବାଦଲ ଭିତରେ ପକ୍ଷୀଟିଏ ପରି ପହଁରି ଆସନ୍ତା। ଉତ୍ତାଳ ଆନନ୍ଦର କୁହୁଡ଼ିରେ ନହେଲେ ହାଲୁକା ହୋଇ ବିଚରଣ କରି ପାରନ୍ତା ସ୍ୱପ୍ନ ସାଗରରେ। ତୁ ଭାବିଥିବୁ କଳ୍ପନା କରିଦେଲେ ଯାହା ଚାହିଁବୁ, ତାହା ପାଇଯିବୁ ? ସେମିତି କୋଉଦିନ ହୁଏନା। କେବେ ନୁହେଁ।

ବିନା କାରଣରେ ଆଶ୍ରମରେ କେହି ତୋତେ ଖାଇବାକୁ ଦେବେ ? କାମ ନକଲେ ଭାଇ ଭାଉଜ ବି ଖାଇବାକୁ ଦେବେ ନାହିଁ, କହିଥିଲେ ବାପା।

କେବେ ତୋ ମନକଥା ରହିଯାଉଛି ମନରେ ? ତା' କାରଣ ତୋ ପାଖରେ ଇଚ୍ଛାଶକ୍ତିର ଅଭାବ। ବୁଝୁଛୁ ? ପଚାରିଲେ ମହର୍ଷି।

ବୁଝି ପାରିଲିନି। ଦେହ ଓ ମନରେ ଅଛି ପାର୍ଥିବ କାମନା। ମନ ସ୍ଥିର ହୁଏନାହିଁ ଇଚ୍ଛା ତୁଷ୍ଟି ନହେଲେ, ମୁଁ ଜାଣେ ଏତିକି, କହିଲା ଗୌରାଙ୍ଗ।

ବାସ୍, ତମେ ଗେଟ୍ ପାଖରେ ଚୌକିଦାର ହୋଇ ରହିପାରିବ କିଛିଦିନ ? ତୁମ ପାଇଁ ଏହା ପରଖ ଓ ପରୀକ୍ଷାର ସମୟ। ଅହଂକାର ବା ଆତ୍ମାଭିମାନକୁ ନିୟନ୍ତ୍ରଣରେ ରଖେ ସେବାଭାବ। କୌଣସି କାମ ଛୋଟ ନୁହେଁ। ଫାଟକ ପାଖରେ ଜଗି ରହିଲେ ଜାଣିପାରିବ କିଏ ପ୍ରବେଶ କରୁଛି ! କିଏ ବାହାରକୁ ଯାଉଛି। କେତେ ଆତ୍ମା ଆସୁଛନ୍ତି ଖାଲି ହାତରେ ଅଥଚ ଗଲାବେଳେ ଯାଉଛନ୍ତି ବ୍ୟାଗ ଭର୍ତ୍ତି କରି। ନେଉଛନ୍ତି କ'ଣ, ପଚାରିଲେ ଗୁରୁଦେବ।

ବ୍ୟାଗ କଥା ବୁଝି ପାରିଲିନି। କିଏ କ'ଣ ନେଇ ଯାଉଛନ୍ତି ? ମୁଁ କାହାକୁ ଏଠୁ ବ୍ୟାଗ ନେବା ଦେଖିନାହିଁ ?

ଅନେକ ବୁଦ୍ଧିମାନ ବ୍ୟକ୍ତି ଏଠିକି ଆସୁଛନ୍ତି। ଭଗବାନଙ୍କ ସ୍ଥିତି ଉପରେ ସଂଶୟ

ପ୍ରକାଶ କରି ଯୁକ୍ତିତର୍କ କରୁଛନ୍ତି। ଏଠୁ ଜ୍ଞାନ ପ୍ରାପ୍ତ ହେଲେ ସେମାନଙ୍କ ଯୁକ୍ତି ବନ୍ଦ ହୋଇଯାଉଛି। ମନବୁଦ୍ଧିର ବ୍ୟାଗରେ ଜ୍ଞାନ, ଶାନ୍ତି ଓ ବିନମ୍ରତା ଏଠୁ ଜଣେ ବୋହି ନେଇଯାଇ ପାରିବ। ଆତ୍ମା ସଂପର୍କିତ ଜ୍ଞାନରେ ଭରି ରହିଛି ଶକ୍ତି, ଯାହା ଇଚ୍ଛାଶକ୍ତିଠାରୁ ବଳବତ୍ତର। ବୁଦ୍ଧିମତ୍ତା ହିଁ ଇଚ୍ଛାର ଶକ୍ତି ନିୟନ୍ତ୍ରଣ କରେ। ସତ୍ୟର ଅନୁସନ୍ଧାନ କରିବା ହିଁ ବୁଦ୍ଧିମତ୍ତା ଆଉ ବୁଦ୍ଧିମତ୍ତା ହିଁ ଶକ୍ତି ଉତ୍ପନ୍ନ କରେ।

ଆତ୍ମାର ଜ୍ଞାନ କ'ଣ ? ଗୌରାଙ୍ଗ ମୁହଁରେ ଦିଶିଲା ପ୍ରଶ୍ନବାଚୀ।

ଦର୍ଶନରେ ବିଏ ପାଶ୍ କରିଥିବା ଛାତ୍ରଙ୍କୁ ମୁଁ କ'ଣ ଆତ୍ମାର ଜ୍ଞାନ ଦେଇ ପାରିବି ? ଗୁରୁଦେବ ପ୍ରଶ୍ନ କଲେ।

ଗୁରୁଦେବ, ମୋତେ ପରିହାସ କରୁଛନ୍ତି ତ ?

ନା ନା ଗୌରାଙ୍ଗ। ମୋତେ ଭୁଲ୍ ବୁଝନାହିଁ। କଲେଜରେ ପଢ଼ିଥିବା ଦର୍ଶନ ଯୁକ୍ତିତର୍କ ଉପରେ ଆଧାରିତ। ପ୍ରକୃତ ଦର୍ଶନ ହେଲା ଆତ୍ମାର ଅନୁଭବର କଥା।

ଦର୍ଶନ ମାନେ ମୁଁ ବୁଝିଛି ମନ୍ଦିରରେ ଠାକୁର ଦର୍ଶନ, କହିଲା ଗୌରାଙ୍ଗ।

ହଉ, ତୁମ କଥା ଆଲୋଚନା କରିବା। ତୁମେ ମନ୍ଦିରରେ ଠିଆ ହୁଅ ପଥର ପ୍ରତିମା ସାମ୍ନାରେ। ପ୍ରତିମା ଜଡ଼ ପଦାର୍ଥ ବୋଲି ତମେ ଜାଣ କାରଣ ତମେ ନିଜେ ଏକ ଚେତନ ଆତ୍ମା। ନିଜ ଦୁଃଖ ଜଣାଉଛ ପଥର ପ୍ରତିମାକୁ। ସେ ତୁମ କଥାର ଉତ୍ତର ଦିଏନାହିଁ, କହିଲେ ଗୁରୁଦେବ।

ପରିବାର, ସମାଜ, ମନ୍ଦିର ଓ ମୂର୍ତ୍ତିପୂଜାରେ ବିଶ୍ୱାସ ହରାଇଥିଲା ଗୌରାଙ୍ଗ। ମନ୍ଦିରର ପ୍ରତିମା ଆଗରେ ତା' ଆଖି ସ୍ୱତଃ ମୁଦି ହୋଇ ଆସେ। ସେ କଥା କହୁଥାଏ ପଥର ଆଗରେ, ଅଥଚ ସେପଟୁ କୌଣସି ପ୍ରତ୍ୟୁତ୍ତର ଆସୁ ନଥାଏ। ସେ ପ୍ରକୃତରେ ଦର୍ଶନ କଲା ତ ? ଆଖି ଖୋଲିଲେ ମନ୍ଦିରର ଭକ୍ତମାନଙ୍କ ଚଳପ୍ରଚଳ, ଧାଁଦୌଡ଼, ପୂଜକମାନଙ୍କ ଆଳତୀ ଓ ତାଳି ଦିଶୁଥାଏ। ଦର୍ଶନ ସରିଗଲା ? ଚାଲ ବାହାରକୁ, କହି କିଏ ଜଣେ ତାକୁ ଧକ୍କା ଦିଏ। ସେଇଠି ତା' ଦର୍ଶନ ଶେଷ ହୁଏ।

ମୁଁ କେବେ ଭଲ ଭାବେ ଦର୍ଶନ କରିପାରେନା...

କାହିଁକି ? ତମେ ହେଲ ଚୈତନ୍ୟ ପୁରୁଷ। ପଥର ପ୍ରତିମା ସହ ଗପସପ କରୁଛ। ସେ ତୁମ କଥା କିଛି ଶୁଣିପାରୁନି ତମେ ଜାଣ। ତେଣୁ ଦୁଃଖ କରିବ କାହିଁକି ? ଯଜୁର୍ବେଦରେ ଅଛି, ନ ତସ୍ୟ ପ୍ରତିମା ଅସ୍ତି ଯସ୍ୟ ନାମ ମହତଯଶା। ଅର୍ଥାତ୍ ସର୍ବୋଚ୍ଚ ଗୁଣ ସଂପନ୍ନ ଓ ଯଶବାନ ଭଗବାନଙ୍କର କୌଣସି ପ୍ରତିମା ବା ମୂର୍ତ୍ତି ନଥାଏ, ସଂଯୋଗ କଲେ ଗୁରୁଦେବ।

୨

"ଜୀବନର ସବୁ ଖେଳ ମୁଁ ବହିର ପୃଷ୍ଠାରେ, କାହାଣୀର ଘଟଣା ଓ ଚରିତ୍ର ଭିତରେ ଦେଖିପାରେ। ତେଣୁ ଖେଳର ମଜା ପାଇଁ ମୁଁ କାହିଁକି ପଡ଼ିଆରେ ପଶି ଖଣ୍ଡିଆ ଖାବରା, ରକ୍ତାକ୍ତ ହେବି ? ରଣାଙ୍ଗନାକୁ ଓହ୍ଲାଇବା ଆଗରୁ ନଷ୍ଟମୋହା ହୋଇଛନ୍ତି ଅନେକ ଅର୍ଜୁନ," ଭାବି ଗୌରାଙ୍ଗ ଶେଷରେ ପହଞ୍ଚିଲା ଶ୍ରୀମହର୍ଷିଙ୍କ ଆଶ୍ରମରେ।

କଂକ୍ରିଟ ଜୀବନରେ ଅତିଷ୍ଠ ହୋଇ କାହାକୁ ନକହି ଗୌରାଙ୍ଗ ଘରୁ ଚାଲି ଆସିଥିଲା ମହର୍ଷି ଆଶ୍ରମକୁ। ଚୁପଚାପ୍। ସେ ଜୀବନରେ ସବୁଠି ରୁଟିନ୍ ଚରିତ୍ର, ଧରାବନ୍ଧା ଘଟଣା ଓ ଲାଭକ୍ଷତିର ପୁନରାବୃତ୍ତି ଦେଖି ବିରକ୍ତ ହୋଇଥିଲା।

କହିପାରିବ ଗୌରାଙ୍ଗ, ଭଗବାନ କେଉଁଠି ଅଛନ୍ତି ? ସ୍ୱାମୀଜୀ ପଚାରିଲେ। ସେ ଚମକି ପଡ଼ିଲା।

ଭଗବାନ ମନ୍ଦିର ଓ ମଠରେ ନାହାନ୍ତି, ମୁଁ ଜାଣେ। କାଠ ଓ ଶାଳଗ୍ରାମରେ ଭଗବାନ ଥିଲେ ସେ ପଣ୍ଡା-ପୂଜାରୀଙ୍କ ସଂପତ୍ତି ହୋଇଯାଆନ୍ତେ। ପର୍ବତ କି ନିରୋଳା ସ୍ଥାନରେ ସେ ଲଭ୍ୟ ହେଉଥିଲେ ପୃଥିବୀର ଅଶାନ୍ତ ଓ ଦୁଃଖୀ ଆତ୍ମାମାନେ ସେଠି ଏକତ୍ରିତ ହୋଇ ଯାଆନ୍ତେ। ଜନଗହଳି, ଯାତ୍ରା ଓ ହୋହାଲ୍ଲା ହୋଇଯାଆନ୍ତା ସେ ସ୍ଥାନର ଚିତ୍ର। ସେୟା ହିଁ ହେଉଛି ଏବେ ମନ୍ଦିରମାନଙ୍କରେ।

ଧରିନିଅ ଜୀବନ ଏକ କ୍ରିକେଟ ମ୍ୟାଚ୍। ଷ୍ଟାଡିୟମର ଦର୍ଶକ ଗ୍ୟାଲେରୀରେ ତମେ ବସିଛ। କିଛି ସମୟ ପରେ ଲାଗିବ, ତମେ ନିଜେ ଖେଳୁଛ। ଖେଳର ମଜା ନେଉଛ। କାରଣ ଖେଳର ଆନନ୍ଦ ଓ ଅନୁଭବ ତୁମ ମନ ଓ ବୁଦ୍ଧିରେ ଅଛି। ଖେଳାଳୀର ଗୋଡ଼ ଖସିଗଲେ ରକ୍ତାକ୍ତ ହେଉଛ ତମେ। ରକ୍ତଚାପ ବଢ଼ିଯାଉଛି ତୁମର। ଯଦି

ଖେଳାଳୀ ହାରିଗଲା, ତମେ କାନ୍ଦି ପକାଉଛ ଯେମିତିକି ସେ ପରାଜୟ ତୁମ ବ୍ୟକ୍ତିଗତ। ଏହା ତୁମ ମୋହ ବା ଆସକ୍ତି।

ଭଗବାନ ଯଦି ସବୁଠି ଅଛନ୍ତି, ଏଠି ବ୍ୟଭିଚାର, ଦୁର୍ନୀତି ହେଉଛି କେମିତି ? ସେ ବ୍ରହ୍ମଲୋକ ବା ପରମଧାମ କାହିଁକି ରଚନା କରନ୍ତେ ? ସେ ନିରାକାର ତମେ ଜାଣ। ତଥାପି ତାଙ୍କର ପ୍ରତିମାକୁ ମନ୍ଦିରରେ ଥୋଇ ମୁଣ୍ଡିଆ ମାରୁଛ। ତାଙ୍କୁ ସର୍ବବ୍ୟାପୀ କହୁଛ, ଆଉ ଖୋଜୁଛ କାହିଁକି ? ମନ୍ଦିର, ମସଜିଦ ଓ ଚର୍ଚ୍ଚର ଗହଳିରେ ଠେଲାପେଲା ହେଉଛ ! ଧନ୍ୟରେ ମଣିଷ।

ଦେଖ ଗୌରାଙ୍ଗ, ତମେ ପରିବାର ଛାଡ଼ି ଆସିଛ, କିନ୍ତୁ ସନ୍ନ୍ୟାସ ନେଇନାହଁ। ଏଇ ଆଶ୍ରମରେ ଯେତେ ସାଧୁସନ୍ଥ ଅଛନ୍ତି ସେ ସମସ୍ତେ ଯୋଗୀ ନୁହନ୍ତି। ତୁମ ପରି ସେମାନେ ବି ନିଜକୁ ଭଲ ଭାବେ ଜାଣିନାହାନ୍ତି। ନିଜକୁ ପ୍ରଥମେ ଜାଣିଲେ ତମେ ପରମାତ୍ମାଙ୍କୁ ଜାଣିପାରିବ। ସେଥିପାଇଁ ଆଶ୍ରମର ଶୃଙ୍ଖଳା ଓ ନିୟମ ଅନୁସାରେ ତୁମକୁ ଅହଂହୀନ ମଣିଷ ପରି ଚଳିବାକୁ ହେବ... ଦିନକୁ ବାରଘଣ୍ଟା ମୌନ ରହିପାରିବ ?

କାହିଁକି ପାରିବିନି ଗୁରୁଦେବ ? ମୁଁ ଘରେ ସର୍ବଦା ମୌନତା ଅବଲମ୍ବନ କରିଥାଏ।

ମୁଁ ମୁହଁର ମୌନକଥା କହୁନାହିଁ। ମନକୁ ବାହାର ଦୁନିଆର ଚିନ୍ତାରୁ ମୁକ୍ତ ରଖିବାକୁ ହେବ। କିଛିଦିନ ଚେଷ୍ଟା କର। ତମେ ଯୋଗ୍ୟ ବିବେଚିତ ହେଲେ ଆଶ୍ରମ ଭିତରେ ସ୍ଥାନ ପାଇବ। ଆମ ଶିଷ୍ୟ ସୋମନାଥ ତୁମ ରହିବା ଓ ସ୍ନାନଶୌଚାଦି ସ୍ଥଳ ଦେଖାଇ ଦେବ... ତମେ କ'ଣ ପଢ଼ାପଢ଼ି କରିଛ, କହିଲ ନାହିଁ ଯେ ! ଏଠି ତମେ କି ସେବା କରିପାରିବ ?

ମୁଁ ଦର୍ଶନ ଶାସ୍ତ୍ର, ସେକ୍ରେଟାରୀଏଲ୍ ପ୍ରାକ୍ଟିସ ଓ ଓଡ଼ିଶୀ ସଂଗୀତରେ ବିଏ ପାଶ୍ କରିଛି। ଗାଆଁରେ ସମସ୍ତେ ମୋତେ ଅପଦାର୍ଥ ବୋଲି କହୁଥିଲେ। ମୁଁ ପିଅନ ଚାକିରି କରିବା ପାଇଁ ବି ଅଯୋଗ୍ୟ ବୋଲି ବାପା କହୁଥିଲେ।

ଶିକ୍ଷକମାନେ କ'ଣ କହୁଥିଲେ ?

ପିଲାଦିନେ ମୋତେ ବେଶି ବେତମାଡ଼ ଦେଇଥିବା ଶଶୀ ସାର୍ କହୁଥିଲେ ଯେ ମୁଁ ମାଇନର ସ୍କୁଲର ମାଷ୍ଟର ହେବା ପାଇଁ ମଧ୍ୟ ଅଯୋଗ୍ୟ।

ସେକଥା ଭୁଲିଯାଅ। ଅତୀତ ମନେ ପଡ଼ିଲେ ସେଠି ପୂର୍ଣ୍ଣଚ୍ଛେଦ ଦେଇଦେବ। ପୁରୁଣା କଥା ମଣିଷକୁ ଦୁଃଖ ଦିଏ। ଏଣିକି ଗୌରାଙ୍ଗ ବଦଳରେ ତୁମେ ଏଠି ସଦାନନ୍ଦ ରୂପରେ ପରିଚିତ ହେବ।

ତା'ହେଲେ ଏହି ଗୌରାଙ୍ଗ କୁଆଡ଼େ ଯିବ ଗୁରୁଦେବ ?

ଏ ଆଶ୍ରମ ବାହାରେ ଗୌରାଙ୍ଗ ମରିଯାଇଛି, ହେଲା ? ଆଗରେ ଯେଉଁ ଫାଟକ ଦେଖୁଛ, ସେଠି ରାତି ଜଗୁଆଳୀ ପିଲାଟିଏ ଥିଲା। ଗାଆଁକୁ ଚାଲି ଯାଇଛି। ସେଇ କାମ ତୁମେ କିଛିଦିନ କରିପାରିବ ? ଘର, ବାପାମାଆ ଓ ଗାଆଁ ମନେପଡ଼ିଲେ ତମେ ଅବଶ୍ୟ ଯାଇ ପାରିବ, କିନ୍ତୁ ଆଶ୍ରମକୁ ଆଉ ଫେରିବ ନାହିଁ। ତମେ ଏଠି ରହିଲେ କ୍ରମଶଃ ସୁଖ, ଶାନ୍ତି ଓ ଜୀବନରେ ପୂର୍ଣ୍ଣତା ଅନୁଭବ କରିପାରିବ।

ଗୌରାଙ୍ଗ ସମ୍ମତିରେ ମୁଣ୍ଡ ହଲେଇଲା। ପରିବାର ଓ ଗାଆଁର ହୋହାଲ୍ଲାରୁ ମୁକୁଳିବା ପାଇଁ ସେ ସନ୍ନ୍ୟାସ ଜୀବନ ଚାହିଁଥିଲା। ଆଶ୍ରମବାସୀ ତାକୁ ସ୍ୱାଗତ କରିଥିଲେ। ସେବା, ଧ୍ୟାନ ଓ ତପସ୍ୟାର ସହଜ ଉପାୟମାନ ଶିଖାଇ ଦେଉଥିଲେ। ମନରେ କୌଣସି ଆଶା ବା ଇଚ୍ଛା ରଖିବନି। ସଂସାର ପାଇଁ ତମେ ମରିଯାଇଛ ବୋଲି ଭାବିଲେ ମନ ରହିବ ନିରବ, ସେମାନେ କହିଥିଲେ। ଯୋଗୀଙ୍କ ଗହଣରେ ଏକ ନୂଆ ପରିବାର ପାଇଥିଲା ସଦାନନ୍ଦ। ସେ ଫେରି ଚାହିଁ ନଥିଲା ପଛକୁ।

ଆଶ୍ରମ ଭିତରେ ସଦାନନ୍ଦ ଜାଣିଲା, ସତ୍ୟ, ସୁଖ, ଶାନ୍ତି, ଆନନ୍ଦ ଓ ଜ୍ଞାନ ସମସ୍ତଙ୍କ ଆତ୍ମା ଭିତରେ ଅଛି। ଧନ ସମ୍ପଦ, ସ୍ତ୍ରୀ ଓ ପରିବାର ଆମ ବାହାରେ ଅଛି। ସେ ସବୁର ମୋହ ଛାଡ଼ିଲେ ହିଁ ସେ ସନ୍ନ୍ୟାସ ଗ୍ରହଣ କରିପାରିବ। ଆଶ୍ରମର ଯୋଗୀମାନେ ଅଲୌକିକ ପ୍ରତିଭାସଂପନ୍ନ ବୋଲି ଶୁଣିଥିଲା, କିନ୍ତୁ ସେମାନେ ସଦାନନ୍ଦକୁ ସଂସାର-ବିମୁଖ ହେବାର ଉପାୟମାନ ଶିଖାଇଲେଣି। ସେମାନଙ୍କ ପ୍ରଥମ ସର୍ତ୍ତ ହେଲା ତମେ ଯାହାକୁ ବେଶି ଭଲ ପାଅ, ତାହାକୁ ଆଗ ଛାଡ଼ିଦିଅ।

ନିଃସଙ୍କୋଚରେ ସମ୍ମତି ଦେଇଥିଲା ଗୌରାଙ୍ଗ ଓରଫ୍ ସଦାନନ୍ଦ।

ଆଠଦିନ ଧରି ଫାଟକ ପାଖରେ ବସି ତନ୍ମୟ ହୋଇ ସେବା କରିଛି ସଦାନନ୍ଦ। କିନ୍ତୁ ସେ ନିଜକୁ ଆତ୍ମା ବୋଲି ଭାବି ପାରୁନାହିଁ। 'ତୁମ ଦେହର ନାମ ସଦାନନ୍ଦ। ସମସ୍ତଙ୍କ ପରି ତୁମ ଅନ୍ତର ଭିତରେ ଶାନ୍ତି, ଆନନ୍ଦ ଓ ଜ୍ଞାନ ଭରିରହିଛି, କିନ୍ତୁ ତମ ଜୀବନରେ ଯେଉଁ ଐଶ୍ୱର୍ଯ୍ୟ ଅଛି ତାହାକୁ ତମେ ବାହାରେ ଖୋଜୁଛ। ଆତ୍ମା ଭିତରକୁ ଗଲେ ସେସବୁ ପାଇପାରିବ' କହିଥିଲେ ଗୁରୁଦେବ।

ପରମାତ୍ମାଙ୍କ ବ୍ୟତୀତ ଜଗତରେ କିଛି ଅଲୌକିକ ବସ୍ତୁ ଅଛି ? ଅତିନ୍ଦ୍ରିୟ ଜ୍ଞାନ ଅଛି ? ଶକ୍ତିମୟ ଆଲୋକ ଅଛି ? ମନେ ହେଉଛି, ସବୁରି ଭିତରେ ଅଛି ଅଖଣ୍ଡ ଶୂନ୍ୟତା।

ଗୁରୁଦେବ, ମୁଁ ଦର୍ଶନରେ ପଢ଼ିଛି, ଆତ୍ମା ବ୍ରହ୍ମରେ ଲୀନ ହୁଏ। ଏହାପରେ ଆତ୍ମା ପୁଣିଥରେ ମଣିଷ ହୋଇ ଜନ୍ମନିଏ କାହିଁକି ?

ପ୍ରଥମତଃ, ଆତ୍ମା ହେଲା ଏକ ଶକ୍ତିର ଉତ୍ସ। ତାହାର ମୃତ୍ୟୁ ନାହିଁ। ସେ

ଅଗ୍ନିରେ ଦହନୀୟ ନୁହେଁ, ଜଳରେ ନିମଗ୍ନ ହୁଏନାହିଁ। ଶସ୍ତ୍ରଦ୍ୱାରା ଖଣ୍ଡିତ ହୁଏନା। ତେଣୁ ଶକ୍ତିରୂପକ ଆତ୍ମା ଅନ୍ୟ କୌଣସି ତତ୍ତ୍ୱରେ ବା ବ୍ରହ୍ମରେ ଲୀନହେବା ଅସଂଭବ, କହିଲେ ଗୁରୁଦେବ।

ଅହଂ ବ୍ରହ୍ମୋସ୍ମି ବୋଲି ପଢ଼ିଥିଲି...

ଦେଖ ସଦାନନ୍ଦ! ପାଞ୍ଚୋଟି ତତ୍ତ୍ୱ ହେଲା: ମାଟି, ଆକାଶ, ଅଗ୍ନି, ବାୟୁ ଓ ଜଳ। ତା' ଉପରେ ଅଛି ଷଷ୍ଠ ମହାତତ୍ତ୍ୱ: ବ୍ରହ୍ମଲୋକ। ଏହା ଆତ୍ମା ଓ ପରମାତ୍ମାଙ୍କ ଘର ବା ବାସସ୍ଥାନ। କୌଣସି ଦେହଧାରୀ ଏଠାରେ ରହି ପାରିବେନି। ଏହାକୁ ପରମଧାମ, ଶାନ୍ତିଧାମ ବା ନିର୍ବାଣ ଲୋକ କହିପାର। ତେଣୁ ସ୍ୱୟଂ ଆତ୍ମା ତା'ର ଘର ସହିତ ଲୀନ ହେବ କେମିତି ? ମୁଁ ବ୍ରହ୍ମରେ ରହେ, ମୁଁ ବ୍ରହ୍ମ ନୁହେଁ। ବୁଝିଲ ତ ?

ମୁଁ ବୁଝୁଛି, ଏ ରାସ୍ତା ସହଜ ନୁହେଁ। ଏ ଜୀବନର ଆହ୍ୱାନକୁ ମୁଁ ସ୍ୱୀକାର କରୁଛି। ମୁଁ ଆଉ ପଛକୁ ଫେରିପାରିବି ନାହିଁ... ଘର, ପରିବାର ଓ ସାଙ୍ଗସାଥିଙ୍କୁ ବି ଛାଡ଼ିଦେଇଛି ସବୁଦିନ ପାଇଁ। ଏଇଠୁ ଫେରିଗଲେ ସେମାନେ କ'ଣ ମୋତେ ପୁଣି ଗ୍ରହଣ କରିବେ ? ଏମିତି ଭାବୁ ଭାବୁ ସଦାନନ୍ଦର ଆଖି ଲାଗି ଯାଇଛି କେତେବେଳେ। ରାତି ଜଗୁଆଳୀ କାମରେ ଅଭ୍ୟସ୍ତ ହୋଇ ଆସିଥିଲା ସଦାନନ୍ଦ। ନିଶାଚର, କ୍ରୁର ପଶୁ, ଓ ଅଶରୀରିମାନଙ୍କ କବଳରୁ ଆଶ୍ରମର ଅନ୍ତେବାସୀଙ୍କୁ ସୁରକ୍ଷା ଦେବା ହିଁ ତା'ର କର୍ତ୍ତବ୍ୟ, ସେ ଧରିନେଲା।

ପରମାତ୍ମାଙ୍କ ଧ୍ୟାନରେ ରହି ସହନଶୀଳତା, ବିନମ୍ରତା, ପ୍ରେମ ଓ ସଂଯମ ଅଭ୍ୟାସ କରିବା ଭିତରେ ପଶୁପକ୍ଷୀ ଓ ବୃକ୍ଷଲତାଙ୍କ ସହ ସାଧକ ଅନୁବନ୍ଧିତ ହୋଇପାରିବ, ସେ ଭାବିଲା।

ମୁଁ ଏକ ସର୍ବ ଶକ୍ତିମାନ ଆତ୍ମା। ପରମାତ୍ମାଙ୍କ ପ୍ରିୟତମ ସନ୍ତାନ ବୋଲି ସେ ମୋତେ ଏହି ଗୁରୁଦାୟିତ୍ୱ ଦେଇଛନ୍ତି। ମୋ ଭିତରେ ସେ ପ୍ରଚଣ୍ଡ ଶକ୍ତି ଭରି ଦେଇଛନ୍ତି। ଫାଟକ ଭିତରକୁ ମୁଁ କାହାକୁ ଆସିବାକୁ ଦେବିନାହିଁ, ଓମ୍ ଶାନ୍ତି, ସେ ସ୍ୱଗତୋକ୍ତି କଲା।

୩

ଗୌରାଙ୍ଗ ଓରଫ୍ ସଦାନନ୍ଦ ମହର୍ଷି ଆଶ୍ରମର ଫାଟକ ପାଖରେ ପହରାଦାର ନିଯୁକ୍ତ ହେଲା । ପରୀକ୍ଷାମୂଳକ ଭାବେ ଶିକ୍ଷାନବୀଶ ଯୋଗୀଙ୍କୁ ଫାଟକ ପାଖରେ ରାତି ଜଗୁଆଳୀ କାମ କରିବାକୁ ହୁଏ । ସେଥିରେ ସେମାନଙ୍କ ନିଷ୍ଠା, ସହନଶୀଳତା ଓ ନିଦ୍ରାଳୁତାର ଆକଳନ ହୁଏ । ଏହା ଯୋଗୀ ଜୀବନର ପ୍ରାଥମିକ ପରୀକ୍ଷା ।

ରାତି କେତେ ହେବ ଜାଣିପାରିନି ଗୌରାଂଗ । ଫାଟକ ଆରପଟେ ରାସ୍ତା ପାରି ହେଲେ ସଂରକ୍ଷିତ ଜଂଗଲ । ନିରବତା ଭିତରେ ଗଛରୁ ପତ୍ର ପଡ଼ିବାର ଶବ୍ଦ ଶୁଭୁଚି । ଆଉ ମଧ୍ୟ ଶୁଭୁଚି ରହିରହି ଦୂର କେଉଁ ମାଆ ଛେଉଣ୍ଡ ପକ୍ଷୀର କୂଜନ ।

ହଠାତ୍ ପାଚେରୀ ଆରପଟେ ଏକାଥରକେ ଅନେକ ପାଦଶବ୍ଦ ଶୁଣିପାରିଲା ସଦାନନ୍ଦ । ଫାଟକ ପାଖରୁ ଶହେ ମିଟର ଦୂରରେ ଥିବା ଏକ ଦୁର୍ବଳ ଟିଣ ଦୁଆର ଆରପଟୁ କିଏ ଚାପ ପ୍ରୟୋଗ କରୁଛି । ରହି ରହି । ସେପଟେ କିଏ ଜଣେ ଲାତ ଗୋଇଠା ମାରୁନାହିଁ ତ ?

ସଦାନନ୍ଦ ସତର୍କ ହୋଇଗଲା । ଫାଟକର ଭିତର ପାଖରେ ଅଛି ସଂଗ୍ରହାଳୟ । ବହୁମୂଲ୍ୟ ରତ୍ନଖଚିତ ପ୍ରାଚୀନ ରୌପ୍ୟ ଓ ତାମ୍ର ଶିଳ୍ପରେ ଭରିଛି ମ୍ୟୁଜିଅମ୍ । ସଂଗ୍ରହାଳୟର ପ୍ରବେଶ ପଥରେ ଅଛି ଟଙ୍କା, ସୁନା ଓ ଭକ୍ତମାନଙ୍କ ପ୍ରଦତ୍ତ ଦାନରେ ଭରା ଆଶ୍ରମର ହୁଣ୍ଡି । ଏମାନେ ନିଶ୍ଚୟ ହଳଦି ପଡ଼ିଆର ଡକାୟତ ।

ସେକ୍ୟୁରିଟି କୋଠରୀରୁ ପୁରୁଣା କାରବାଇନ ବନ୍ଧୁକ ଟାଣି ଆଣିଲା ସଦାନନ୍ଦ । ଟିଣ କବାଟର ଏପଟେ ଚୁପ୍ କରି ଠିଆହୋଇ ରହିଲା ସେ । କବାଟ ଭାଙ୍ଗି ପ୍ରଥମ ସିନ୍ଧିଚୋର ଯେମିତି ଭିତରେ ପଶିଲା, ବନ୍ଧୁକର ବନେଟ ଦ୍ୱାରା ତା' ମୁଣ୍ଡରେ ପାହାରେ ବସେଇ ଦେଲା ସେ, ଯେମିତି ମୌକା ଦେଖି ଛକ୍କା ମାରିଥାଏ କ୍ରିକେଟ ଖେଳାଳୀ । ତା' ପଛକୁ ଦ୍ୱିତୀୟ ସିନ୍ଧିଚୋର ପଶିବା ମାତ୍ରେ ତା' ମୁଣ୍ଡରେ ମଧ୍ୟ ପାହାରେ

ବସେଇଦେଲା ସେ। ଦୁଇଜଣ ଅଙ୍ଗରକ୍ଷକ ତଳେ କଚାଡ଼ି ପଡ଼ିଯିବା ଦେଖି ପଛରେ ଆସୁଥିବା ସିନ୍ଧିସର୍ଦ୍ଦାର ହାତ ବୋମାଟିଏ ଫିଙ୍ଗି ଦୌଡ଼ି ଯାଇଥିଲା।

ପାଟିତୁଣ୍ଡରେ ଆଶ୍ରମବାସୀ ସଦାନନ୍ଦ ପାଖରେ ପହଞ୍ଚିଗଲେ। ସେମାନଙ୍କ ସହାୟତାରେ ସାହସର ସହ କାରବାଇନ ଗୁଳି ବ୍ୟବହାର ନକରି ଦୁଇଜଣ ମୂର୍ଚ୍ଛିତ ଚୋରଙ୍କୁ ବାନ୍ଧି ପକାଇଲା ସଦାନନ୍ଦ। ଧସ୍ତାଧସ୍ତିରେ ଅବଶ୍ୟ ସଦାନନ୍ଦ ସ୍ୱଳ୍ପ ଆଘାତ ପାଇଥିଲା, ସେ ଘଟଣା ତାହାର ଆତ୍ମ ବିଶ୍ୱାସକୁ ବହୁଗୁଣିତ କରିଦେଲା। ସେ ପୁଣିଥରେ ସ୍ୱମାନ ଉଚ୍ଚାରଣ କଲା: ମୁଁ ଏକ ସର୍ବ ଶକ୍ତିମାନ ଆତ୍ମା। ସଫଳତା ମୋର ଜନ୍ମସିଦ୍ଧ ଅଧିକାର।

ଧନ୍ୟବାଦ ସଦାନନ୍ଦ।

ପରିଚିତ କଣ୍ଠସ୍ୱର ଶୁଣି ଫେରିଚାହିଁଲା ସଦାନନ୍ଦ। ପ୍ରତ୍ୟୁଷରେ ସ୍ୱୟଂ ଗୁରୁଦେବ ଫାଟକ ପାଖରେ ପହଞ୍ଚି ସାରିଥିଲେ। ସଦାନନ୍ଦ ଗୁରୁଙ୍କୁ ପ୍ରଣିପାତ କରନ୍ତେ ଗୁରୁ ପ୍ରତ୍ୟୁତ୍ତରରେ କହିଲେ: ପରୀକ୍ଷାରେ ତମେ ଉତ୍ତୀର୍ଣ୍ଣ ହୋଇଛ ବତ୍ସ। ତୁମ ପ୍ରତୀକ୍ଷାର ଅନ୍ତ ହୋଇଛି ସଦାନନ୍ଦ।

ଅର୍ଥାତ୍? ବୁଝିପାରିଲିନି ଗୁରୁଦେବ!

ତୁମର ସାହସିକତା ଓ ଉତ୍ତମ ଆଚରଣ ପାଇଁ ଆଶ୍ରମ ସଂପ୍ରଦାୟ ତୁମକୁ ଯୋଗୀ ଭାବରେ ଗ୍ରହଣ କରୁଛି... କିଏ କହିଲା ତମେ ଅପଦାର୍ଥ? ଅଯୋଗ୍ୟ? ତାଙ୍କରି ସୃଷ୍ଟିରେ କୌଣସି ମଣିଷ ଅଯୋଗ୍ୟ ନୁହେଁ। ସମସ୍ତଙ୍କ ଭିତରେ ଅଛି କିଛି ନା କିଛି ବିଶେଷତ୍ୱ। ସାହସିକତା ଓ କଳା କୌଶଳ ମଣିଷ ସମାଜ ପାଇଁ ଅଭିପ୍ରେତ, ତାହା ତୁମ ପାଖରେ ଅଛି।

ଗୌରାଙ୍ଗ ଟିକିଏ ପଛକୁ ଫେରିଗଲା।

ଗାଆଁରେ କାହାକୁ କିଛି ନ କହି ହଠାତ ଚାଲି ଆସିଥିଲା ସେ। ତାକୁ ଖୋଜା ପଡ଼ିଲାବେଳକୁ ସେ ଗୌହାଟୀ ସୁପର୍ ଫାଷ୍ଟ ଟ୍ରେନ ଚଢ଼ି ସାରିଥିଲା। ସ୍ୱଭାବତଃ ସେ କେଉଁଠିକି ଗଲେକି ଆସିଲେ କାହାକୁ ଜଣାଏ ନାହିଁ। କିନ୍ତୁ ଗାଁରୁ ତା'ର ନିଖୋଜ ହେବା ଖବର ଗୁଜବରେ ପରିଣତ ହେବା ପୂର୍ବରୁ ରହସ୍ୟ ଉନ୍ମୋଚିତ ହୋଇଗଲା।

ସେହିଦିନ ଦୈବଯୋଗକୁ ସାମଲ ମଉସା ବି ସେହି ସୁପର ଫାଷ୍ଟ ଟ୍ରେନରେ ଫେରିଥିଲେ ବୋଲି ଗୌରାଙ୍ଗକୁ ପ୍ଲାଟଫର୍ମରେ ଦେଖି ପାରିଲେ ଓ ତା' ଯାତ୍ରା ରହସ୍ୟ ପ୍ରଘଟ ହୋଇଗଲା।

ଆଗରୁ କାହାକୁ କିଛି ନକହି ଗୌରାଙ୍ଗ ଦୁଇଥର ଆସାମ ଚାଲି ଯାଇଥିଲା, ସଂସାର ପ୍ରତି ତା'ର ଅହେତୁକ ବିତୃଷ୍ଣା କିମ୍ବା ଭୟ କାରଣରୁ!

ସେ ପ୍ରତ୍ୟେକ ଥର ମାସେ-ଦି'ମାସ ବାହାରେ ରହି ସଗର୍ବେ ଘରକୁ ଫେରି ଆସୁଥିଲା ତା'ର ଅଯତ୍ନବର୍ଦ୍ଧିତ ନିଶ ଦାଢ଼ି ସହିତ। ଶେଷଥର ପାଇଁ ତା'ର ଉତ୍ସୁକ ପରିବାରର ସମସ୍ତଙ୍କୁ ଚକିତ କରି ଘୋଷଣା କରିଥିଲା ଯେ ସେ ସନ୍ନ୍ୟାସ ଜୀବନ ବରିନେଇଛି। ହାତରେ କେନ୍ଦେରା ଓ ଓଠରେ ଯୋଗୀର ଉଦାସ ଗୀତ ସହିତ ସେ ଯଦିଓ ଫେରି ଆସିଥିଲା ସବୁଥର ପରି, ଏଥରକ ସେ ଥିଲା ନିଶ୍ଚଳଚିତ୍ତ।

ସନ୍ନ୍ୟାସ ଗ୍ରହଣ କରି ଯୋଗ ତପସ୍ୟାରେ ରହିଥିଲେ ମହାତ୍ମା କି ମୁନିଶ୍ରେଷ୍ଠ ହୋଇସାରନ୍ତୁଣି। ଘରକୁ ଫେରୁଥିଲୁ କାହିଁକି ? ଏକଥା ବାପା ତାହାକୁ କହି ଦେବାରୁ ଘରସାରା ସମସ୍ତଙ୍କର ଘୋର ପ୍ରତିରୋଧର ସମ୍ମୁଖୀନ ହୋଇଥିଲେ ସେ।

ଟ୍ରେନରେ ଯିବା ପାଇଁ ତାଙ୍କ ପାଖରେ ଟିକେଟ୍ କାଟିବାକୁ ପଇସା ଥିବ କି ନା କିଏ ଜାଣେ ! ବାରନ୍ଦା କୋଣ ପୁରୁଣା ବେଞ୍ଚ ଉପରେ ସେ ବସିଥିଲେ ମୁହଁ ତଳକୁ କରି, କହିଲେ ଅରୁଣା ଭାଉଜ। ତାଙ୍କ ଜୀବନରେ କ'ଣ ଗୋଟାଏ ସିରିଅସ୍ ସମସ୍ୟା ଥିବା ପରି ଲାଗୁଥିଲା, ସଂଯୋଗ କଲେ ସେ।

ସେ କିଛି ନୁହଁ, ଗୁମ୍ ମାରି ତଳମୁହାଁ ହୋଇ ବସିବା ତା'ର ନିତିଦିନିଆ ଅଭ୍ୟାସ। ଅବଶ୍ୟ ଏବେ ତାହା ତା'ର ପାଗଳାମୀରେ ପରିଣତ ହୋଇଛି। ପଢ଼ା, ଚାକିରି କି କୌଣସି କାମଧନ୍ଦାରେ ଲାଗି ପାରିଲାନି। ତେଣୁ ଉଦାସପଣ ମାଡ଼ି ବସିଛି, ବୋଉ ସଫେଇ ଦେଲା।

ଧର୍ମ ନାମରେ ଭଜନ, କୀର୍ତ୍ତନରେ ମାତିଲେ କିଏ ଦି'ଓଳି ତାକୁ ଖାଇବାକୁ ଦେବ ? ଆମେ ମଲାଯାଏଁ ହୁଏତ ଆମ ହାଣ୍ଡିରୁ ଦି' ବକ୍ତ ତା'ପାଇଁ ବାଢ଼ି ଦେଉଥିବୁ। ଆମେ ଚାଲିଗଲା ପରେ କିଏ ତାକୁ ପଚାରିବ ନା ଘରେ ବସେଇ ଖୁଆଇବ ? କୋଉ ଭାଇ-ଭାଉଜ ପିଠିରେ ପଡ଼ିବେନି, କହିଥିଲେ ବାପା। ଏକଥା ସବୁଦିନେ ତାକୁ ମନେପକେଇ ଦେଇଛନ୍ତି ବାପା, କୌଣସି ନା କୌଣସି ଆଳରେ କି ଅସମୟରେ।

କାହିଁକି ସେ ନିଆଁଲଗା କଥା କହୁଛ ? ମୋ ପିଲାଟା ଦିନସାରା କିଛି ଖାଇନଥିଲା। ଏବେ ସେ ପରା ଖାଇ ବସିଛି। ମୁଁ ମଶାଣିକି ଗଲା ପରେ ସେକଥା କହିବ, ବୋଉର କ୍ଷୀଣ ପ୍ରତିବାଦ ପରିସ୍ଥିତିକୁ ସାମାନ୍ୟ ହାଲୁକା କରି ଦେଇଥିଲା।

ଗୌରାଙ୍ଗ ଟିକିଏ ଆଶ୍ୱସ୍ତ ହୋଇଥିଲା। ଖାଇସାରି ଅଗଣାରେ ଥିବା କଲମୀ ଆମ୍ବଗଛର ପିଣ୍ଡି ଉପରେ ବସିଲା ସେ। ହେ ଭଗବାନ, ସ୍ୱତଃ ତା' ପାଟିରୁ ବାହାରି ଆସିଥିଲା ସେତିକିବେଳେ।

୪

ଗୌରାଙ୍ଗ ଏତେ ସମୟ କାହା ଘରେ ମୂଲ ଲାଗିବାକୁ ଯାଇଥିଲା କି ? ପଚାରିଦେଲେ ବାପା ।

ବିଏ ପାଶ୍ କରିଛି ମୋ ପୁଅ । ସେ କେଣେ କାହାଘରେ ମୂଲ ଖଟିବ ?

ଟଙ୍କା ପାଇଁ କାହା ବିଲରେ କାମ କରିଦେଲେ ଛୋଟଲୋକ ହୋଇଯିବ ? ବିଏ ପାଶ୍ କରିଛି ବୋଲି ପୁଅକୁ ତହସିଲଦାର୍ ସିଟରେ ବସେଇ ଦେବେକି ? ସେ ସୁଦ୍ଧୁ ପିଅନ ଚାକିରି କରିବାକୁ ବି ଅଯୋଗ୍ୟ, ଛିଗୁଲେଇ କହିଦେଲେ ବାପା ।

ଜୀବନ କୌଣସି ଭଜନ ବା ନାଟକ ନୁହେଁ, ଏହା ଏକ ସମର ସ୍ଥଳ, ଯେଉଁଠି ସଦାକାଳର ଭୟ ଓ କାମନା ଭିତରେ ଚିତ୍ତ ଅଥୟ । ଅନ୍ୟ ସହ ନିଜକୁ ତୁଳନା କଲେ ଓ ଅଯଥା ଭବିଷ୍ୟତ ପାଇଁ ଚିନ୍ତିତ ରହିଲେ ଭୟ ଗ୍ରାସ କରେ । ନା, ମୋତେ କିଛି ନା କିଛି ଅଚାନକ ଓ ଚମକପ୍ରଦ କରିବାକୁ ହେବ, ଆଜି ନିଶ୍ଚୟ । ଡେରି ନ କରି ଆଜି ହିଁ ବାହାରିଯିବି । ଏମାନଙ୍କ ଉପରେ ମୁଁ ଆଉ ବୋଝ ହୋଇ ରହି ପାରିବିନି, ଗୁଣୁଗୁଣୁ ହୋଇ ଗୌରାଙ୍ଗ ବସି ଯାଇଥିଲା ଅଗଣା କୋଣ ବେଞ୍ଚ ଉପରେ, ଯେଉଁଠି ବସିଲେ ତା'ର ଚେତନା ପ୍ରବାହ ସ୍ଥିର ହୋଇଯାଏ । ତା' ଢିମା-ଢିମା ଆଖିର ପଲକ ହଲଚଲ ହୁଏନାହିଁ । ଅଚଞ୍ଚଳ, ସ୍ଥିର ହୋଇ ସେ କେଉଁ ଆଡ଼କୁ ଦୃଷ୍ଟି ନିବଦ୍ଧ କରିଛି ଠଉରାଇ ହୁଏନି ।

ଯାଆ, ଗାଁର ଚାରିଜଣ ଅଶିକ୍ଷିତ ପିଲାଙ୍କୁ ପାଠ ପଢ଼େଇବୁ । କାହାକୁ ଘଣ୍ଟାଏ ଟ୍ୟୁସନ ପଢ଼େଇଦେଲେ ତୋର ପେଟ ଅପୋଷା ରହିଯିବନି, କହିଥିଲେ ଶଶି ସାର୍ । ପିଲାଦିନେ ତାଙ୍କ ବେତମାଡ଼ ତାକୁ ଲହୁଲୁହାଣ କରି ଦେଇଥିଲା । ସାର୍ଙ୍କ କଥା ମନେପଡ଼ିଲେ ତା'ର କଅଁଳ ହାତ ପାପୁଲି ଶିର୍‌ଶିରେଇ ଯାଏ । ହୃଦୟ ଭିତରେ କୋଉଠି ଚାଏଁଚାଏଁ କରେ । ସ୍କୁଲରେ ସେ ବହୁ କଷ୍ଟରେ ଆୟତ୍ତ କରିଥିବା ତ୍ରିକୋଣମିତି

ଓ ଆଲଜେବ୍ରା (ବୀଜଗଣିତ) ତା'ର କୋଉ କାମରେ ବା ଆସିଲା ଏ ଜୀବନରେ! ସବୁ ଅଯଥା ଓ ବ୍ୟର୍ଥ। ଅଥଚ ସମସ୍ତେ ତାକୁ ଓଲଟି କହିଲେ, ତୁ ଅମୁକ ଅପଦାର୍ଥଟାଏ। ଘରର କୋଉ କାମରେ ତୁ ଲାଗିପାରିଲୁ? ଗୁଡ଼ାଏ ଅନ୍ନଧ୍ୱଂସ କରିବା ବ୍ୟତୀତ... କ'ଣ କରିଛୁ ତୁ ଜୀବନରେ? ଘୋଡ଼ାଡିମ୍ବ!

କଲେଜରେ ତୋର ପଢ଼ା ବିଷୟ କ'ଣ ଥିଲା, କହିବୁଟି, ଶଶି ସାର୍ ପଚାରିଦେଲେ। ସେତିକିରେ ଥତମତ ହୋଇଯାଇଥିଲା ଗୌରାଙ୍ଗ। ସାର୍ ତା' ବିଷୟରେ ପଦୁଟିଏ କହିଦେଲେ ବଡ଼-ବଡ଼ ପୋଷ୍ଟରେ ଥିବା ତାଙ୍କ ପ୍ରାକ୍ତନ ଛାତ୍ରୀଛାତ୍ର ତାହାର ଥଇଥାନ କରିଦେଇ ପାରିବେ, କହିଥିଲେ ବାପା।

ବିଏରେ ତୋର ସବ୍‌ଜେକ୍ଟ କ'ଣ ଥିଲାକିରେ? ଦୋହରାଇ ଦେଲେ ଶଶି ସାର୍।

ଫିଲୋସଫି... ସେକ୍ରେଟାରିଆଲ ପ୍ରାକ୍ଟିସ୍ ଓ ଓଡ଼ିଶୀ ସଙ୍ଗୀତ।

ଆରେ ମୂର୍ଖ, ତୋର ଗାର୍ଡିଆନ୍ କି ଅଭିଭାବକ କେହି ଥିଲେ ନା ନାହିଁ? ଏ ଯେଉଁ ପଢ଼ା ବିଷୟସବୁ ତୁ ବାଛିଛୁ, ତାହା ଜୀବନରେ କି କାମରେ ଲାଗିବ ଶୁଣେ? ଶଶି ସାର୍ କହିଦେଲେ ପାଞ୍ଚ ମିନିଟ ଠୋଠୋ ହସିଲା ପରେ।

ତୁଟା ମାଇନର ସ୍କୁଲରେ ମାଷ୍ଟରଟିଏ ହେବାକୁ ବି ଯୋଗ୍ୟ ନୋହୁଁ, ସେ ସଂଯୋଗ କଲେ।

ମୁଁ ଆପଣଙ୍କ ଛାତ୍ର, ଆପଣ ହିଁ କହିଥିଲେ ନିଜ ରୁଚି ଅନୁଯାୟୀ କଲେଜରେ ବିଷୟ ନିର୍ବାଚନ କରିବ। ବାପାମାଆଙ୍କ ଚାପରେ ପଡ଼ି ମେଡିକାଲ, ଇଂଜିନିଅରିଂ ପାଠରେ ପଶି ଯିବନି...।

ସିଏ କୋଉ ଦଶ ବର୍ଷ ତଳର କଥା କହୁଛୁ। ଯାରି ଭିତରେ ଦେଶ କେତେ ବଦଳି ଗଲାଣି। ସମାଜର ଚାହିଦାକୁ ଦେଖି ପାଠ ଶାଠନା? ଏବେ ବୈଷୟିକ ଜ୍ଞାନରେ ଦେଶ ଯେଉଁ ପ୍ରଗତି କରିଛି, ଦଶବର୍ଷ ପୂର୍ବରୁ ସେତିକି ନଥିଲା। ସେ ଅନୁସାରେ ତୁ ବିଷୟ ନିର୍ବାଚନ କରିବା ଉଚିତ୍ ଥିଲା।

ମୁଁ ଏବେ କରିବି କ'ଣ?

ତୋ ଭାଇମାନେ ତ ବାହାରେ ରହି ଚାକିରି ବାକିରି କରୁଛନ୍ତି। ତୁଟା କେମିତି ଅକର୍ମା ହୋଇଗଲୁରେ? ଅପେରା, ଡ୍ରାମାରେ ମାତିଗଲୁ? ଘରେ ରହି ବିଲବାଡ଼ି ଦେଖାରେଖା କରିଥିଲେ ତୋର ଅସୁବିଧା କ'ଣ ଥିଲା?

ମାଟିରେ ଘାଣ୍ଟିହୋଇ ବର୍ଷସାରା ଚାଷ କରିଥାନ୍ତି ମୁଁ ଜଣେ। ଆଉ ଫସଲ ବେଳକୁ ବିରି ମୁଗ ଭାଗ ନେବାକୁ ଆସିବେ ଭାଇ ତିନିଜଣ? ଏ କି ନ୍ୟାୟ? ସେଥିପାଇଁ ସବୁ ଜମି ଭାଗ ଚାଷରେ ଲଗେଇ ଦେଲୁ।

ତାଙ୍କର କ'ଣ ଅଭାବ ଅଛି, ସେମାନେ ତୋର ଉପାର୍ଜନ କାହିଁକି ନେବେ? ତୁ କେବେ ଚାଷରେ ହାତ ଦେଇଛୁ? ନାହିଁ। ଆଉ ତେବେ? ତୋ ଫିଲୋସଫି ତୋତେ ରକ୍ଷା କରୁ। ଶଶିସାର୍ ଗୌରାଙ୍ଗ ଜୀବନର ପ୍ରତିକୂଳ ପରିବେଶ ପ୍ରତି ବୀତସ୍ପୃହ ହୋଇ ପଡ଼ିଲେ।

ସକାରାତ୍ମକ ଦୃଷ୍ଟିରେ ଦେଖିଲେ ପୃଥିବୀର ଯେ କୌଣସି ବାଧାବିଘ୍ନକୁ ଅତିକ୍ରମ କରିପାରିବ ମଣିଷ। ଗୌରାଙ୍ଗ କ'ଣ ଏ ପୃଥିବୀର ଏକ ବ୍ୟତିକ୍ରମ?

ସେ ତଳକୁ ମୁହଁ ପୋତି ବସିଥିଲା ଅନେକ ସମୟ। ସାହି ପିଲାଏ କହିଲେ, ଅରୁଣା ଭାଉଜ ଯେଉଁ ଅଟୋରିକ୍ସା ଚଢ଼ି ଘରକୁ ଫେରିଥିଲେ ସେହି ରିକ୍ସା ଚଢ଼ି ଯାଇଥିଲେ ଗୌରାଙ୍ଗ ଭାଇ। ସାଥିରେ ନଥିଲା ମୋବାଇଲ୍ ଫୋନ। ନେଇନଥିଲା ଶୀତ ଦାଉରୁ ରକ୍ଷା ପାଇବା ପାଇଁ କମ୍ବଳ, ତକିଆ। ନେଇନଥିଲା ଜାମାପଟା। ପିନ୍ଧା ଚପଲ ଘୋଷାଡ଼ି ହୋଇ ଚଢ଼ି ଯାଇଥିଲା ଅଟୋ, ଫେରି ଚାହିଁ ନଥିଲା କଲମି ଆମ୍ବଗଛ ମୂଳକୁ, ଯେଉଁଠି ବସି ପରିବାରର ସମସ୍ତଙ୍କ ଗାଳି ମନ୍ଦ ନିର୍ବିବାଦରେ ସିଏ ଆପଣେଇ ଥାଏ। ନଚେତ୍ ଦିନସାରା ଗାଁଲୋକଙ୍କ ଯାନି-ଯାତ୍ରା ଯଜ୍ଞ, ହୋମରେ ମାତିଥାଏ ସେ।

ଏତେବଡ଼ ଜଂଜାଳିଆ ସଂସାରରେ କେମିତି ଚଳିବ ସେ ଅବୁଝା ପିଲାଟି? କ'ଣ କରିବ, କୁଆଡ଼େ ଗଲା, କୋଉଠି ରହିବ, କ'ଣ ଖାଇବ। ଭୋକହେଲେ ଆଦୌ ସଂଭାଳି ପାରେନାହିଁ ପିଲାଟା, ବ୍ୟସ୍ତ ହୋଇପଡ଼ିଲେ ବୋଉ।

ପୂର୍ବରୁ ଗୌହାଟି ନିକଟସ୍ଥ ଶ୍ରୀମହର୍ଷିଙ୍କ ଆଶ୍ରମ ଯାଇଥିଲା ଗୌରାଙ୍ଗ। ଅଥଚ ଗୁରୁଙ୍କ ଜୀବନ ଦର୍ଶନ ତାକୁ ସନ୍ତୁଷ୍ଟ କରିପାରିଲାନି। ଜଣେ ଜଣେ ମଣିଷ ବିନା କାରଣରେ ଅନେକ କଷ୍ଟ ଭୋଗିଥାନ୍ତି, ଅଥଚ କେହି କେହି ଭ୍ରଷ୍ଟାଚାରି ଅୟସ ଓ ମହା ଆରାମରେ ଦିନ କାଟି ଦେଇଥାନ୍ତି। କାହିଁକି? ଏମିତି ହୁଏ କାହିଁକି? ସେ ପଚାରିଥିଲା।

ନିଜ-ନିଜ କର୍ମଫଳ ଅନୁସାରେ ଆମ ସମସ୍ତଙ୍କୁ କଷ୍ଟ ସୁଖ ଭୋଗିବାକୁ ହୁଏ। ସେଥିପାଇଁ କେବେ ଆମେ କାହା ସହ ନିଜକୁ ତୁଳନା କରିବା ଅନୁଚିତ। ଏମିତିକି ନିଜ ଅତୀତର ଭାଗ୍ୟ ମନେ ପକାଇଲେ ବି ତାହା ଆତ୍ମାକୁ କଷ୍ଟ ଦେଇଥାଏ। ତେଣୁ କାହାକୁ କଷ୍ଟ ଦେବନାହିଁ, ଅନ୍ୟଠୁ ବି କଷ୍ଟ ନେବନାହିଁ।

ମୋର ଅନେକ ସହପାଠୀ ଉଚ୍ଚ ପାହ୍ୟାରେ ଅଛନ୍ତି, କିନ୍ତୁ ମୁଁ ଏକ ସାଦା ତୁଚ୍ଛ ଜୀବନ ବିତାଉଛି। ମୋ ଅପାରଗତାକୁ ଆକ୍ଷେପ କରାଯାଉଛି। ମୁଁ କାହାର କିଛି କ୍ଷତି କରିନି କିନ୍ତୁ ମୋତେ ସାଧାରଣ ମଣିଷର ସମ୍ମାନ ବି ମିଳୁନାହିଁ। ମୋର ଦୋଷ କ'ଣ?

ମୁଁ କି ପ୍ରାୟଶ୍ଚିତ୍ତ କରିବି ? ଶ୍ରୀମହର୍ଷିଙ୍କୁ ଏକଥା ପଚାରିଥିଲା ଗୌରାଙ୍ଗ । ଉତ୍ତର ପାଇନଥିଲା ।

ତୁମେ ଘରକୁ ଦଶ ଦିନ ପାଇଁ ଯାଅ । ଫେରି ଆସିଲେ ସଠିକ୍ ଉତ୍ତର ପାଇଯିବ, କହିଥିଲେ ମହର୍ଷି ।

ସନ୍ଧ୍ୟାରେ ସାମଲ ମଉସା ଆସିଥିଲେ । କହିଲେ, କେହି ଗୌରାଙ୍ଗ ପାଇଁ ବ୍ୟସ୍ତ ହେବେନାହିଁ । ସେ ଯେଉଁଠି ଅଛି ଭଲରେ ଅଛି । ସେ ତ୍ୟାଗ ଓ ତପସ୍ୟାର ବାଟ ବାଛି ନେଇଛି ।

ମୋତେ ତା' ପାଖକୁ ଟିକିଏ ନେଇ ଯାଅ, ଭାଇ । ମୋର ଯୋଗୀ ପୁଅ, ଯୋଗ୍ୟ ପୁଅ ସେ । ସଂସାରରେ ଯିଏ ତାକୁ ଯାହା କହୁ ପଛକେ, ମୋ ପାଇଁ ସେ ନଷ୍ଟମୋହା ପୁଅ । ଅର୍ଜୁନ ।

ପୁଅ ନଷ୍ଟମୋହା ଜାଣି କାହିଁକି ତାହାକୁ ମାୟା ଭିତରକୁ ଟାଣୁଛ ଅପା ? ସେ ଯାଉ, ତୁମର ଆହୁରି ତିନି ପୁଅ ଅଛନ୍ତି । ଧରିନିଅ ଜଣେ ଯୁଦ୍ଧକୁ ଯାଇଛି; ସଂସାରର ମାୟା, ମୋହ ଓ କାମନା ସହ ଲଢ଼ିବାକୁ । ସେ ବିଜୟୀ ହୋଇ ଫେରୁ ।

ସେ ଫେରିଲେ ଆଉ କ'ଣ ମୋ ପୁଅ ହୋଇ ରହିବ ? ସେ ତ ସାରା ସଂସାରର ହୋଇଯିବ ! ମୁଁ ପୁତ୍ରହରା ହୋଇଯିବି, କହି ବାହୁନି ଉଠିଲା ବୋଉ ।

ମୋ ପୁଅ କ'ଣ ଫେରିବନି ଆଉ ? ଧନକୁ ମୋର ଫେରାଇ ଦିଅ କହି ଅଗଣାରେ ଲୋଟି ପଡ଼ିଥିଲା ବୋଉ । ରାତିସାରା ।

ସକାଳ ପାହିଲା ବେଳକୁ ମହର୍ଷିଙ୍କ ପଦସ୍ପର୍ଶ କଲା ଗୌରାଙ୍ଗ ।

ବସ । ଦଶଦିନ ଘରେ ରହି ପାଇଲ କ'ଣ ? ପଚାରିଲେ ଗୁରୁଦେବ ।

ସେଠି ଅଯାଚିତ ସ୍ନେହ ଦେଲେ ସମସ୍ତେ । କିନ୍ତୁ ସେମାନେ ବି ପଚାରିଲେ ମୁଁ ଆଜିକାଲି କ'ଣ କରୁଛି ? ଆମଦାନୀ କେତେ କରୁଛି ? କେମିତି ଚଳୁଛି ?

ବାସ୍ । ଠିକ୍ କଥା । ମଣିଷର ଦେହ ହେଲା ଅନ୍ନମୟ ପିଣ୍ଡ । ସଂସାର ତ୍ୟାଗ କରି କେହି ସଂପୂର୍ଣ୍ଣ ଯୋଗୀ ହୋଇନାହିଁ । ସଂସାରର ଦାନ ଓ ଦକ୍ଷିଣାରେ ଅରଣ୍ୟରେ ସାଧୁସନ୍ଥମାନଙ୍କ ଆଶ୍ରମ ଓ ଯଜ୍ଞ କାର୍ଯ୍ୟ ଚାଲେ... !

୪

ଚାକିରି କୋଉଠି ଅଛି ସାର୍ ?

ଚାକିରି ପାଇଁ ତୁ କେବେ ଆନ୍ତରିକତାର ସହ ଚେଷ୍ଟା କରିଛୁ? ଆଉ ତୋ ଭାଇମାନେ କ'ଣ ଚାକିରି-ବାକିରି କରି ନାହାନ୍ତି ? ତାଙ୍କୁ କିଏ ଦେଲା ଚାକିରି ? ତୋ ବେଳକୁ କ'ଣ ଚାକିରି କାରଖାନା ସବୁ ବନ୍ଦ ହୋଇଗଲା ? ଚାକିରି ନହେଲେ ଚାଷବାସ କଲୁନାହିଁ ? ସେ ଗାଲୁକଥା ସବୁ କହିବୁନି। ଶଶି ସାର୍ ମାନି ନଥିଲେ।

ତାଙ୍କ ସହ ଯୁକ୍ତି କରିବା ବୃଥା, ଦୃଢ଼ ନିଷ୍ଚିତ ହୋଇଗଲା ଗୌରାଙ୍ଗ।

ତୁ ଯେତେଦିନ ଭଜନ କୀର୍ତ୍ତନରେ ମାତିଲୁଣି ସେତିକି ସମୟ ଭିତରେ ଚେଷ୍ଟା କରିଥିଲେ ତୋତେ କୋଉଦିନୁ ଚାକିରି ମିଳି ସାରନ୍ତାଣି।

ମୁଁ କହିଲି ପରା ସନ୍ନ୍ୟାସୀ ହୋଇଯିବି ପଛେ ଚାକିରିର ଗୋଲାମୀ କରି ପାରିବିନି, ପରିବାରରେ ଘୋଷଣା କରି ଦେଇଥିଲା ଗୌରାଙ୍ଗ।

ବୋଉ ଓ ବାପା ଦିଶିଲେ କ୍ଷୁବ୍ଧ। କହିଲେ, ଗୌରାଙ୍ଗ ପକ୍ଷରେ ଆଶ୍ରମର କ୍ଲିଷ୍ଟ ନୀତି ନିୟମ ପାଳନ କରିବା ସହଜ ନୁହେଁ।

ତଥାପି ତପସ୍ୟା-ଉନ୍ମୁଖ ନିରଳସ, ଏକାକୀ ଜୀବନର ଲକ୍ଷ୍ୟ ତାହାକୁ ଆକର୍ଷିତ କରିଥିଲା। ଆଧ୍ୟାତ୍ମ ପ୍ରସଂଗ ଉଠିଲେ ତା' ହୃଦୟ ବ୍ୟାକୁଳିତ ହେଉଥିଲା। ସଂସାରର ଭୋଗବିଳାସ ଲାଗୁଥିଲା ମିଛ। ଅକୃତ୍ରିମ ନିରବତାର ଜୀବନ ସାମ୍ନା କରିବା ହିଁ ଶ୍ରେୟସ୍କର ମନେକଲା ଗୌରାଙ୍ଗ।

ପରିଶେଷରେ ସେ ମହର୍ଷି ଆଶ୍ରମର ପ୍ରବେଶିକା ପରୀକ୍ଷା ଦେବାକୁ ଠିକ୍ କଲା ନିର୍ବିଚାରରେ। ପରୀକ୍ଷାରେ ଆସିପାରେ ଶାରୀରିକ ଓ ନୈତିକ ପ୍ରଶ୍ନାବଳୀ। ପୁରାଣ, ଉପନିଷଦ ଓ ଭଗବତ ଗୀତାରେ ଥିବା ଆଧାତ୍ମ ରହସ୍ୟ। ଯୋଗାଭ୍ୟାସ, ସଂଯମ ଓ

ସାତ୍ତ୍ୱିକ ଆହାର ସଂପର୍କରେ ପରୀକ୍ଷାର୍ଥୀଙ୍କ ବଦ୍ଧମୂଳ ଧାରଣାର ପରୀକ୍ଷା କରାଯାଇ ପାରେ।

ପରୀକ୍ଷା ଦିନ ଗେଟ୍ ଆଗରେ ବ୍ୟାକପାକ୍ ସହ ହାଜର ହୋଇଥିଲା ଗୌରାଙ୍ଗ। ସାଥିରେ ଥିଲା ତା' ଦର୍ଶନ ପ୍ରଫେସରଙ୍କଠାରୁ ପ୍ରାପ୍ତ ପ୍ରମାଣପତ୍ର। ଇତିମଧ୍ୟରେ ଆଶ୍ରମର ଅନ୍ତେବାସୀ ସୋମନାଥ ଗେଟ୍ ପାଖରୁ ଗୌରାଙ୍ଗଙ୍କୁ ଭିତରକୁ ବାଟ କଢ଼େଇ ନେଲେ। ଏକ ବଡ଼ ହଲରେ ତାକୁ ବସିବାକୁ କୁହାଗଲା। ଭିତରେ ଅଛନ୍ତି ପାଖାପାଖି ଶହେ ସରିକି ଆଶାୟୀ। ସୋମନାଥ ଗୌରାଙ୍ଗର ସିଟ୍ ଦେଖାଇଦେଇ କହିଲେ ପରବର୍ତ୍ତୀ ନିର୍ଦ୍ଦେଶ ପାଇଁ ଅପେକ୍ଷା କର।

ଚାରିଆଡ଼େ ଦୃଷ୍ଟି ପହଁରାଇ ଆଣିଲା ଗୌରାଙ୍ଗ। କେହିକେହି ବିଜ୍ଞଜନ ପରି ଗେରୁଆ ବସ୍ତ୍ର ପିନ୍ଧିଛନ୍ତି ତ ଆଉ କେଇଜଣ ଲଣ୍ଡା ହୋଇ ଦୁଇ ଇଞ୍ଚିଆ ଚୁଟିମାନ ଧାରଣ କରିଛନ୍ତି। ସେମାନଙ୍କୁ ଦେଖି ନିଜକୁ ଖୁବ୍ ଛୋଟ, ଅସହାୟ ମନେକଲା ଗୌରାଙ୍ଗ। ସେ ସତରେ ଏମାନଙ୍କ ସହ ମୁକାବିଲା କରି ପରୀକ୍ଷାରେ ପାଶ୍ କରିପାରିବ ତ?

ପରୀକ୍ଷାର୍ଥୀଙ୍କ ପାଇଁ ପ୍ରାରମ୍ଭିକ ଘଣ୍ଟା ବାଜିଲା।

ଡାକବାଜି ଯନ୍ତ୍ର ସାହାଯ୍ୟରେ ପରୀକ୍ଷାର ନିୟମାବଳୀ ଉଦ୍‌ଘୋଷିତ ହେଲା। ଶିକ୍ଷା, ଜ୍ଞାନ ଓ ଦିବ୍ୟତା ପରି ତିନୋଟି ବିଭାଗର ଉତ୍ତର ତିନି ଘଣ୍ଟା ମଧ୍ୟରେ ଲେଖିବାକୁ କୁହା ଯାଇଥିଲା। ଆଶ୍ରମର ନିୟମାବଳୀ, ଇତିହାସ, ବିଜ୍ଞାନ ଓ ଦର୍ଶନ ଉପରେ ସାଧାରଣ ପ୍ରଶ୍ନ ସବୁ ଆସିଥିଲା। ସର୍ବ ପ୍ରଥମେ ସୂଚନା ଦିଆଯାଇଥିଲା ଯେ ଏହି ଆଧ୍ୟାତ୍ମିକ ସେବାସ୍ଥାନର ପରୀକ୍ଷାରେ ନକଲ ଓ ଶଠତା ଅବଲମ୍ବନ କରିବା ଦଣ୍ଡନୀୟ ଅପରାଧ।

ଶିକ୍ଷା ବିଷୟକ ପ୍ରଶ୍ନ ଥିଲା ଅପେକ୍ଷାକୃତ ସରଳ। ଆତ୍ମବିଶ୍ୱାସର ସହିତ ସବୁ ପ୍ରଶ୍ନର ଉତ୍ତର ଦେଇଥିଲା ଗୌରାଙ୍ଗ, ସମୟସୀମାର ଅବଧି ଭିତରେ। କିନ୍ତୁ ପରୀକ୍ଷାର ଦ୍ୱିତୀୟ ଭାଗରେ ଜ୍ଞାନ ସଂପର୍କୀୟ ପ୍ରଶ୍ନ ଥିଲା ଜଟିଳ। ତାର୍କିକ। ଗଭୀରତା ଓ ଅନୁଶୀଳନର ଆବଶ୍ୟକତା ଥିଲା। କେଉଁ ଉତ୍ତର ଠିକ୍ ଭୁଲ ଜାଣିବା ମୁସ୍କିଲ ଥିଲା। ତଥାପି ଯଥା ସମୟରେ ଉତ୍ତର ଦେଇଥିଲା ଗୌରାଙ୍ଗ।

ତା'ପରେ ଆସିଲା ଦିବ୍ୟତା ଉପରେ ତୃତୀୟ ଭାଗ। ଏ ଭାଗଟି ଥିଲା ଚତୁରତାଭରା ଧ୍ୟାନ ଓ ଆଧ୍ୟାତ୍ମିକତା ଉପରେ ପ୍ରଶ୍ନ। କୌଣସି ଉତ୍ତର ବି ସଠିକ୍ ଲାଗୁନଥିଲା।

'ତୃତୀୟ ଭାଗର ପ୍ରଶ୍ନର ଉତ୍ତର ଦେବା ପୂର୍ବରୁ ପରୀକ୍ଷାର୍ଥୀ ଆଖି ବନ୍ଦ କରନ୍ତୁ... ଚିନ୍ତାମୁକ୍ତ ହୋଇଯା'ନ୍ତୁ କିଛି ସମୟ', ଘୋଷଣା ଶୁଭିଲା।

ନିର୍ଦ୍ଦେଶକୁ ଅକ୍ଷରାକ୍ଷରେ ଅନୁସରଣ କଲା ଗୌରାଙ୍ଗ। ମନକୁ ଚିନ୍ତାମୁକ୍ତ କରି ଦେହକୁ ଶିଥିଳ କରି ବସିଲା କିଛି ସମୟ। ଏହି ସମୟରେ ଭୁଁ ଭୁଁ କରି କାନ ପାଖରେ ଶୁଭିଲା ଏକ କ୍ଷୀଣ ଗୁଞ୍ଜନ। ସେ ହଠାତ୍ ହୃଦୟରେ ଅନୁଭବ କଲା ଏକ ପ୍ରକଂପନପୂର୍ଣ୍ଣ ଉତ୍ତାପ। ଯେ କ'ଣ ପରୀକ୍ଷାର ଅଂଶବିଶେଷ ନା ଏହା ତା'ର କଳ୍ପନା? କିଛି ବୁଝି ହେଉ ନଥିଲା।

ମସ୍ତିଷ୍କ ଭିତରେ ଆଉ ଏକ ଉଚ୍ଚାରଣ ଶୁଣିଲା ଗୌରାଙ୍ଗ। ନା, ଏହା ଘୋଷକର କଣ୍ଠ ନୁହେଁ। ଅନ୍ୟ କାହାର। ଚିହ୍ନା ଚିହ୍ନା ଲାଗୁଛି, କିନ୍ତୁ ସ୍ପଷ୍ଟ ଭାବରେ ଜାଣି ହେଉନି କାହାର ଏ ଉଚ୍ଚାରଣ।

ଶୁଣୁଚ ଗୌରାଙ୍ଗ? ତୁମ ଭିତରର ଦିବ୍ୟତାକୁ ମୁଁ ପରୀକ୍ଷା କରୁଛି... !

କିଏ କହୁଛି ଏସବୁ? ତା ନାଁ ଧରି ଡାକୁଛି କିଏ? ଏମିତି କିଏ ତାକୁ ବିଭ୍ରମ କରୁନାହିଁ ତ? ନା ଯେ ତା'ର ମତିଭ୍ରମ?

କିଏ ତୁମେ? ଧୀରେ ପଚାରିଲା ଗୌରାଙ୍ଗ।

ତମେ ମୋତେ ଭଲକରି ଜାଣିଛ ଗୌରାଙ୍ଗ... କହିଲା ସେ ଅଜଣା କଣ୍ଠସ୍ୱର।

ମୁଁ ତୁମକୁ ଜାଣିଛି? ତମେ ମୋତେ ଜାଣିଲ କେମିତି?

ମୁଁ ତମ ଅତୀତ ଓ ଭବିଷ୍ୟତ ମଧ୍ୟ ଜାଣିଛି।

କିଏ ତମେ? ଭଗବାନ? ସନ୍ଦେହରେ ଉଚ୍ଚାରଣ କଲା ଗୌରାଙ୍ଗ।

ଉଚ୍ଚକିତ ହସ ଶୁଭିଲା... ନା। ମୁଁ ଭଗବାନ ନୁହେଁ। ଅନ୍ୟ କିଛି।

ଅନ୍ୟ କିଛି ମାନେ?

ମାନେ... ମୁଁ ତୁମର ସୂକ୍ଷ୍ମ ସତ୍ତା। ତୁମ ଔରା ସହିତ ଜଡ଼ିତ।

ସଂଶୟ ଓ ଅବିଶ୍ୱାସରେ ପଚାରିଲା ଗୌରାଙ୍ଗ: ତମେ କେଉଁଠି ଅଛ? ମୋ ଭିତରେ ଅଛ ନା ବାହାରେ?

ମୁଁ ତୁମର ଉଚ୍ଚତର ସତ୍ତା। ଦିବ୍ୟତା। ମୁଁ ତମ ସହିତ ଅଛି ସୂକ୍ଷ୍ମ ରୂପରେ... ସବୁ ସମୟରେ।

ମୋର ଉଚ୍ଚତର ରୂପ? ମୁଁ ତ କୌଣସି ଦିବ୍ୟତ୍ୱ ଧାରଣ କରିନାହିଁ...

ସମସ୍ତଙ୍କର ସେମିତି ଦିବ୍ୟ ସ୍ୱରୂପ ଥାଏ ଯଦିଓ ସେମାନେ ଶାରୀରିକ ଜୀବନ ଧାରଣ କରି ସେମାନଙ୍କ ସୂକ୍ଷ୍ମସତ୍ତା ସଂପର୍କରେ ଅଜ୍ଞ ଥାଆନ୍ତି। ତମେ ଚାହିଁଲେ ମୋ ସହ ସମାନ ହୋଇପାରିବ। ସେଥିପାଇଁ ମୁଁ ତୁମର ସହାୟତା କରିବାକୁ ଆସିଛି।

ତମେ ମୋଠୁ କ'ଣ ଚାହୁଁଛ ?

ମୁଁ ଚାହୁଁଛି, ତମେ ଏ ପରୀକ୍ଷାରେ ଭଲଭାବେ ଉତ୍ତୀର୍ଣ୍ଣ ହୁଅ।

କିନ୍ତୁ ମୁଁ କେମିତି ପାଶ୍ କରିବି ?

ତମେ କେବଳ ଗୋଟିଏ ପ୍ରଶ୍ନର ଉତ୍ତର ଦିଅ।

କେଉଁ ପ୍ରଶ୍ନ ?

ସେ ପ୍ରଶ୍ନର ଉତ୍ତର ତମେ ହିଁ ଦେଇପାରିବ ଗୌରାଙ୍ଗ... !

କେଉଁ ପ୍ରଶ୍ନ ?

ସେ ପ୍ରଶ୍ନଟି ହେଲା: ତମେ କିଏ ?

ମୁଁ କିଏ ? ଏହା ବୋଧହୁଏ ଜୀବନର ଅନ୍ତିମ ପ୍ରଶ୍ନ। ଜନ୍ମବେଳରୁ ଏଯାବତ୍ ଏଇ ପ୍ରଶ୍ନର ଉତ୍ତର ଖୋଜି ଆସୁଛି ସେ। ଆଜୀବନ। ମୋର ପରିଚୟ କ'ଣ ? ମୋର ଭାଗ୍ୟ କ'ଣ ? ଭବିଷ୍ୟତ କ'ଣ ? ମୋର ଏ ପରିବାର, ବନ୍ଧୁବାନ୍ଧବ କିଏ ସବୁ ? ମୋର ଆଶା, ହତାଶା, ସ୍ୱପ୍ନ ଓ ଦୁଃସ୍ୱପ୍ନ କ'ଣ ହୋଇପାରେ ? ଏସବୁର ଉତ୍ତର ପାଇଗଲେ ତା'ର ସୂକ୍ଷ୍ମସତ୍ତା ବି ସନ୍ତୁଷ୍ଟ ହୋଇଯିବ !

ତା'ର ନାମ, ବୃତ୍ତି, ଜାତି ଓ ଦେଶର ପରିଚୟ ଗୌଣ। ଏସବୁ ଗୌରାଙ୍ଗର ଦେହ ସହ ସଂଯୁକ୍ତ ଯଦିଓ ମୂଳ ପରିଚୟ ନୁହେଁ। ଆଦୌ ନୁହେଁ... ତା'ର ନୀତି, ମୂଲ୍ୟବୋଧ ଓ ବିଶ୍ୱାସ ବି ଆପେକ୍ଷିକ ହୋଇପାରେ। ସ୍ଥାନ, କାଳ ଓ ପାତ୍ର ଅନୁଯାୟୀ ସେସବୁ ଭିନ୍ନ ହୋଇପାରେ। ବଦଳି ଯାଇପାରେ...।

ଏହି ପ୍ରଶ୍ନର କୌଣସି ସହଜ ସମାଧାନ ନାହିଁ। ଦେହାଭିମାନ ଛାଡ଼ି ତା'କୁ ମୂଳସତ୍ତାଙ୍କ ଦିବ୍ୟତ୍ୱ ସହିତ ସଂଯୁକ୍ତ ହେବାକୁ ପଡ଼ିବ। ତା'ର ସୀମାରୁ ଊର୍ଦ୍ଧ୍ୱକୁ ଉଠି ଆତ୍ମିକ ଶକ୍ତିର ଉତ୍ସ ସହ ପରିଚିତ ହେବାକୁ ହେବ।

ହଠାତ୍ ତାକୁ ସବୁକିଛି ଦିଶିଲା ସ୍ପଷ୍ଟ। ଏକ ଅନନୁଭୂତ ଅନ୍ତର୍ଦୃଷ୍ଟିରେ ସେ ଦେଖିପାରିଲା ଉପସଂହାର। ଆଖି ଖୋଲି ଉତ୍ତର ଖାତା ଉପରକୁ ଦୃଷ୍ଟି ଦେଲା ଗୌରାଙ୍ଗ ଓ କଲମରେ ସେ ଲେଖିଲା ନିଜର ପରିଚୟ: ମୁଁ ପରମାତ୍ମାଙ୍କ ସନ୍ତାନ। ଓମ୍ ମାନେ ମୁଁ। ଅହଂ। ମୋର ମୃତ୍ୟୁ ନାହିଁ। ମୃତ୍ୟୁ ଅଛି ଦେହର।

୬

ତୁମର କିଛି ସଂଶୟ ଅଛି ସଦାନନ୍ଦ ?

ହଁ ଗୁରୁଦେବ। କୁହନ୍ତୁ କାହିଁକି ମଣିଷ ଧନଦୌଲତ ପଛରେ ଧାଁ ଧପଡ଼ କରିଥାଏ ଯଦିଓ ସେ ଜାଣେ ଜୀବନ କେତେବେଳେ ଠପ୍ ହୋଇଯିବ ବିନା ନୋଟିସ୍‌ରେ ?

ଠିକ୍ ଅଛି। ଏବେ ତୁମ ମୁଖ୍ୟ ସଂଶୟକୁ ଆସିବା। ତମେ କେବେ ଭୋଗ ଓ ବିଳାସମୟ ଜୀବନ କାମନା କରିଛ ?

ନା। ମୁଁ ଏକ ସାଧାରଣ ନିରାଡମ୍ବର ଜୀବନ ଜୀଇଁବାକୁ ଚାହିଁଛି।

ତମେ କେବେ ଖୁସି ଓ ଆନନ୍ଦର ପରିକଳ୍ପନା କରିଛ ? ନା। ତମେ ସବୁବେଳେ ସଂସାରର ଅସାରପଣ ଦେଖିଛ। ତମେ ପଢ଼ିଥିବା ଦର୍ଶନଶାସ୍ତ୍ର କହିଛି: ଜୀବନ ମିଥ୍ୟା, ଅସତ୍ୟ ଓ କ୍ଷଣସ୍ଥାୟୀ। ତେଣୁ ତୁମକୁ ଆଶ୍ରମ ଜୀବନ ମିଳିଛି। ତମେ ଯେଉଁ ସୁନ୍ଦର ଜୀବନକୁ ନିନ୍ଦା କରିଛ, ସେହି ଜୀବନର କ୍ଲିଷ୍ଟ ପରିସ୍ଥିତି ତମକୁ ମିଳିଛି।

ଜୀବନକୁ ଅଧିକ ଭଲ ପାଇଲେ ମୋହ ଓ ଆସକ୍ତି ବଢ଼ିବ। ଆସକ୍ତିରେ ନିମଗ୍ନ ମଣିଷ ସ୍ୱଚ୍ଛ, ଅନାବିଳ ଆନନ୍ଦ ପାଇବ କେମିତି ? ଗୌରାଙ୍ଗର ପ୍ରଶ୍ନରେ ହସିଥିଲେ ଗୁରୁଜୀ।

ପ୍ରକୃତି, ଜୀବସମ୍ପଦ ଓ ନଦନଦୀକୁ ତମେ ଭଲ ପାଇଲେ ଜୀବନ ଲାଗିବ ମଧୁମୟ। ତୁମକୁ ମିଳିପାରେ ପ୍ରକୃତିର ସାନ୍ନିଧ୍ୟ। ତମେ ଏଠି କିଛି ପାଇବାକୁ ଆସିନ, ଆସିଛ ସଂସାରକୁ ଦେବା ପାଇଁ। ଯେଉଁଠି ତମର ସ୍ୱାର୍ଥ ଓ ପ୍ରାପ୍ୟ ଅଛି, ସେହିଠାରୁ ଦୂରେଇ ରହ, ତୁମର ଜୟଗାନ ଶୁଭିବ। ଅନ୍ୟ ପାଇଁ ଭୋଗ ବିଳାସ ତ୍ୟାଗ କର, ତାହା ତୁମ ପାଖକୁ ପୁଣି ଫେରି ଆସିବ। ଆପେଆପେ। କିନ୍ତୁ କାହାକୁ ତମେ କ'ଣ ଦେଇଛ ଏଇ ଜୀବନରେ ? କିଛି ନାହିଁ।

ଆମେ ଆଶ୍ରମବାସୀ ସଂସାର ଛାଡ଼ି ଆସିଛେ। ଯଦିଓ ଆମେ ସଂପୂର୍ଣ୍ଣ ନଷ୍ଟମୋହା

ଓ ନିର୍ଲିପ୍ତ ହୋଇନାହୁଁ, ସମାଜକୁ ଆମେ କେମିତି ସାହାଯ୍ୟ କରି ପାରିବା ? ସମାଜରେ ଯେଉଁମାନେ ଭୋଗ ବିଳାସ ଓ ବସ୍ତୁ ପଛରେ ପଡ଼ିଛନ୍ତି, ସେମାନଙ୍କୁ ଆମେ କେମିତି ଆଲୋକିତ କରିପାରିବା ? ସଦାନନ୍ଦ ଓରଫ୍ ଗୌରାଙ୍ଗ ପଚାରିଲା ।

ସେମାନେ ଧନ ସଂପତ୍ତି ଓ ସାଂସାରିକ ସୁଖର ପିଛା କରୁଛନ୍ତି । ସେସବୁ ଦିନେ ବିନାଶ ହୋଇଯିବ । ସେମାନେ ଦିନେ ତମ ପାଖକୁ ଫେରି ଆସିବେ କାହିଁକିନା ତମ ପାଖରେ ଭଗବାନ ଅଛନ୍ତି, ଶାନ୍ତି ଅଛି । ଆନନ୍ଦ ଅଛି । କିମ୍ବା ତମେ ଭଗବାନଙ୍କୁ ଜାଣି ପାରିଛ ବୋଲି ତାଙ୍କ ସାନ୍ନିଧ୍ୟରେ ରହିଛ ।

ପୃଥିବୀ କ'ଣ ବିନାଶ ହୋଇଯିବ ଗୁରୁଦେବ ?

ବୈଜ୍ଞାନିକମାନେ ଏବେ ସେୟା କହିଲେଣି । ମଧ୍ୟପ୍ରାଚ୍ୟ ଓ ଉତ୍ତର ଏସିଆରେ ତମେ ଦୁଇଟି ମହାଯୁଦ୍ଧ ସ୍ୱଚକ୍ଷୁରେ ଦେଖିପାରୁଛ । ଓଜୋନ ସ୍ତର ପାତଳ ହୋଇଯିବା, ମେରୁ ପ୍ରଦେଶରେ ବରଫ ତରଳିବା ଦେଖି ଭୟ ଲାଗୁନି ? ପରିବେଶ ଉପରେ ଜଣେ ମହିଳା ପତ୍ରକାର ଆମ ପାଖରେ ରହି ଗବେଷଣା କରୁଛନ୍ତି । ସେ ହେଲେ ଅନୁପମା ଶ୍ରୀବାସ୍ତବ । ତାଙ୍କୁ ଦେଖା କରିବ ?

ନିଶ୍ଚୟ ଗୁରୁଦେବ । କେଉଁଠି ଅଛନ୍ତି ସେ ?

ଏବେ ସେ ଆମ ଆଶ୍ରମର ଅତିଥି ଗୃହରେ ଅଛନ୍ତି । ତମେ ତାଙ୍କ ନିକଟରେ ରହି ତାଙ୍କର ସୁବିଧା-ଅସୁବିଧା, ରହିବା ଖାଇବା ବ୍ୟବସ୍ଥା ଟିକିଏ ବୁଝି ଦେଉଥିବ ? ସେ କେଉଁଠିକି ବୁଲି ଯିବାକୁ ଚାହିଲେ ତମେ ସାଥିରେ ରହିବ । କାରବାଇନ୍ ଚଳେଇ ଜାଣିଛ ଯଦି ସାଥିରେ ନେଇଯିବ । ଧ୍ୟାନ ରହେ ସେ ଯେମିତି ଆମ ଆଶ୍ରମ ଉପରେ ଭଲ ରିପୋର୍ଟ ତିଆରି କରିବେ । ବିଜ୍ଞାନରେ ପ୍ରଗତିଶୀଳ ପୃଥିବୀ କେମିତି ଧ୍ୱଂସ ମୁଖକୁ ଯାଉଛି ତୁମକୁ ସେ ଭଲରେ ବୁଝାଇ ଦେବେ, ସଦାନନ୍ଦ । ଯାଅ, କାଲି ଅମୃତ ବେଳାରେ ଆମର ପୁଣି ଦେଖା ହେବ ।

ଅନୁପମା ରହୁଥିବା ଅତିଥି କକ୍ଷରେ ପହଞ୍ଚିଲା ସ୍ୱାମୀ ସଦାନନ୍ଦ । ଘଞ୍ଚ ଗଛପତ୍ର ମଧ୍ୟରେ ଅତିଥି ଗୃହର ବାରଣ୍ଡାରେ ବସି ଖବରକାଗଜ ପଢୁଥିଲେ ଅନୁପମା । ପରିବେଶ ପତ୍ରକାର ବୟସ୍କା ହୋଇଥିବେ ବୋଲି ଭାବିଥିଲା ସଦାନନ୍ଦ । କିନ୍ତୁ ୟେ ତ ତିରିଶି ପାଖାପାଖି ହେବେ । ସାଂସାରିକ ଦୃଷ୍ଟିରୁ ବି ସେ ଥିଲେ ବେଶ୍ ଆକର୍ଷଣୀୟା, ଆଃ ।

ନମସ୍ତେ ଅନୁପମା ମାଡାମ୍, ମୁଣ୍ଡ ନୁଆଇଁ ସମ୍ମାନ ଜ୍ଞାପନ କଲା ସଦାନନ୍ଦ ।

ଆରେ ! କିଏ ? ଗୁରୁଦେବ ପଠାଇଛନ୍ତି କି ?

ମାଡାମ୍, ମୁଁ ଗୌରାଂଗ । ଆଶ୍ରମରେ ମୁଁ ସଦାନନ୍ଦ ନାମରେ ପରିଚିତ । ଆପଣ ସକାଳୁ କିଛି ନାସ୍ତା କି ଫଳାହାର କଲେଣି ? ଡାଏନିଂ ହଲ୍ ଆଡ଼କୁ ଯାଇଥିଲେ ?

ନା। ସକାଳୁ ଟିକିଏ ଚାହା ତିଆରି କରିଥିଲି ପ୍ୟାଣ୍ଟ୍ରିରେ।

ଜଳଖିଆ ଖାଇବେ ଯଦି ଆସନ୍ତୁ। କହିବେ ଯଦି ମୁଁ ନେଇ ଆସିବି ଏଠାକୁ। କିନ୍ତୁ ଏଠିକି ଆଣିବା ଭିତରେ ଥଣ୍ଡା ହୋଇଯିବ ଜଳଖିଆ। ଆଉ କିଛି ଅଧିକ ଦରକାର କଲେ ପୁଣି ଡାଏନିଂ ପର୍ଯ୍ୟନ୍ତ ଦୌଡ଼ି ଯିବାକୁ ହେବ।

ତାହା ତ ଠିକ୍ କଥା। ଆମେ ସେଠିକି ଚାଲିଯିବା। କହିଲେ ଅନୁପମା। ଡାଏନିଂ ଆଡ଼କୁ ଯିବାବେଳେ ସେ ପଚାରିଲେ: ଆଉ ତମେ କ'ଣ ପଢ଼ାପଢ଼ି କରିଛ ସଦାନନ୍ଦ ? ଗୌରାଙ୍ଗ ଦେଖିଲା କଥାବାର୍ତ୍ତା କଲାବେଳେ ଅନୁପମାଙ୍କ ମୁହଁରେ ସ୍ମିତ ହସଟିଏ ସବୁବେଳେ ଲାଖି ରହୁଛି, ଯାହା ତାଙ୍କ ବ୍ୟକ୍ତିତ୍ୱକୁ ଅଧିକ ସମ୍ମାନଜନକ କରି ତୋଳୁଛି। ମାଡାମ ପିନ୍ଧିଥିଲେ ବ୍ଲୁ ଡେନିମ ଜିନ୍‌ସ ପ୍ୟାଣ୍ଟ ଓ ଉପରେ ଥିଲା ସୁରୁଚି ସଂପନ୍ନ ଧଳା ଟି-ସାର୍ଟ, ଯାହା ଉପରେ ଲେଖାଥିଲା: ୟୋଗୀ ଆଇ ଲଭ୍ ୟୁ।

ମାଡାମ୍, ମୁଁ ଦର୍ଶନ ଶାସ୍ତ୍ରରେ ଡିଗ୍ରୀ କରିଛି। ସେକ୍ରେଟାରୀଏଲ ପ୍ରାକ୍ଟିସ ମୋର ଦ୍ୱିତୀୟ ବିଷୟ। ଓଡ଼ିଶୀ ସଂଗୀତ ମୋ ଇଚ୍ଛାଧୀନ ବିଷୟ ଥିଲା।

ଆଚ୍ଛା, ତା'ହେଲେ ଆମକୁ ମଝିରେ ମଝିରେ ଗୀତ ଶୁଣିବାକୁ ମିଳିବ। ନୁହେଁ ?

ସଦାନନ୍ଦ ଟିକିଏ ଲାଜେଇ ଗଲା।

ଆଉ ମୋତେ ତମ ଆଶ୍ରମ ବିଷୟରେ ବିଶଦ ବିବରଣୀ ଦେଇ ମୋ କାମରେ ସହାୟତା କରିବ ତ ?

ନିଶ୍ଚୟ ମାଡାମ୍। ତାହା ତ ଆମର ଧର୍ମ।

ଜଳଖିଆ ହୋଇଥିଲା ଇଡଲି ଓ ସାମ୍ବାର। ସାଥିରେ ଥିଲା ଡାଲି ନଡ଼ିଆ ଚଟଣୀ। ବୁନ୍ଦିରେ ତିଆରି ମିଠା ଲଡ୍ଡୁଟିଏ ବି ଥିଲା। ବ୍ୟଞ୍ଜନ ଥିଲା ମୋଟାମୋଟି ସ୍ୱାଦିଷ୍ଟ। ସାଂସାରିକ ଭୋଜନାଳୟଠାରୁ କୌଣସି ଗୁଣରେ ନ୍ୟୁନ ନଥିଲା।

ଶୁଣିଛି ଆଶ୍ରମରେ ଆଡମିଶନ ପାଇବା ବହୁତ କଷ୍ଟ। ତମେ କେମିତି ଆଶ୍ରମରେ ଭର୍ତ୍ତି ହେଲ ମୋତେ କହିଲ ନାହିଁ ଗୌରାଙ୍ଗ ?

ଆପଣ ସେକଥା ମନେପକେଇ ଦେଲେ ମୋର ସଂସାରିକ ଜୀବନ ଚେଇଁ ଉଠିବ। ଗୁରୁଦେବ କହିଛନ୍ତି ପଛକୁ ଫେରି ଦେଖନି। ତାହା କେବଳ କଷ୍ଟ ଦିଏନି, ଯୋଗୀ ଜୀବନରେ ଆଗକୁ ଯିବାରେ ବି ପ୍ରତିବନ୍ଧକ ଆଣେ। ସେଥିପାଇଁ କୁହାଯାଇଛି, ବିତେକୋ ବିଦି...

ଏହା ହିନ୍ଦୀ ନା ସଂସ୍କୃତ ବୁଝି ପାରିଲିନି, କହିଲେ ଅନୁପମା।

ହିନ୍ଦୀ ଓ ଓଡ଼ିଆରେ ଆମେ ଯାହାକୁ ବିନ୍ଦୁ କହୁ ଇଂଲିଶରେ ତାହାକୁ ଆମେ କହୁ ଫୁଲଷ୍ଟପ୍। ପିରିୟଡ୍। ବାକ୍ୟ ଶେଷରେ ବିନ୍ଦୁ ପଡ଼ିଲେ ନୂଆ ବାକ୍ୟ ଆରମ୍ଭ ହୁଏ।

ପୁରୁଣା କଥାର ପୂର୍ଣ୍ଣଚ୍ଛେଦ ପଡ଼େ। ତେଣୁ ଯୋଗରେ ପ୍ରତିବନ୍ଧକ ହେଲା ନିଜ ପୁରୁଣା କଥା ବା ଅତୀତ।

ଠିକ୍ ଅଛି, ତୁମ ପୁରୁଣା କଥା ନ କୁହ ପଛକେ, ଏଠି କେମିତି ପ୍ରବେଶ କଲ କୁହ? ଏଠି ସ୍ଥାନ ପାଇବାକୁ ହେଲେ କିଛି ପରୀକ୍ଷା ଦେବାକୁ ହୁଏ? ଅନୁପମା ଆଗ୍ରହ ପ୍ରକାଶ କଲେ।

ଇତି ମଧ୍ୟରେ ଜଳଖିଆ ପର୍ବ ସରି ଆସିଥିଲା।

ଆପଣ ଚାହା କଫି କିଛି ଖାଇବେ? ଚାଲନ୍ତୁ।

ଦିହେଁ ଡାଏନିଂ କୋଣରେ ଥିବା ଭେଣ୍ଡିଂ ମେସିନ୍ ପାଖକୁ ଆସିଲେ।

୭

ସଦାନନ୍ଦ ଓ ଅନୁପମା ଡାଏନିଂ ହଲରୁ ବାହାରି ଆଶ୍ରମର ସରୁ ଲେନ୍ ଦେଇ ଲାଇବ୍ରେରୀ ଆଡ଼କୁ ଅଗ୍ରସର ହେଲେ।

କ'ଣ କହୁଛ ସଦାନନ୍ଦ ? ତମେ ମୋ ପ୍ରସ୍ତାବରେ ରାଜି ?

ମାଡାମ୍, ଆପଣ ମୋତେ କୋଉ ପ୍ରସ୍ତାବ ଦେଲେ ? କେତେବେଳେ ଦେଲେ ? ମୋର କିଛି ମନେ ପଡୁନାହିଁ।

ଆରେ, ଯେ ମାଡାମଙ୍କୁ କୋଉଠୁ ଆଣିଲ ? ପଚାରିଲେ ଅନୁପମା।

ଅତିଥି ଗୃହରୁ ମାଡାମ୍।

ପୁଣି ମାଡାମ୍ ? ମୋ ନାମ ଅନୁପମା। ଡାକ ନାଆଁ ନିଶା। ମୁଁ କୌଣସି ଯାତ୍ରା କମ୍ପାନୀର ମାଡାମ୍ ନୁହେଁ, ବୁଝିଲଟି ?

ହଁ ଅନୁପମା। ଉପମା ନାହିଁ ଯାହାର। ସଦାନନ୍ଦ ସ୍ୱାଭାବିକ ହେବାକୁ ଚେଷ୍ଟା କଲା।

ଆଗରେ ଅଛି ଲାଇବ୍ରେରୀ। ଲାଇବ୍ରେରୀଆନଙ୍କ ସହ ଅନୁପମାର ପରିଚୟ କରାଇଦେଲା ସଦାନନ୍ଦ।

'ସ୍ୱାମୀଜୀ, ମାଡାମ୍ ଅନୁପମା ହେଲେ ଲୋକପ୍ରିୟ ଇଂରାଜୀ ଫିଚର୍ ମ୍ୟାଗାଜିନ ଇଣ୍ଡସର ସ୍ୱତନ୍ତ୍ର ପତ୍ରକାର। ଆଶ୍ରମ ଜୀବନ ଓ ବୌଦ୍ଧ ଜୀବନଶୈଳୀ ଉପରେ ସେ ଏକ ଫିଚର୍ ଲେଖିବେ। ସେଥିପାଇଁ ପାଠାଗାରରେ ବସି ସେ ସ୍ୱଇଚ୍ଛାରେ ବହିପତ୍ର ବ୍ୟବହାର କରିପାରିବେ ବୋଲି ଗୁରୁଦେବଙ୍କ ଆଜ୍ଞା ଅଛି', ସଦାନନ୍ଦ ଜଣେଇଦେଲା।

ଅନୁପମା କୋଉଠି ଅବସ୍ଥାନ କରନ୍ତି ? ପାଠାଗାର ରକ୍ଷକ ପଚାରିଲେ।

ସଂପ୍ରତି ସେ ଅତିଥି କକ୍ଷରେ ରହୁଛନ୍ତି। କଲିକତାର ସ୍ଥାୟୀ ବାସିନ୍ଦା। ତାଙ୍କୁ ସହାୟତା ଦେବା ପାଇଁ ମୋତେ ନିର୍ଦ୍ଦେଶ କରାଯାଇଛି।

ଜୀବନ ସଂପର୍କରେ ଅନୁପମାଙ୍କ ଦୃଷ୍ଟିଭଂଗୀ ଓ ପ୍ରଗତିଶୀଳ ମନୋଭାବ ସଦାନନ୍ଦ ସମେତ ଯେକୌଣସି ଯୁବକଙ୍କୁ ବାନ୍ଧି ରଖିପାରିବ। ନିଶା ପରି ଉଚ୍ଚଶିକ୍ଷିତା ଓ ଦେଶ ବିଦେଶରେ ଭ୍ରମଣ କରି ଫେରିଆସିଥିବା ଆଧୁନିକା ତନ୍ୱୀଙ୍କ ସାହଚର୍ଯ୍ୟ ଯୋଗୀ ସଦାନନ୍ଦକୁ ପ୍ରଭାବିତ କରିବ ନାହିଁ ବୋଲି ଗୁରୁଦେବଙ୍କ ବିଶ୍ୱାସ।

ସ୍ୱଳ୍ପ ସମୟ ମଧ୍ୟରେ ସଦାନନ୍ଦ ନିଜ ଅଜାଣତରେ ନିଶାର ନିକଟତର ହୋଇ ଆସୁଥିଲା। ସେ ଦିହିଁଙ୍କ ଏକା ଧରଣର ମାନସିକତା, ସକାରାତ୍ମକ ମନୋଭାବ ଓ ଅପରକୁ ଜାଣିବାର ସଦିଚ୍ଛା ଉଭୟଙ୍କୁ ସଂଯୁକ୍ତ କରିଥିଲା ଅଳ୍ପ ସମୟ ଭିତରେ। ଅନୁପମା ପରି ଅନ୍ୟ କେଉଁ ନାରୀଙ୍କୁ ସେ ଆଗରୁ କେବେ ଦେଖି ନଥିଲା।

କଥାବାର୍ତ୍ତା କରୁକରୁ ସେ ଦିହେଁ କେତେବେଳେ ଲାଇବ୍ରେରୀ ଭିତରପଟ ଦେଇ ବଗିଚାକୁ ଆସି ଯାଇଥିଲେ। ଅନୁପମା ନିଜ ବ୍ୟାଗରୁ ନୋଟ ବହିଟିଏ ବାହାର କରି ପାଖ ବେଞ୍ଚ ଉପରେ ବସିଲେ।

ବସ, ସଦାନନ୍ଦ। ମୁଁ କିଛି ଅନୁଭବର କଥା ପଚାରିବି, ତୁମେ ଅନ୍ୟଥା ମନେ କରିବ ନାହିଁ ତ ?

ଆଦୌ ନୁହେଁ। ବରଂ ମୋ ଉତ୍ତର ଆପଣଙ୍କ ପତ୍ରକାରିତାରେ ସହାୟତା କଲେ ମୁଁ ଅଧିକ ଉଲ୍ଲସିତ ହେବି। ଆଉ ଆପଣଙ୍କ ଫିଚରରେ ମୋ ନାମ ପ୍ରକାଶିତ ହେବ ତ ?

ଅନୁପମା ହସି କହିଲେ, ସଦାନନ୍ଦ, ତମେ ଯୋଗୀ ହେବାକୁ ଆସିଥିଲ ପରା ? ନାମ, ଯଶ, ପ୍ରଶଂସା ଅର୍ଜନ କରିବାକୁ ଏତେ ଖୁସି କାହିଁକି ?

କଥା ସେୟା ନୁହେଁ ନିଶା। ନାଁ ଅର୍ଜନ କରିବାର ଥିଲେ ଆଶ୍ରମକୁ କିଏ ଆସେ ? ଯଶ ପାଇଁ ସିନେମା, ନାଟକ, ଥିଏଟର ସଂସ୍ଥାରେ ଯୋଗ ଦେଇନଥାନ୍ତି ?

ତାହା ତ ଠିକ୍। ମୋତେ କୁହ, ସଂସାରର ପ୍ରଲୋଭନ ଛାଡ଼ି ତମେ ଏହି ଯୋଗାଶ୍ରମରେ କେମିତି ପହଞ୍ଚିଲ ? ତୁମ ଜୀବନରେ କିଛି ଆକର୍ଷଣ ଥିଲା ଯେଉଁଥିରେ ହତାଶ ହୋଇ ତମେ ସଂସାର ପ୍ରତି ବିମୁଖ ହୋଇ ଉଠିଥିଲ ?

ପ୍ରତ୍ୟୁତ୍ତରରେ ସଦାନନ୍ଦ ଅନୁପମାର ଶାନ୍ତ ଆଖି ଭିତରକୁ ଦୃଷ୍ଟି ଦେଲା। ପିଲାଦିନରୁ କେମିତି ସେ ଆଈ ପାଖରେ ରହି ଧ୍ୟାନ ଓ ଧାର୍ମିକ ଭାବନା ଭିତରେ ବଢ଼ିଥିଲା, ପ୍ରାଥମିକ ଶିକ୍ଷା ପରେ ଆଈଙ୍କ ମୃତ୍ୟୁ ହୋଇଯିବାରୁ ଅନିଚ୍ଛା ସତ୍ତ୍ୱେ ବାପା-ମାଆଙ୍କ ସହ ସେ କେମିତି ଗାଆଁ ସ୍କୁଲରେ ନାମ ଲେଖାଇଥିଲା, ବିବରଣୀ ଦେଲା ଗୌରାଙ୍ଗ ଓରଫ୍ ସଦାନନ୍ଦ।

ଧ୍ୟାନ ଓ ପ୍ରାର୍ଥନା କରିବା ସହ ଶାସ୍ତ୍ର ଅଧ୍ୟୟନ, ଆଲୋଚନା ଓ ଚିନ୍ତନରେ ବିନିଯୁକ୍ତ ଜୀବନରେ ମିଳିଥିଲା ଶାନ୍ତି ଓ ଆନନ୍ଦ। ତେଣୁ ଦୟା ଓ ସ୍ନେହଭାବ ବିତରଣ

କରି ଅପରକୁ ଅଲୌକିକ ସୁଖ ଦେବା ପାଇଁ ବାଛିଥିଲା ଏଇ ଗୈରିକ ଜୀବନ। ତ୍ୟାଗ ଓ ତପସ୍ୟାର ମଧୁଚନ୍ଦ୍ରିକାର ଅବଗାହନରେ ମୁଗ୍ଧ ଅନୁଭବ କାମନା କରିଥିଲା ସଦାନନ୍ଦ।

ଧ୍ୟାନରେ ନିମଗ୍ନ ହୋଇ ଶୁଣୁଥିଲା ନିଶା। ସଦାନନ୍ଦର ପ୍ରତ୍ୟେକ ଶବ୍ଦରେ ଥିଲା ଜୀବନୀଶକ୍ତିର ସ୍ପଷ୍ଟ ଯାଦୁକରୀ ଉଚ୍ଚାରଣ। ସ୍ୱଳ୍ପ ବୟସରେ ପରମାତ୍ମାଙ୍କୁ ନିଜର କରିଥିବା ଏହି ଯୁବ ସନ୍ନ୍ୟାସୀଙ୍କ ପ୍ରତି ଭକ୍ତି ଓ ବିନୟରେ ଭରପୁର ହୋଇଯାଇଥିଲା ନିଶା। ମନେ ହୋଇଥିଲା ମାଟିର ଏ ପୃଥ୍ୱୀରେ ଅଛି ଖାଲି ଗୋଡ଼ି ମାଟି। କ'ଣ ଅଛି ଏ ଆସକ୍ତ, ଶୁଷ୍କ ଜୀବନରେ ? କିଛି ନାଇଁ।

ଆଶ୍ରମରେ ଦୈନିକ ଜୀବନ କେମିତି ଚାଲେ ମୋତେ କହି ପାରିବ ? ସାଂସାରିକ ଜୀବନଠୁ ଏ ଜୀବନ କେତେ ଅଲଗା ? ପରମାତ୍ମାଙ୍କ ସ୍ୱରୂପ କ'ଣ ? ଆମ ଜୀବନରେ ତାଙ୍କର ଭୂମିକା କ'ଣ ? ସେ କେତେବେଳେ ଆମର ସହାୟକ ହୁଅନ୍ତି ? ସେ କ'ଣ ଆମ କଥା ଶୁଣି ପାରନ୍ତି ? ତାଙ୍କଠୁ କେବେ କିଛି ଫୋନ କଲ୍ ଆସେ ?

ଆସେ। ଆମକୁ ଶୁଣାଯାଏନି। କାରଣ ଆମେ ଅଛୁ ଗହଳିଆ ମାର୍କେଟ ମଝିରେ। ଆମକୁ ଶୁଭେ କିଣାବିକା। ହୋହଲ୍ଲା। ସେ ରହନ୍ତି ନିରବତା ଓ ନିର୍ବାଣ ସାମ୍ରାଜ୍ୟରେ... ସଦାନନ୍ଦ ସବୁ ପ୍ରଶ୍ନର ଉତ୍ତର ଦେଇଥିଲା ସରଳ ଚିତ୍ତ ହୋଇ। କୌଣସି ଛଳନା, ସଂଶୟ ଓ ଚଞ୍ଚଳତା ବିନା। ଯେମିତିକି ତା' ଜୀବନରେ ଅପ୍ରାପ୍ୟ ବୋଲି କିଛି ନାହିଁ। କାହାଠାରୁ କିଛି ପାଇବାର ନାହିଁ କି କାହାକୁ ଦେବାର ନାହିଁ।

ଆପଣଙ୍କ ପତ୍ରକାରିତା ବିଷୟରେ କୁହନ୍ତୁ। ବନ୍ଧୁ, ପରିବାର, ଜୀବନ ଓ ଜୀବିକାରେ ବ୍ୟସ୍ତ ରହି ନିଜ ପ୍ରତି କେତେ ଧ୍ୟାନ ଦିଅନ୍ତି ଆପଣ ?

ଅନୁପମା ନିଃସଂକୋଚରେ କଥାବାର୍ତ୍ତା କରିଛନ୍ତି। ସଦାନନ୍ଦ ଆଗରେ ମୁକ୍ତ, ପ୍ରଗଲ୍‌ଭ ହୋଇ ଗପିବାରେ କିଛି ଆପତ୍ତି ନଥିଲା ତାଙ୍କର। ସେ ଥିଲେ ଆଶ୍ୱାସନାର ଉତ୍ସ। ଶୀତ ସକାଳରେ ଉହ୍ନେଇର ଉତ୍ତାପ ପରି ଥିଲା ସଦାନନ୍ଦର ସାନ୍ନିଧ୍ୟ। ଏତେ ବେଶି ନିରାପଦ ଥିଲା ସେ ଗୈରିକ ମଣିଷ।

କଥାବାର୍ତ୍ତା ମଧ୍ୟରେ ମଧ୍ୟାହ୍ନ ଭୋଜନର ସମୟ ଅତିକ୍ରାନ୍ତ ହୋଇ ସାରିଥିଲା। କେତେବେଳେ ସେମାନେ ହସୁଥିଲେ। କେତେବେଳେ ଉଲ୍ଲାସ ଭରିଥିଲା ସେମାନଙ୍କ ଚାହାଣିରେ। ଅଜାଣତ ବନ୍ଧନର ଡୋର ବାନ୍ଧି ରଖିଥିଲା ଦୁଇ ଚେତନ ପ୍ରାଣୀଙ୍କୁ। ସେ କ'ଣ ମାୟା ଥିଲା ? ନା ଆସକ୍ତି ?

ବଗିଚାରୁ ବାହାରିଲାବେଳକୁ ସଦାନନ୍ଦ ଧରିଥିଲା ଅନୁପମାଙ୍କ ହାତ। ଅଜଣା ରାଜ୍ୟରେ ହଜି ଯାଇଥିଲେ ପରିବେଶବିତ୍ ପତ୍ରକାର। ବିଭୋର ହୋଇଯାଇଥିଲା ଆଶ୍ରମର ଅପରାହ୍ଣ ଆକାଶ।

୮

ବ୍ରାହ୍ମ ମୁହୂର୍ତ୍ତ। ନିଦ୍ରା ପରିତ୍ୟାଗ କରି ଧ୍ୟାନ ମନ୍ଦିର ବାହାରେ ବଟବୃକ୍ଷ ମୂଳରେ ପଦ୍ମାସନରେ ବସିଲା ସଦାନନ୍ଦ। ତପସ୍ୟା ସ୍ଥଳରୁ ମ୍ୟୁଜିୟମ ଶୀର୍ଷ ଆରକ୍ତ ବିଜୁଳିବତି ଦପଦପ୍ କରୁଥିଲା। ସେ ଦିଗରେ ଧ୍ୟାନ କେନ୍ଦ୍ରିତ କଲା ସେ।

ସ୍ୱପ୍ନବିଭୋର ପକ୍ଷୀଲୋକ ଏଯାବତ୍ ଅନ୍ଧାରରେ ବୁଡ ଦେଇଥିବା ସୂର୍ଯ୍ୟର ସ୍ଥିତି ସମ୍ପର୍କରେ ଅବଗତ ହୋଇନାହାନ୍ତି। ପୂର୍ବାକାଶରେ ନିରବତା ବିରାଜମାନ। ଗଛରେ ଚହଲା ପତ୍ର ରାତିକୁ କରୁଛି ହଲଚଲ। ପବନରେ ଶୀତଳତା ଲୋମମୂଳ ଥରେଇ ଦେଉଛି। ଅଥଚ ମହର୍ଷିଙ୍କ ଆଶ୍ରମର ଅନ୍ତେବାସୀ ସଚଳ ହୋଇ ଉଠିଛନ୍ତି। ବୃକ୍ଷ ଓ ପଲ୍ଲବିତ ତରୁଲତା ପରିବେଶକୁ ମହକିତ କରିଛି, ଯାହା ଯୋଗୀ ସମୂହଙ୍କ ଅଳସ ଭାଂଗି ଦେଇଛି।

ମଣିଷ, ପଶୁ, ବୃକ୍ଷଲତା ଓ ଭାବଲୋକର ସମସ୍ତ ପ୍ରାଣୀଙ୍କୁ ପର୍ଯ୍ୟାପ୍ତ ପରିମାଣରେ ବାୟୁ, ଜଳ, ଉତ୍ତାପ ଓ ଆଲୋକ ପ୍ରାପ୍ତିର ସକଳ ଆଶୀର୍ବାଦ ପ୍ରାର୍ଥନା କଲା ସଦାନନ୍ଦ। ପରମଧାମରୁ ରକ୍ତିମ ରଶ୍ମି ମଣିଷକୁ ଶାରୀରିକ ସୁଖ, ମାନସିକ ଶାନ୍ତି ଓ ଆତ୍ମିକ ଆନନ୍ଦ ପ୍ରଦାନ କରୁ। ମହାକାଶର ସବୁଜ କିରଣ ଜୀବଜଗତକୁ ପ୍ରେମ, ସୁଖ, ଜ୍ଞାନ ଓ ଶକ୍ତିର ବରଦାନ ପ୍ରଦାନ କରୁ। ସୂର୍ଯ୍ୟାଲୋକ ଯେତେଦୂର ପରିବ୍ୟାପ୍ତ ସେପର୍ଯ୍ୟନ୍ତ ପରମାତ୍ମାଙ୍କ ସକାଶ ବ୍ୟକ୍ତ ହେଉ, ମଣିଷ ଜାତି ରୋଗମୁକ୍ତ ହୁଅନ୍ତୁ, କାମନା କରି ଶ୍ରୀମତ-ମନସ୍କ ହେଲା ସେ।

ଗ୍ରହ ଓ ନକ୍ଷତ୍ର ଲୋକରୁ ଊର୍ଦ୍ଧ୍ୱ ଆଲୋକିତ ରାଜ୍ୟରୁ ଶୀତଳ କିରଣର ଫୁଆରା ଝରି ପଡୁଥାଏ ଆଶ୍ରମ ସାରା। ଠିକ ପାଞ୍ଚଟା ବାଜିବା ମାତ୍ରେ ଯନ୍ତ୍ର ସଂଗୀତରେ ସମଗ୍ର ଆଶ୍ରମ ଗୁଂଜରିତ ହୋଇଉଠିଲା।

ସଦାନନ୍ଦ ଗୁରୁଦେବଙ୍କ କମରା ବାହାରେ ସ୍ୱଚ୍ଛ ପଦଚାରଣ କଲା । ଗୁରୁ ପ୍ରକୋଷ୍ଠରୁ ବାହାରିବା ମାତ୍ରେ ପ୍ରଣିପାତ କଲା ସେ । ସୁପ୍ରଭାତ ଗୁରୁଦେବ ।

ସୁପ୍ରଭାତ ସଦାନନ୍ଦ । ପତ୍ରକାର ଅନୁପମାଙ୍କୁ ଦେଖା କଲ ? ସେ ଭଲରେ ଅଛନ୍ତି ତ ? ତାଙ୍କର ଦେଖରେଖରେ କୌଣସି ଅସୁବିଧା ହୋଇନାହିଁ ତ ?

ସକଳ କୁଶଳ ଗୁରୁଦେବ । ଅନୁପମା ଯେମିତି ଆଶ୍ରମ ଭିତରେ ପରମାତ୍ମାଙ୍କ ଛତ୍ରଛାୟା ତଳେ ସୁରକ୍ଷିତ ରହିପାରିବେ, ସେ ଦିଗରେ ମୁଁ ପ୍ରଯତ୍ନଶୀଳ ହେବି ।

ବାସ୍ । ସେ ସ୍ୱସ୍ଥାନ ପ୍ରତ୍ୟାବର୍ତ୍ତନ କରିବା ପର୍ଯ୍ୟନ୍ତ ତାଙ୍କର ସହାୟତା କରିବ । ତା'ପରେ ତୁମେ ଭଣ୍ଡାର ବା ପାଚନ ଦାୟିତ୍ୱରେ ରହି ପ୍ରଶିକ୍ଷିତ ହେବ । ଏହା ଏକ ଦାୟିତ୍ୱସଂପନ୍ନ ସେବା । ବୁଝିପାରିଲ ?

ଯୋଗୀ ଜୀବନରେ ସେବାର ମହତ୍ତ୍ୱ କ'ଣ ଏତେ ବେଶି ଗୁରୁଦେବ ?

ଜ୍ଞାନ, ଧାରଣା, ଯୋଗ ଓ ସେବା ତପସ୍ୟାର ଚାରୋଟି ସୋପାନ । ଏହି ଚାରୋଟି ବିଷୟରେ ଏକା ସାଥିରେ ଉତ୍ତୀର୍ଣ୍ଣ ନହେଲେ ଆମ ତପଶ୍ଚରଣ ଅସଂପୂର୍ଣ୍ଣ । ଏ ବିଷୟରେ ନିର୍ଦ୍ଦିଷ୍ଟ ସମୟରେ ଆମେ ଆଲୋଚନା ଜାରି ରଖିବା ସଦାନନ୍ଦ ।

ଆଉ ପବିତ୍ରତା କାହିଁକି ଏତେ ଜରୁରୀ ଗୁରୁଦେବ ?

ଯୋଗର ଅନ୍ୟତମ ଆବଶ୍ୟକତା ହେଲା ସଂଯମ ଓ ପବିତ୍ରତା । ଶାରୀରିକ ଶୁଦ୍ଧତା ଓ ମନରେ ପବିତ୍ର ଭାବ ଧାରଣ କରିବା ପାଇଁ ଯୋଗୀ ହେବ ବ୍ରହ୍ମଚାରୀ । ଏଥିପାଇଁ ଖାଦ୍ୟପେୟରେ ଉତ୍ତେଜକ ମସଲା, ପିଆଜ, ରସୁଣ, ତେଲ ଓ ଆମିଷ ପଦାର୍ଥ ବର୍ଜନୀୟ । ତପସ୍ୱୀ ସ୍ୱହସ୍ତ ପ୍ରସ୍ତୁତ ଭୋଜନ ପରମାତ୍ମାଙ୍କୁ ଅର୍ପଣ ପୂର୍ବକ ନିଜେ ଭୋଗ ରୂପେ ସ୍ୱୀକାର କରିବ... ବର୍ତ୍ତମାନ ତୁମେ ନିତ୍ୟକର୍ମ ସାରି ପ୍ରବଚନ ପର୍ବରେ ଉପସ୍ଥିତ ହୁଅ ।

ଯଥା ଆଜ୍ଞା ଗୁରୁଦେବ ।

ଦୁଃଖ, ବିରହ, ଜରା ଓ ମୃତ୍ୟୁ ଚଳିତ ସମୟରେ ମଣିଷର ସହଚର ଓ ତା' କୁକର୍ମର ଫଳ ।

ଏବେ ଆମ ସମୟର ନାମ କ'ଣ ସଦାନନ୍ଦ ?

କଳି ଶେଷ ଓ ସତ୍ୟ ଆସନ୍ନ ପ୍ରାୟ ।

ବାସ୍ । ସତ୍ୟ ଓ ତ୍ରେତା ଯୁଗରେ ମଣିଷ କୌଣସି ପାପ, ଅପକର୍ମ ବା ନକାରାତ୍ମକ ଚିନ୍ତା କରିପାରିବକି ? ନା । ତେଣୁ ସତ୍ୟଯୁଗୀ ଓ ତ୍ରେତାଯୁଗୀ ମଣିଷର କର୍ମକୁ ଆମେ କହିପାରିବା ଅକର୍ମ । କୁକର୍ମ ନୁହେଁ ଯାହା ଧର୍ମର ଗ୍ଲାନି କରିବ । ତେଣୁ ସେ ସମୟରେ କୌଣସି ଅବତାର ପୁରୁଷର ଆବଶ୍ୟକତା ଥିଲା କି ?

ନା, ତା'ହେଲେ ସଂଭବାମି ଯୁଗେଯୁଗେ କୁହାଯାଇଛି କାହିଁକି ? ଗୀତାରେ ?

ଏକଥା ରଚନାକାର କେଉଁ ଯୁଗରେ ଲେଖିଛନ୍ତି ତାହା ଜାଣିରଖ ପ୍ରଥମେ। ସବୁ ପୁରାଣ ଓ ଧର୍ମଗ୍ରନ୍ଥ ଲେଖାଯାଇଛି ଦ୍ୱାପରରେ। ସବୁ ଧର୍ମ ସ୍ଥାପନ ହୋଇଛି ଦ୍ୱାପର ଓ ପରେପରେ। ଅର୍ଥାତ ମଣିଷର ଦୁଃଖର କାହାଣୀ ଆରମ୍ଭ ହୋଇଛି ଦ୍ୱାପର କାଳରେ। ସତ୍ୟ-ତ୍ରେତାରେ ନୁହେଁ। ଏବେ ମୋର ପ୍ରଶ୍ନ: ଆମ ଦୁଃଖର କାରଣ କିଏ ? ମଣିଷ ନା ଭଗବାନ ? ହଁ, ପୁରାଣକୁ ପ୍ରଶ୍ନ କରିବାର ଅଧିକାର ତୁମର ଅଛି ସଦାନନ୍ଦ। ଶାସ୍ତ୍ରରେ ଯାହା ଲେଖାଅଛି ତାହା ଅନ୍ଧ ଭାବରେ ଗ୍ରହଣ କରିଯାଅ ବୋଲି କେଉଁଠି ଲେଖାଅଛି ?

ମଣିଷ ନିଜ ପାଇଁ କ'ଣ କଷ୍ଟ କିଣିଥାଏ ? ନା। ତେଣୁ ତାହାର ସବୁ କଷ୍ଟ ପାଇଁ ମଣିଷ ଦାୟୀ ହୋଇ ନପାରେ। ଦାୟୀ ଅନ୍ୟ କେହି।

ଦେଖ ସଦାନନ୍ଦ, ସବୁ ଧର୍ମଶାସ୍ତ୍ରରେ କୁହାଯାଇଛି ଯେ ଆସକ୍ତି, ଲୋଭ, ଲାଳସା ଓ କାମନା ହେତୁ ମଣିଷର ଦୁଃଖ ବଢ଼ିଥାଏ। ମଣିଷ ନିଜେ ସଂଯମ ହରାଇ ଏସବୁ ବିକାରର ବଶବର୍ତ୍ତୀ ହେବାରୁ ଦୁଃଖ କଷ୍ଟ ଭୋଗିଥାଏ। ସେଥିପାଇଁ ଭଗବାନ କେମିତି ଦାୟୀ ହେଲେ କୁହ।

ଗୁରୁଦେବ, ସଂସାରର ମାୟା, ମୋହ ଓ ଆକର୍ଷଣରୁ ମୁକ୍ତି ପାଇଁ ଆମେ ସନ୍ନ୍ୟାସ ନେଇଛୁ। ତଥାପି ଆମେ ରୋଗ, ଜରା ଓ ମୃତ୍ୟୁ କଷ୍ଟରୁ ମୁକ୍ତ ହୋଇନାହୁଁ।

ହଁ। ତମେ ସଂସାରରୁ ସୁଦୂର ଜଂଗଲ ଭିତରକୁ ଚାଲି ଆସିଛ। କିନ୍ତୁ ସଦାନନ୍ଦ, ପାର୍ଥିବ କାମନା ଓ ଆସକ୍ତିକୁ ତମେ ଜୟ କଲ କେତେବେଳେ ? କ୍ରୋଧକୁ ଜୟ କଲ କେତେବେଳେ ? ଇନ୍ଦ୍ରିୟଜିତ୍ ହେଲ କେତେବେଳେ ? ତୁମେ ପାର୍ଥିବ ଜଗତରୁ ସନ୍ନ୍ୟାସ ନେଇଛ, କିଂତୁ ବେହଦ ସନ୍ନ୍ୟାସୀ ହୋଇନାହଁ। ସେଥିପାଇଁ ଘୋର ତପସ୍ୟାର ଆବଶ୍ୟକତା ରହିଛି...

୯

ଅନୁପମା, ଆପଣଙ୍କର ନିଜ ଘର କେଉଁଠି ?

ମୋତେ ଆପଣ ନିଶା ବୋଲି ଡାକି ପାରନ୍ତି। ଘରକଥା ପଚାରିଲେ ମୁଁ ସବୁବେଳେ ଅପଦସ୍ତ ହୁଏ ସଦାନନ୍ଦଜୀ।

କାହିଁକି ?

ମୁଁ ଜାଣିପାରେନି ମୋର ମୂଳ ବାସସ୍ଥାନ କେଉଁଠି। ମୋ ବାପା ଓଡ଼ିଶାର। ବୋଉ ବଙ୍ଗ ପ୍ରଦେଶର। ମୁଁ ଜନ୍ମ ହୋଇଛି ଭୁବନେଶ୍ୱରରେ। ମୋ ପଢ଼ାପଢ଼ି ଓଡ଼ିଶା ଓ ଦିଲ୍ଲୀରେ ହୋଇଛି। ସାମ୍ବାଦିକତା ଓ ଗଣ ଯୋଗାଯୋଗ ଶିକ୍ଷା କରିଛି ଲଣ୍ଡନରେ। ମୋର ବୃତ୍ତି ଦିଲ୍ଲୀରେ। ତେଣୁ ମୋର ତୃଣମୂଳ ମାଟି କେଉଁଠି ପଚାରିଲେ ମୁଁ ସଠିକ୍ ଭାବେ କହିପାରେନି।

ନିଶା, ଆମ ଜନ୍ମ ଓ ବାସସ୍ଥାନ ଯେଉଁଠି ହେଉନା କାହିଁକି ଆମ ସମସ୍ତଙ୍କ ମୂଳ ନିବାସ ହେଲା ପରମଧାମ ବା ନିର୍ବାଣ ଧାମ। ପୃଥିବୀ ବା ସାକାର ଲୋକରେ ସମସ୍ତଙ୍କର ଇଚ୍ଛା ଓ କାମନା ଥାଏ। ନା କ'ଣ କହୁଛନ୍ତି ?

ତମେ କେତେ ପ୍ରାଗମାଟିକ୍ ସଦାନନ୍ଦ !

ନିଶା, ଅନେକ ସମୟ ଧରି ମୁଁ କଥାଟିଏ କହିଦେବି ଭାବୁଥିଲି, ସଦାନନ୍ଦ କହିଲା ଧୀର ସ୍ୱରରେ। ଦୃଷ୍ଟି ତା'ର ନିବିଷ୍ଟ ହୋଇ ଅନୁପମାଙ୍କ ଗଭୀର ସାଗର ନୟନ ମନ୍ଥନରେ ନିମଗ୍ନ ରହିଲା। ଏମିତି ଭାବାନ୍ତର ତା' ପୂର୍ବ ଜୀବନରେ କେବେ ଆସି ନଥିଲା।

କ'ଣ କହିବ ଭାବୁଥିଲ ? ଉତ୍କଣ୍ଠାରେ ପଚାରିଲେ ଅନୁପମା।

ନିଶା, ମୁଁ ଆପଣଙ୍କୁ କେମିତି ବୁଝାଇବି ହୁଏତ ଜାଣିନାହିଁ। କିମ୍ବା ଆବେଗ କାରଣରୁ ଏହା ମୋର ଅବିଚାରିତ ଭୁଲ ହୋଇଥିବ... ଧୀରେଧୀରେ ମୁଁ ଯେମିତି ଆପଣଙ୍କର ନିକଟତର ହେବାକୁ ବସିଛି। ଏହାକୁ ଓଡ଼ିଆରେ କ'ଣ କୁହାଯାଏ ମୁଁ

ଜାଣିନି । ଭଲପାଇବା କହିହେବ ନା ଇନଫାଚୁଏସନ୍ କିମ୍ବା ଦେହଜ ଆକର୍ଷଣ । ଠିକ୍ ଭୁଲ ଜାଣିନାହିଁ... ମୋତେ ଯାହା ଅନୁଭୂତ ହେଲା, କହିଦେଲି ।

: କ'ଣ ଅନୁଭୂତ ହେଲା ?

: ଆପଣ ଏବେ ନିଜର ମନେହେଉଛନ୍ତି ।

ସଦାନନ୍ଦର ସ୍ୱୀକାରୋକ୍ତି ଥିଲା ଚମକପ୍ରଦ । ବୌଦ୍ଧ ସଂସ୍କୃତିର ଅବଶେଷ ଓ ଏହାର ପରିପାର୍ଶ୍ୱ ଉପରେ ଫିଚର୍ ଲେଖିବାକୁ ଆସି ଅନୁପମା ଜଣେ ସନ୍ନ୍ୟାସୀଙ୍କ ଜୀବନଶୈଳୀର ପ୍ରେମରେ ପଡ଼ିଯିବେ ? ତା'ପରେ ସୁସ୍ଥ ଭାବରେ ସେ ଭବିଷ୍ୟତରେ କିଛି ଲେଖାଲେଖି କରିପାରିବେ ତ ? କୌଣସି ମାନସିକ ଉଦ୍‌ବେଳନର ସାମ୍ନା କରିବେନି ?

ସଦାନନ୍ଦ, ତମେ ଯାହା କହୁଛ, ଭାବିଚିନ୍ତି କହୁଛ ତ ? ତମେ ଯୋଗୀ ଜୀବନ ଯାପନ କରିବ ବୋଲି ସଂସାର, ବାପା-ମା' ଓ ପରିବାର ତ୍ୟାଗ କରିଦେଇ ଆସିଛ । ଏବେ ପୁଣି ନୂଆ କରି ସଂସାର ମାୟା ଲାଗିଗଲା କି ? ମାୟା ଓ ମୋହ ଆଗରେ ବଡ଼ବଡ଼ ମୁନି ଋଷିମାନେ ହାରିଯାଇଛନ୍ତି । ସନ୍ନ୍ୟାସୀ ହେବା ପାଇଁ ତମେ ସଂସାରର ସବୁ ସଂପର୍କ, ମୋହ ଅତିକ୍ରମ କରି ଆସିଛ । ଶାନ୍ତି ଓ ଆଲୋକର ଜୀବନ ଖୋଜି ଶେଷରେ ଏଇଠି ପହଞ୍ଚିଛ । ତମେ କ'ଣ ଅନ୍ଧାରରେ ପୁଣି ବୁଡ଼ ମାରିବାକୁ ବସିଛ ? ତମେ କ'ଣ କହୁଛ ନିଜେ ଜାଣି ପାରୁଛ ତ ?

ସଦାନନ୍ଦର ପବିତ୍ରତା, ବୁଦ୍ଧିମତ୍ତା ଓ ତ୍ୟାଗର ସମ୍ମାନ କରି ଆସିଥିବା ନିଶା ତାହାର ନୈତିକ ସ୍ଖଳନ ପାଇଁ ନିଜେ ଦାୟୀ ହୋଇ ପାରିବେ ? ଏହା ଥିଲା ଅବିଶ୍ୱାସ୍ୟ । ସଦାନନ୍ଦର ସାନ୍ନିଧ୍ୟରୁ ମୁକୁଳି ଆସିଥିଲେ ଅନୁପମା ।

କ୍ଷମା କରିବ ସଦାନନ୍ଦ । ତମେ ଏମିତି କଥାବାର୍ତ୍ତା କରିପାରିବ ନାହିଁ । ତମେ ଯେଉଁ ବିଶ୍ୱାସର ଧାରା ଅବଲମ୍ବନ କରିଛ, ମୋ ପାଇଁ ତାହାକୁ ଚୁରମାର୍ କରିପାରିବ ନାହିଁ । ଆଇ ଏମ୍ ସରି ।

ଏକ ଅନନ୍ତ ଦୋଷୀଭାବ ଓ ଅନୁତାପର ଦାବାନଳରେ ବିଦଗ୍ଧ ହେବାକୁ ବସିଲା ସଦାନନ୍ଦ । ତା' ସଂପର୍କରେ ଅନୁପମାଙ୍କ ନିର୍ଲିପ୍ତ ମନ୍ତବ୍ୟ ଥିଲା ଯଥାର୍ଥ । ଭାଗ୍ୟରେ ଥିଲେ ତାଙ୍କ ପରି ଆତ୍ମିକ ସାଥୀ ମିଳିପାରିବ ।

'ନିଶା, ଦୟାକରି ଅପାଂକ୍ତେୟ ଅଳିଆ ଟୋକେଇ ମନେକରି ମୋତେ ରାସ୍ତାକଡ଼ରେ ଅଜାଡ଼ି ଦିଅ ନାହିଁ । ମୁଁ ଜାଣେ, ଏହା ମୋର ଅନିଚ୍ଛାକୃତ ଭୁଲ । କିନ୍ତୁ ମୁଁ ନିଜକୁ ଆକଟ କରିପାରି ନାହିଁ । ସାଧ୍ୟମତେ ଚେଷ୍ଟାକରି ଉଦଗ୍ର ଆବେଗରୁ ନିଜକୁ ମୁକୁଳାଇ ପାରିନାହିଁ । ଏହା ନିର୍ବିବାଦରେ ମୋ ଆଶ୍ରମ ଜୀବନ ପାଇଁ ନିୟତି ପ୍ରଯୋଜିତ

ପ୍ରଥମ ସେମିଷ୍ଟର୍ ପରୀକ୍ଷା। ଆସକ୍ତି ଓ କାମନାକୁ ମୁଁ କେମିତି ଅତିକ୍ରମ କରିପାରୁଛି ଦେଖିବା ପାଇଁ ଏହା ହୁଏତ ଏକ ପ୍ରାମାଣିକ ପରୀକ୍ଷା। ଏଥିରେ ଉତ୍ତୀର୍ଣ୍ଣ ହେଲେ ଦୁଇଟି ଯୁଗଳ ଜୀବନରେ ମୃଦୁ ସଂଗୀତ ଶୁଭିବ ଅହୋରାତ୍ର...'

ପ୍ରତ୍ୟାଖ୍ୟାନ ମୁଦ୍ରାରେ ମୁଣ୍ଡ ଦୋହଲାଇଲା ନିଶା।

'ସଦାନନ୍ଦ, ତମେ ନିଜକୁ ଖୁସି କରିବାକୁ ମିଛରେ ଏକଥା ସବୁ କହୁଛ। ଏହା କୌଣସି ଦୈବୀ ପରୀକ୍ଷା ନୁହେଁ, ଏହା ସୈତାନର ଫିସାଦ ଓ ଶଠତା। କ୍ଷଣିକ ଉତ୍ତେଜନାରେ ପଡ଼ି ତୁମେ ନିରନ୍ତର ପ୍ରଗତିର ବାଟକୁ ବୁଜି ଦେଉଛ। ଏସବୁ ଫାଲତୁ କଥା ଛାଡ଼ି ଆତ୍ମାଭିମାନୀ ହୁଅ। ତେବେ ହିଁ ଜୀବନରେ ଅପାର ଶାନ୍ତି ଓ ଆନନ୍ଦ ପାଇପାରିବ...'

ସଦାନନ୍ଦର ଆଖିରେ ଲୁହ ଜମି ଆସିଥିଲା। ସେ ଜାଣୁଥିଲା ଅନୁପମାର ପ୍ରତ୍ୟେକ ଉଚ୍ଚାରଣ ପଥର ପରି କଠିନ ଥିଲା। ଆଉ ଅନୁପମା ପରି ଦୁର୍ମୂଲ୍ୟ ମୁକ୍ତାକୁ ସେ ହରାଇ ବସୁଛି ଆଜୀବନ। ନିଶା, ମୁଁ ତୁମକୁ ଭଲପାଏ... ମୋତେ ଛାଡ଼ି ଯାଅନାହିଁ...

ସଦାନନ୍ଦ, ମୋ କଥା ତୁମକୁ ରୁକ୍ଷ ଲାଗିପାରେ। ମୁଁ ପଥର ନୁହେଁ କି ଦେବୀ ମଧ୍ୟ ନୁହେଁ। କିନ୍ତୁ ମୁଁ ଚାହେଁ, ତୁମେ ଲକ୍ଷ୍ୟପଥରୁ ବିଚ୍ୟୁତ ହୁଅ ନାହିଁ। ତୁମ ପାଇଁ ମୋର ଭଲପାଇବା ସବୁଦିନ ରହିଥିବ... କ୍ଷଣିକ ଆବେଗରେ ତୁମେ ଆଜି ଯେଉଁ ଅଭିଳାଷ ପୋଷଣ କରୁଥିଲ ତାହା ଏ ଜୀବନର ସମସ୍ତ ସଞ୍ଚିତ ପୁଣ୍ୟ ବିଲୋପ କରି ଦେଇଥାନ୍ତା। ପୃଥିବୀର ସବୁ ନାଟକ ମିଳନାନ୍ତକ ହେବା ସଂଭବପର ନୁହେଁ। ଆମମାନଙ୍କ ରୁଚି ଅଲଗା। ମୋର ବୃତ୍ତି ଅଲଗା, ଆଜନ୍ମ ଆମ ପରିବାରର ପରିବେଶ ଅଲଗା ତେଣୁ ଆମର ରାସ୍ତା ଅଲଗା ହେଲେ ଭଲ। ତମେ ଏଇଠି ରହି ଏକ ମହତ୍ତର ଜୀବନର ଆସ୍ପୃହା ରଖିଛ। ତମେ ସଫଳ ହୁଅ। ମୁଁ ମଧ୍ୟ ମୋ କର୍ମକ୍ଷେତ୍ରକୁ ଫେରି ସଫଳକାମ ହୁଏ ଯେମିତି...

ପୁଣି କେବେ ଆମର ଦେଖାହେବ ନିଶା ? ସଦାନନ୍ଦ ଦୋହରାଇଥିଲା ପ୍ରଶ୍ନ।

ହୁଏତ ଆରଜନ୍ମରେ କେଉଁଠି ଆମର ଦେଖା ହୋଇପାରେ ଯେଉଁଠି ଜାତି, ଧର୍ମ, ଶିକ୍ଷା ଓ ପ୍ରାଚୁର୍ଯ୍ୟର ତାରତମ୍ୟ ନଥିବ... ନଥିବ ମଣିଷ-ମଣିଷ ଭିତରେ ବିଭେଦ... ଆମେ ସମ୍ମିଳିତ ହେବା ସେତିକିବେଳେ.... କିନ୍ତୁ ଏ ଜନ୍ମରେ ନୁହେଁ ନିଶ୍ଚୟ, କହି ଅନୁପମା ସଦାନନ୍ଦର ଆଶ୍ଲେଷରୁ ମୁକୁଳି ଆସିଛନ୍ତି। ସଦାନନ୍ଦର ମଥାରେ ଓଠ ସ୍ପର୍ଶ କରି ଉଠିଲେ ସେ। ଗୁଡ୍‌ବାଏ ମାଇଁ ଫ୍ରେଣ୍ଡ, ସ୍ୱଗତୋକ୍ତି କଲେ ସେ।

ଧୀର ଅଥଚ ସ୍ଥିର ପଦକ୍ଷେପରେ ଲାଇବ୍ରେରୀ ବାରନ୍ଦାରେ ଚଢ଼ିଲେ ଅନୁପମା। ସଦାନନ୍ଦ ତାଙ୍କ ରାଜକୀୟ ପଦଚାରଣାର ଅନୁସରଣ କଲା ଭଗ୍ନ ହୃଦୟର ସହିତ।

୧୦

ସଦାନନ୍ଦ ପାଇଁ ସେ ଦୃଶ୍ୟ ଥିଲା ଏକାନ୍ତ ବିରହର। ସନ୍ନ୍ୟାସ ଗ୍ରହଣ କଲା ପରେ ସେ ଜଣେ ସାଧାରଣ ବ୍ୟକ୍ତି ପରି ବିରହର କ୍ଷୋଭ ଅନୁଭବ କରିବ କେମିତି ? ଏହା କ'ଣ ସଂଭବ ? ସେମିତି ଜୀବନର ଏକ ଚତୁର୍ମୁଖୀ ଛକରେ ପହଞ୍ଚିଥିଲା ସଦାନନ୍ଦ ଓରଫ୍ ଗୌରାଙ୍ଗ।

ଲାଇବ୍ରେରୀ ପାହାଚ ଉପର ଦେଇ ନିଶା ଧୀର ପଦପାତରେ ବାହାରକୁ ଚାଲିଯିବାର ଦୃଶ୍ୟ ଥିଲା ସଦାନନ୍ଦ ପାଇଁ ଏକ ବିୟୋଗାନ୍ତକ ହୃଦୟ ବିଦାରକ ମୁହୂର୍ତ୍ତ। କୌଣସି କାରଣରୁ ଖୁବ୍ ଓଜନିଆ ଲାଗିଲା ସଦାନନ୍ଦର ଛାତି। ଆନଂଦ ପାଇବାକୁ ଆସି ସେ ଏଠି ଭୋଗୁଛି ବିଷାଦ ! ସେ ଏମିତି ଏକ ଯୋଗାଶ୍ରମରେ ରହି ପାରିବ କେମିତି ? ନା, ଆଉ ବେଶି ଦିନ ରହିହେବନି ଏଇଠି, ଭାବିଲା ସଦାନନ୍ଦ।

ଗୁରୁଦେବଙ୍କ ଆଜ୍ଞା ମୁତାବକ ସଦାନନ୍ଦ ପ୍ରତ୍ୟୁଷ ଧ୍ୟାନ ପରେ ଦେଖାକଲା ଶ୍ରୀମହର୍ଷିଙ୍କୁ।

ଗୁରୁଦେବ, ଆଜି ସନ୍ଧ୍ୟାରେ ପରିବେଶ ପତ୍ରକାର ଅନୁପମା ଫେରିଯିବେ ଦିଲ୍ଲୀ। ତାଙ୍କ ପାଇଁ କିଛି ସହାୟତା କରାଯାଇପାରେ ?

ମହର୍ଷି ସଦାନନ୍ଦକୁ ଆପାଦମସ୍ତକ ଦୃଷ୍ଟି ଦେଇ ପଚାରିଲେ: ତମେ କ'ଣ ଅନୁପମାଙ୍କୁ ଏୟାରପୋର୍ଟ ଯାଏଁ ଛାଡ଼ିବା କଥା ଚିନ୍ତା କରୁଛ ? ସେଥିପାଇଁ ତମେ ଚିନ୍ତା କରନାହିଁ।

ଆପଣ ଆଜ୍ଞା କଲେ ଯିବି।

ନା। ଆଶ୍ରମର ଗାଡ଼ି ଯାଉଛି ଏୟାରପୋର୍ଟ। ଡ୍ରାଇଭର ତାଙ୍କୁ ନେଇ ଛାଡ଼ିଦେଇ ଆସିବ। ତମେ ଆଉ ଯିବ କାହିଁକି ?

ଠିକ୍ ଅଛି। ମୋତେ ଅନ୍ୟ କିଛି ସେବା ଦେବେ ?

ହଁ, ତମେ ଆଜି ଭୋଗଶାଳା ଯିବ? ଡାଏନିଂ ପାଖ ଘର।

ଠିକ୍ ଅଛି ଗୁରୁଦେବ।

କିନ୍ତୁ ମନେରଖ, ସ୍ୱଚ୍ଛତା ହେଲା ଭୋଜନର ପ୍ରଥମ ଆବଶ୍ୟକତା। ମନ, ବୁଦ୍ଧି ଓ ସଂସ୍କାରରେ ସୁସ୍ଥ ଓ ପବିତ୍ର ଭାବନା ଥିଲେ ଜଣେ ଭୋଜନ ପ୍ରସ୍ତୁତି ଓ ବଣ୍ଟନ କର୍ମରେ ବିନିଯୁକ୍ତ ହୋଇପାରିବ। ତୁମେ ପ୍ରକୃତରେ କେତେ ପବିତ୍ର ଅଛ ସଦାନନ୍ଦ?

ଗୁରୁଦେବ, ମୁଁ ଭାବୁଛି ବ୍ରହ୍ମଚର୍ଯ୍ୟ ପାଳନ କେବଳ ଶାରୀରିକ ପବିତ୍ରତାରେ ସୀମିତ ନୁହେଁ। ମାନସିକ ଚିନ୍ତନ, ଆଚରଣ ଓ ଦୃଷ୍ଟିରେ ବି ଜଣେ ଯୋଗୀ ପବିତ୍ର ରହିବା ଉଚିତ। କୁହାଯାଏ, ମଣିଷ ଯେମିତି ଅନ୍ନ ଗ୍ରହଣ କରିବ ସେମିତି ହେବ ତା'ର ମନ, ଯେମିତି ପିଇବ ପାଣି, ସେମିତି ହେବ ତା'ର ବାଣୀ। ମନ ପବିତ୍ର ରହିଲେ ପବିତ୍ର ରହିବ ଦେହ...

ତେଣୁ ସାତ୍ତ୍ୱିକ ଭୋଜନ ଯିଏ ତିଆରି କରେ ତା' ମନୋବୃତ୍ତିର ପ୍ରଭାବ ପଡ଼େ ଖାଦ୍ୟ ଉପରେ। ସେ ଖାଦ୍ୟ ପରମାତ୍ମାଙ୍କୁ ଅର୍ପଣ କଲେ ତାହା ହୁଏ ଭୋଗ। ଭୋଗ ନୈବେଦ୍ୟ ଯିଏ କରେ ସେ ଭଗବାନଙ୍କୁ ଦିଏ କ'ଣ? ଅରଖ, ଦୁଦୁରା ଓ କନିଅର ଫୁଲ। ଦୂବଘାସ। ଅର୍ଥାତ୍ ନିଜର କାମ, କ୍ରୋଧ ଓ ଅହଂକାର ପରି ବଦ୍‌ଗୁଣ ଆମେ ପରମାତ୍ମାଙ୍କୁ ସମର୍ପି ଦେଉଛୁ, ସଂଯୋଗ କଲେ ଶ୍ରୀମହର୍ଷି।

ତାହା ତ ସତକଥା ଗୁରୁଦେବ।

ସତ? କେତେ ଦୂର ସତ? ପଚାରିଦେଇ ଗୁରୁ ଦିଶିଲେ ଗମ୍ଭୀର। ଜଣେ ତପସ୍ୱୀର ଆଚରଣ ତା' ଆଦର୍ଶଠାରୁ କ'ଣ ଭିନ୍ନ ହେବ? ନୁହେଁ? ତମେ କେତେଦୂର ସ୍ତ୍ରୀ ସାନିଧ୍ୟରୁ ନିଜକୁ ମୁକ୍ତ ରଖିଛ ସଦାନନ୍ଦ?

ଯଥସଂଭବ ଗୁରୁଦେବ...

ସଦାନନ୍ଦ... ଗର୍ଜି ଉଠିଲେ ଗୁରୁଦେବ। ତମେ କେବଳ ଅପବିତ୍ର ନୁହଁ, ମିଥ୍ୟାବାଦୀ ମଧ୍ୟ। ସ୍ତ୍ରୀ ସାନ୍ନିଧ୍ୟରେ ତୁମର କୌଣସି ସଂଯମ ବା ପବିତ୍ର ବୃତ୍ତି ମୁଁ ଦେଖି ପାରିଲି ନାହିଁ ତ? ଏହା ଏକ ପବିତ୍ର ସ୍ଥାନ ସେ କଥା ବି ତମର ମନେ ରହୁନାହିଁ?

ମୋର ଭୁଲ ହୋଇଯାଇଛି ଗୁରୁଦେବ। ସ୍ୱଚ୍ଛ ଆବେଗରେ ମୁଁ ନିଜକୁ ଭୁଲିଥିଲି। କ୍ଷମା କରିବେ ଗୁରୁଦେବ।

ପୁରୁଷାର୍ଥୀର ପ୍ରଥମ ଦୁର୍ବଳତା ହେଲା ତା'ର ଯୌନ ପିପାସା। କାମ ମହାଶତ୍ରୁ, ଏକଥା କୁହା ହୋଇଛି ଆମ ଦେଶର ସମସ୍ତ ଶାସ୍ତ୍ର ପୁରାଣରେ। ଯୋଗୀ ଜୀବନରେ ଯିଏ ପ୍ରଥମେ ବର୍ଜନୀୟ, ସିଏ ହିଁ ତୁମ ନାକଧରି ଉଠବସ କରାଇ ଦେଇଛି।

ଏହା ମୋର ପ୍ରଥମ ଭୁଲ୍ ଭାବି କ୍ଷମା କରିଦେବେ ଗୁରୁଦେବ!

ହଉ, ଯେଉଁ ନାରୀଙ୍କ ବାହୁ ବନ୍ଧନରେ ରହି ତମେ ପରମାର୍ଥିକ ସୁଖକୁ ପାଦରେ ଆଡ଼େଇ ଦେଇଛ ତାଙ୍କ ବୟସ କେତେ ? ତିରିଶ ବର୍ଷ। ଆଉ ତୁମ ବୟସ ? ପଚିଶ। ଯାହା ପାଇଁ ତମେ ନିଜକୁ ଭୁଲିଛ, ସେହି ସ୍ତ୍ରୀଙ୍କ ବିଷୟରେ ତମେ କ'ଣ ଜାଣିଛ? ସେ ବିବାହିତା ଓ ସ୍ୱାମୀ ପରିତ୍ୟକ୍ତା ବି। ସେ ତୁମର ମାଆ ସମାନ। ବୟସର ହିତାହିତ ଜ୍ଞାନ ବି ତମେ ଭୁଲି ଯାଇଛ। ପ୍ରେମ କେମିତି ତପସ୍ୱୀମାନଙ୍କୁ ଅନ୍ଧ କରିଦିଏ ତା'ର ଜ୍ୱଳନ୍ତ ଉଦାହରଣ ନିଜ ଜୀବନରେ ଦେଖିଲ। ମାୟା ପରବଶ ହୋଇ ତମେ କେଇ ଘଣ୍ଟା ମଧ୍ୟରେ ଲକ୍ଷ୍ୟଭ୍ରଷ୍ଟ ହୋଇଗଲ, ତାହାର ଚାକ୍ଷୁଷ ପ୍ରମାଣ ସ୍ପଷ୍ଟ ଦେଖିଲ ତ? ଅଥଚ ଭୁଲିଗଲ ତମେ କିଏ ? କାହିଁକି ଏଠିକି ଆସିଛ ଓ କାହା ସହିତ ରାସ ଓ ଆଲିଙ୍ଗନରେ ନିମଗ୍ନ ହୋଇଯାଉଛ ? ଛି...

ଲଜ୍ଜା ଓ ଅପମାନରେ ଆରକ୍ତ ହୋଇଗଲା ସଦାନନ୍ଦର ଚେହେରା। ତା' ମୁହଁରୁ ଆଉ ଶବ୍ଦ ବାହାରିଲା ନାହିଁ। ଝରିଲା ଟପଟପ୍ ହୋଇ ଅଶ୍ରୁ।

ନିଶାଙ୍କ ମାନସିକ ସ୍ଥିତି କ'ଣ ହେଉଥିବ ଏଇ ମୁହୂର୍ତ୍ତରେ? ରାତି ପାହିଲେ ସେ ଥିବେ ଭାରତର ଅପର ପ୍ରାନ୍ତରେ। ନିଜ ବୃତ୍ତି ସହ ମଧୁର ଜୀବନଚର୍ଯ୍ୟାରୁ ତାଙ୍କୁ ମୁକ୍ତ କରିବେ କିଏ ?

ସଦାନନ୍ଦ ଭୋଗଶାଳାକୁ ଯିବା ପୂର୍ବରୁ ସ୍ୱିଚ୍‌ଅଫ୍ ହୋଇଯାଇଥିବା ସ୍ମାର୍ଟଫୋନକୁ ସକ୍ରିୟ କଲା। ନିଶାଙ୍କ ପାଖରୁ ଫୋନକଲ୍ ଆସିଯିବ ଯେକୌଣସି ମୁହୂର୍ତ୍ତରେ। ସେ ଦିଲ୍ଲୀ ଯିବା ପୂର୍ବରୁ ତାଙ୍କ ସହ ସୌଜନ୍ୟମୂଳକ ସାକ୍ଷାତ କରିବା ଉଚିତ।

ଡାଏନିଂ ଆଡ଼କୁ ଅଗ୍ରସର ହେଲା ସଦାନନ୍ଦ।

ଯୋଗାଶ୍ରମରେ ଭୋଗଶାଳାର ଦାୟିତ୍ୱ ଅର୍ପଣ କରିଥିଲେ ଗୁରୁଦେବ, ଅଥଚ ସଦାନନ୍ଦର ଦୃଷ୍ଟି ପହଁରି ଯାଉଥିଲା ଡାଏନିଂ ହଲ୍ ଚତୁଃପାର୍ଶ୍ୱ ଯେଉଁଠି ଉଦାସ ଆଖିରେ କେହିଜଣେ ତା'ର ପ୍ରତୀକ୍ଷା କରୁଥିବେ! ଏ'କଣ ପ୍ରେମ ନା ଏକେଲାପଣ, ଯାହା ଦଂଶନ କରୁଛି ତାକୁ ଦିନସାରା। ଏଠି ଆସି ନିରନ୍ତର ପରମାତ୍ମାଙ୍କୁ ସ୍ମରଣ କରିବା ବଦଳରେ ସାଧାରଣ ଦେହଧାରୀ ଜଣେ ମଣିଷ ବିଷୟରେ ସେ ଚିନ୍ତନ କରୁଛି ? ଛି ଛି... ଗୁରୁଦେବଙ୍କ ତିରସ୍କାର ତା' କାନରେ ପ୍ରତିଧ୍ୱନିତ ହେଉଛି ବାରଂବାର। ଛି ଛି...

୧୧

ଓମ୍ ଶାନ୍ତି। ଅଭିବାଦନ କଲା ସଦାନନ୍ଦ।

ତମେ କିଏ ? ପ୍ରଶ୍ନ କଲେ ରନ୍ଧନଶାଳାର ମୁଖ୍ୟ ପାଚକ ମହୀଶୂର ମୋଦକ।

ମୁଁ ସଦାନନ୍ଦ। ଗୁରୁଦେବଙ୍କ ଆଜ୍ଞା ପ୍ରମାଣେ ମୁଁ ପାଚନ କର୍ମରେ ନିୟୋଜିତ ହେବାକୁ ଆସିଛି। ଆପଣ ମୋ ସେବା ସ୍ୱୀକାର କରନ୍ତୁ।

ଏଇ ଅଳ୍ପଦିନ ତଳେ ତମେ ଆଶ୍ରମରେ ଯୋଗଦେଇଛ ବୋଧହୁଏ ? ଠିକ୍ ଅଛି ସଦାନନ୍ଦ। ହାତଗୋଡ଼ ଧୋଇ ଆସ, ପରାମର୍ଶ ଦେଲେ ମହୀଶୂର।

ହଳଦି ପଡ଼ିଆର ଦୁଇ ଡକାୟତଙ୍କୁ ମୁଁ ଧରେଇଥିଲି, ଆପଣଙ୍କ ମନେଥିବ।

ଆଚ୍ଛା, ତମେ ତା'ହେଲେ ସେଇ ବାହାଦୁର ଯୁବକ। ସାବାସ୍।

ତା'ହେଲେ ମୁଁ ଆସେ।

କିଚେନ୍ ବାହାରେ ଧୁଆଧୋଇ ହୋଇ ଆସ। ତା'ପରେ ଧ୍ୟାନ କରିବ, ଦୃଷ୍ଟି ଯେମିତି ଏକାଗ୍ର ଓ ସ୍ଥିର ହୋଇ ରହେ ପରମ ପବିତ୍ର ଶିବଙ୍କ ଜ୍ୟୋତିର୍ବିନ୍ଦୁରେ। ବୁଝିଲ ? ନିଜକୁ ଆତ୍ମା ବୋଲି ଭାବିବ, ଦେହ ନୁହେଁ। ଦେହର ସମସ୍ତ ଅବୟବ ଆତ୍ମାର ଇଙ୍ଗିତରେ ଚାଲିଛନ୍ତି, ଏହି ମୂଳ ସତ୍ୟକୁ ସ୍ୱୀକାର କରିବାକୁ ହେବ, ଯେ କୌଣସି କାମ କରିବା ପୂର୍ବରୁ। ମହୀଶୂର ମନେ ପକାଇଦେଲେ।

ଠିକ ଅଛି ସ୍ୱାମୀ, କହିଲା ସଦାନନ୍ଦ।

ସ୍ୱାମୀ ନୁହେଁ। ଭାଇ। ଶିବ ହେଲେ ପରମ ପିତା। ଅର୍ଥାତ୍ ଆମେ ତାଙ୍କ ସନ୍ତାନ, ସବୁ ଭାଇ-ଭାଇ। ସେ ଆମ ପରି ଆତ୍ମା ରୂପରେ ଅଛନ୍ତି ପାର୍ଥିବ ବିଶ୍ୱର ଅନେକ ଊର୍ଦ୍ଧ୍ୱରେ। ତାଙ୍କ ବାସସ୍ଥାନ ପରମଧାମ ବା ବ୍ରହ୍ମଲୋକରେ।

ମାନେ ସେ ସ୍ୱର୍ଗରେ ଅଛନ୍ତି ? ଆମ ପୃଥ୍ୱୀ ସହ ତାଙ୍କର କିଛି ସଂପର୍କ ନାହିଁ ? ପ୍ରଶ୍ନ କଲା ସଦାନନ୍ଦ।

ସେ ସ୍ୱର୍ଗରେ ଅଛନ୍ତି ବୋଲି କିଏ କହିଲା ତୁମକୁ ? ସେ ସ୍ୱର୍ଗ ସୃଷ୍ଟି କରିଛନ୍ତି ଆମରି ପାଇଁ। ସେ ନିଜେ ସେଇଠି ରୁହନ୍ତି ନାହିଁ। ଆମ ସହ ତାଙ୍କର ସଂପର୍କ ନାହିଁ ବୋଲି ଭାବିଲ କେମିତି ? ଆମେ ପରା ତାଙ୍କର ସନ୍ତାନ। ସେ ହେଲେ ଆମ ପିତା ଓ ମାତା।

ସେ ମାତା କିମ୍ବା ପିତା ହେବେ। ଉଭୟ କେମିତି ହେବେ ? ପୁଣି ସଂଶୟ ପ୍ରକଟ କଲା ସଦାନନ୍ଦ।

ତୁମ ନାମ ସଂଶୟାନନ୍ଦ ହେବା ଉଚିତ... କହିଲି ପରା ? ତାଙ୍କର ଦେହ ନାହିଁ ମାନେ ଲିଙ୍ଗ ନାହିଁ। ଆମେ ଆତ୍ମା ଓ ସେ ହେଲେ ପରମାତ୍ମା। ଆମ ଦେହରୁ ଆତ୍ମା ଚାଲିଗଲେ ଆମେ ମୃତ। ଶବ। 'ତ୍ୱମେବ ମାତାଶ୍ଚ ପିତା ତ୍ୱମେବ' ବୋଲି ଆମେ ପ୍ରାର୍ଥନା କରିଛୁ ସ୍କୁଲରେ। ମନେଅଛି ? ତାଙ୍କର ଶରୀର ନାହିଁ ବୋଲି ତାଙ୍କୁ ଆମେ ନିରାକାର କହୁ।

ତାଙ୍କର ଶରୀର ନାହିଁ କାହିଁକି ?

ପୁଣି ସେଇ ପ୍ରଶ୍ନ। ଶରୀର ଧାରଣ କରି ସେ କ'ଣ ଡାଏବେଟିସ, କ୍ୟାନ୍‌ସର କରୋନା, ମ୍ୟାଲେରିଆ କି ହଇଜା ରୋଗ ଭୋଗିବେ ଏଠି ? ତାଙ୍କର ପାପ କ'ଣ ? ସେ କ'ଣ ପାଇଁ ଦେହ ନେଇ ଜନ୍ମ ନେବେ ? ତାଙ୍କର ଜନ୍ମ ନାହିଁ କି ମୃତ୍ୟୁ ବି ନାହିଁ। କୁହାଯାଇଛି ସେ ଅଯୋନିଜନ୍ମା। ଆମର ଶରୀର ଅଛି, କାରଣ ଅନେକ ଜନ୍ମର ପାପକୁ ଆମେ ଏ ଦେହରେ ଭୋଗ କରି ଆସିଛୁ। ତେଣୁ ଆମ କାମନା ଓ ବାସନାକୁ ଦଗ୍ଧ କରିବାକୁ ପଡ଼ିବ, କହିଲେ ମହୀଶୂର ମୋଦକ।

ତା'ହେଲେ ଆମେ କର୍ପୋରେଟ ହାସ୍‌ପାତାଳ ଯାଇ ଏସବୁ ରୋଗ ବିମୁକ୍ତ ହେବାକୁ ଏଇଠି ଜନ୍ମ ନେଇଛୁ ? ଆମ ପାପ ସମୂହ ସେମିତି ବିନାଶ କରିବାକୁ ପଡ଼ିବ ?

ଆଉ ନୁହେଁ ତ କ'ଣ ? ସ୍ୱର୍ଗରେ ଡାକ୍ତର ବା ହସ୍ପିଟାଲ୍ ନାହିଁ ଯେ ! ଯାହା ରୋଗ ବୈରାଗ ହେଲେ ଏଠି ହିଁ ସ୍ୱାସ୍ଥ୍ୟ ବୀମା କରି ବା କର୍ପୋରେଟ ଚିକିତ୍ସାଳୟ ଯାଇ ରୋଗମୁକ୍ତ ହେବାକୁ ହେବ। ଔଷଧ ଓ ବଟିକାକୁ ଆଧୁନିକ ସମୟର ଫଳ ଭାବି ଖାଇବାକୁ ହେବ। ଆମ ଦେହକୁ ରକ୍ଷା କରିବାକୁ ହେବ। ତା'ପରେ ହିଁ ଯୋଗ ତପସ୍ୟା କରିପାରିବ। ଗୀତାରେ କୁହାଯାଇଛି ଯେ ରୋଗୀ, ଭୋକିଲା, ଅର୍ଥ ଚିନ୍ତାରେ ମ୍ରିୟମାଣ, ମାନସିକ ବିକାରଗ୍ରସ୍ତ, କ୍ରୋଧୀ, କାମୁକ ଓ ଲୋଭୀ ବ୍ୟକ୍ତି ଭଗବାନଙ୍କୁ ଧ୍ୟାନ ତପସ୍ୟା କରିବାକୁ ଅଯୋଗ୍ୟ। ଅନଫିଟ୍... ଯାଅ, ପନିପରିବା ସରୁ ସରୁ କରି କଟାକଟି କରିଦେଇ ଆସ।

ସଦାନନ୍ଦ ଭୋଗଶାଳାରେ ପରିବା କାଟି ସାରି ନିଜ ଫୋନ ଦେଖିଲା। ଇତି ମଧ୍ୟରେ ଅନୁପମାଙ୍କଠାରୁ ଅନେକ ମିସ୍ କଲ୍ ଆସିଛି, ସେ ଲକ୍ଷ୍ୟ କରିପାରି ନାହିଁ।

ନିଶାଙ୍କୁ ପ୍ରତିକ୍ରିୟା ଜଣାଇଲା ସଦାନନ୍ଦ: ଓଃ। ମୋ ଫୋନ୍ ନିରବିତ ଥିଲା। ତେଣୁ ଜାଣିପାରି ନଥିଲି... ଆଇଏମ୍ ସରି।

ଆଜି ରାତ୍ରି ଭୋଜନ ସାରି ଫେରିଯାଉଛି ଦିଲ୍ଲୀ... ସନ୍ଧ୍ୟାରେ ଆମର ଦେଖା ହୋଇପାରିବ ତ ସଦାନନ୍ଦ?

ଦେଖାହେବା ନିଶ୍ଚୟ ନିଶା, ଲେଖିଲା ସଦାନନ୍ଦ। ସନ୍ଧ୍ୟାରେ ଲାଇବ୍ରେରୀ ପଛପାଖ ପାର୍କରେ... !

ରାତ୍ରି ଭୋଜନବେଳେ ଡାଏନିଂ ପାଖରେ ଦେଖାହେବା ? ଆସିବ ତ ଯୋଗୀ ?

ନିଶ୍ଚୟ ଆସିବି। ଆପଣ ଆଶ୍ରମରୁ ବିଦାୟ ନେଉଛନ୍ତି ଭାବିଲେ ହିଁ ମୋତେ ଅଣନିଃଶ୍ୱାସୀ ଲାଗୁଛି। ଭଲ ଲାଗୁନାହିଁ କିଛି... !

ମୁଁ ତୁମ ସନ୍ନ୍ୟାସ ଜୀବନରେ କଣ୍ଟକ ହେବି ନାହିଁ ବୋଲି ପଣ କରିଥିଲି। କିନ୍ତୁ ତମକୁ ନକହି ଚାଲିଗଲେ ମୋତେ ଦୋଷୀ ପରି ଲାଗିଥାନ୍ତା ସଦାନନ୍ଦ। ସେଥିପାଇଁ ତୁମକୁ ମୁଁ ମନେମନେ ଖୋଜୁଥିଲି।

ମୋର କ'ଣ ମନେ ହେଉଛି ଜାଣନ୍ତି ? ମୁଁ ମଧ୍ୟ ଆପଣଙ୍କ ସହ ଦିଲ୍ଲୀ ଚାଲି ଯାଆନ୍ତି ! ଆପଣଙ୍କ ଅଫିସରେ ମୋ ପାଇଁ ଛୋଟ ଚାକିରିଟିଏ କରାଇଦେଇ ପାରନ୍ତେ ଯଦି କୃତଜ୍ଞ ରହିବି ଆଜୀବନ।

ମୋ ଅଫିସରେ ଆଜୀବନ ରହିପାରିବ ତ ସଦାନନ୍ଦ?... ମୋ ସହ ସେ ସଂସାର ମାୟାରେ ପଶ ନାହିଁ ଗୌରାଙ୍ଗ। ତମ ଆଶ୍ରମ ଜୀବନ କେତେ ଭଲ। ତମ ଗୁରୁଦେବ ଆଶ୍ରମରୁ ତୁମକୁ ଛୁଟି ଦେବେ ନାହିଁ। ଜାଣିଛଟି ?

ଆଶ୍ରମ ପାଇଁ ମୁଁ ଆଜୀବନ ଧ୍ୟାନ ଓ ସେବା କରିବି ବୋଲି କେଉଁଠି ଚୁକ୍ତିବଦ୍ଧ ହୋଇଯାଇଛି କି ? ଆଦୌ ନୁହେଁ। ପରମାତ୍ମାଙ୍କ ଉପରେ ବିଶ୍ୱାସ ଓ ସନ୍ନ୍ୟାସ ଆମ ଇଚ୍ଛାଧୀନ, ବ୍ୟକ୍ତିଗତ ବିଷୟ। ସେଥିରେ କାହାର ଦବରଦସ୍ତି ନଥାଏ।

କିନ୍ତୁ ତମେ ଏକ ସମର୍ପିତ ଜୀବନର ଶୃଙ୍ଖଳା ଭିତରେ ରହିବାକୁ ସ୍ଥିର କରି ବାପା-ମା' ଓ ପରିବାର ଛାଡ଼ି ଆସିଥିଲନା ? ପଚାରିଥିଲେ ନିଶା।

କ'ଣ ହୋଇଗଲା ସେଇଠୁ ? ମୁଁ ମୋ ନିର୍ଣ୍ଣୟରୁ ଓହରିଗଲେ, କି ଆଶ୍ରମର ଶୃଙ୍ଖଳାରୁ ବାହାରିଗଲେ ମୋତେ କ'ଣ ଜେଲ୍ ହୋଇଯିବ ? ନା ଦେଶଦ୍ରୋହ ଧାରା ଲାଗୁ ହୋଇଯିବ ?

ସଦାନନ୍ଦର ପ୍ରଶ୍ନ ଚମକେଇ ଦେଇଥିଲା ଅନୁପମାଙ୍କୁ।

ତା'ହେଲେ ତୁମ ପ୍ରେମ ଓ ଭଲ ପାଇବାରେ କିଛି ଦୃଢ଼ତା ନାହିଁ? ଚାକିରି, ବିବାହ ଓ ସନ୍ତାନ ହେଲା ପରେ ତମେ କେଉଁଦିନ ସେ ଜୀବନକୁ ଛାଡ଼ିଦେଇ ପଳାଇବ? ଜୀବନ ମାନେ ଖେଳଘର? ଏହା ପରା ଏକ ପ୍ରତିବଦ୍ଧତା? ଜୀବନ ଏତେ ମୂଲ୍ୟହୀନ? ପିଲାଖେଳ? ଡୋଣ୍ଟ୍ ବି ସିଲି...।

୧୨

ଆଶ୍ରମ ମୁଖ୍ୟ ମହର୍ଷି ସୋମନାଥଙ୍କୁ ଡକେଇଲେ।

ଆଜି ରାତିରେ ପରିବେଶ ପତ୍ରକାର ଅନୁପମା ଦିଲ୍ଲୀ ଫ୍ଲାଇଟ୍ ଧରିବାର ଅଛି। ତାଙ୍କ ସୁଖଦ ଯାତ୍ରା ବ୍ୟବସ୍ଥା କରିଦେବ। ଡ୍ରାଇଭରକୁ କହିଦିଅ, ଅନୁପମାଙ୍କୁ ଏୟାର ପୋର୍ଟ ଠାରେ ଛାଡ଼ିଦେଇ ଆସିବ, ନିର୍ଦ୍ଦେଶ ଦେଲେ ସେ।... ଆଉ ଆମ ଶିକ୍ଷାନବୀଶ ସଦାନନ୍ଦ କ'ଣ କରୁଛି ?

ହଁ ଗୁରୁଦେବ, ସେ ରୋଷେଇ କାମରେ ମହୀଶୂର ମୋଦକଙ୍କ ସହାୟତା କରୁଛି।

ଠିକ୍ ଅଛି, ତା'ହେଲେ। ତାକୁ ଜଣାଇ ଦିଅ ଯେ ଆଶ୍ରମର ଅନ୍ତେବାସୀ ହୋଇ ସଂସାରୀ ଓ ଗୃହସ୍ଥମାନଙ୍କ ସହ ଏତେ ଅଧିକ ମିଳାମିଶା କରିବା ଭଲ ନୁହେଁ। ଯୋଗୀର ଦୃଷ୍ଟି, ମନୋବୃତ୍ତି ଓ ଆଚରଣ ଦେବତା ତୂଲ୍ୟ ହେବା ଉଚିତ। ଆମ ହାତ, ଆଖି ଓ ଦେହର ଅନ୍ୟ ଅବୟବ ଆତ୍ମାର କର୍ତ୍ତୃତ୍ୱାଧୀନ ହୋଇ ରହିବା ଉଚିତ। ବୁଝିପାରୁଛ ମୁଁ କାହା ବିଷୟରେ କହୁଛି ?... ସେ ଦିହିଁଙ୍କ ଆଚରଣ ଆଶ୍ରମର ପବିତ୍ରତାକୁ କ୍ଷୁଣ୍ଣ କରିବାକୁ ଯାଉଥିଲା। ସଦାନନ୍ଦକୁ କୁହ, ସେ ଅନୁତାପ କରିବ। ମୌନ ଧାରଣ କରିବ କିମ୍ବା ଉପବାସ।

ହଁ ଗୁରୁଦେବ, ଜଣାଇଦେବି, କହିଲା ସୋମନାଥ।

ସଦାନନ୍ଦକୁ କହିବ, ରନ୍ଧନ ସେବା ପରେ ମୋତେ ସାକ୍ଷାତ କରିବ।

ମାୟାର ଜାଲରେ ପଡ଼ିଯାଇଛି ସଦାନନ୍ଦ ! ଯାହା ପରମ ସତ୍ୟ, ତାକୁ ଭୁଲି ଚରମ ଅସତ୍ୟର ଆବର୍ତ୍ତରେ ଘୂରୁଛି ସେ। ପରମାତ୍ମାଙ୍କ ସୃଷ୍ଟିକୁ ଅଧିକ କମନୀୟ କରି ମୂଳ ସତ୍ୟକୁ ଓଢ଼ଣାରେ ଆଚ୍ଛାଦିତ କରିଦିଏ ମାୟା। ଯୌବନରେ ମାୟା ମିରିଗ ରାମଙ୍କୁ ପଥବଣା କରାଏ ନିଘଞ୍ଚ ପଞ୍ଚବଟୀ ବନରେ। ଯୁବତୀର କଟାକ୍ଷ, ଛଳଛଳ

ଆଖି, ସରାଗବୋଳା କଅଁଳ କଥା ଓ ହସକୁରୀ ଅଧରର ସମ୍ମୋହନ ଆତ୍ମାକୁ କରାଏ ଅସ୍ତବ୍ୟସ୍ତ। ଫାଇଲିନ୍ ଘୂର୍ଣ୍ଣିବଳୟରେ ଜୀବନ, କର୍ମବନ୍ଧନ ଓ ମୃତ୍ୟୁର ବଳୟରେ ପତ୍ର ପରି ଉପର ତଳ ହେଉଥାଏ ଆତ୍ମା। କାମନା, ଅହଂ ଓ ଆଳସ୍ୟର ବଶୀଭୂତ ସତ୍ୟାର୍ଥୀ ସଂପତ୍ତି ଓ ବ୍ୟାମୋହରେ ରହି ଦୂରେଇ ଯାଉଥାଏ ସତ୍ୟଠାରୁ।

ଗୁରୁଦେବ, ଆଶ୍ରମ ବାହାରକୁ ଯାଇଛି ସଦାନନ୍ଦ। କିଛି କିଣାକିଣି କରିବାର ଥିଲା କହୁଥିଲା, କହିଲା ସୋମନାଥ।

ତମେ ତାହାକୁ ଦେଖିନାହଁ? କିଏ କହିଲା ଏକଥା?

ପାଚକ ମହୀଶୂର ମୋଦକ।

ଆଶ୍ରମ ବାହାରେ ହଠାତ୍ ସଦାନନ୍ଦର କ'ଣ ଏତେ ଜରୁରୀ କାମ ପଡ଼ିଗଲା?... ହଉ, ପତ୍ରକାର ଅନୁପମାଙ୍କୁ କହିବ ଗୁରୁଦେବ ତାଙ୍କର ସୁମରଣା କରୁଥିଲେ। କହିଦେବ, ତାଙ୍କର ଯାତ୍ରା ଭୋଜନ ଓ ଭୋଗର ପାର୍ଶଲ୍ ପ୍ରସ୍ତୁତ ଅଛି... ଏଇଠୁ ନେଇଯିବେ, କହିଲେ ଗୁରୁଦେବ।

ଆଶ୍ରମର ମୁଖ୍ୟ ଫାଟକ ଉପରେ ଯେତେବେଳେ ଅପରାହ୍ନ ସୂର୍ଯ୍ୟର ଶେତା କିରଣ ବିକିରିତ ହେଲା, ସୁଦୃଶ୍ୟ ପରିଧାନରେ ବାହାରିଲେ ନିଶା। ସଦାନନ୍ଦ ସହ ତାଙ୍କର ମଧ୍ୟାହ୍ନ ଭୋଜନର କାର୍ଯ୍ୟକ୍ରମ ପୂର୍ବ ସୁନିଶ୍ଚିତ ହୋଇଥିବ କେଉଁ ତାରକା ଚିହ୍ନିତ ଭୋଜନାଳୟରେ।

ଅଶେଷ ଧନ୍ୟବାଦ ସଦାନନ୍ଦ, ମୋ କଥା ରଖି ହୋଟେଲକୁ ଆସିଲ। ମୁଁ ଜାଣେ, ଏହା ତୁମ ଆଶ୍ରମର ନୀତିବିରୁଦ୍ଧ।

ନିଶା, ମୁଁ ମଧ୍ୟ ଆପଣଙ୍କ ସହ କଥାବାର୍ତ୍ତା ହେବାକୁ ଚାହୁଁଥିଲି। କାଲି ମୋ ସହ ସାକ୍ଷାତକାର ଅଧାରେ ଅଟକି ଯାଇଥିଲା।

ହଁ, ତୁମ ସନ୍ନ୍ୟାସ ଜୀବନରେ କାହାଣୀ ଥିଲା ଅପୂର୍ବ। କିନ୍ତୁ ଏ ଜଟିଳ ଜୀବନ ଭିତରକୁ ତୁମେ ପଶୁଥିଲ କାହିଁକି?

ମୋର ଚାକିରିଟିଏ ଦରକାର ଥିଲା। ନହେଲେ ଘରେ ମୋର ସବୁ ରକମର ଆବଶ୍ୟକତା ମେଣ୍ଟି ଯାଉଥିଲା। କେବଳ ମୁଁ ଟିକିଏ ଅସନ୍ତୁଷ୍ଟ ଥିଲି। ମୁଁ ଯେଉଁ ଲକ୍ଷ୍ୟର ଅନୁଧାବନ କରୁଥିଲି ତାହା ମୋ ଜୀବନର ଶାନ୍ତି ପାଇଁ ଯଥେଷ୍ଟ ନଥିଲା।

ଆଶ୍ରମରେ ତମେ କାମନା କରୁଥିବା ଶାନ୍ତି ପାଇଥିଲ?

ହଁ, ମହର୍ଷିଙ୍କ ଜୀବନ ଦର୍ଶନରେ ଥିଲା ଆସକ୍ତି ଓ କାମନାରୁ ମୁକ୍ତ ହେବାର ସହଜ ଉପାୟ ଏବଂ ଅତୀତକୁ ପୂର୍ଣ୍ଣାହୁତି ଦେବାର ପୁରୁଷାର୍ଥ। ନିଜ ଆତ୍ମା ପ୍ରତି ଦୟାବାନ୍ ନହେଲେ ଅପର ପ୍ରତି ସଂବେଦନଶୀଳ ହେବାର ମାନେ କିଛି ନୁହେଁ, ଏହା ଥିଲା ଏ

ଆଶ୍ରମର ସ୍ୱତନ୍ତ୍ର ସାଧନା। ସଂସାର ସୁଖର ଅଳୀକ ବାସ୍ତବତା ଓ ଦୁଃଖରୁ ମୁକ୍ତି ପାଇଁ କାମନାର ନିୟନ୍ତ୍ରଣ...

ଯେ ତ ଚମତ୍କାର ଦର୍ଶନ ଗୌରାଙ୍ଗ। ଏଠି ତମ ପୁରୁଣା ଜୀବନ, ପରିବାର, ବାପାମାଆ, ବନ୍ଧୁମାନଙ୍କୁ ତମେ ମିସ୍ କରୁନାହଁ? ଭଜନ କୀର୍ତ୍ତନର ସତ୍‌ସଙ୍ଗ ମନେ ପଡୁନାହିଁ?

ଅବଶ୍ୟ, ସେ ଜୀବନ ଫେରି ପାଇବା କଷ୍ଟକର ଅନୁପମା। ଏବେ ବି ମୁଁ ଓଡ଼ିଶୀ ସଂଗୀତ ଅଭ୍ୟାସକୁ ଭଲ ପାଏ। ସେ କଳା ଓ ସୃଜନ ମୋ ସହିତ ଆଉ ବେଶିଦିନ ତିଷ୍ଠିବ ନାହିଁ, କାହିଁକିନା ତାହାକୁ ଅନ୍ୟ ସଂସ୍କାର ପରି ମୁଁ ତ୍ୟାଗ କରି ଦେଇଛି। କାହା ସହ ଚିଠିରେ ଦି'ପଦ ସେକଥା ହୁଏତ ଆଲୋଚନା କରି ଦେଇପାରେ ବା ଫୋନରେ ଦି'ପଦ ବୋଲି ଦେଇପାରେ...

ଆଉ ମୃଦଙ୍ଗ ଓ ଗିନି ବଜାଇବା ଅଭ୍ୟାସ?

ହଁ ନିଶା, ଆମ ଭଜନ ମଣ୍ଡଳୀ ହାବୁଡ଼ିଗଲେ ମୁଁ ସବୁ ଭୁଲି ସେଥିରେ ପୁଣି ମାତି ଯାଇପାରେ। ସଂଗୀତ, କଳା ଓ ସାହିତ୍ୟ ବାସ୍ତବ ଜୀବନର କ୍ଲିଷ୍ଟ ସମସ୍ୟା ପାଖରୁ ଖସି ପଳାଇବାରେ ସହାୟକ ହୁଅନ୍ତି। ସେମାନଙ୍କ ପ୍ରତି ଅତ୍ୟଧିକ ଆସକ୍ତି ହୁଏତ ପ୍ରକୃତ ସତ୍ୟର ଉନ୍ମେଷ ଓ ଆତ୍ମିକ ପ୍ରଗତିରେ ବାଧକ ସାଜି ପାରେ।

ତା'ହେଲେ ତମେ ମୌଜ ମଜଲିସ୍ ପାଇଁ ଏଣିକି କିଛି କରିବ ନାହିଁ? ନିଶାଙ୍କ ପ୍ରଶ୍ନ।

ହଁ, ଆନନ୍ଦ ଓ ଖୁସି ହେଲା ଆପେକ୍ଷିକ ଶବ୍ଦ। ଆପଣଙ୍କ ପାଇଁ ଯାହା ଖୁସି ତାହା ମୋ ପାଇଁ ଖୁସି ହୋଇ ନପାରେ। ସେବା, ଶାସ୍ତ୍ର ଅଧ୍ୟୟନ, ଯୋଗ ଓ ଧ୍ୟାନ ମୋ ପାଇଁ ଆନନ୍ଦର କାରଣ ହୋଇପାରେ। ସମସ୍ତଙ୍କ ପାଇଁ ଏହା ପ୍ରଯୁଜ୍ୟ ନହୋଇପାରେ।

ଆଚ୍ଛା! ତୁମ ରୁଚି ଓ ବିଶ୍ୱାସକୁ ମୁଁ ପୂରାପୁରି ସମ୍ମାନ ଜଣାଉଛି, ସଦାନନ୍ଦ। ଅବଶ୍ୟ ମୋର ରୁଚିବୋଧ ତୁମଠାରୁ ଭିନ୍ନ ହୋଇପାରେ।

ତାହା ଠିକ୍, ସମ୍ମତ ହେଲା ସଦାନନ୍ଦ।

ଆମେ ସମସ୍ତେ ଏକ ଆରେକରୁ ଅଲଗା। ସମସ୍ତଙ୍କର ଲକ୍ଷ୍ୟ, ନୀତି ଓ ମୂଲ୍ୟବୋଧ ଏକ ହୋଇ ନପାରେ। ତା' ସତ୍ତ୍ୱେ ଜଣେ ଅନ୍ୟ ପାଖରୁ ନୂଆ କିଛି ଶିଖିବାରେ କୌଣସି ପ୍ରତିବନ୍ଧକ ନାହିଁ।

ଠିକ୍ କହିଲ ସଦାନନ୍ଦ। ତମ ଖୋଲାଖୋଲି ମନ୍ତବ୍ୟ ଓ ସଙ୍କୋଚପଣିଆ ମୋତେ ଭଲ ଲାଗିଲା।

ମୋତେ ବୁଝି ପାରିଥିବାରୁ ଧନ୍ୟବାଦ, ନିଶା। ମୋର ଏକ ଛୋଟ ଉପହାର ମନା କରିବେନି...

ବାଃ, ଏତେ ସୁନ୍ଦର କଲମ ସେଟ୍। ମାନିବାକୁ ହେବ, ତୁମ ରୁଚିବୋଧ ସଦାନନ୍ଦ।... ଏବେ ଆମେ ଖାଇବା ମଗେଇଦେବା ?

ନିଶ୍ଚୟ ନିଶା।

ସୂର୍ଯ୍ୟାସ୍ତର ପକ୍ଷୀ ଅନ୍ଧାରରେ ଆଶ୍ରମ ସାରା ପ୍ରଶାନ୍ତ ବାତାବରଣ ଛାଇ ଗଲାପରେ ଫେରିଥିଲେ ନିଶା, ସଦାନନ୍ଦର ହାତ ଧରି। ଆଶ୍ରମ ମୁଖ୍ୟଙ୍କ ନିର୍ଦ୍ଦେଶ କ୍ରମେ ଫାଟକ ରକ୍ଷକ ସଦାନନ୍ଦକୁ ଅଟକାଇଲା। ଗୁରୁଦେବଙ୍କ ସମନ ଜାରି କଲା ଓ ଆଶ୍ରମ ନିୟମ ଉଲ୍ଲଘଂନ ଫର୍ଦ୍ଦ ହସ୍ତାନ୍ତର କଲା।

୧୩

ସଦାନନ୍ଦ ଆଶ୍ରମ ଫାଟକ ପାଖରେ ଠିଆ ହେଲା। ଫାଟକ ରକ୍ଷକଠାରୁ ମହର୍ଷିଙ୍କ ସମନ ପଢ଼ିବ ବୋଲି ଅଟକିଲା। ବିନାନୁମତିରେ ଆଶ୍ରମ ବାହାରେ କେତେ ସମୟ ବିତାଇ ଦେଇଥିଲା, ତା'ର ଖିଆଲ ରହିଲାନି। ଆଶ୍ରମର ଭୋଗ ନ ଖାଇ ଲୌକିକ ବ୍ୟବସାୟୀ ଭୋଜନାଳୟରେ ଖାଦ୍ୟ ଭକ୍ଷଣ କରିବା ଏବଂ ଦେହଧାରୀଙ୍କ ସହ ସମ୍ବନ୍ଧ ଯୋଡ଼ିବା ଭଳି ଅନୈତିକ କର୍ମରେ ସେ କାହିଁକି ଲିପ୍ତ ହୋଇଥିଲା ବୁଝି ପାରି ନଥିଲା ସଦାନନ୍ଦ।

ସେ ଆକାଶ ଆଡ଼କୁ ଦୃଷ୍ଟି ଦେଲା ମାତ୍ରେ ଅଜାଣତ ପାପବୋଧରେ ଜର୍ଜରିତ ହେଲା। ସେ ଜାଣିପାରିଲା ଯେ ଭୋଜନାଳୟରୁ ଫେରି ନିଶାଙ୍କ ସହ ଆଇସ୍‌କ୍ରିମ ବାର୍ ଦେଇ ଆସିଲାବେଳକୁ ଅନେକ ଡେରି ହୋଇସାରିଥିଲା। ନିଶାଙ୍କ ସହ ହୋଟେଲରେ ଅଧିକ ସମୟ ବିତାଇବାର ମୋହକୁ ଅଟକାଇ ପାରି ନଥିଲା ସଦାନନ୍ଦ। ପିତା ସମାନ ଆଶ୍ରମ ମୁଖ୍ୟ ତା' ସମସ୍ୟା ହୃଦୟଙ୍ଗମ କରି ବଦାନ୍ୟ ହୃଦୟରେ ତାକୁ କ୍ଷମା କରିଦେବେ ବୋଲି ତା'ର ହୃଦବୋଧ ହେଉଥିଲା।

ସେ ନିଜ ବଖରା ଆଡ଼କୁ ଅଗ୍ରସର ହେଲା। ତା'ର କ୍ଷୀଣ ଆତ୍ମପ୍ରତ୍ୟୟ ଥିଲା ଯେ ସବୁ ସମସ୍ୟାରୁ ସେ ଉତ୍ତୀର୍ଣ୍ଣ ହୋଇଯିବ। ସେ ଯେମିତି ଲନ୍‌ର କୋଣକୁ ଆସିଲା, ହଠାତ୍ ଏକ ସୁପରିଚିତ ଉଜ୍ଜ୍ୱଳ ଚେହେରା ଦେଖି ସ୍ତବ୍ଧ ହୋଇଗଲା। ସ୍ୱୟଂ ଆଶ୍ରମ ମୁଖ୍ୟ ଗୈରିକ ବସନ ପରିହିତ। ଉଚ୍ଚ, ବପୁବନ୍ତ, ଲମ୍ବା ଦାଢ଼ି ଧାରଣ ପୂର୍ବକ ମାଡ଼ି ଆସୁଛନ୍ତି ତାଆରି ପ୍ରକୋଷ୍ଠ ଆଡ଼କୁ। ସେ ଦିଶୁଥିଲେ ସ୍ୱଳ୍ପ ହତାଶ ଓ ଅଧିକ ଉତ୍ତେଜିତ।

'ସଦାନନ୍ଦ, କୋଉଠି ଥିଲ ଏତେ ସମୟ ?' ସେ ପଚାରିଲେ ଉଚ୍ଚ ସ୍ୱରରେ। ଏବେ ସମୟ କେତେ ହେଲା ଜାଣି ପାରୁଛ ? ସାନ୍ଧ୍ୟ ନ୍ୟୁମାସାମ୍ ଯୋଗରେ ବି ତମେ ନଥିଲ ? ତମେ ଆଶ୍ରମ ଆସିବା ଦିନରୁ ନୀତି ସବୁ ଭାଂଗି ଚୁରମାର୍ କରିବାରେ

ଲାଗିଛ। ତମକୁ ଲଜ୍ଜା ଲାଗୁନାହିଁ? ତମେ ନିଜକୁ ଓ ଆଶ୍ରମ ମୁଖ୍ୟଂକୁ ଅପମାନିତ କରି ଚାଲିଛ !'

ସଦାନନ୍ଦର ଦେହସାରା ଭୟର ଏକ ଶୀତ ଲହରୀ ଓ ପ୍ରତିରୋଧକାରୀ ଉର୍ଜା ପ୍ରବାହିତ ହୋଇଗଲା। ତା'ର ମନେହେଲା, ସେ କିଛି ଭୁଲ୍ କରିନାହିଁ। ତା'ର କ'ଣ ପ୍ରେମ କରିବାର ସାହସ ନାହିଁ ନା ଆନନ୍ଦ ଗୋଟାଇବାର ଅଧିକାର ନାହିଁ? ନିଜକୁ ଓ ନିଜ ଭାବନା ସମୂହର ସୁରକ୍ଷା ପାଇଁ ସେ ଆଜୀବନ ଲଢ଼ିବ... ସ୍ଥିର କଲା ଗୌରାଙ୍ଗ।

'ଦୟାକରି ମୋତେ କ୍ଷମା କରି ଦିଅନ୍ତୁ ଗୁରୁଦେବ। ନିହାତି ବ୍ୟକ୍ତିଗତ କାରଣରୁ ମୁଁ ଟିକିଏ ବାହାରକୁ ଯାଇଥିଲି,' ଧୀରେ କହିଲା ସଦାନନ୍ଦ। ଜଣେ ଅନ୍ତରଙ୍ଗ ବନ୍ଧୁଙ୍କ ପାଇଁ ମୋତେ ବାହାରକୁ ଯିବାକୁ ପଡ଼ିଥିଲା।

ଅନ୍ତରଙ୍ଗ ବନ୍ଧୁ କ'ଣ ପୁରୁଷ?

ନା, ଗୁରୁଦେବ, ଜଣେ ସ୍ତ୍ରୀ।

ବିବାହିତା ସ୍ତ୍ରୀ ବୋଧହୁଏ? ପଚାରି ଦେଲେ ଶ୍ରୀମହର୍ଷି। ସେ ଯାହା ଶୁଣିଲେ ସେଥିରେ ତାଙ୍କ ଆଶ୍ଚର୍ଯ୍ୟର ସୀମା ରହିଲାନି। ସଦାନନ୍ଦ ପ୍ରଥମେ ତାଙ୍କର ବିଶ୍ୱସ୍ତ ମନେ ହୋଇଥିଲା। ତେଣୁ ସେ ତାହାକୁ ଗୂଢ଼ ଆଧ୍ୟାତ୍ମିକତା ଓ ନିର୍ଲିପ୍ତ ଭାବ ଶିକ୍ଷାଦାନ କରି ତାଙ୍କ ଉତ୍ତରାଧିକାରୀ ସୃଷ୍ଟି କରିବାର ପୁରୁଷାର୍ଥ କରି ଆସୁଥିଲେ। କିନ୍ତୁ ଏବେ ସେହି ତପସ୍ୱୀ ଜଣେ ସାଧାରଣ ଗୃହିଣୀର ପ୍ରେମରେ ବିବସ୍ତ୍ର !

'ସଦାନନ୍ଦ! କ'ଣ କଲ? ତମେ ବାଟବଣା ହୋଇଯାଇଛ,' ଦୁଃଖରେ ଉଚ୍ଚାରଣ କଲେ ମହର୍ଷି। ଏକାଥରକେ ମହତ୍ତର ଜୀବନର ଲକ୍ଷ୍ୟପଥରୁ ବିଚ୍ୟୁତ ହୋଇଗଲ, ଏକ ସାଧାରଣ ଭାସମାନ ମେଘଖଣ୍ଡର ମାୟାରେ ପଡ଼ି ! ଶେଷରେ ତମେ ଗୁରୁଙ୍କ ପ୍ରତି ବି ଦ୍ରୋହ କରି ବସିଲ?

ସ୍ୱଚ୍ଛ ବିରତି ନେଇ ଗୁରୁଦେବ ସଦାନନ୍ଦ ଉପରକୁ ଏକ କଠୋର ଦୃଷ୍ଟି ନିକ୍ଷେପ କଲେ। 'ତୁମକୁ ଆଶ୍ରମରୁ ନିଲମ୍ବିତ କରିବା ବ୍ୟତୀତ ମୋର ଅନ୍ୟ ଉପାୟ ନାହିଁ ସଦାନନ୍ଦ,' ଗୁରୁଦେବ ଶେଷ ରାୟ ଘୋଷଣା କରିଦେଲେ।

'ଏହି ପବିତ୍ର ସ୍ଥଳରେ ତୁମକୁ ଆଶ୍ରମବାସୀ ଭାବେ ମୁଁ ଆଉ ସ୍ୱାଗତ କରି ପାରୁନି। ମୋର ଅଭିଶାପ ବର୍ଷିବା ଆଗରୁ ତମେ ଏଠୁ ତୁରନ୍ତ ବିଦାୟ ନେଇ ଯାଇପାର। ଯାଅ। ଯଥାଶୀଘ୍ର।'

କ୍ରୋଧ, ବିସ୍ମୟ, ଦୁଃଖ ଓ ଆଶ୍ୱାସନାର ଏକ ମିଶ୍ରଭାବ ଅନୁଭବ କଲା ସଦାନନ୍ଦ। ସେ ନିଶ୍ଚିତ ହୋଇଗଲା ଯେ ତାକୁ ଏ ସ୍ଥାନ ଛାଡ଼ିବାକୁ ହେବ ଦୁଃଖର ସହିତ। ତେବେ ଆଶ୍ରମ ଜୀବନର ବିନିମୟରେ ଅଧିକ ମୂଲ୍ୟବାନ ବସ୍ତୁଟିଏ ସେ

ହାସଲ କରିପାରିଛି, ତାହା ଥିଲା ସଦାନନ୍ଦର ଆଶ୍ୱସ୍ତି। ଏହି ଅମୂଲ୍ୟ ବସ୍ତୁ କ'ଣ? ଅନୁପମାଙ୍କ ପ୍ରେମ, ଓ ଭଲ ପାଇବାର ଆନନ୍ଦ।

ସେ ଆଶ୍ରମ ମୁଖ୍ୟଙ୍କ ଆଜ୍ଞା ସ୍ୱୀକାର ପୂର୍ବକ ତାଙ୍କ ଆଗରେ ସମ୍ମାନର ସହ ମଥାନତ କରି କହିଲା, ମୋ ପାଇଁ ଆପଣ ଯାହା ବି ପ୍ରଦାନ କରିଛନ୍ତି ସେଥିପାଇଁ ମୁଁ କୃତଜ୍ଞ ଗୁରୁଦେବ। ମୁଁ ମୋ ଅନ୍ତରାତ୍ମାର ଆଦେଶକୁ ସ୍ୱୀକାର କରିଛି। ତେଣୁ ମୋତେ ଦିନେନା ଦିନେ ଆପଣ କ୍ଷମା କରିଦେବେ, ଏ ବିଶ୍ୱାସ ଅଛି।

ପଛକୁ ବୁଲି ପଡ଼ିଲା ଗୌରାଙ୍ଗ ଓରଫ୍ ସଦାନନ୍ଦ। ଆଶ୍ରମର ପୁରୁଣା ଜୀବନ ପଛରେ ଛାଡ଼ିଦେଇ ନୂତନ ଦିଗନ୍ତ ଆଡ଼କୁ ଚାଲିବାରେ ଲାଗିଲା।

ସ୍ୱଳ୍ପ ଦିନର ରହଣୀ ହେଲେ ବି ସ୍ୱର୍ଗ ପରି ଏକ ଅକୃତ୍ରିମ ନିକାଞ୍ଚନ ଆଶ୍ରମର ଅନୁଭୂତି ତା'ର ପ୍ରାପ୍ତ ହୋଇଛି। ତା'ର ଆତ୍ମା କୌଣସି କାଇଦା କଟକଣା ଓ ଧରାବନ୍ଧା ନୀତି ନିୟମର ବଶବର୍ତ୍ତୀ ହେବାକୁ ଚାହିଁନାହିଁ। ସେ ଏଇ ମୁହୂର୍ତ୍ତରୁ ପକ୍ଷୀ ପରି ମୁକ୍ତ। ଏବେ ଆକାଶ ତା'ର ଚିର ଇପ୍ସିତ ଗନ୍ତବ୍ୟ। କିମ୍ବା ଆକାଶରୁ ଊର୍ଦ୍ଧ୍ୱ କେଉଁ ଅଜ୍ଞାତ ମହାତତ୍ତ୍ୱ। ନିର୍ବାଣ ଲୋକ?

ପୁଣି ଗୌରାଙ୍ଗର ଖୋଳପା ଭିତରକୁ ଫେରିଯାଇ ତା'ର ପିତାମାତାଙ୍କ ପାଖକୁ ଚାଲିଯିବ ନା ଅନାଗତ ଭବିଷ୍ୟର ସନ୍ଧାନରେ ଦିଗନ୍ତ ଆଡ଼କୁ ଅଗ୍ରସର ହେବ? ଗୁରୁଦେବ କହିଥିଲେ ଯାହା ଗତ, ତାହାକୁ ପୂର୍ଣ୍ଣଚ୍ଛେଦ ଦିଅ। ଅନାଗତର ଭୟ ଓ କାଳ୍ପନିକ ପ୍ରଶ୍ନବାଚୀର ଭଉଁରୀ ଭିତରେ ନ ରହି ନିରନ୍ତର ବର୍ତ୍ତମାନରେ ନିବାସ କର।

ଏବେ ଇନ୍ଦ୍ରପ୍ରସ୍ଥ ଦିଲ୍ଲୀ ଆଡ଼କୁ ଅଗ୍ରସର ହେବ ନା କେଉଁ ଅଜ୍ଞାତ ଯୋଗାଶ୍ରମ ସନ୍ଧାନରେ ବାହାରି ପଡ଼ିବ ଗୌରାଙ୍ଗ ଓରଫ୍ ସଦାନନ୍ଦ? ଦିଲ୍ଲୀ ସହ ଗୌରାଙ୍ଗର କେଉଁ ସୁଦୂର ଭାବଗତ ସଂପର୍କ, ପ୍ରେମ ଓ ପ୍ରଣୟର ବନ୍ଧନ ଯୋଡ଼ି ହୋଇଯାଉଛି। ଦେହଜ ଆକର୍ଷଣ କିମ୍ବା ଆତ୍ମିକ।

୧୪

ନିଶା ଦିଲ୍ଲୀ ଏୟାରପୋର୍ଟରେ ପହଞ୍ଚିଲାବେଳକୁ ରାତି ବାର। କାର୍ ନେଇ ଭାଇ ଆସିଥିଲା ବିମାନ ବନ୍ଦରକୁ।

ସେ ଆସିବ ବୋଲି ଘରେ ବାପା-ମାଆ କେହି ଶୋଇ ନଥିଲେ।

କ'ଣ ହେଲା, କେହି ଶୋଇନା କାହିଁକି ? ପଚାରିଲା ନିଶା।

ତୋ କଥା ପଡ଼ିଥିଲା। ସନ୍ଧ୍ୟାରେ ଅମିତ ଅଙ୍କଲ ଆସିଥିଲା, କହିଲା ମାଆ।

ମୋ କଥା କ'ଣ ପାଇଁ ପଡ଼ିଥିଲା ? ସେଇ ବାହାସାହା କଥା ନା ଆଉ କିଛି ନୂଆ ?

ସେଇ ପୁରୁଣା କଥା ଆଉ କାହିଁକି ? ଡିଭୋର୍ସ କଥା ସରି ପାଞ୍ଚବର୍ଷ ହୋଇଗଲା। ଆଉ କେତେଦିନ ଅପେକ୍ଷା କରିଥିବୁ ? ଆମର ଦିନ କାଳ ବଢ଼ୁଛି ନା ଛିଡ଼ୁଛି ? ତୋ ବାହାଘର କଥା ଶୀଘ୍ର ତୁଟିଗଲେ ଭଲ ହୁଅନ୍ତା, ଯୋଡ଼ିଲା ମାଆ।

ନୂଆ ପ୍ରସ୍ତାବ କିଛି ଆସିଥିଲା କି, ପଚାରିଲା ଅନୁପମା।

ଅମିତ କହୁଥିଲା ନୋଏଡ଼ାଠାରେ କିଏ ଜଣେ ବିଜିନେସ୍ ମ୍ୟାନ୍। ଅମିତର ସାଙ୍ଗର ସାଙ୍ଗ। ଦିଲ୍ଲୀରେ ନିଜ ଘର ଅଛି, ଗାଡ଼ି ଅଛି। ବାପା ମାଆଙ୍କର ଜଣେ ପୁଅ। ଝିଅର ବାହାଘର ସରିଯାଇଛି। ସେମାନେ ଆମଘର କଥା, ଆଉ ତୋ କଥା ସବୁ ଜାଣିଛନ୍ତି। ତୁ ହଁ କହିଲେ ସେମାନେ ଆମ ଘରକୁ ପ୍ରସ୍ତାବ ନେଇ ଆସିବେ। କଥାବାର୍ତ୍ତା କରିବେ।

ହଉ, ବୁଝିବା। ଏତେ ତରତର କାହିଁକି ? କହିଦେଲା ଅନୁପମା।

ତୋର ବୌଦ୍ଧ ଆଶ୍ରମ ଉପରେ ଯେଉଁ ଫିଚର୍ ପାଇଁ ଓଡ଼ିଶା ଯାଇଥିଲୁ କ'ଣ ହେଲା ? ମାଆ ପଚାରିଦେଲା, ଚିରାଚରିତ ଭାବରେ।

ଓଡ଼ିଶାର ଗଜପତି ଜିଲ୍ଲାରେ ଅଛି ବୌଦ୍ଧ ଦର୍ଶନରେ ଅନୁପ୍ରାଣିତ ଏକ ଶ୍ରମଣମାନଙ୍କ ଆଶ୍ରମ। ସେମାନଙ୍କ ନୀତି, ବ୍ରହ୍ମଚର୍ଯ୍ୟ, ସଂଯମ ଓ ସତ୍ୟନିଷ୍ଠ ଜୀବନ ଶୈଳୀ ଅବଲମ୍ବନ କଲେ ଯେ କେହି ପରମାତ୍ମାଙ୍କ ନିକଟତର ହୋଇଯାଇପାରିବ। ଶାନ୍ତି, ସୁଖ, ଜ୍ଞାନ, ଶକ୍ତି ଓ ଆନନ୍ଦ ସମସ୍ତେ ପାଇପାରିବେ। ଆମ ଜୀବନରେ ଯେତେ ସବୁ ସମସ୍ୟା ଅଛି, ତାହାର ମୂଳ କାରଣ କ'ଣ କହିଲୁ?

ତୁ କ'ଣ ଶିଖିକି ଆସିଛୁ ଆମକୁ କହ, କହିଲା ମାଆ।

ଆମ ଭିତରେ ଶହ ଶହ ଇଚ୍ଛା ଅଛି। ଇଚ୍ଛା ସବୁ ଛାଡ଼ି ଦିଅ କିମ୍ବା କାମନା ହ୍ରାସ କରିଦିଅ, ଆମ ସମସ୍ୟା ସବୁ ଆପେଆପେ ସମାହିତ ହୋଇଯିବ। ବାସ୍...

ସେଠି ଆଉ ଚାରିଦିନ ରହିଥିଲେ ତୁ ନିଜେ ସନ୍ନ୍ୟାସିନୀ ହୋଇଯା'ନ୍ତୁ ପରା...

ଜାଣିଛୁ, ସେଠି ଜଣେ ଯୋଗୀଙ୍କ ସହ ଦେଖାହେଲା। ସଦାନନ୍ଦ ଯୋଗୀ। ସେ ଅଦ୍ଭୁତ ଭଜନ ଗାଆନ୍ତି। ସେ ଫିଲୋସଫିରେ ଗ୍ରାଜୁଏସନ୍ ବି କରିଛନ୍ତି। ବାପା-ମାଆ, ପରିବାର ଛାଡ଼ି ସନ୍ନ୍ୟାସ ଗ୍ରହଣ କରିଛନ୍ତି...

ଏଇ ନୋଏଡ଼ା ପ୍ରସ୍ତାବ ବିଷୟରେ ତୁ କ'ଣ କହୁଛୁ? ତୁ ରାଜିହେଲେ ସେମାନଙ୍କୁ କାଲି ଆସିବାକୁ କହିବା? ମାଆ ଦୋହରାଇଲା।

କୋଉମାନେ ଆସିବେ? ନିର୍ଲିପ୍ତ ହୋଇ ପଚାରିଦେଲା ଅନୁପମା।

ବିକାଶ ସେ ପିଲାର ନାମ, ତା'ର ବୋଉ ଓ ବଡ଼ ଭଉଣୀ ଆସିବେ।

ସେ କେତେବଡ଼ ପିଲା କି?

ଚାଳିଶି ପାଖାପାଖି ହେବ।

ମାନେ ବୁଢ଼ା ଲୋକ? ପଚାରିଲା ନିଶା।

ମରଦ ଲୋକର ବୟସ କ'ଣ? ତୋର ବୟସ କେତେ ହେଲା ଦେଖୁନୁ? ପଚାରିଲା ମାଆ।

ମୋର ବୟସ କ'ଣ? ତୋ'ଠାରୁ ମୁଁ ଉଣେଇଶ ବର୍ଷ ସାନ। ୪୦ ବର୍ଷ ମାନେ ସେ ଲୋକ ପାଖାପାଖି ତୋରି ବୟସର?

ତୁ କି କଥା କହୁଛୁ? ମୋ ବୟସ ଏବେ ୫୦। ତୁ ଜନ୍ମ ହେଲାବେଳକୁ ମୋ ବୟସ ଥିଲା ୧୯।

ପାଖକୁ ପାଖ ଠିଆ କରାଇଲେ ସଦାନନ୍ଦ ଯୋଗୀ ପାଖରେ ଏ ଲୋକ ଦିଶିବ ଅଙ୍କଲ!

ସେଇ ତୋର ଯୋଗୀ ଆଦିତ୍ୟନାଥ କଥା ଛାଡ଼। ଏଇ ପିଲା, ଯାହାର ଡାକ

ନାମ ବିକାଶ, ଜଣେ ପକ୍କା ସଂସାରୀ। କାର୍, କୋଠା, ଘର ବାଡ଼ି କରିଛି। ବ୍ୟବସାୟ ସମ୍ଭାଳିଛି। ବାପା-ମାଆଙ୍କୁ ଦେଖୁଛି, ଆଉ କ'ଣ ଅଧିକ ଦରକାର ଜୀବନରେ ?

ସଦାନନ୍ଦ ପ୍ରସଂଗ କେତେଥର ବୁଲେଇ ବଙ୍କେଇ କହିଲେ ବି ବୋଉ ତା' କଥା ବାଆଁରେଇ ଦେଇ ବିଜିନେସ୍ ମ୍ୟାନ୍ ବିକାଶର ସମ୍ବନ୍ଧକୁ ଦୋହରାଇ ଦେଉଥାଏ।

ହଉ ସେ ପୁରାଣରେ ଟିକିଏ ଅବ୍ୟାହତି ଦେ। ମୋତେ ପ୍ରବଳ ଭୋକ ଲାଗିଲାଣି। ମୁଁ ଯାଉଛି...

ଅନୁପମା କ'ଣ ଟିକିଏ ଖାଇଦେଇ ନିଜ ରୁମକୁ ଆସି ଯାଇଥିଲା। ମୋବାଇଲ ମେସେଞ୍ଜର୍ ସ୍କ୍ରଲ୍ କରି ଆଣିଲା। ସଦାନନ୍ଦଠାରୁ ଅନେକ ଲମ୍ବା ଚଉଡ଼ା ବାର୍ତ୍ତା ସବୁ ଆସିଥିଲା। ଗୌରାଙ୍ଗ ନାୟକ ଓରଫ୍ ସଦାନନ୍ଦ ସେଦିନ ମହର୍ଷିଙ୍କ ସହ ଘଟିଥିବା ବାର୍ତ୍ତାଳାପର ବିଶଦ ବିବରଣୀ ଦେଇଥିଲା ନିଶାକୁ।

ନିଶାକୁ କେନ୍ଦ୍ର କରି ଶ୍ରୀମହର୍ଷି ଆଶ୍ରମରେ କେମିତି ସଦାନନ୍ଦ ବିଭିନ୍ନ ପ୍ରଶ୍ନ ସାମ୍ନା କରିଥିଲା, କେମିତି ବହିଷ୍କୃତ ହୋଇଗଲା, ସେସବୁର ଅବତାରଣା କରିଥିଲା ଅଥଚ କୌଣସି କ୍ରୋଧ ବା ଆକ୍ରୋଶ କରି ନଥିଲା ଯୋଗୀ ଗୌରାଙ୍ଗ।

ତମେ ଏବେ କେଉଁଠି ଅଛ ସଦାନନ୍ଦ ? ତମେ କ'ଣ ନିଜ ଗାଆଁକୁ ଫେରିଯିବା ପାଇଁ ଚାହଁ ?

ନିଶା, ମୁଁ ଏବେ ଆଶ୍ରମ ପାଖ ଏକ ହୋଟେଲରେ ରାତ୍ରି ଯାପନ କରୁଛି, ଭବିଷ୍ୟତ କଥା ସକାଳୁ ଚିନ୍ତା କରିବି।

ହୋଟେଲରେ ରହିବାକୁ ତମ ପାଖରେ ଯଥେଷ୍ଟ ଟଙ୍କା ଅଛି ତ ଗୌରାଙ୍ଗ ?

ଏ ହୋଟେଲର ମାଲିକ ନରହରି ଆମ ଗାଆଁ ପାଖ ଲୋକ। ମୋ ପାଖରୁ ସେ କୌଣସି ଟଙ୍କା ପଇସା ନେବେ ନାହିଁ। ଅନେକ ଥର ଭଜନ କୀର୍ତ୍ତନ କରିବାକୁ ଆସି ସେ ଆମ ଘରେ ରହି ଖିଆପିଆ କରିଛନ୍ତି। ସେ ମୋତେ ଡାକିବାରୁ ମୁଁ ତାଙ୍କ ହୋଟେଲରେ ରହିଛି।

ରାତିରେ କ'ଣ ଖାଇଛ ? ଆତଙ୍କିତ ହୋଇଥିଲା ନିଶା।

ନରହରି ମୋ ପାଇଁ ତାଙ୍କ ଘରୁ ରୁଟି ଦି'ପଟ, ଭଜା ଓ ଭାତ ମଗେଇ ଦେଇଛନ୍ତି। ମୋ ପାଇଁ ଆପଣ କିଛି ଚିନ୍ତା କରିବେନି। ମୁଁ ତ ଘରଦ୍ୱାର ଛାଡ଼ି ସନ୍ନ୍ୟାସୀ ହେବାକୁ ବାହାରିଥିଲି। ମୋର ଅଭାବ କ'ଣ ଅଛି ?

ସଦାନନ୍ଦ, ତୁମର କିଛି ବ୍ୟାଙ୍କ ଆକାଉଣ୍ଟ ଅଛିକି ?

ନା ନା, ସେଥିପାଇଁ ବ୍ୟସ୍ତ ହେବେନି କି ମୁଁ କାହା ପାଖରେ ଋଣୀ ହେବାକୁ ଚାହୁଁନାହିଁ ...

ସଦାନନ୍ଦ, କ'ଣ କହି ତୁମକୁ ବୁଝେଇବି ? ଆମ ଭିତରେ ଏତେ ଲୌକିକ ଦୂରତା ଅଛି ଯେ ତାହା ଅନତିକ୍ରମ୍ୟ। ଆମ ପରିସ୍ଥିତି ବି ଆମ ଭାଗ୍ୟ ସହ ଖେଳୁଛି। କେବେ ଦେଖାହେଲେ ସେ କଥା କହିବି। ଏବେ ମୋ କଥା ମାନ: ଧୀରଜ୍ ଧର ମନୁଆ ଗୀତ ଶୁଣିଛ ? ଏବେ ଶୁଣ। ପରିସ୍ଥିତି ବଦଳିବା ପର୍ଯ୍ୟନ୍ତ ଅପେକ୍ଷା କର...!

୧୫

ନିଶାକୁ ଯେମିତି ହେଉ ଭେଟିବାକୁ ହେବ। ସେ ଦିଲ୍ଲୀରେ ଥାଉ କି ଡେରାଡୁନ ବା ଦୌଲତାବାଦ। ପ୍ରେମ ପାଇଁ ସ୍ଥାନର ଦୂରତା, କାଳର ଅବଧି, ଜାତି ଓ ଧର୍ମର ଅନ୍ତର କିଛି ମାନେ ରଖେ ନାହିଁ।

ଗୌର, ଆହୁରି ଶୋଇଛ କି? ଗୌର, ଦିନ ଆସି ଆଠଟା ବାଜିଲାଣି। କି ଯୋଗୀ ହୋଇଛ ତମେ? ନରହରି ଉଠାଉ ଥିଲେ। "ଯୋଗୀ ପରା ବ୍ରାହ୍ମ ମୁହୂର୍ତ୍ତରେ ଶଯ୍ୟାତ୍ୟାଗ କରି ଯୋଗ ତପସ୍ୟା କରନ୍ତି? ତମେ କ'ଣ ମୁଣ୍ଡ ଉପରେ କେତେ ସମସ୍ୟା ରଖି ନିଶ୍ଚିନ୍ତ ହୋଇ ଶୋଇଛ?"

ରାତିରେ ଅନେକ ସମୟ ବିନିଦ୍ର ଥିଲା ଗୌରାଙ୍ଗ। ଗତକାଲିର ତିକ୍ତ ଅନୁଭବ ବିଷୟରେ ନିଶା ସହ କଥାବାର୍ତ୍ତା କରୁକରୁ ସେ କେତେବେଳେ ଶୋଇ ଯାଇଥିଲା, ଖିଆଲ ନଥିଲା ତା'ର।

ନରହରି ଚାହା ମଗେଇ ଥିଲେ।

'ଆଜିର କାର୍ଯ୍ୟକ୍ରମ କ'ଣ?' ପଚାରିଥିଲେ ସେ, ଗୌରାଙ୍ଗ ଚାହାପାନ କରି ସ୍ୱଚ୍ଛ ସାଷ୍ଟାମ ହେଲା ପରେ।

ଦିଲ୍ଲୀ ଏବେ ବେଶି ଦୂରରେ ନାହିଁ। ଯିବି ଦିଲ୍ଲୀ। କହିଲା ଗୌରାଙ୍ଗ।

କ'ଣ କରିବ ସେଇଠି?

ନିଶାଙ୍କ ବାପା-ମାଆଙ୍କୁ ଭେଟିବି ପ୍ରଥମେ। ତାଙ୍କ ପ୍ରତି ମୋ ପ୍ରେମର ଆନ୍ତରିକତା କୁହନ୍ତୁ ବା ଗଭୀରତାର ସ୍ପଷ୍ଟିକରଣ ଦେବି।

କିନ୍ତୁ ନିଶା ତୁମ ପ୍ରତି କେତେ ପ୍ରତିବଦ୍ଧ ଗୌରାଙ୍ଗ? ପଚାରିଲେ ନରହରି।

୧୦୦ ପ୍ରତିଶତ।

ହଉ, ଯାହା ତୁମ ପାଇଁ ଭଲ ଭାବୁଛ, କରିବ। ପାଖରେ କିଛି ରଖିଥାଅ,

କାମରେ ଲାଗିବ, କହି ଗୌରାଙ୍ଗ ପକେଟରେ କିଛି ଟଙ୍କା ଗୁଞ୍ଜିଦେଇ ନରହରି ନିଜ କାମରେ ଚାଲିଗଲେ।

ଅନାଗତ ଆହ୍ୱାନ ଓ ଅପେକ୍ଷାରତ ବିପଦର ଭୟ ନକରି ଗୌରାଙ୍ଗ ବାହାରି ଯାଇଥିଲା। ନିଶା ନିକଟକୁ ଛୋଟ ହ୍ୱାଟ୍ସଆପ୍ ବାର୍ତ୍ତା ପଠାଇଦେଇ ଷ୍ଟେସନ ଆଡ଼କୁ ମୁହାଁଇଲା ଗୌରାଙ୍ଗ। ବାର୍ତ୍ତା ପଢ଼ି ଅନୁପମାଙ୍କ ପ୍ରତିକ୍ରିୟା କ'ଣ ହୋଇଥିବ ଗୌରାଙ୍ଗ ଆକଳନ କରିବାର ଉପାୟ ନଥିଲା।

ଗୌରାଙ୍ଗ ସହ ମିଳିତ ହେବାର ଆବେଗ ଅପେକ୍ଷା ନିଶାଙ୍କ ଘରେ ପ୍ରସ୍ତୁତ ଆୟୋଜନ ପ୍ରଘଟ ହେବାର ଆଶଙ୍କା ଥିଲା ଅଧିକ। ସେ ଦିଲ୍ଲୀରେ ପହଞ୍ଚିବା ପର୍ଯ୍ୟନ୍ତ ତା'ର ବ୍ୟକ୍ତିଗତ ଜୀବନରେ ଚାଲିଥିବା ଆନ୍ଦୋଳନ ସଦାନନ୍ଦଠୁ ଗୋପନ ରଖିବା ଶ୍ରେୟ ଭାବିଥିବ ନିଶା।

ଗୌରାଙ୍ଗ ଦୃଢ଼ ଥିଲା, ସେ ଦିଲ୍ଲୀ ଯାଇ ନିଶାକୁ ଦେଖା କରିବ। ତା' ସହ ଭବିଷ୍ୟତ ଜୀବନ ଯାପନ କରିବାର ପ୍ରତ୍ୟୟ ଜନ୍ମାଇବ। ସାର୍ଥକତା ପ୍ରତିପାଦିତ କରିବ।

ଗୌରାଙ୍ଗ ପାଖରେ ଅର୍ଥ ଥିଲା ସ୍ୱଳ୍ପ। ତା' ଫୋନରେ ବାଲାନ୍ସ ବି ଥିଲା କମ୍। ଦିଲ୍ଲୀରେ ନିଶା ବ୍ୟତୀତ ତା'ର କେହି ବିଶେଷ ଚିହ୍ନା ପରିଚୟ ବନ୍ଧୁ ବାନ୍ଧବୀ ନଥିଲେ। କିନ୍ତୁ ସେ ଏତିକି ନିଶ୍ଚିତ ଥିଲା ଯେ ତା'ର ଇଚ୍ଛାଶକ୍ତି ଦୃଢ଼ ଅଛି ଓ ହୃଦୟବତ୍ତା ଅକଳ୍ମଷ।

ବ୍ୟାକପାକ୍ ଗଳେଇ ହୋଟେଲରୁ ବାହାରି ହାଇୱେ ଦେଇ ରେଳଷ୍ଟେସନ ଆଡ଼କୁ କିଛି ବାଟ ଯାଇଛି ସଦାନନ୍ଦ। କେହିଜଣେ ସମଧର୍ମା ଆତ୍ମା ତା'ର ରାସ୍ତାରେ ସହାୟତା କରିବ ନିଶ୍ଚୟ, ସେ ଭାବିଲା। ଅଳ୍ପ ଚାଲିଲା ପରେ ଅଲ୍ ଇଣ୍ଡିଆ ପରମିଟ୍ ଲେଖାଥିବା ଏକ ବଡ଼ ଟ୍ରକ ମାଡ଼ି ଆସୁଥିଲା। ଅଜାଣତରେ ସଦାନନ୍ଦର ହାତ ଉପରକୁ ଉଠିଗଲା। ଇଶାରା ପାଇ ଟ୍ରକବାଲା ଅଳ୍ପ ଦୂରରେ ବ୍ରେକ କଷିଲା।

କୁଆଡ଼େ ଯିବ ? ପଗଡ଼ିବାଲା ଡ୍ରାଇଭର ପଚାରିଲା।

ଆପଣ କୋଉ ଆଡ଼କୁ ଯିବେ, ସଦାନନ୍ଦ ଓଲଟି ପଚାରିଲା।

ତମେ କହୁନା, କୋଉଠିକି ଯିବ ?

ମୁଁ ଦିଲ୍ଲୀ।

ଗାଡ଼ି ଉପରକୁ ଉଠି ଆସ, କ୍ଲିନର୍ ହାତ ବଢ଼ାଇଲା।

ଯାଉଛି, ମୋର ଫ୍ରେଣ୍ଡ୍‌କୁ ଦେଖା କରିବି ଦିଲ୍ଲୀରେ।

ରସିକତା କରି ଡ୍ରାଇଭର କହିଲା, ଗାର୍ଲଫ୍ରେଣ୍ଡ ହୋଇଥିବ।

ଠିକ୍ କହିଲ ଭାଇ। ହସିଲା ଗୌରାଙ୍ଗ।

ବସ, ଆରାମରେ। ଆମେ ବି ଯାଉଛୁ ଦିଲ୍ଲୀ।

ତମେ ଦିଲ୍ଲୀ କ୍ୟାଣ୍ଟନମେଣ୍ଟ ପର୍ଯ୍ୟନ୍ତ ଯିବ? ଗୌରାଙ୍ଗ ପଚାରିଲା।

କ୍ଲିନର୍ କହିଲା ସ୍ଥାନର ନାମ ସେ ଜାଣିନି, ରାମୁଭାଇ କହି ପାରିବ।

ପଗଡ଼ି ମାରିଥିବା ଡ୍ରାଇଭର ରାମୁଭାଇ କହିଲା, ଯିବା।

ଗାଡ଼ିରେ କ'ଣ ବୋଝେଇ କରି ନେଉଛ ରାମୁଭାଇ? ପଚାରିଲା ସଦାନନ୍ଦ।

ଫୁଲକୋବି। ନଖରା ବ୍ରୋକୋଲି? ଜାଣିନା? ଓଡ଼ିଆମାନେ ବେଶି ଖାଆନ୍ତି ନାହିଁ। ତେଣୁ ବାହାରକୁ ରପ୍ତାନୀ ହେଲେ ଓଡ଼ିଶାର ଦି'ପଇସା ଲାଭ ହୁଏ।... ଆଉ ତମେ କାହିଁକି ଦିଲ୍ଲୀ ଯାଉଛ କହିଲ ନାହିଁ ତ?

ତୁମକୁ କ'ଣ ଲୁଚାଇବି? ଗୌରାଙ୍ଗ ଗାଁ ସ୍କୁଲରୁ କଲେଜ ଯାଏଁ ଓ ସେଇଠୁ ଘରଦ୍ୱାର ଛାଡ଼ି ମହର୍ଷି ଆଶ୍ରମରେ ପ୍ରବେଶ କରିବା ପରେ ଅନୁପମା ସହ କେମିତି ପ୍ରେମର ସୂତ୍ରପାତ ହେଲା ସବିଶେଷ କାହାଣୀ ବର୍ଣ୍ଣନା କରିଗଲା।

ସଦାନନ୍ଦର ପରମାତ୍ମା ଅନୁସନ୍ଧାନରୁ ପ୍ରେମନଗର ଯାତ୍ରାର ଆମୋଦଦାୟକ ବିବରଣୀ ଡ୍ରାଇଭର ରାମୁଭାଇକୁ ଆମୋଦ ପ୍ରଦାନ କଲା। ଶୁଣି ତାହାର ଉତ୍କଣ୍ଠା ବି ବଢ଼ିବାରେ ଲାଗିଲା।

ମୁଁ ତୁମ ସମସ୍ୟା ବୁଝି ପାରୁଛି କାହିଁକି ନା ମୁଁ ବି ତୁମ ପରି ଭୁକ୍ତଭୋଗୀ। କିନ୍ତୁ ସନ୍ନ୍ୟାସୀ ଜୀବନରୁ ସଂସାର ମହାଯାତ୍ରା ଏତେ ସହଜ ନୁହେଁ। କାହିଁକି ବାଛିଲ ଏଇ ରାସ୍ତା?

ମଣିଷ ଜାତିର ଭବିଷ୍ୟତ ହେଲା ଦେବୀ-ଦେବତା ହୋଇ ସ୍ୱର୍ଗରେ ଦୈବୀ ସମାଜ ଗଠନ କରିବା। ବିଷ୍ଣୁ-ଲକ୍ଷ୍ମୀ, ଶିବ-ପାର୍ବତୀ, ରାମ-ସୀତା, ବିଶ୍ୱାମିତ୍ର-ମେନକା, ବଶିଷ୍ଠ-ଅରୁନ୍ଧତୀ ଆଦିଙ୍କ ପରି ଗୃହସ୍ଥ ଧର୍ମରେ ରହି ଆଦର୍ଶ ସଂସାର ସୃଷ୍ଟି କରିବା। ଆଉ... ତୁମ କାହାଣୀ କହିଲ ନାହିଁ ଯେ ରାମୁଭାଇ?

ରାମୁ କହିଲା ତା'ଠୁ ବୟସରେ ବଡ଼, ସ୍ୱାମୀ ପରିତ୍ୟକ୍ତା ଜଣେ ସ୍ତ୍ରୀଙ୍କୁ ଭଲ ପାଇବାର ମନାଫଳ ସିଏ ବି ଚାଖିଛି। ଘରେ ତା' ସମ୍ବନ୍ଧକୁ କେହି ସ୍ୱୀକାର ନକରିବାରୁ ପ୍ରେମିକ-ପ୍ରେମିକା ଗାଆଁ ଛାଡ଼ି ସୁଦୂର ଆସାମ ଯାଇ କାମାକ୍ଷୀ ମନ୍ଦିରରେ ବିବାହ କରିଥିଲେ। ଏବେ ସେମାନେ ସୁଖରେ ଅଛନ୍ତି। ତାଙ୍କର ପାଞ୍ଚବର୍ଷ ବୟସର ପୁଅଟିଏ ମଧ୍ୟ ଅଛି।

ନାନା ଲୋକେ ନାନା କଥା କହୁଥିବେ। ବେଳେବେଳେ ସେମାନେ ତୁମକୁ ଯାଡୁସାଡୁ କଥା କହି ବାଟବଣା କରି ଦେଉଥିବେ। ତେଣୁ ସବୁବେଳେ ପ୍ରେମ ବିଷୟରେ ନିଜ ବୁଦ୍ଧି ଓ ଅନ୍ତରର କଥା ହିଁ ଶୁଣିବା... ସାଂସାରିକ ଜୀବନରେ ପ୍ରେମକୁ ଛାଡ଼ି

ଅବଶିଷ୍ଟ ବୟସ, ଧର୍ମ, ଜାତି ଓ ଧନ ଦୌଲତ କିଛି ନୁହେଁ। ମୂଲ୍ୟହୀନ। ପ୍ରେମ ପାଇଁ ତମେ ଯେ କୌଣସି ଯୁଦ୍ଧ କଲେ ବି କ୍ଷତି ନାହିଁ।

ରାମୁଭାଇର କଥାରେ ଅସଲି ଦମ୍ ଥିଲା ଭଳି ଲାଗିଲା। ଗୌରାଙ୍ଗର ଆଖିରେ ଦେଖାଗଲା ଆଶାର ସୁନେଲି କିରଣ। ଲାଗିଲା, ଏଣିକି ସେ ନିଶାର ହୃଦୟ ଜୟ କରି ତାକୁ ପତ୍ନୀର ମୁକୁଟ ପିନ୍ଧାଇ ଦେଇ ପାରିବ।

୧୬

ଦୁଇ ଦିନର କ୍ରମାଗତ କ୍ଳାନ୍ତ ଯାତ୍ରା ଶେଷରେ ରାଜଧାନୀ ଦିଲ୍ଲୀ ସହରର କଂକ୍ରିଟ ଅଟ୍ଟାଳିକା ଉପରେ ସୂର୍ଯ୍ୟର ପ୍ରଥମ କିରଣ ଦେଖି ଉଲ୍ଲସି ଉଠିଥିଲା ଗୌରାଙ୍ଗ। ଦିଲ୍ଲୀ ଆସିବା ଏଇ ତା'ର ପ୍ରଥମ। ଏଠି ହସ୍ତିନାପୁରର ମେରୁଦଣ୍ଡ ଉପରେ ରାଜତନ୍ତ୍ର ଭୁଷୁଡ଼ିଛି। ଗଣତନ୍ତ୍ରର ଭିତ୍ତି ପଡ଼ିଛି। ଶାସକ ଓ ଶାସିତର ତାରତମ୍ୟ ବିଲୋପ ହୋଇଛି। ବଢ଼ିଛି ଭ୍ରଷ୍ଟାଚାର।

କ୍ୟାଣ୍ଟନମେଣ୍ଟ ଇଲାକାରେ ପହଞ୍ଚି ରାମୁଭାଇର ସହାୟତା ଓ ସହାନୁଭୂତି ପାଇଁ ତାକୁ ଅଜସ୍ର ଧନ୍ୟବାଦରେ ପୋତି ପକାଇଥିଲା ଗୌରାଙ୍ଗ। ନିଶା ବସବାସ କରୁଥିବା ଏପାର୍ଟମେଣ୍ଟ ସାମ୍ନାରେ ରାମୁଭାଇ ଓହ୍ଲାଇ ଦେଇଥିଲା ସଦାନନ୍ଦକୁ ଓ ନିଜ ଫୋନ ନମ୍ବର ଦେଇ ଗୌରାଙ୍ଗର ଫୋନ ନମ୍ବର ଟିପି ନେଇଥିଲା।

ଯେକୌଣସି ସମୟରେ ସାହାଯ୍ୟ ଦରକାର ପଡ଼ିଲେ ମୋତେ ଫୋନ୍ କରିବାକୁ ଭୁଲିବନି, କହିଲା ରାମୁଭାଇ ଓ ଗୌରାଙ୍ଗଙ୍କୁ ଆଲିଙ୍ଗନ କରି ବିଦାୟ ଜଣାଇଲା।

ବ୍ୟାକପାକ୍ ପିଠିରେ ଝୁଲାଇ ନିଶାର ଆପାର୍ଟମେଣ୍ଟ ବିଲ୍ଡିଂରେ ପ୍ରବେଶ କଲା ଗୌରାଙ୍ଗ ଓରଫ୍ ସଦାନନ୍ଦ।

ନିଶା ଘରେ ଥିବ ତ ? କୁଆଡ଼େ ଯିବ ଏତେ ସକାଳୁ ? ଡ୍ୟୁଟି ପାଇଁ ସେ ଦିନ ଦଶଟାରେ ଘରୁ ବାହାରେ। ଆଉ ଆଜି କି ବାର ? ରବିବାର। ତା'ର ସାପ୍ତାହିକ ଛୁଟି ବି ରବିବାର। ତାକୁ ଦେଖିଲେ ସେ ନିଶ୍ଚୟ ଚମକିବ ନା ଉଲ୍ଲସି ଉଠିବ ? ଏବେଠୁ ତାହା କଳ୍ପନା କରିହେବ ନାହିଁ।

କବାଟ ପାଖରେ ପହଞ୍ଚି ଆସ୍ତେ ଠକ୍ ଠକ୍ କଲା ସଦାନନ୍ଦ। ଦୁଆର ଖୋଲିବା ପର୍ଯ୍ୟନ୍ତ ଅଣନିଃଶ୍ୱାସୀ ହୋଇ ଅପେକ୍ଷା କଲା ଗୌରାଙ୍ଗ। ଭିତରପଟୁ ଅନୁପମାର କଣ୍ଠସ୍ୱର ଶୁଭିଲା।

କିଏ ? କିଏ ?

ମୁଁ ଗୌରାଙ୍ଗ, ସେ କହିଲା । କିଛିକ୍ଷଣ ନିରବ ବିରତିରେ କଟିଗଲା ।

ଦୁଆର ଖୋଲି ନିଶା ଠିଆ ହେଲା ଆଶ୍ଚର୍ଯ୍ୟରେ: ଦ୍ୱନ୍ଦ୍ୱ ଓ ଦୋଳନର ସହିତ । କେଇ ସେକେଣ୍ଡ ଗୌରାଙ୍ଗ ଆଡ଼କୁ ଚାହିଁ ହସିଲା ।

ଗୌରାଙ୍ଗ ! ନିଶା ଆଚମ୍ବିତ ହେଲା । ସେ ତା' ବାହୁ ଲମ୍ବେଇ ଦେଇ ସଦାନନ୍ଦର ଗଳାବେଷ୍ଟନ କଲା ଉଲ୍ଲାସରେ । ଗୌରାଙ୍ଗ ବି ନିଶାକୁ ଆବେଗରେ ଆଲିଙ୍ଗନ କଲାବେଳେ ତା'ର ଉତ୍ତାପ ଓ ହୃତସ୍ପନ୍ଦନ ଅନୁଭବ କଲା । ଆଇ ଲଭ୍ ୟୁ ନିଶା, ତା' କାନରେ କହିଲା ଗୌରାଙ୍ଗ ।

ନିଶା ଟିକିଏ ପଛକୁ ଫେରିଆସି ଗୌରାଙ୍ଗର ଆଖି ଭିତରକୁ ଚାହିଁ କହିଲା: ମୁଁ ବି ତୁମକୁ ସେତିକି ଭଲ ପାଏ ସଦାନନ୍ଦ । ଦିହେଁ ପରସ୍ପରର ଆଶ୍ଳେଷ ଓ ଚୁମ୍ବକୀୟ ଆକର୍ଷଣ ଭିତରେ ହଜି ଯାଉଥିଲେ ।

ଆସ, ଆମ ବାବା ମାଆଙ୍କ ସହ ପରିଚୟ କରାଇଦିଏ, କହି ନିଶା ତା' ହଲ୍ ଭିତରେ ସୋଫା ଉପରେ ସଦାନନ୍ଦକୁ ବସାଇଲା ।

ଅନୁପମା ତା'ର ଛୋଟ କିଚେନ୍‌ରେ ପଶି ଫ୍ରିଜରୁ ଢାଳିଲା କ୍ଷୀର । ବସେଇଲା ଚାହା । ଚିନି କେତେ ପଡ଼ିବ, ପଚାରିଦେଇ ଟ୍ରେରେ ସଜାଡ଼ିଲା କପ୍ ଓ ବିସ୍କୁଟ । ଦୁଇ କପ୍ ଚାହା ନେଲା ବାପା-ମାଆଙ୍କ ବେଡରୁମକୁ । ଆଉ ଦୁଇ କପ୍ ଚାହା ଓ ବିସ୍କୁଟ ଆଣିଦେଇ ରଖିଲା ଗୌରାଙ୍ଗ ସାମ୍ନାରେ ।

ସୋଫାରେ ଗୌରାଙ୍ଗ ବସିଛି ଚୁପଚାପ୍ । ତା'ର ନିରବତା ହିଁ ବେଶି ଆକର୍ଷିତ କରିଛି ନିଶାକୁ । ଅଥଚ ନିଶାର ଅନୁସନ୍ଧିତ୍ସୁ ଆଗ୍ରହ ଓ ବୁଦ୍ଧିମତ୍ତା ବିଶେଷ ଭାବେ ଆକର୍ଷିଛି ଗୌରାଙ୍ଗକୁ ।

ଅନୁପମାର ଆଶ୍ରମ ରହଣୀ ଭିତରେ କେତେ ସମୟ ଆତ୍ମିକ ଓ ଦାର୍ଶନିକ ଚିନ୍ତନରେ ବିତିଯାଇଛି ତା'ର ଇୟତ୍ତା ନାହିଁ । ଆତ୍ମାଭିମାନୀ ଚିନ୍ତନ କରୁକରୁ ଦିହେଁ ପରସ୍ପରର ନିକଟତର ହୋଇଯାଇଛନ୍ତି କେତେବେଳେ !

ସେଦିନ ରାତିରେ ଗୌରାଙ୍ଗ ବସିଥାଏ ଅଗଣାରେ । ଚାନ୍ଦିନୀ ରାତିରେ ଗଛପତ୍ର ଫାଙ୍କ ଭିତରେ, ଛାଇ ଆଲୁଅର ଲୁଚକାଳି ଦେଖୁଥାଏ ସଦାନନ୍ଦ ଯେତେବେଳେ ସଂତର୍ପଣରେ ନିଶା ଯାଇ ବସେ ତା' ପାଖରେ ।

ମାଡାମ୍ କ'ଣ ଶୋଇନାହାନ୍ତି ଏଯାଏଁ ? ସେ ପଚାରିଦେଲା ।

ଯୋଗୀଶ୍ରେଷ୍ଠ କାହିଁକି ଉଜାଗର ଅଛନ୍ତି ? ଏକାନ୍ତବାସୀ କ'ଣ ପରମାତ୍ମାଙ୍କ ଧ୍ୟାନରେ ?

ନା, ମୁଁ ଭାବୁଥିଲି କଥାଟିଏ... ମଣିଷ ଅନ୍ୟ ଜଣକୁ ଭଲ ପାଇ ବସିଲେ ଅପରର ମାନସିକ ସ୍ତରରେ ତା'ର ସକାରାତ୍ମକ ପ୍ରଭାବ ବିସ୍ତାର କରେ। ସେମିତି ଭଗବାନଙ୍କ ବିଷୟରେ ଚିନ୍ତନ ମନ୍ଥନରେ ନିମଗ୍ନ ରହିଲେ ତାଙ୍କ ଉପରେ ବି ପ୍ରଭାବ ପଡ଼ିବ ? ସେ ମଣିଷ ପ୍ରତି ଧ୍ୟାନଶୀଳ ହୋଇପାରିବେ ?

ଗୌରାଙ୍ଗ କୌଣସି ମଣିଷଙ୍କୁ ଭଲ ପାଇ ବସିଛନ୍ତି ?

ଆପଣ ଠିକ୍ ଧରିଛନ୍ତି। ବ୍ରହ୍ମଚର୍ଯ୍ୟ ଓ ସନ୍ନ୍ୟାସ ଧର୍ମର ରୀତି ସତ୍ତ୍ୱେ ମୁଁ ଜଣଙ୍କୁ ଭଲ ପାଇ ବସିଛି। ପରମାତ୍ମାଙ୍କ ସେବାରେ ନିଜକୁ ସମର୍ପି ଥିବାରୁ ପାର୍ଥିବ ଆନନ୍ଦରେ ନିଜକୁ ସାମିଲ କରି ପାରିବି ନାହିଁ। ଦୟାକରି ଆପଣ ମୋତେ କିଛି ସମୟ ଏକୁଟିଆ ରହିବାକୁ ଦିଅନ୍ତୁ...

ନିଶା ଦୁଃଖିତ ହୋଇ ସେଇଠୁ ଉଠି ଯାଇଛି। ନିଜ ବୃତ୍ତିର ତାଡ଼ନାରେ ଆଶ୍ରମ ଜୀବନ ଉପରେ ଦୃଷ୍ଟି ନିବଦ୍ଧ କରିଛି ସେ। ଗୌରାଙ୍ଗ ପ୍ରତି ଆସକ୍ତି ବା ଭଲ ପାଇବା ତାଙ୍କ କର୍ତ୍ତବ୍ୟପଥକୁ ଚହଲାଇ ଦେଇନି। ନିଜ ଦୈନନ୍ଦିନ ଜୀବନକୁ ଫେରିଯିବା ପରେ ବି ଗୌରାଙ୍ଗ ପ୍ରତି ମନୋଭାବ ରହିଛି ସେମିତି ଅବିଚଳିତ।

ନିଶା ପ୍ରତି ଗୌରାଙ୍ଗର ସୂକ୍ଷ୍ମ ଭାବାବେଗ ଅନ୍ତର୍ମନରେ ଦୋଷୀଭାବ ଆଣିଛି। ଦ୍ୱନ୍ଦ୍ୱଭାବ ସୃଷ୍ଟି ହୋଇଛି। ମୁଁ ଶ୍ରୀମତର ଉଲ୍ଲଙ୍ଘନ କରୁନାହିଁ ତ ? ମୋର ଆଚରଣ ପ୍ରଭୁ ଓ ଗୁରୁଦେବଙ୍କୁ ଅବଜ୍ଞା କରୁନାହିଁ ତ ? ସଂଯମ ଓ ପବିତ୍ରତାର ବ୍ରତ କଥା କହି ନିଶାଙ୍କୁ ସେ ଅଯଥା ଦୁଃଖିତ କରିଦେଲାକି ? ତାଙ୍କଠୁ କ୍ଷମା ମାଗିନେବି ଓ ସ୍ୱଚ୍ଛ ମନରେ ପ୍ରେମର ଉଦ୍‌ଘୋଷଣା କରିଦେବି ? ଅନ୍ତରର ମଞ୍ଜି କଥା କହିଦେଇ ସତ୍ୟବନ୍ଧ ଜୀବନର ସାମ୍ନା କରିଦେବି ? ତାହା କ'ଣ ଯୋଗୀ ଜୀବନର ପରାକାଷ୍ଠା ହେବ ନାହିଁ ?

ନିଶା ଓ ସଦାନନ୍ଦ ଅଚେତନ ସ୍ତରରେ ହୁଏତ ଏକ ନୂଆ ଜୀବନ ଗାଥା ରଚନା କରିବାକୁ ସଂକଳ୍ପବଦ୍ଧ। ସେମାନେ ଏକ ଓ ଅଭିନ୍ନ ସତ୍ତା ଦୁଇଟି ଦେହର ବନ୍ଧନ ଭିତରେ ଆବଦ୍ଧ। ଗାର୍ହସ୍ଥ୍ୟ ଜୀବନ ଭିତରେ ଧର୍ମ, ଅର୍ଥ, କାମ ଓ ମୋକ୍ଷର ଅନୁବନ୍ଧିତ ଜୀବନ ବିତାଇବାକୁ ବଦ୍ଧ ପରିକର।

ବାପା-ମା' ଆମ ଆବେଦନ ସ୍ୱୀକାର କରିବେ ନିଶା ? ନକଲେ ଆମେ କ'ଣ କରି ପାରିବା ?

ତମେ ଯୋଗୀ ପୁରୁଷ। ତମେ ଜାଣ, ନକାରାତ୍ମକ ଚିନ୍ତା କଲେ ତା'ର ପରିଣାମ ସ୍ୱରୂପ ଜୀବନରେ ବାଧାବିଘ୍ନ ଆସିଥାଏ। ସବୁ ସମସ୍ୟା ଭିତରେ ବି ସମାଧାନ ଆପେ ଲୁଚି ରହିଥାଏ। ତାହାକୁ ଉନ୍ମୋଚିତ କରିବା ହିଁ ପୁରୁଷପଣିଆ।

ଠିକ୍ କହିଛ। ଆମ ଧର୍ମରେ କୁହାଯାଇଛି: ନିଶ୍ଚୟ ବୁଦ୍ଧି ବିଜୟନ୍ତୀ, ସଂଶୟ ବୁଦ୍ଧି ବିନଶ୍ୟନ୍ତି। ଯେ ଦୃଢ଼ମନା, ସେ ସଫଳତା ପ୍ରାପ୍ତ ହୋଇଥାଏ।

ନିଶା ଓ ଗୌରାଙ୍ଗ ଏବେ ଅନୁଭବ କଲେଣି ସେମାନଙ୍କ ଏକମାତ୍ର ଲଘିଷ୍ଠ ସାଧାରଣ ଶତ୍ରୁ ହେଲା ସମାଜ ଯେଉଁଥି ପାଇଁ ସେମାନଙ୍କ ଅହେତୁକ ଭୟ ଓ ଆଶଙ୍କା ବଢ଼ି ଯାଇଛି।

ଚାହା ଖାଇସାରି ବାପା-ମା' ବେଡରୁମରୁ ବାହାରିଲେ। ନିଶା ସଦାନନ୍ଦର ପରିଚୟ କରାଇଦେଲା।

୧୭

ଆରେ ? ଟ୍ରକରେ ବସି ଆସିଗଲ ଏତେ ଦୂର ? ତମକୁ ବିଶ୍ୱାସ କରି ହେଉନି।

କ'ଣ ଆଉ କରିଥାଆନ୍ତି ? ଅନ୍ୟ ବାଟ ବି ନଥିଲା।

'ବୁଝୁଛି। ଏମିତି ଦୁଃସାହସିକ କାମ କେବେ କରିବନି। ମୋତେ କହିଥିଲେ ଫୋନ-ପେ କରି କିଛି ଟଙ୍କା ପଠାଇଦେଇ ପାରିଥାନ୍ତି।'

ହଉ, ଗତସ୍ୟ ଶୋଚନା ନାସ୍ତି। ପଛକଥା ପଛରେ ରହିଥାଉ, କହିଲା ସଦାନନ୍ଦ।

ନିଶା ପିନ୍ଧିଥିଲା ଜିନ୍ ଉପରେ ସାଦା ନୀଳ ରଂଗର କୁର୍ତ୍ତା। ଗଳା ବେଷ୍ଟନ କରିଥିଲା ନାଲି ସ୍କାର୍ଫ। ସେ ଦିଶୁଥିଲା ପାରମ୍ପରିକ କିନ୍ତୁ ଅସାଧାରଣ ଭାବେ ସୁନ୍ଦର। ତା'ର ଆତ୍ମବିଶ୍ୱାସ ଥିଲା, ଗୌରାଙ୍ଗ ତାକୁ ଅନୁମୋଦନ କରିବ।

କୋଉ ରସାୟନରେ ଗଢ଼ା ଯେ ଲୋକ ? ଆଶ୍ଚର୍ଯ୍ୟ ଲାଗେ। ଗୌରାଙ୍ଗ ସହ ଆଶ୍ରମରେ ଦେଖାହେବା ଦିନରୁ ତା'ର ନିରବତା ଆଉ ପ୍ରଶାନ୍ତ ଉପସ୍ଥିତି ତାକୁ ସ୍ତବ୍ଧ କରିଛି ଯଦିଓ ତା'ର ଆଖିରେ ନିଶା ଦେଖୁଛି ଅଗ୍ନି ଓ ଶବ୍ଦରେ ସ୍ଫୁଲିଙ୍ଗର ଆବେଗ। ତା'ର ଦର୍ଶନ ଓ ଆସ୍ପୃହାକୁ ନିଶା ଆଗରେ ଉନ୍ମୁକ୍ତ କରିଛି ସଦାନନ୍ଦ। ତା'ର ସଂଗୀତ ପ୍ରତି ମୋହକୁ ସେ ତ୍ୟାଗ କରିପାରିନି, ଏହା ନିର୍ଲିପ୍ତ ହୋଇ ସ୍ୱୀକାର କରିଛି ସେ। ଆଶ୍ରମର କ୍ଲିଷ୍ଟ ନୀତି ଓ କଟକଣା ସତ୍ତ୍ୱେ ଗୌରାଙ୍ଗ ସହ ସୂକ୍ଷ୍ମ ଭାବରେ ବାନ୍ଧି ହୋଇଛି ନିଶାର ସଂପର୍କ।

ଗୌରାଙ୍ଗର ସଚ୍ଚୋଟପଣିଆ, ସାହସିକତା ଓ ସତ୍ୟନିଷ୍ଠ ବ୍ୟକ୍ତିତ୍ୱ ବୃତ୍ତିଗତ ସଂପର୍କରୁ ବାହାରି ଆସି ବ୍ୟକ୍ତିସତ୍ତାକୁ କରିଛି ଆକ୍ରାନ୍ତ। ଚାନ୍ଦିନୀ ରାତିରେ ଛାଇଛାଇକା ଅନ୍ଧାରରେ ବସିଥିବା ଏକାକୀ ସଦାନନ୍ଦକୁ ଦେଖି ସେଦିନ ନିଶା ନିଶ୍ଚିତ ହୋଇଥିଲା ଯେ ଆଶ୍ରମ ଜୀବନ ତାକୁ ଆନଂଦ ବଦଳରେ ବ୍ୟଥିତ କରିଛି। ବନ୍ଧୁତ୍ୱ ସୂତ୍ରରେ ସଦାନନ୍ଦର ସହାୟତା କରିବା ପାଇଁ ଚାହିଁଛି ନିଶା। ତା'ର ଗୋପନ ଆଶା ଥିଲା ଯେ

ସଦାନନ୍ଦ ପୁଣି ତା' ସହ ସଂଯୋଗ ସ୍ଥାପନ କରିବ। ଫେରି ଆସିବ, ତା'ର ବାହୁ ବନ୍ଧନ ପରିସରକୁ।

ସଦାନନ୍ଦ ଆଶ୍ରମ ଛାଡ଼ିଲା କାହିଁକି ? ଏବେ ସେ କେଉଁଠିକି ଯିବ, ଏହାପରେ ସେମାନଙ୍କ ସଂପର୍କର ଦଶା ଓ ଦିଶା କ'ଣ ହେବ, ? ସେ ନେଇ ଚିନ୍ତିତ ହୋଇଥିଲା ଅନୁପମା। ପରମାତ୍ମାଙ୍କୁ ଅଶେଷ ଧନ୍ୟବାଦ, ସ୍ୱୟଂ ସଦାନନ୍ଦ ଏବେ ପହଞ୍ଚିଛି ଦିଲ୍ଲୀରେ, ସହାୟତା ଚାହେଁ ଅନୁପମାର।

ଚାହାପାନ ପୂର୍ବକ ଡ୍ରଇଂରୁମ ସୋଫାରେ ଗପୁଥିଲେ ନିଶା ଓ ଗୌରାଂଗ। ଏକ ଅଦ୍ଭୁତ, ଅପୂର୍ବ ବନ୍ଧନ ସ୍ଥାପନ ହୋଇଛି ସେ ଦିହିଁଙ୍କ ଭିତରେ। ଜଣେ ଅପରକୁ ବୁଝିବାରେ କୌଣସି ସଂଶୟ କି ଶଙ୍କାର ପ୍ରଶ୍ନ ଉଠେନା।

ଇତି ମଧ୍ୟରେ ପ୍ରବେଶ କରିଛନ୍ତି ଅନୁପମାର ବାପା-ମାଆ। ରକ୍ଷଣଶୀଳ ସଂପ୍ରଦାୟର ସ୍ୱାମୀ-ସ୍ତ୍ରୀ। ତାଙ୍କ ମତରେ ଜଣେ ସୌଭାଗ୍ୟଶାଳୀ ବ୍ୟକ୍ତି ହିଁ ନିଶାର ସ୍ୱାମୀ ହେବାକୁ ଉପଯୁକ୍ତ।

ସେମାନେ ଗୋପନରେ ବିକାଶ ସହ ନିଶାର ପ୍ରସ୍ତାବ, ସାକ୍ଷାତକାର ପର୍ବ ଆୟୋଜନ କରିଥିଲେ। ଆଶା କରିଥିଲେ ନିଶା ତୁରନ୍ତ ବିବାହ ବନ୍ଧନରେ ଆବଦ୍ଧ ହୋଇଯିବ। କିନ୍ତୁ ନିଶା ସହ ଏହି ନୂତନ ଚରିତ୍ରକୁ ଦେଖି ସେମାନେ ପ୍ରଥମେ ବିସ୍ମିତ ହୋଇଥିବେ।

ଭଦ୍ରବ୍ୟକ୍ତି କିଏ ନିଶା ? କେଉଁଠୁ ଆସିଲେ ? କ'ଣ କରନ୍ତି ? ତୁ ଏହାଙ୍କୁ ଜାଣିଲୁ କେମିତି ? ସେ ଆମ ଘର ଠିକଣା ଜାଣିପାରିଲେ କେମିତି ?

ନିଶା ଓ ଗୌରାଙ୍ଗ ଫେରି ଚାହିଁଲେ।

ଅନୁପମା ବାପା-ମାଆଙ୍କ ସହିତ ସଦାନନ୍ଦ ଓରଫ୍ ଗୌରାଙ୍ଗର ପରିଚୟ କରାଇ ଦେଲା। ଗୌରାଙ୍ଗ ଉଭୟଙ୍କ ପଦସ୍ପର୍ଶ କରି ସମ୍ମାନ ଜ୍ଞାପନ କଲା।

ନିଶା କଥା ବୁଝିପାରିଲୁ। କିନ୍ତୁ ଆପଣ ଏବେ କେମିତି ବଞ୍ଚିବାକୁ ଚାହାନ୍ତି ? ସନ୍ନ୍ୟାସୀ ଜୀବନ ତ ନିବୃତ୍ତି ମାର୍ଗ। ଘର ସଂସାର ଅର୍ଥ ପ୍ରବୃତ୍ତି। ଏହା ସନ୍ନ୍ୟାସଠାରୁ ସଂପୂର୍ଣ୍ଣ ଅଲଗା। ଆପଣ ଫିଲୋସଫିରେ ଡିଗ୍ରୀ କରିଛନ୍ତି ଠିକ୍ ଅଛି। ସେହି ଡିଗ୍ରୀ ନେଇ ଆପଣ ଚଳିବେ କେମିତି ? ଛୁଆ ପିଲା ହେଲେ ସେମାନଙ୍କ ଲାଳନ ପାଳନ କରିବେ କେମିତି ? ବାବା ପଚାରିଲେ।

ତାହା ତ ସତ। ଏବେ ଅନୁପମାଙ୍କ ଜୀବନ-ଜୀବିକା ଅଛି। ମୁଁ ଏ ସହରରେ କିଛିଦିନ ରହି ଚାକିରି ସନ୍ଧାନ କରିବି, କହିଲା ଗୌରାଙ୍ଗ।

ଆପଣ ଜାଣି ରଖନ୍ତୁ, ଅନୁପମା ପୂର୍ବରୁ ବିବାହିତା। ସ୍ୱାମୀ ସହିତ ତା'ର

ବିଚ୍ଛେଦ ହୋଇଯାଇଛି। ତଥାପି ତା'ର ଚାକିରି ଅଛି। ସେ ଚଳିଯାଇ ପାରିବ। ଆପଣଙ୍କର ନିଜର କିଛି ସମ୍ମାନଜନକ ପରିଚୟ ତିଆରି ହୋଇନାହିଁ। କେତେ ସମୟ ମଧ୍ୟରେ ଆପଣ ଆତ୍ମନିର୍ଭରଶୀଳ ହୋଇପାରିବେ ଆମକୁ କୁହନ୍ତୁ। ଅନିର୍ଦ୍ଦିଷ୍ଟ କାଳ ପାଇଁ ଆପଣଙ୍କୁ କେହି ଅପେକ୍ଷା କରିପାରିବେ ନାହିଁ। ଏବେ ଅନୁପମା ପାଇଁ ଅନେକ ପ୍ରସ୍ତାବ ଆସିବାରେ ଲାଗିଛି। ତେଣୁ ସ୍ପଷ୍ଟ ଭାବରେ କିଛି କହନ୍ତୁ।

କେତେ ସମୟ ମଧ୍ୟରେ ମୁଁ ଆତ୍ମନିର୍ଭରଶୀଳ ହୋଇପାରିବି, ତାହା କ'ଣ କହିହେବ? ଗାଁରେ ଚଳିବା ପାଇଁ ଆମର ଜମିବାଡ଼ି ଅଛି। ମୋର ଦୁଇ ଭାଇ ଉଚ୍ଚ ସରକାରୀ ପଦ-ପଦବୀରେ ଅଛନ୍ତି। ଚାହିଁଲେ ମୋ ଭାଗ ଜମି ସେମାନେ ମୋତେ ଫେରାଇ ଦେବେ।

ଆପଣଙ୍କ ଜମିବାଡ଼ି ଥାଇପାରେ। କିନ୍ତୁ ଆପଣ କେବେ ଚାଷ କରି ନାହାନ୍ତି। ସେମିତି ଆପଣଙ୍କର ଡିଗ୍ରୀ କିମ୍ବା ଜ୍ଞାନ ଅଛି। କିନ୍ତୁ ଆପଣ କେବେ ତାହା ବ୍ୟବହାର କରି ନାହାନ୍ତି। କରିଛନ୍ତି? ତେଣୁ କେଉଁ ଆଶାରେ ଆମ ଝିଅକୁ ଆପଣଙ୍କ ହାତରେ ସମର୍ପି ଦେବୁ? କୁହନ୍ତୁ...!

ଆପଣ ଠିକ୍ କହୁଛନ୍ତି। ମୋତେ ଆପଣ ମାସେ ଖଣ୍ଡେ ସମୟ ଦିଅନ୍ତୁ। ମୁଁ ଆପଣଙ୍କୁ ମୋର ଯୋଗ୍ୟତାର ପରିଚୟ ଦେଇପାରିବି। ଏଯାବତ୍ ମୋର ଏକମାତ୍ର ପରିଚୟ ହେଲା ମୁଁ ନିଶାଙ୍କୁ ଭଲ ପାଏ। ସେ ମଧ୍ୟ ମୋର କୌଣସି ସଦଗୁଣ ଦେଖି ମୋତେ ଭଲ ପାଆନ୍ତି। ତେଣୁ ଆପଣ ମୋତେ ସ୍ୱଳ୍ପ ଅବଧି ପ୍ରଦାନ କରନ୍ତୁ, କହିଲା ଗୌରାଙ୍ଗ।

ଦେଖନ୍ତୁ, ସମସ୍ତଙ୍କର କିଛିନା କିଛି ଭଲ ଗୁଣ ଥାଏ। ତା' ଅର୍ଥ ସମସ୍ତେ ଅର୍ଜନକ୍ଷମ ନୁହନ୍ତି। ତେଣୁ ନିଶା ଆପଣଙ୍କ ଭିତରେ କେଉଁ ଭଲ ଗୁଣ ଦେଖିଲା ଆମେ ଜାଣିନାହୁଁ... ନିଶା ବି ଜାଣିନାହିଁ ଯେ ଗୋଟିଏ ସ୍ଥାନରେ ତା'ର ପ୍ରସ୍ତାବ ପଡ଼ିଛି। ପିଲା ଦେଖିବାକୁ ସୁନ୍ଦର। ତା'ର ନାମ ବିକାଶ, ତା' ବୟସ ନିଶା ପାଇଁ ଉପଯୁକ୍ତ। ସେ ଇଞ୍ଜିନିଅରିଂ ପଢ଼ିଛି। ଭଲ ବ୍ୟବସାୟ ବି କରୁଛି। ପିଲାର ବାପା ମୋର ଜଣେ ବନ୍ଧୁ। ଚାହିଲେ ପନ୍ଦର ଦିନ ମଧ୍ୟରେ ତା'ର ବାହାଘର ହୋଇଯିବ। ତେଣୁ ଆପଣଙ୍କୁ ମୁଁ ପନ୍ଦର ଦିନ ସମୟ ଦେଲି, ଆପଣ ଠିକ୍ କରନ୍ତୁ... ହଁ ସେ ପିଲା ଆଜି ନିଶାକୁ ଦେଖିବାକୁ ଘରକୁ ଆସୁଛି।

ଆଶ୍ଚର୍ଯ୍ୟରେ ନିଶାର ଆଖି ବିସ୍ଫାରିତ ହୋଇଗଲା। 'ସେ ମୋତେ ଦେଖିବାକୁ ଆସିବ? ଆପଣ କ'ଣ କହୁଛନ୍ତି ବାବା?'

୧୮

"ହଁ ନିଶା। ତୋ ବାପା ଠିକ୍ କହୁଛନ୍ତି। ଗୌରାଙ୍ଗ ହେଲା ଯୋଗୀ। ସେ ଭଲ ପିଲା ହୋଇପାରେ। ପଢ଼ାପଢ଼ି କରିଛି। ଆଜି ନହେଲେ କାଲି କେଉଁଠି ଚାକିରି ହୋଇଯିବ। ବୃତ୍ତି-ଚାକିରି ଠିକ୍ କରି ତାଙ୍କ ଘରେ ବାହାଘର କଥା ପକ୍କା କରି ଆସୁ। ଆମ ଝିଅର ବିବାହ, ଛାଡ଼ପତ୍ର କଥା କହିଦେଲା ପରେ ସେମାନେ କେବେ ଏ ସମ୍ବନ୍ଧରେ ରାଜି ହେବେ ନାହିଁ। ତେଣୁ ସବୁଆଡୁ ଭାବିଚିନ୍ତି ଆସିବାକୁ କହିବୁ...' ମାଆର କଥା ଶୁଣି ଗୌରାଙ୍ଗ ଠିଆ ହେଲା।

'ବିକାଶ ଘର ଲୋକ ଆଜି ଆସୁଛନ୍ତି, ସେକଥା ମୋତେ କାହିଁକି ଲୁଚେଇ ରଖିଥିଲ ଏଯାଏଁ ? ମୋ ନିଜ ଜୀବନ ବିଷୟରେ ନିର୍ଣ୍ଣୟ ନେବା ପାଇଁ ମୋର କିଛି ଅଧିକାର ନାହିଁ ? ତୁମେମାନେ ସବୁକଥା ମନେମନେ ଠିକ କରିଦେବ ?' କହି ଅନୁପମା ନିଜ ମାଆଙ୍କୁ ଚୁପ୍ ରହିବାକୁ ଇଙ୍ଗିତ କଲା।

'ନିଶା, ଏମିତି ରାଗେନା କହୁଛି। ଆମେ ବାପା-ମା' କ'ଣ ତୋର ଶତ୍ରୁ ? ମୋ ଜାଣିବାରେ ବିକାଶ ଅତି ଭଲ ପିଲା। ଦେଖିବାକୁ ବି ଭଲ। ତୋ ବାପାଙ୍କ ସାଂଗର ପୁଅ। ସେ ତା' ପରିବାର ସହ ସନ୍ଧ୍ୟାରେ ଆମ ଘରକୁ ଆସିବ,' କହୁଥିଲା ମାଆ।

ଗୌରାଙ୍ଗ ସହ ବାହାର କରିଡର ଆଡ଼କୁ ଆସିଲା ନିଶା। 'ବାପା-ମାଆ ପୁରୁଣା ସଂସ୍କାରର ଲୋକ। ତେଣୁ ତାଙ୍କ କଥା ଆଦୌ ଧରିବନି ଗୌରାଙ୍ଗ,' କହିଲା ସେ।

ମୁଁ କ'ଣ ସେତିକି ବୁଝି ପାରୁନି ନିଶା ? ସେମାନେ ଗୁରୁଜନ। ସେମାନେ ହୁଏତ ଠିକ୍ କହିଛନ୍ତି। ତାଙ୍କ କଥାରେ ଯଥାର୍ଥତା ଅଛି। ଆଉ ମୋ ପାଇଁ ଛୋଟ ସହାୟତା କରିପାରିବ ନିଶା ?

କହୁନା, କି ପ୍ରକାର ସହାୟତା ଚାହୁଁଛ ଗୌରାଙ୍ଗ ?

ବାବା ଯେଉଁ ବିକାଶଙ୍କ କଥା କହୁଥିଲେ ତାଙ୍କ ଫୋନ ନମ୍ବର ତମ ପାଖରେ ଅଛି ? ବାପାଙ୍କ ପାଖରୁ ସେ ନମ୍ବର ମୋତେ ଦେଇ ପାରିବ ?

କାହିଁକି ? ନିଶା ପଚାରିଲା ଆତଙ୍କରେ।

ମୁଁ ତାଙ୍କୁ ଭେଟିବାକୁ ଯାଉଛି ଆଜି। ସେ ସନ୍ଧ୍ୟାରେ ତୁମ ଘରକୁ ଆସିବେ ତ ?

ତୁମେ କାହିଁକି ତାଙ୍କୁ ଭେଟିବ ? ଅନୁପମା ଦୋହରାଇଲା।

ବିକାଶ ଇଂଜିନିଅର, ବ୍ୟବସାୟ ବି କରିଛନ୍ତି। ସେ ଭଲ ପରିବାରରୁ ଆସିଛନ୍ତି। ସେ ତୁମ ପାଇଁ ଯୋଗ୍ୟ ପାତ୍ର ହୋଇ ପାରନ୍ତି...।

ମୋ ପାଇଁ କିଏ ଯୋଗ୍ୟ ଅଯୋଗ୍ୟ ମୁଁ ଭଲଭାବେ ଜାଣିଛି। ସେମାନଙ୍କ ପରି ତମେ ବି ମୋ ସହ ଥଟ୍ଟା ପରିହାସ କରୁଛ ନା ? କେଉଁଠୁ ଜଣକୁ ଡାକିଆଣି କହିଦେବେ, ଯାକୁ ବାହା ହୋଇଯା, ଆଉ ମୁଁ ତାକୁ ଆଖିବୁଜି ବାହା ହୋଇଯିବି ? ମୁଁ କ'ଣ ଆଳୁ ବସ୍ତା ? ମୋତେ ବିକିଦେବେ ? ମୁଁ ସେ ଲୋକକୁ ଭଲ କରି ଚିହ୍ନେ ନାହିଁ, ଜାଣେନାହିଁ..., କହିଲାବେଳେ ଉତ୍ତେଜନାରେ ଥରୁଥିଲା ନିଶା।

ସେ ଇଚ୍ଛା କଲେ ତାଙ୍କ କମ୍ପାନୀରେ ମୋ ପାଇଁ ଅନ୍ତତଃ ଚାକିରିଟିଏ କରାଇଦେଇ ପାରିବେନି ? କହିଲା ଗୌରାଙ୍ଗ।

ନା। ତୁମେ କାହା ଅଧୀନରେ ଚାକିରି କରିବା ଦରକାର ନାହିଁ। ତମେ ବି କାହାର ଦୟାର ପାତ୍ର ହୋଇଯାଅ ନାହିଁ। ନିଜେ ରହିବା ପାଇଁ ପ୍ରଥମେ ଛୋଟିଆ ଭଡ଼ା ଘର କିମ୍ବା ପିଜି ହଷ୍ଟେଲ ଠିକ୍ କର। ତା'ପରେ ମୁଁ କହିବି ତମେ କ'ଣ କରିବା ଉଚିତ, କହିଲା ଅନୁପମା। ମୁହଁରେ ତା'ର ସ୍ପଷ୍ଟ ଦିଶୁଥିଲା କ୍ରୋଧ ଓ ଆତ୍ମାଭିମାନ।

ହଁ, ଗୌରାଙ୍ଗ, ବାଟରେ ତମ ବ୍ୟାଙ୍କ ବାଲାନ୍ସ ଟିକିଏ ଚେକ୍ କରିନେବ, ସଂଯୋଗ କଲା ଅନୁପମା।

ଠିକ୍ ଅଛି। ଗୌରାଙ୍ଗ ଆଗକୁ ବଢ଼ିଥିଲା।

ସଭ୍ୟ ସମାଜରେ ଜୀବନ ନିର୍ବାହ କରିବା କେତେ ଜଟିଳ ! ଅରଣ୍ୟରେ ଜୀବିକା କହିଲେ ବୁଝାଏ ହୁଏତ ଦୁର୍ବଳ ପ୍ରାଣୀ ଉପରେ ସବଳର ଆକ୍ରମଣ କିମ୍ବା ଗଛପତ୍ର ଫଳମୂଳ ଖୋଜି ଖାଇବା। ମଣିଷ ସମାଜରେ ରକ୍ତ ଶୋଷଣ ଓ କ୍ରୂରତା ଶୋଭା ପାଏନା। ତାହା ଦଣ୍ଡନୀୟ ଅପରାଧ ବି।

ରାଜଧାନୀର ଏକ ଜନାକୀର୍ଣ୍ଣ ଗଳି ଭିତର ଦେଇ ଗୌରାଙ୍ଗ ପାଦ ପକାଇ ଚାଲୁଥିଲା। ଅସ୍ଥିର ପାଦ। ଚିତ୍ତ ଅଥୟ। ବିତ୍ତ ନାସ୍ତି। ଏତେ ବଡ଼ ମହାନଗରୀରେ ତାହାର ନା ଘର ଅଛି ନା ବୃତ୍ତି। ନା ଠିକଣା ?

ଶ୍ରୀ ମହର୍ଷି ଆଶ୍ରମରେ ଅନୁପମାଙ୍କ ସହ ଯେଉଁ ପ୍ରାତଃ କାଳରେ ତା'ର ପ୍ରଥମ ପରିଚୟ ହୋଇଥିଲା, ସେଇ ମୁହୂର୍ତ୍ତରେ ତା' ଜୀବନରେ କଲ୍ୟାଣ ରାଗ ସ୍ପନ୍ଦିତ ହେଲା। ସଂସାରର ସକଳ ମୋହ ଛାଡ଼ି ପରମାତ୍ମାଙ୍କ ସହ ସମସ୍ତ ସମ୍ବନ୍ଧ ଯୋଡ଼ିଲାବେଳକୁ ମାୟା ରୂପରେ ପ୍ରବେଶ କଲା ସୁନ୍ଦରୀ। ଏକ ଅଜାଣତ ମୋହିନୀ ମନ୍ତ୍ରରେ ବଶିଭୂତ ସର୍ପ ପରି ସେ ଅନୁପମା ଉପାସକ ହୋଇ ଉଠିଲା: ଧୀର ଓ ମନ୍ତ୍ରମୁଗ୍ଧ ଗତିରେ।

ଜୀବନରେ ପ୍ରତି ମୁହୂର୍ତ୍ତରେ ବନ୍ଧନ ଓ ପାଦ ଖସି ଯିବାର ଭୟ ରହିଛି। କହିଲ ଦେଖି, ଗୌରାଙ୍ଗ, ମଣିଷ ଦୁଃଖ ପାଏ କାହିଁକି ? ପଚାରିଥିଲେ ଗୁରୁଦେବ।

ମଣିଷ ପରମାତ୍ମାଙ୍କ ନିକଟତର ହେବାକୁ ଚାହିଁଲେ ତା' ପାଖରେ ପ୍ରଥମେ ସହନର ପରୀକ୍ଷା ଉପନୀତ ହୁଏ।

ସେ ପରୀକ୍ଷା କ'ଣ ଭଗବାନ ପ୍ରସ୍ତୁତ କରିଥାନ୍ତି ?

ବୋଧହୁଏ ହଁ।

ନା, ଭଗବାନ କୌଣସି ସେମିଷ୍ଟାର ପରୀକ୍ଷା ନିୟନ୍ତ୍ରକ ଚୌକିରେ ବସି ନାହାନ୍ତି। ତାଙ୍କ ରାଇଜରେ କେଉଁ ଛାତ୍ରର ବହପ କେତେ ତାଙ୍କୁ ଭଲ ଭାବରେ ଜଣା। ତେଣୁ ସାଂସାରିକ କଷ୍ଟ ବୋଲି ଯାହାକୁ କହୁଛ, ତାହା ଆମ ବିକର୍ମର ଫଳ। ପାରଲୌକିକ ପିତାଙ୍କୁ ଆମେ ଭୁଲିଥିବାରୁ ଆମ ଉପରେ ବିକର୍ମର ବୋଝ ବଢ଼ି ଚାଲିଥାଏ। ତେଣୁ ଜୀବନରେ ପରମ ପିତାଙ୍କ ଉପସ୍ଥିତି କେବେ ଭୁଲିବ ନାହିଁ...! ଗୁରୁଙ୍କ ଉପଦେଶ ମନେ ପଡ଼ିଲା ଗୌରାଙ୍ଗର। ଚରମ ଦୁଃଖରେ ବି ଭାଙ୍ଗି ପଡ଼ିବ ନାହିଁ। ପରମ ପିତାଙ୍କୁ ମନେ ପକାଇବ। ଜୀବନର ସବୁ ସମସ୍ୟା ଭିତରେ ଲୁକ୍କାୟିତ ହୋଇଥାଏ ସମାଧାନର ବାଟ...!

ଫୋନରେ ବିପ୍ ଶବ୍ଦ ଆସିଲା। ଫୋନ ଉଠାଇଲା ଗୌରାଙ୍ଗ। ଅଜଣା ନମ୍ବରରୁ ତା' ପାଖରେ ପହଞ୍ଚିଛି ତିରିଶି ହଜାର ଟଙ୍କା। କାହାର ଏ ବଦାନ୍ୟତା ?

ପର ମୁହୂର୍ତ୍ତରେ ମେସେଜ ବକ୍ସରେ ଥିଲା ଲମ୍ବା ଏକ ବାର୍ତ୍ତା। ବଡ଼ ଅଜବ କଥା ଯେ ! ବଡ଼ ଅଦ୍ଭୁତ ଏ ନାରୀ ଚରିତ୍ର। ଦେବେ ନ ଜାନନ୍ତି କୁତଃ ମନୁଷ୍ୟ ?

ଗୌରାଙ୍ଗ ଓରଫ୍ ସଦାନନ୍ଦ ରାସ୍ତା କଡ଼ରେ ଠିଆ ହୋଇ ଅଜାଣତ ଶକ୍ତିଙ୍କ ଉଦ୍ଦେଶ୍ୟରେ ଆକାଶ ଆଡ଼କୁ ଦୁଇ ହାତ ଯୋଡ଼ିଲା।

୧୯

ହୋଟେଲ୍ ମୁନ୍‌ମୁନ୍। ଦିଲ୍ଲୀ ସହରତଳି ଅଞ୍ଚଳରେ ଅବସ୍ଥିତ ଏକ ମେସ୍ ଓ ହୋଟେଲ୍। ଓଡ଼ିଶା ଓ ଅନ୍ୟ ପ୍ରଦେଶରୁ ଆସିଥିବା ଛାତ୍ରଛାତ୍ରୀ ଏଇ ଅଞ୍ଚଳରେ ଘରଭଡ଼ା ନେଇ ରହନ୍ତି। କେତେଜଣ ସିଭିଲ ସର୍ଭିସ ପରୀକ୍ଷା ଦେବା ପାଇଁ ଏଠାରେ ରହି ପଢ଼ାପଢ଼ି କରନ୍ତି। ଅନ୍ୟ କେତେଜଣ ସ୍ଥାନୀୟ କଲେଜ ଓ ବିଶ୍ୱବିଦ୍ୟାଳୟମାନଙ୍କରେ ପଢ଼ନ୍ତି। ହୋଟେଲ୍ ମୁନ୍‌ମୁନ୍ ପରି ଏ ଇଲାକାରେ ଅନେକ ପିଜି ଅଛି ଯେଉଁଠି ଯୁବକ ଯୁବତୀ ପଢ଼ା ଓ ଚାକିରି ପାଇଁ ପ୍ରସ୍ତୁତ ହୁଅନ୍ତି। ଏଠାରେ ରହିବା ବ୍ୟବସ୍ଥା ବ୍ୟତୀତ ଖାଦ୍ୟପେୟର ସୁବିଧା ମଧ୍ୟ ଅଛି। ମୁନ୍‌ମୁନ୍‌ରେ ଅବତରଣ କଲା ଗୌରାଙ୍ଗ ଓରଫ୍ ଯୋଗୀ ସଦାନନ୍ଦ।

ହୋଟେଲ୍ ତଳେ ଅଛି ଏକ ବିରାଟ ଅଫିସ। ଦିନସାରା ଅନେକ ବ୍ୟକ୍ତି ଏଠାକୁ ଯିବା ଆସିବା କରୁଛନ୍ତି। ହାଉଯାଉ ଲାଗି ରହୁଛି। ଅଫିସ ସାମ୍ନାରେ ମାଳମାଳ ମୋଟର ସାଇକଲ ଥୁଆ ହୋଇଛି। କ'ଣ ଚାଲିଛି ଏଠି? କିଛି କାରଖାନା? ପଚାରି ଦେଲା ଗୌରାଙ୍ଗ।

କୋଚିଂ ସେଣ୍ଟର। ଆପଣ ଜାଣିନାହାନ୍ତି? ମୁଁ ଭାବୁଥିଲି ଆପଣ ଏଠି ଆଡମିଶନ ନେବା ପାଇଁ ଆସିଛନ୍ତି। ପ୍ରତିବର୍ଷ ବ୍ୟାଙ୍କିଂ ଆଉ ସିଭିଲ ସର୍ଭିସ ପାଇଁ ଏଠି ପ୍ରଶିକ୍ଷଣ ନେବାକୁ ଆସନ୍ତି ପିଲାଏ। ଗତ ବର୍ଷ ଏଠୁ ପ୍ରାୟ ତିରିଶି ଜଣ ପିଲା ସିଲେକ୍ଟ ହୋଇ ବିଭିନ୍ନ ସରକାରୀ ଓ ବ୍ୟାଙ୍କ ପୋଷ୍ଟରେ ନିଯୁକ୍ତ ହୋଇଛନ୍ତି। ଏଠି ତିନିମାସ କୋଚିଂ ନେଇ ପିଲାମାନେ ପ୍ରିଲିମ୍ କ୍ଲିଏର କରି ଦେଉଛନ୍ତି, କହିଦେଲେ ହୋଟେଲ୍ ୱାର୍ଡେନ କିଶନଚାନ୍ଦ।

ଆଚ୍ଛା, କହିଲା ଗୌରାଙ୍ଗ। ତା'ହେଲେ ଖାଲି ଟିକିଏ ଇଚ୍ଛାଶକ୍ତିର ଅଭାବ?

କ'ଣ କହିଲେ? କିଶନଚାନ୍ଦ ଶୁଣିପାରିଲେ ନାହିଁ।

ନା। ସେ କିଛି ନୁହଁ, କହି ଗୌରାଙ୍ଗ ସିଡ଼ିରୁ ଓହ୍ଲାଇଗଲା। ଶୁଭସ୍ୟ ଶୀଘ୍ରଂ,

ସେ ନିଜକୁ ନିର୍ଦ୍ଦେଶ ଦେଲା। ମଣିଷ ନିଜ ସୂକ୍ଷ୍ମ ଚିନ୍ତନରେ ଯାହା କାମନା କରିଥାଏ, ଅଜାଣତରେ ସେପରି ପରିବେଶ ଓ ସୁଯୋଗ ତାହାର ପ୍ରାପ୍ୟ ହୋଇ ଯାଇଥାଏ।

ବିଶ୍ୱାସ ଓ ପ୍ରାର୍ଥନା କରାଯାଏ ନିରବରେ। ଅଦୃଶ୍ୟଙ୍କ ଉଦ୍ଦେଶ୍ୟରେ। ସେମିତି ଉପରବାଲାଙ୍କ ଆଶୀର୍ବାଦ ମିଳିଥାଏ ଗୋପନରେ। ତା'ର ଅଜାଣତରେ ସେ ପହଞ୍ଚି ଯାଇଛି, ତା'ର ଲକ୍ଷ୍ୟସ୍ଥଳରେ ! ସମସ୍ତଙ୍କୁ ଶୁଭାଶିଷ ମିଳିଥାଏ ଉପରୁ। କିନ୍ତୁ ଗୌରାଙ୍ଗର ଆଶିଷ ଠିକ୍ ତା' ପାଦ ପାଖରେ ଅଟକିଛି। ତା'ର ପ୍ରାପ୍ୟ ହାସଲ କରିବା ପାଇଁ ସେ ଆହୁରି ଟିକିଏ ପ୍ରଚେଷ୍ଟା ଜାରି ରଖିବା ଉଚିତ !

ସହରୀ ଜୀବନଶୈଳୀରେ ପାଦେପାଦେ ସୁଯୋଗ ରହିଥାଏ, ତାହାର ସଦୁପଯୋଗ କରିବା କଥା। ଗାଁରେ ରହି ସେ ତ୍ୟାଗ ଓ ତପସ୍ୟାର ପ୍ରଯତ୍ନ କରିଛି, ସମାଜ ଓ ଜାତି ପାଇଁ ଭାବିଛି। ଅଥଚ ସହରକୁ ଆସି ନିଜେ କେମିତି ବଞ୍ଚିବ ତାହାର ବ୍ୟବସ୍ଥାରେ ସେ ତତ୍ପର। ସ୍ୱାର୍ଥ ଏକପଟେ ତ ତ୍ୟାଗ ଅପର ପାର୍ଶ୍ୱରେ। ମହର୍ଷି ଆଶ୍ରମର ଶାନ୍ତି ଓ ନିରବତା ଏହି ବ୍ୟସ୍ତ ସହରର ହୋହାଲ୍ଲା ଭିତରେ ମିଳିବ କେଉଁଠି ? କେବେ ନୁହେଁ। ସହରର ବାତାବରଣରେ ତା' କାମନାର ପରିମାଣ ବଢ଼ି ଯାଇଛି କି ? ସମସ୍ୟା ବହୁଗୁଣିତ ହୋଇଯାଇଛି ତା'ର ଅଜାଣତରେ ! ଇଚ୍ଛା ସମୂହ ତ୍ୟାଗ କରିଦିଅ, ତମ ସମସ୍ୟା ଆପେଆପେ ତୁମଠାରୁ ଅନ୍ତର୍ହିତ ହୋଇଯିବେ, କହିଥିଲେ ଗୁରୁଦେବ।

କୋଚିଂ ଇନ୍‌ଷ୍ଟିଚ୍ୟୁଟର ନିର୍ଦ୍ଦେଶକ ମିଃ ଚୋପ୍ରା ବସିବାକୁ କହିଲେ ଗୌରାଙ୍ଗକୁ। ଅନୁଷ୍ଠାନର ଆବେଦନ ପତ୍ର ଭର୍ତ୍ତି କରିବାକୁ ଫର୍ମ ମଗେଇଦେଲେ। କହିଲେ, ଗ୍ରାମାଞ୍ଚଳରୁ ଆସିଥିବା ପ୍ରାର୍ଥୀଙ୍କ ପାଇଁ କୋଚିଂ ଫିଜ୍‌ରେ ରିହାତି ବ୍ୟବସ୍ଥା ଅଛି। ଆପଣ ଅତୀତରେ ଧ୍ୟାନ ଓ ତପସ୍ୟା କରିଛନ୍ତି। ତେଣୁ ଭଲଭାବେ ଚେଷ୍ଟାକଲେ ପାଞ୍ଚ ଛଅ ମାସର ପରିଶ୍ରମରେ ଆପଣ ଯେକୌଣସି ପରୀକ୍ଷାରେ ଉତ୍ତୀର୍ଣ୍ଣ ହୋଇଯାଇ ପାରିବେ। ନୂତନ ସରକାରୀ ଆରକ୍ଷଣ ନିୟମ ଅନୁସାରେ ଏବେ ଗ୍ରାମାଞ୍ଚଳ ପ୍ରାର୍ଥୀ ସରକାରୀ ଚାକିରିରେ ଅଗ୍ରାଧିକାର ପାଇଲେଣି। ଆପଣଙ୍କର ଉଜ୍ଜ୍ୱଳ ଭବିଷ୍ୟତ ଅଛି।

ସତରେ, ଅଳ୍ପ ଚେଷ୍ଟାରେ ମୁଁ ଚାକିରି ପାଇଯିବି ସାର୍ ?

ପଢ଼ାପଢ଼ି ପାଇଁ ଆପଣ ଦୈନିକ କେତେ ସମୟ ଦେଇ ପାରିବେ ?

ଦୈନିକ ବାର-ତେର ଘଣ୍ଟା ପଢ଼ିଲେ କ'ଣ ଯଥେଷ୍ଟ ହୋଇଯିବ ? ପଚାରିଲା ଗୌରାଙ୍ଗ।

୧୨ ଘଣ୍ଟା ? ଆପଣ ? ଆଠ ଘଣ୍ଟା ଆନ୍ତରିକ ଭାବେ ପରିଶ୍ରମ କଲେ ଆରାମରେ ଗ୍ରୁପ୍-ବି ଅଫିସର ହୋଇଯିବେ। ସେ ଗ୍ୟାରେଣ୍ଟି ମୁଁ ଦେଉଛି। ଏଠାରେ

ସକାଳୁ ଓ ସନ୍ଧ୍ୟାରେ ଦୁଇଟି ବ୍ୟାଚରେ ପିଲାମାନେ କୋଚିଂ ନେଇଥାନ୍ତି। ପାଖରେ ରହୁଥିବାରୁ ଆପଣ ଚାହିଁଲେ ଉଭୟ ଗ୍ରୁପରେ ବସି କୋଚିଂର ସୁବିଧା ନେଇ ପାରିବେ।

ଜେନେରାଲ୍ ଷ୍ଟଡିଜ୍, ପବ୍ଲିକ ଆଡମିନିଷ୍ଟ୍ରେସନ୍ ଓ ଜେନେରାଲ ଇଂଲିଶ୍ ରିଭିଜନ୍ ପାଇଁ ମୁଁ ଦୁଇ ଓଳି ସମୟ ଦେବାକୁ ଚାହୁଁଛି। ଆପଣ ମୋତେ ଟିକିଏ ସହାୟତା କଲେ ମୁଁ କୃତଜ୍ଞ ରହନ୍ତି, କହିଲା ଗୌରାଂଗ।

ନିଶ୍ଚୟ ଗୌରାଂଗ। ଆମ ଷ୍ଟୋରରୁ ପୁରୁଣା ପ୍ରଶ୍ନପତ୍ରର ନମୂନା ମିଳିଯିବ। ଗଲାବେଳେ ସାଥିରେ ନେଇଯିବେ। ସୌଜନ୍ୟମୂଳକ ଭାବେ ଷ୍ଟଡି ମ୍ୟାଟେରିଆଲ ଆମ କୋଚିଂ ସେଣ୍ଟର ତରଫରୁ ଆପଣଙ୍କୁ ମିଳିଯିବ। ପ୍ରତିଯୋଗିତାମୂଳକ ପରୀକ୍ଷାରେ ସାଧାରଣତଃ ପ୍ରଶ୍ନପତ୍ର ସବୁ ସରଳ ଭାବେ ଆସିଥାଏ। ବାରଂବାର ସେଇ ଏକା ଧରଣର ପ୍ରଶ୍ନ ହିଁ ଆସେ ପ୍ରତିବର୍ଷ। ସିଲାବସ ବହିର୍ଭୂତ ପ୍ରଶ୍ନ ଅତି କ୍ୱଚିତ ଆସେ। ଆଶାବାଦୀ ହୁଅନ୍ତୁ, ଆପଣ ନିଶ୍ଚୟ ସଫଳ ହୋଇପାରିବେ।

କୋଚିଂ ସେଣ୍ଟରରେ ଆଶ୍ୱସ୍ତ ହୋଇ ପିଜିକୁ ଫେରି ଆସିଥିଲା ଗୌରାଙ୍ଗ। ପରଦିନ ସକାଳୁ ଆରମ୍ଭ ହେବ ଏକ ନୂତନ ପରିଚ୍ଛେଦ। ରାତି ହେଲେ ରାବଣର ଲଙ୍କା ପରି ଝଲସି ଉଠୁଥିବା ରାଜଧାନୀରେ ନୂତନ ଆଶାର ଆଲୁଅ ଦେଖା ଯାଉଛି। ହଜି ଯାଉଛି ଅତୀତର ଦୁଃସ୍ୱପ୍ନ।

ଝରକା ଖୋଲିଲେ ଦିଶୁଛି ଦିଲ୍ଲୀ ସହରର ଗଳି କନ୍ଦି ଯେଉଁଠି ପ୍ରଦୂଷିତ ପରିବେଶରେ ଅତିଷ୍ଠ ମଣିଷ ସମାଜ। ସି.ଏନ୍.ଜି ବହୁଳ ପରିବହନ ସତ୍ତ୍ୱେ ବାୟୁମଣ୍ଡଳରେ କୁହୁଡ଼ି ଓ ଧୂମର ମିଶ୍ରରାଗ ଅନୁଭୂତ ହେଉଛି। ବାୟୁର କୁପ୍ରଭାବ ତା'ର ସ୍ନାୟୁବିକ ସତ୍ତା ଉପରେ ପଡ଼ିଲାଣି କ୍ରମଶଃ। କିନ୍ତୁ ମଣିଷ ସେଠାରୁ ମୁକୁଳି ପାରୁନି। ଝର୍କା ବନ୍ଦ କରି ଶେଯ ଉପରକୁ ଆସିଲା ଗୌରାଙ୍ଗ।

ଆଖି ଖୋଲିଲାବେଳକୁ ସୂର୍ଯ୍ୟାଲୋକ ସ୍କାଇଲାଇଟ୍ ଦେଇ ଗୌରାଙ୍ଗର ପ୍ରକୋଷ୍ଠ ସାରା ବିଞ୍ଚି ହୋଇଯାଇଥାଏ। ଗୌରାଙ୍ଗ କୋଚିଂ କ୍ଲାସକୁ ଯିବା ସମୟ ହୋଇ ସାରିଥିଲା। କାଳବିଳମ୍ୱ ନକରି ତରତରରେ ପ୍ରଶିକ୍ଷଣ କେନ୍ଦ୍ର ଅଭିମୁଖେ ବାହାରି ଗଲା ସେ।

୨୦

ସଦାନନ୍ଦ କୋଚିଂ ଇନ୍‌ଷ୍ଟିଚ୍ୟୁଟରୁ ଫେରିଆସିଲା ପିଜିକୁ।

ଆପଣଙ୍କ ପାଇଁ କେହି ଜଣେ ଅପେକ୍ଷାରତା ଅଛନ୍ତି, କହିଲେ ରିସେପ୍‌ସନିଷ୍ଟ।

କିଏ ? ମୋ ପାଇଁ? କେଉଁଠି ଅଛନ୍ତି ? ଲାଉଞ୍ଜ ଆଡ଼କୁ ମୁହାଁଇଲା ସେ। ଗୌରାଙ୍ଗର ହୃତସ୍ପନ୍ଦନ ଦୁଇ ସେକେଣ୍ଡ ପାଇଁ ଅଟକି ଯାଇଥିଲା। ତା' ଅନୁମାନ ସତ ଥିଲା ଯେତେବେଳେ ସେ ଦୁଇଜଣ ଯୁବତୀଙ୍କୁ ସନ୍ଦର୍ଶନ କଲା।

କନଗ୍ରାଚୁଲେସନ୍ ଗୌରାଙ୍ଗ, କହିଲା ଅନୁପମା ଓ ତା'ସହ ଆସିଥିବା ଜଣେ ସହକର୍ମୀ ମହିଳାଙ୍କ ସହ ପରିଚିତ କରାଇ ଦେଇଥିଲା ସେ।

ୟେ ମୋର ବାନ୍ଧବୀ କୃତ୍ତିକା। ଆମ ଇଣ୍ଡସ୍ ମ୍ୟାଗାଜିନର ପଲିଟିକାଲ ପତ୍ରକାର ବି। ୟେ ସାଧୁ ଗୌରାଙ୍ଗସେ ମିଲୋ, କହିଲା ଅନୁପମା।

'ଠିକ କରିଛ, ଏହି କୋଚିଂ ସେଣ୍ଟରରେ ଜଏନ୍ କରିଯାଇଛ। ତମେ କେତେ ବୁଦ୍ଧିମାନ ସତରେ, ସଦାନନ୍ଦ', ଅନୁପମା ସଂଯୋଗ କଲା।

ଆପଣ କୋଉ ସେବା ପାଇଁ ପ୍ରସ୍ତୁତ ହେଉଛନ୍ତି ଗୌରାଙ୍ଗଜୀ ? ପଚାରିଲେ କୃତ୍ତିକା।

ଯେଉଁଥିରେ ମାନବ ଜାତିର ସେବା ହୋଇପାରିବ ? କହିଲା ଗୌରାଙ୍ଗ।

ସେମିତି ଦେଖିଲେ ସବୁ ପ୍ରକାର ସେବା ମଣିଷ ଜାତି ପାଇଁ ଉଦ୍ଦିଷ୍ଟ। ସଫେଇ କର୍ମଚାରୀ ମଧ୍ୟ ମାନବ ଜାତିର ସେବା କରିଥାଏ ଗୌରାଙ୍ଗଜୀ। ଆପଣ ବ୍ୟକ୍ତିଗତ ଭାବରେ କେଉଁ ସେବାରେ ଭର୍ତ୍ତି ହେବାକୁ ଚାହିଁବେ ?

ବେଶ୍। ଆପଣ ଠିକ୍ କହିଛନ୍ତି। ଭଲ କଥା। ମିଳିଲେ ମୁଁ ଦିଲ୍ଲୀ ନଗରପାଳିକାରେ ସଫେଇ କର୍ମଚାରୀ ହୋଇ ସେବା କରିବା ପସନ୍ଦ କରିବି। ଗୌରାଙ୍ଗର ଉତ୍ତର କୃତ୍ତିକାଙ୍କୁ ସ୍ତବ୍ଧ କରି ଦେଲା।

ଡିଗ୍ରୀ କ୍ଲାସରେ ଆପଣଙ୍କର ସ୍ପେଶିଆଲ ବିଷୟ କ'ଣ ଥିଲା ଗୌରାଙ୍ଗ ?

ଫିଲୋସଫି । ସେକ୍ରେଟେରିଆଲ୍ ପ୍ରାକ୍ଟିସ । ଆଉ ଓଡ଼ିଶୀ ଭଜନ କ୍ଲାସିକାଲ ଥିଲା ଅପସନାଲ୍ ।

ୱାଉ, ୱାଣ୍ଡରଫୁଲ । ଆପ୍ ତୋ ଛୁପା ରୁସ୍ତମ୍ ନିକ୍‌ଲେ ! ଆପଣ ତ କଳାକାର, ଓସ୍ତାଦ ଜଣା ପଡୁଛନ୍ତି ଗୌରାଙ୍ଗ ସ୍ୱାମୀଜୀ । ମୁଁ ଭାବୁଥିଲି ଅନୁପମା କେଉଁଠୁ ଏ ମୁକ୍ତା ଗୋଟେଇ ଆଣିଛି, କିନ୍ତୁ ଆପଣ ତ ଗୋଟାପଣେ ହୀରା ?

ଅନୁପମା କ୍ୟାନ୍ ନେଭେର୍ ଗୋ-ରଙ୍ଗ ଇନ୍ ହେର୍ ଚଏସ୍ ଅଫ ଗୌରାଙ୍ଗ... କହିଲା ଗୌରାଙ୍ଗ ।

ଗୌରାଙ୍ଗ କ୍ୟାନ୍ ନେଭେର୍ ଗୋ ରଙ୍ଗ ! ଅନୁପମା ସ୍ୱର ମିଳାଇଲା ।

ଓ, ଆପଣ ଜଣେ ଆଶୁ କବି ମଧ୍ୟ ! କୃତ୍ତିକା ହସିଲା । କିନ୍ତୁ ଆପଣ କହିଲେ ନାହିଁ ଯେ ଆପଣଙ୍କ ପ୍ରିୟ ସେବା କ'ଣ ? ଆପଣ ଲେଖାଲେଖି କରନ୍ତି କି ?

ମୁଁ ଲେଖାଲେଖି ଓ ସାହିତ୍ୟ କରିବାରେ ଲାଗି ପଡ଼ିଲେ ଆପଣମାନେ ବୃତ୍ତିଶୂନ୍ୟ ହୋଇଯିବେ । ତା'ଛଡ଼ା ସେବା ପାଇଁ ପ୍ରିୟ-ଅପ୍ରିୟ ସଂକୀର୍ଣ୍ଣ ଭେଦାଭେଦରୁ ମୁଁ ଯଥେଷ୍ଟ ଊର୍ଦ୍ଧ୍ୱକୁ ଉଠି ଯାଇଛି ମାଡାମ୍, କହିଲା ସଦାନନ୍ଦ ।

ହଁ । ସେ ଇହଲୋକରୁ ସନ୍ନ୍ୟାସ ନେଇଛନ୍ତି ତ, ତେଣୁ ପାର୍ଥିବ ସମ୍ବନ୍ଧ ଓ ସଂପର୍କଠୁ ସେ ଦୂରେଇ ଯାଇଛନ୍ତି... ଶ୍ଲେଷ ମିଶ୍ରଣ କଲା ଅନୁପମା ।

ଆଉ ଏବେ କ'ଣ ପୁଣି ସଂସାର ଆଡ଼କୁ ମନ ଢଳିଲାଣି ? କୃତ୍ତିକାର ପ୍ରଶ୍ନ ।

ସଂସାର ତ୍ୟାଗୀ ମହାତ୍ମାମାନଙ୍କୁ କି ବିଶ୍ୱାସ ଅଛି, କୃତ୍ତିକା ? କେତେବେଳେ ପରମାତ୍ମା ଡାକିଦେବେ ନିର୍ବାଣଧାମରୁ । ମାୟା ତାଙ୍କ ପାଖରେ ହାର ମାନିଯିବ । ଦେଖିବୁ ବୁଦ୍ଧଦେବ ଗାଏବ ହୋଇଯିବେ ।

ଖ୍ରୀଷ୍ଟପୂର୍ବ ପଞ୍ଚମ ଶତାବ୍ଦୀର ଦାର୍ଶନିକ ସକ୍ରେଟିସ ଥରେ କହିଥିଲେ: ଯଦି ଭଲ ପତ୍ନୀ ତୁମର ପ୍ରାପ୍ୟ ହେଲା, ତେବେ ଜୀବନ ସ୍ୱର୍ଗ ହୋଇଯିବ । ପତ୍ନୀ ଯଦି କଳିହୁଡ଼ି ମିଳିଗଲା, ତେବେ ମୋ ପରି ଦାର୍ଶନିକ ବା ସନ୍ନ୍ୟାସୀ ହୋଇଯିବା ସୁନିଶ୍ଚିତ... ଗୌରାଙ୍ଗ ପାଶ୍ଚାତ୍ୟ ଦର୍ଶନର ଅବତାରଣା କଲା ।

ସ୍ତ୍ରୀମାନଙ୍କ ପ୍ରତି ସକ୍ରେଟିସଙ୍କ ଧାରଣା ଭଲ ନଥିଲା । ସେ ବିବାହକୁ ଆଦୌ ଗୁରୁତ୍ୱ ଦେଇ ନଥିଲେ । ଅଧିକାଂଶ ସମୟ ସେ ଘରେ ନ ରହି ବନ୍ଧୁ ଓ ଶିଷ୍ୟମାନଙ୍କ ଗହଣରେ ରହି ଦର୍ଶନ ଚର୍ଚ୍ଚା କରୁଥିଲେ, କହିଲେ କୃତ୍ତିକା ।

କଥାଟି ଠିକ୍ ତାହା ନୁହେଁ । ସ୍ତ୍ରୀଙ୍କ ଚିଡ଼ିଚିଡ଼ା ସ୍ୱଭାବ ଓ ବଦରାଗ ଦେଖି ସେ ଆମୋଦିତ ହେଉଥିଲେ । ଏମିତି ପତ୍ନୀଙ୍କ ଲାଗି ତାଙ୍କର ସହନଶୀଳତା ଓ ଧୈର୍ଯ୍ୟ ବୃଦ୍ଧି ପାଇଲାଣି ବୋଲି ଦାବି କରୁଥିଲେ, କହିଲା ଗୌରାଙ୍ଗ ।

ତା'ହେଲେ ସ୍ତ୍ରୀଙ୍କଠୁ ସେ ସବୁବେଳେ ଦୂରେଇ ରହୁଥିଲେ କାହିଁକି ?

ସେ ଛାଡ଼ପତ୍ରରେ ବିଶ୍ୱାସ କରି ନଥିଲେ। ବିବାହ ବ୍ୟବସ୍ଥା ଏକ ସାମାଜିକ ଦାୟିତ୍ୱ ଆଉ ବିବାହକୁ ଭଗବାନଙ୍କ ଆଶୀର୍ବାଦ ଭାବେ ଗ୍ରହଣ କରିଥିଲେ ସେ। ଚରିତ୍ର ଗଠନ ଓ ସଦ୍‌ଗୁଣର ବିକାଶ ପାଇଁ ବିବାହକୁ ଏକ ମାଧ୍ୟମ ବୋଲି ସ୍ୱୀକାର କରିଥିଲେ ସେ, କହିଲା ଗୌରାଙ୍ଗ।

ଦାମ୍ପତ୍ୟ ପ୍ରେମ ବିଷୟରେ ତାଙ୍କର ଧାରଣା କେମିତି ଥିଲା କହିଲ ନାହିଁ ଗୌରାଙ୍ଗ, କହିଲା ନିଶା।

ନା, ପ୍ରେମ ଓ ଭଲପାଇବା ସହିତ ଶାରୀରିକ ଆକର୍ଷଣକୁ କେବେ ଯୋଡ଼ି ନଥିଲେ ଏଇ ଗ୍ରୀକ୍ ଦାର୍ଶନିକ। ଦାମ୍ପତ୍ୟକୁ ବୌଦ୍ଧିକ ଓ ଆତ୍ମିକ ମିଳନର ଏକ ସୁମଧୁର ବ୍ୟବସ୍ଥା ରୂପେ ଦେଖୁଥିଲେ ସକ୍ରେଟିସ୍... ବନ୍ଧୁତା ଓ ପରସ୍ପର ପ୍ରତି ସମ୍ମାନକୁ ପ୍ରକୃତ ପ୍ରେମର ଭିତ୍ତି ବୋଲି ଭାବିଥିଲେ ସେ।

ଏମାନଙ୍କ ଆଲୋଚନାରେ କୃତ୍ତିକା ଆମୋଦିତ ହେଲା। କହିଲା, ଏଣିକି ଆମକୁ ଅବ୍ୟାହତି ଦିଅନ୍ତୁ ଯୋଗୀ ଶ୍ରେଷ୍ଠ।

ଆପଣ ଦିହିଁଙ୍କୁ ଯୋଗୀ ସଦାନନ୍ଦର କୃତଜ୍ଞତା। ଆପଣମାନେ ଏତେ କଷ୍ଟକରି ଏଇ ଗରିବ ନିବାସରେ ପଦାର୍ପଣ କରିଛନ୍ତି। ତେଣୁ ସାଦରେ ସ୍ୱାଗତ ଜଣାଉଛି।

ଖାଲି ଧନ୍ୟବାଦ ଓ ସ୍ୱାଗତ ସଂଭାଷଣରେ ଦିନ ଗଡ଼ିଯିବ ନା କିଛି ମୁହଁମିଠା ହେବାର ବି ସଂଭାବନା ଅଛି ? ପଚାରିଲା କୃତ୍ତିକା।

ଦୁଇ ଅତିଥିଙ୍କୁ ଲାଉଞ୍ଜରେ ବସେଇ ଦେଇ ନିଜ ରୁମ୍‌କୁ ଫେରିଲା ଗୌରାଙ୍ଗ। ଇତି ମଧ୍ୟରେ କଫି ଦୁଇ କପ୍ ଆସି ପହଞ୍ଚି ଯାଇଥିଲା ସେମାନଙ୍କ ପାଖରେ। କଫି ପର୍ବ ସରିବା ଆଗରୁ ସଦାନନ୍ଦ ସୁଦୃଶ୍ୟ ଉପହାର ବାକ୍ସ ଧରି ସେଇଠି ଉପସ୍ଥିତ ହେଲା।

କ'ଣ ଏସବୁ ଗୌରାଙ୍ଗ ? ଅନୁପମା ଚାହିଁଥିଲା ଆଗ୍ରହରେ। ସରାଗ ସନ୍ନ୍ୟାସୀ ପରି ଉପହାର ପ୍ୟାକେଟ୍ ଅନାବରଣ କଲା ସେ।

କୃତ୍ତିକା ଓ ଭଗବାନଙ୍କୁ ସାକ୍ଷୀ ରଖି ମୁଁ ଶପଥ କରେ ଯେ ଆମ ବନ୍ଧୁତା ଓ ପ୍ରେମ ପାଇଁ ମୁଁ ଆଜୀବନ ଅଙ୍ଗୀକାରବଦ୍ଧ ହୋଇ ରହିବି... କହି ଗୌରାଙ୍ଗ ସୁନାର ଏକ ମୁଦ୍ରିକା କାଢ଼ି ନିଶାର ଅଙ୍ଗୁଳି ଅଳଙ୍କରଣ କରିଥିଲା।

ବିସ୍ମୟ ଓ ଅବିଶ୍ୱାସରେ ନିଶା କୃତ୍ତିକାକୁ ଚାହିଁଲା। ବାନ୍ଧବୀଙ୍କ ସମ୍ମତି ପାଇଲା ପରେ ଗୌରାଙ୍ଗର ଉପହାର ସ୍ୱୀକାର କରିଥିଲା ଅନୁପମା।

କିଛି ମୁହୂର୍ତ୍ତ ପରସ୍ପର ଆଖିର ଇସାରାରେ ଓ ଭାବ ବିନିମୟରେ ନିମଗ୍ନ ରହିଲେ ପ୍ରଣୟାନୁରାଗୀ ଦୁଇ ହୃଦୟ।

୨୧

କ'ଣ କରୁଛ ଗୌରାଙ୍ଗ ? ତମ ଧ୍ୟାନ ଆଜି କେଉଁଠି ଅଛି ? ପ୍ରଥମ କଥା ହେଲା, ତମେ ହୋମ୍‌ୱାର୍କ କରିନାହଁ। ଶ୍ରେଣୀକୁ ଡେରିରେ ଆସୁଛ। ଉତ୍ତର ଭୁଲ ଦେଉଛ, ପୃଷ୍ଟି ସାର୍ ସୂଚେଇ ଦେଲେ।

ସରି ସାର୍ ଆଇ ସାଲ ବି ମୋର କେୟାରଫୁଲ ହିଅର୍‌ଆଫଟର (ମୁଁ ଏଣିକି ଅଧିକ ସଜାଗ ହେବି), କହି ସାର୍‌ଙ୍କଠାରୁ କ୍ଷମା ପ୍ରାର୍ଥନା କଲା ଗୌରାଙ୍ଗ।

ସେସବୁ ଠିକ୍ ଅଛି। ହୋମଟାସ୍କ ସବୁ କାହିଁକି କରିନାହଁ ?

ସାର୍, ଆଜିର ଉତ୍ତର ମୁଁ ପ୍ରସ୍ତୁତ ହୋଇଛି। ବ୍ୟକ୍ତିଗତ କାରଣରୁ ଖାଲି ଲେଖିପାରିନି ଯାହା। କ୍ଲାସ୍ ସରିବା ପରେ ମୁଁ ଆପଣଙ୍କୁ କାରଣ କହିଦେବି।

କ୍ଲାସ୍ ପରେ କାହିଁକି ? ଏବେ କୁହ ତୁମେ କେଉଁ ଉତ୍ତର ଲେଖିବାକୁ ଚିନ୍ତା କରିଛ ?

ଦେଶର ଭିକାରି ସମସ୍ୟା ଉପରେ ନିବନ୍ଧ ଲେଖିବାକୁ ଆପଣ ଆସାଇନ୍ କରିଥିଲେ। ସେ ବିଷୟରେ ମୁଁ ତଥ୍ୟ ସଂଗ୍ରହ କରି ନେଇଛି।

କ'ଣ ସଂଗ୍ରହ କରିଛ, ଟିକିଏ ବୁଝାଇ କୁହ। ଅନ୍ୟମାନେ ବି ଶୁଣନ୍ତୁ।

ସାର୍, ମନ୍ଦିର ବାହାରେ ଭିକାରିମାନଙ୍କୁ ଦେଖି ଆମେ ଘୃଣା କରୁ, ମନ୍ଦିର ପରିସରରୁ ସେମାନଙ୍କୁ ବିତାଡ଼ିତ କରିବାକୁ ଚାହୁଁ। କିନ୍ତୁ ମନ୍ଦିର ଭିତରେ ସଫାଲୁଗା ପିନ୍ଧି ଭଦ୍ରଲୋକମାନେ ମଧ୍ୟ ଭଗବାନଙ୍କ ଆଗରେ ହାତପାତି ଧନ ସଂପତ୍ତି, ଗାଡ଼ି, ପ୍ରମୋଶନ ଓ ପ୍ରାଚୁର୍ଯ୍ୟର ଭିକ୍ଷା ମାଗୁଛନ୍ତି। ସେମାନଙ୍କ ପାଇଁ କୌଣସି ଆଇନ କାନୁନ ଲାଗୁ ହୋଇପାରିବ ନାହିଁ। ନିର୍ବାଚନବେଳେ ବିଦ୍ୟୁତ, ପାଣି ଓ ବସଭଡ଼ା ମାଗଣା ଦେବୁ କହି ନେତାମାନେ ଭୋଟରମାନଙ୍କ ଆଗରେ ଭିକ୍ଷାବୃତ୍ତି କରୁଛନ୍ତି। କ୍ଷମତାରେ ରହିବା ପାଇଁ ମାଗଣା ଚାଉଳ, ଛତା, ବହି ଓ ରାସନ୍ ଦେଉଥିବା ନେତାମାନେ କ'ଣ

ଭିକ୍ଷାବୃତ୍ତିକୁ ପ୍ରୋତ୍ସାହନ ଦେଉନାହାନ୍ତି ? ତେଣୁ ଭିକ୍ଷା କରିବା ଏକ ବୃତ୍ତିଗତ ଆଚରଣ ନ ଭାବି ମନୋବୃତ୍ତି ଭାବେ ଗ୍ରହଣ କରିବା ଉଚିତ।

ଦଶବର୍ଷ ତଳର ପରିସଂଖ୍ୟାନ ଦେଖିଲେ ଆମ ଦେଶରେ ଚାରି ଲକ୍ଷରୁ ଅଧିକ ଭିକାରି ଥିଲେ। ଏବେ ସେ ସଂଖ୍ୟା ବଢ଼ି ଯାଇଥିବ ନିଶ୍ଚୟ। ପଶ୍ଚିମବଙ୍ଗରେ ସର୍ବାଧିକ, ଲକ୍ଷେ ଲୋକ, ଭିକ୍ଷା ବୃତ୍ତି କରନ୍ତି। ଉତ୍ତରପ୍ରଦେଶ, ମହାରାଷ୍ଟ୍ର, ରାଜସ୍ଥାନ, ମଧ୍ୟପ୍ରଦେଶ ଓ ଓଡ଼ିଶାରେ ପ୍ରାୟ ଦୁଇ ଲକ୍ଷରୁ ଅଧିକ ଲୋକ ଭିକ୍ଷାବୃତ୍ତି କରୁଛନ୍ତି। ଏହି ସମସ୍ୟା ସମାଧାନ ନକରି ଆମେ ଭିକାରିଙ୍କୁ ବିଦେଶୀଙ୍କ ଦୃଷ୍ଟି ଆଢୁଆଳରେ ରଖିବାକୁ ଚେଷ୍ଟା କରୁଛୁ। ଦେଶରେ ଭିକ୍ଷା ବୃତ୍ତି ନିଷେଧ କରି ଦାରିଦ୍ର୍ୟ ଦୂର ନ କଲେ ଭିକ୍ଷା ଦେବା ଓ ନେବା ବନ୍ଦ ହେବନାହିଁ। ଭିକ୍ଷାକୁ ଅପରାଧ ବୋଲି କିଛି ରାଜ୍ୟରେ ଘୋଷଣା କରା ଯାଇଛି। ତଥାପି ରାଜନେତା ଓ କ୍ଷମତାଲିପ୍ସୁମାନଙ୍କୁ ଆଇନ ଦ୍ୱାରା ନିର୍ମୂଳ କରିପାରିବା ?

ଭିକ୍ଷାବୃତ୍ତି ସହ ଯେଉଁ ମାନବିକ, ସାମାଜିକ ଓ ଆର୍ଥିକ ସମସ୍ୟା ଜଡ଼ିତ, ତାହାର ସମାଧାନ ନକଲେ ଏହା ନିରାକରଣ ହେବ ନାହିଁ। ଜଣେ କାହିଁକି ଭିକ୍ଷାବୃତ୍ତି ଅବଲମ୍ବନ କରେ ? ଦାରିଦ୍ର୍ୟ, ବେରୋଜଗାରୀ, ଶାରୀରିକ ଅକ୍ଷମତା, ପ୍ରାକୃତିକ ବିପର୍ଯ୍ୟୟ, ଧାର୍ମିକ ପ୍ରଥା ଓ ସାମାଜିକ ବାଛନ୍ଦ କାରଣରୁ ଜଣେ ଭିକ ମାଗେ, ସେଥିରୁ ତାକୁ ନିବୃତ୍ତ କଲେ ସେ ଚୋରି କରିପାରେ କିମ୍ବା ଅସାମାଜିକ କର୍ମରେ ଲିପ୍ତ ହୋଇପାରେ।

ସମସ୍ତଙ୍କୁ ଶିକ୍ଷା, ବୃତ୍ତି ଓ ଧନ୍ଦାମୂଳକ ପ୍ରଶିକ୍ଷଣ ଦେଇ, ରୋଜଗାର ପ୍ରଦାନ ଓ ସାମାଜିକ ସୁରକ୍ଷା ଦେଇ ଭିକ୍ଷାବୃତ୍ତି ରୋକାଯାଇ ପାରିବ। ବାସହୀନ ଓ ରୋଜଗାରହୀନ ଲୋକଙ୍କ ପାଇଁ ଆଶ୍ରୟସ୍ଥଳ ଦେଇ ଭିକ୍ଷାବୃତ୍ତି ବିରୋଧରେ ସଚେତନତା ସୃଷ୍ଟି କଲେ ସମସ୍ୟାକୁ ରୋକି ହେବ...! ଏଥିପାଇଁ ସ୍ୱେଚ୍ଛାସେବୀ ଅନୁଷ୍ଠାନ, ମଠ ଓ ମନ୍ଦିର ପରି ସଂସ୍ଥାଙ୍କୁ ଜଡ଼ିତ କଲେ ଏ ସମସ୍ୟା ଆୟତ୍ତ କରିହେବ।

ବିକଳାଙ୍ଗ ଶିଶୁ ଓ ଅସହାୟ ମହିଳାମାନଙ୍କୁ ଯେଉଁମାନେ ଶୋଷଣ କରି ଭିକ୍ଷାବୃତ୍ତିରେ ଲଗାଉଛନ୍ତି ସେଭଳି ଅସାମାଜିକ ତତ୍ତ୍ୱ ଓ ରାକେଟ୍‌ମାନଙ୍କୁ ପୋଲିସ ଓ ପ୍ରଶାସନ ସହାୟତାରେ ମୂଳୋତ୍ପାଟନ କରିଦେବା ଦରକାର...!

ବହୁତ ସୁନ୍ଦର। ଗୌରାଙ୍ଗ ପାଇଁ ସମସ୍ତେ କରତାଳି ଦେବାକୁ ଅନୁରୋଧ, କହିଲେ ପୃଷ୍ଟି ସାର୍। କିଛି ସମୟ ପାଇଁ ଗୌରାଙ୍ଗ ଶ୍ରେଣୀରେ ଗୌରବନୀୟ ପାଲଟିଗଲା।

କୋଚିଂ କେନ୍ଦ୍ରରୁ ଫିଜିକୁ ଫେରି ଗୌରାଙ୍ଗ ଅବ୍‌ଜେକଟିଭ୍ ପ୍ରଶ୍ନୋତ୍ତର ପ୍ରାକ୍ଟିସରେ ଆଉ କିଛି ସମୟ ଅତିବାହିତ କଲା। ଅନ୍ୟ ହୋମଟାସ୍କ ସବୁ ବି ସାରିଦେଲା।

ସନ୍ଧ୍ୟା ସମୟରେ ପାଖରେ ଥିବା ଦାତବ୍ୟ ପାଠାଗାରରେ ସମ୍ବାଦପତ୍ର ଓ କରେଣ୍ଟ ଆଫାୟାର୍ସ୍ ସମ୍ବନ୍ଧିତ ପତ୍ରପତ୍ରିକା ପଢ଼ିବାରେ ବ୍ୟସ୍ତ ରହିଲା ସେ।

ପରଦିନ ପାଠାଗାରର ବାରଂଦାରେ ବସି କୌଣସି ପୁରୁଣା ମ୍ୟାଗାଜିନ ପୃଷ୍ଠା ଓଲଟାଉଥିଲା ଗୌରାଙ୍ଗ।

ହେଲୋ ଗୌରାଙ୍ଗ ! ହ୍ୱାଟ ଏ ସରପ୍ରାଇଜ୍, କହି ଶର୍ମା ହାତ ବଢ଼ାଇଲା।

ହେଲୋ ଶର୍ମାଜୀ କହି କରମର୍ଦ୍ଦନ କଲା ସେ।

ତମକୁ ମୁଁ ଏଠି ଦେଖୁଛି ପ୍ରଥମ ଥର ପାଇଁ। ତମେ ଏଠିକି ସବୁଦିନ ଆସ ?

ନା, ମୁଁ ଏଇ ଦୁଇ ତିନି ଦିନ ଧରି ଏଠିକି ଆସୁଛି ସନ୍ଧ୍ୟାରେ।

ବହୁତ ଭଲ ହେଲା... ଆମେ ଏଣିକି ଜେନେରାଲ ଷ୍ଟଡିଜ୍‌ରେ ସବୁଦିନ ଇଣ୍ଟେରାକ୍ଟ କରିପାରିବା, କହିଲା ଶର୍ମା।

କୋଚିଂ ସେଣ୍ଟରରେ ସବୁଦିନ ସକାଳୁ ଦେଖାହୁଏ ଶର୍ମାଙ୍କ ସହ। ଶର୍ମା ରସାୟନ ଶାସ୍ତ୍ରରେ ଏମ୍‌ଏସ୍‌ସି କରିଛି ହିନ୍ଦୁ କଲେଜରୁ।

ପଦାର୍ଥ ବିଜ୍ଞାନ ଓ ରସାୟନ ଶାସ୍ତ୍ରରେ ମୋର କିଛି ବେସିକ୍ ଫଣ୍ଡା ବୁଝିବାକୁ ଅଛି। ଟିକିଏ ସାହାଯ୍ୟ କରିଦେବେ ଶର୍ମାଜୀ ?

ନିଶ୍ଚୟ। ତୁମ ପରି ବ୍ରିଲିଆଣ୍ଟ ସ୍କଲାର୍ ପାଇଁ ସେତିକି ଟିକିଏ ସାହାଯ୍ୟ କରିବିନି ? ସିଓର୍ ଆମ କୋଚିଂ ସେଣ୍ଟରର ଦାସଗୁପ୍ତାଙ୍କୁ ଜାଣ ? ସିଏ ବି ସନ୍ଧ୍ୟାବେଳେ ଏଠିକି ଆସେ। କୋର୍ସ ମ୍ୟାଟେରିଆଲ୍ ତା'ସହ ମୋର ଆଲୋଚନା ହୁଏ ସବୁଦିନ। ସେ ମୋର କଲେଜ ମେଟ୍ ଥିଲା। ଫିଜିକ୍ସରେ ସେ ପିଜି କରିଛି। କୌଣସି କାରଣରୁ ସେ ଆଜି ଆସିନାହିଁ। ସେ ଆସିଲେ ତୁମର ବିଜ୍ଞାନ ସଂପର୍କିତ ସବୁ ଫଣ୍ଡା କ୍ଲିଅର୍ ହୋଇଯିବ। ଡୋଣ୍ଟ୍ ୱରି।

ଥ୍ୟାଙ୍କ ୟୁ ଶର୍ମାଜୀ। ବାଇ।

ଫୋନ ମେସେଞ୍ଜର୍ ବିପ୍ ଦେଖିଲା ଗୌରାଙ୍ଗ।

କେଉଁଠି ଅଛ ଯୋଗୀରାଜ ?

ଆମ ପିଜି ପାଖ ଏକ ଲାଇବ୍ରେରୀରେ।

ବ୍ୟସ୍ତ ଅଛକି ? ବ୍ୟସ୍ତ ନଥିଲେ କଫି ଖାଇବା ବୋଲି କହୁଥିଲି... ଆର ପାଖରୁ ନିଶାର ହ୍ୱାଟସାପ୍ ସକ୍ରିୟ ଥିଲା।

କଫି ହାଉସ କୋଉଠି ?

ତମ ପିଜି ପାଖ, ଲଭର୍ସ୍ କାଫେରେ...

ହଁ, ଠିକ୍ ଅଛି । ସେଇଠି ବସିଥାଅ । ଏଇ ପହଞ୍ଚିବି ତିନି-ଚାରି ମିନିଟ୍ ଭିତରେ, କହିଲା ଗୌରାଙ୍ଗ ।

ଲଭର୍ସ୍ କାଫେ ଆଗରେ ଲନ୍ । ଭିତରେ ଗୋଲ ଟେବୁଲରେ ତିନିଜଣ ବସି ଚାହା, କଫି ଖାଇବା ପାଇଁ ବ୍ୟବସ୍ଥା ଅଛି । ଅପେକ୍ଷାକୃତ ନିରୋଳା ସ୍ଥାନ ।

ନିଶା ମାଡାମ୍ ହଠାତ୍ ଆଜି କେମିତି ଦେଖା ମିଳିଲା ?

ନା, ଏପଟେ ମୋର ରିପୋର୍ଟିଂ ଆସାଇନମେଣ୍ଟ ଥିଲା । ତେଣୁ, ଟିକିଏ ହେଲୋ କରିଦେବି ବୋଲି ଆସିଗଲି । ମୁନ୍‌ମୁନ ପିଜିରେ ଦେଖାହେଲେ କିଶନଚାନ୍ଦ । କହିଲେ ତମେ ବାହାରକୁ ଯାଇଛ... ତେଣୁ ଏଠିକି ଆସିଲି ।

ଆସିଲ, ଠିକ କଲ ।

ତମ ପାଖରେ ଟଙ୍କା ସରି ଯାଇଥିବ ? ମୋର ଆକାଉଣ୍ଟରେ ଆଜି ସାଲାରି ପଡ଼ିଲା । କିଛି କ୍ୟାସ୍ ରଖିଥାଅ ।

ଅଛି ଅଛି, କହିଲା ଗୌରାଙ୍ଗ ।

୨୨

ନିଶାର କଫି ସରିବା ପୂର୍ବରୁ ସ୍ଲିଭ୍‌ଲେସ ପିନ୍ଧି ଜଣେ ଆଧୁନିକା ମହିଳା ସାମ୍ନାକୁ ଆସି ଅଭିବାଦନ କଲା ଗୌରାଙ୍ଗଙ୍କୁ। କହିଲା ସନ୍ଦେହରେ: ଯେ କ'ଣ ଗୌରାଙ୍ଗ ନାୟକ ହୋଇପାରନ୍ତି ? ଇଫ୍ ଆଇ ଏମ୍ ନଟ ରଙ୍ଗ ? ମୁଁ ଯଦି ଭୁଲ କହୁ ନଥାଏ... !

ହଁ ହଁ ଅବଶ୍ୟ, କହି ଉଗ୍ର ମହିଳାଙ୍କୁ ଚିହ୍ନି ପାରିଲା ଗୌରାଙ୍ଗ। କହିଲା ବସ, ଅରୁଣିମା। କି ଆଶ୍ଚର୍ଯ୍ୟ ? ତମେ ଏବେ ଦିଲ୍ଲୀରେ। କୋଉଠି ରହୁଛ ? କଫି ଖାଇବ ?

କାହିଁକି ଖାଇବିନି ? କ୍ଷମା ମାଗିନେଉଛି, ମୁଁ ତୁମ ଦିହିଁଙ୍କ କଥାବାର୍ତ୍ତାରେ ବ୍ୟାଘାତ ସୃଷ୍ଟି କରିନାହିଁ ବୋଧହୁଏ ?

ନା। ନଟ୍ ଏଟ ଅଲ୍। ଆଦୌ ନୁହେଁ। ମୋର ବେଷ୍ଟ ଫ୍ରେଣ୍ଡଙ୍କୁ ଚିହ୍ନେଇ ଦିଏ: ସେ ହେଲେ ପତ୍ରକାର ନିଶା ଆଉ ଇଏ ଅରୁଣିମା, ମୋର କଲେଜ ମେଟ୍। ଏବେ କ'ଣ କରୁଛନ୍ତି ଜାଣିନାହିଁ।

ମୁଁ ଏଠି ଗୋଟେ କର୍ପୋରେଟ କଲେଜରେ ଇତିହାସ ଓ ପ୍ରତ୍ନତତ୍ତ୍ୱ ପଢ଼ାଉଛି। ବୋଉ ମଧ୍ୟ ମୋ ପାଖରେ ରହୁଛି... ଆଉ ତୁମ ଖବର କ'ଣ ? ତୁମେ କଲେଜରେ ଏଡ଼େ ଲାଜକୁଳା ଥିଲ, କୌଣସି ଝିଅପିଲାଙ୍କୁ ମୁହଁ ଉଠାଇ ଚାହୁଁ ନଥିଲ, କଥା କହିବା ତ ଦୂରର କଥା।' ଯାରି ଭିତରେ ତମର କେତେବେଳେ ବେଷ୍ଟ ଫ୍ରେଣ୍ଡ ତିଆରି ହୋଇ ସାରିଲେଣି ? ମୋର ଜମା ବିଶ୍ୱାସ ହେଉନି। ସମଥିଙ୍ଗ ଫିଷି ଲାଗୁଛି ଗୌରାଙ୍ଗ ?

ଅନୁପମା ଔପଚାରିକତା ଦୃଷ୍ଟିରୁ 'ହେଲୋ' କହିଦେଇ କଫି ପିଇବାରେ ଧ୍ୟାନ ଦେଲା। ଗୌରାଙ୍ଗ ସହ ଅରୁଣିମାର କଥୋପକଥନରେ ଅଂଶଗ୍ରହଣ ନକରି ନିରବ ଦର୍ଶକ ସାଜିଲା।

ପାଖ ଚୌକିରେ ଅରୁଣିମାକୁ ବସିବାକୁ ଇସାରା କରି କହିଲା ଗୌରାଙ୍ଗ:

ତମେ ତ ଇତିହାସର ଛାତ୍ରୀ। ତେଣୁ ଜୀବନର ମିଷ୍ଟ୍ରି କଥା ହିଷ୍ଟ୍ରିରେ ଖୋଜିଲେ ନିଶ୍ଚୟ ମିଳିଯିବ। ତୁମେମାନେ ପୃଥ୍ୱୀର ଧ୍ୱଂସସ୍ତୂପ ଉପରେ ବସିଗଲେ ବି ତାହାର ଭୂଗୋଳ ଓ ଇତିହାସ ରଚନା କରିଦେବ।

ଅରୁଣିମା ହସିଲା। ତମେ ଥିଲ ଫିଲୋସଫି ବିଭାଗର ଛାତ୍ର। ତମେ ଯାହା ଆଖିରେ ଦେଖୁଥିବ, ତାହା ବିଶ୍ୱାସ କରିବ ନାହିଁ। କହିବ ମାୟା। ଯେଉଁ ପୃଥ୍ୱୀରେ ବସି ଜୀବନ ଧାରଣ କରୁଛ, ତାହାକୁ କହିଦେବ ମିଥ୍ୟା, ବାକି ଯାହାସବୁ ଦେଖିହେବ ନାହିଁ, ସ୍ପର୍ଶ କରିହେବ ନାହିଁ, କହିବ ସେସବୁ ସତ୍ୟ। ତେଣୁ ମୁଁ ଯାହା ଦେଖୁଛି ସତ ଭାବିବି ନା ମାୟା ବୋଲି ଧରିନେବି ?

ଯାହା ନଦେଖିବ ବେନି ନୟନେ ପରତେ ନଯିବ... ହେଲେ ପ୍ରକୃତରେ ତମେ କ'ଣ ଦେଖିଲ ଆଉ କ'ଣ ଦେଖିନାହଁ, କୁହ ?

ଯାହା ଦେଖିଲି ସେ ଦୃଶ୍ୟ ବର୍ଣ୍ଣନା କରିବି ?

କର।

ରାଜଧାନୀର ଏକ ମଧୁର ସନ୍ଧ୍ୟା। ସୂର୍ଯ୍ୟାସ୍ତ ପରେ ଛାଇ ଅନ୍ଧାରରେ ଜଣେ ସୁଦର୍ଶନ ଯୁବକ ଜଣେ ସୁନ୍ଦରୀ ଯୁବତୀଙ୍କ ସହିତ ବସିଛନ୍ତି। ଗପସପରେ ଏମିତି ନିମଗ୍ନ ଯେ ଆଖପାଖରେ କିଏ ସେମାନଙ୍କର ପିଛା କରୁଛନ୍ତି ସେମାନଙ୍କର ଖିଆଲ ନାହିଁ। ଦୁହେଁ ଆମ୍ନା ସାମ୍ନା, ଅଥଚ ସେମାନଙ୍କ ମଝିରେ ଅଛି ବାଷ୍ପୀଭୂତ କଫି। ହୋଟେଲର ନାମ ଲଭର୍ସ୍ କାଫେ। ଯା'ଠୁ ଅଧିକ କହିବା କି ଦରକାର ?

ଦୃଶ୍ୟ ପଛପଟର କାହାଣୀ ଓ ସ୍କ୍ରିନ ପ୍ଲେ ବନେଇ ଚୁନେଇ ବର୍ଣ୍ଣନା କରିବା ଜରୁରୀ ନୁହେଁ ଅରୁଣିମା।

ଏଇ କାହାଣୀର ଶେଷ ଅଙ୍କ କେବେ ଲେଖାଯିବ, ତୁମେ କହି ପାରିବ ଗୌରାଙ୍ଗ ?

ଆମ ନାଟକର ଶେଷ ଦୃଶ୍ୟ ବା ଅଙ୍କ ରଚନା କରିବା ସମୟସାପେକ୍ଷ। ଏବେ ଦ୍ୱନ୍ଦ୍ୱ ସମାହିତ ହେବାର ବେଳ ଆସିନାହିଁ।

ହେଉ, ଆଗତୁରା ଶୁଭେଚ୍ଛା ଜଣାଇ ଦିଏ, କହି ସ୍ଥାନ ପରିତ୍ୟାଗ କଲା ଅରୁଣିମା।

ମୁଁ ମଧ୍ୟ ଆସୁଛି ଗୌରାଙ୍ଗ, କହି ନିଶା ଉଠିଲା।

ଏତେ ଶୀଘ୍ର ଚାଲିଯିବ ? ଟିକିଏ ବସ।

ହଁ, ଘରେ ପରିବେଶ ସେତେ ଅନୁକୂଳ ନୁହେଁ।

କାହିଁକି ? କ'ଣ ହୋଇଛି ମୋତେ କୁହ। ନିଶାର ହାତ ଧରି ବସାଇଲା ଗୌରାଙ୍ଗ।

ଏବେ ଘରକୁ ଫେରିଲା ପରେ ସେଠିକା ପରିସ୍ଥିତି କ'ଣ ହୋଇଥିବ ଜାଣିପାରିବି, କହିଲା ନିଶା। ଉଦାସ ତାହାର ଦୃଷ୍ଟି। ଆଖିରେ ବିନିଦ୍ର ରଜନୀର ଅବସାଦ ଦିଶୁଛି ସ୍ପଷ୍ଟ।

ଆଜି ନୂଆ କିଛି ଘଟଣା ହୋଇଛି ?

ହଁ। ବ୍ୟବସାୟୀ ବିକାଶ ଓ ତା'ର ପରିବାର ଲୋକେ ଆଜି ଘରକୁ ଆସିଥିଲେ। ବାପା-ମାଆଙ୍କ ସହ ସାକ୍ଷାତ କରିଛନ୍ତି। ଅନେକ ସମୟ କ'ଣ କଥାବାର୍ତ୍ତା ହେଲା କେଜାଣି, ବିକାଶର ପ୍ରସ୍ତାବରେ ମୋତେ ରାଜି ହୋଇଯିବା ପାଇଁ ସମସ୍ତେ ଅଡ଼ି ବସିଛନ୍ତି।

ତୁମେ କ'ଣ କହିଲ ?

ମୁଁ ସ୍ପଷ୍ଟ କରି କହିଲି ମୋର ନିଜସ୍ୱ ମତ। ମୁଁ କେବଳ ଜଣକୁ ହିଁ ଭଲ ପାଇଛି, ସେଇ ଜଣକ ଛଡ଼ା ମୋର ଦ୍ୱିତୀୟ ଚିନ୍ତା ନାହିଁ। କିନ୍ତୁ ବାପାମାଆ ସେ କଥା ଶୁଣିଲେ ତ ? ଆମେ ମରିଗଲୁଣିକି ? ଆମ କଥାର କିଛି ମୂଲ୍ୟ ନାହିଁ? ଏମିତି କଥା କଟାକଟି...

ଏବେ ଘରକୁ ଫେରିଗଲେ ଲାଗୁଛି ତାହା ଏକ ମୂଷାର ଜନ୍ତା। ସେଇ ଚିରାଚରିତ ରକ୍ଷଣଶୀଳ ଜାତି ଓ ନୀତିର କଥା। ବ୍ୟଥା। ଘରେ ବି ନିର୍ଯାତନା। ଦ୍ୱିତୀୟ ବିଶ୍ୱଯୁଦ୍ଧ ବେଳେ ପୋଲାଣ୍ଡରେ ସ୍ଥାପିତ କନସେନଟ୍ରେସନ କ୍ୟାମ୍ପର ଦୃଶ୍ୟ ମନେ ପଡ଼ି ଯାଉଛି। ଏଡଲଫ୍ ହିଟଲର୍ ଜିଉ ସମସ୍ୟା ସମାଧାନ କରିବା ପାଇଁ ନିର୍ବିଚାରରେ କେମିତି ରାଜନୈତିକ ଯୁଦ୍ଧବନ୍ଦୀମାନଙ୍କୁ କ୍ଷେପଣ କରି ଦେଇଥିଲା। ନିର୍ଯାତନା ଓ ଅତ୍ୟାଚାରର ନୂତନ ରେକର୍ଡ ସୃଷ୍ଟି କରାଯାଇଥିଲା ମାନବ ଜାତିର ଇତିହାସରେ। ଏବେ ଘର ସେମିତି ଲାଗୁଛି ମୋତେ। ଖୁବ୍ ବ୍ୟସ୍ତ ଓ ବିବ୍ରତ। ଭାଇ ଓ ବାପା-ମାଆଙ୍କ ଦୃଷ୍ଟି ମୋ ଉପରେ ଲାଗି ରହୁଛି ଅନବରତ।

ଏଥିରୁ କ'ଣ ଆମର ମୁକ୍ତି ନାହିଁ ନିଶା ? ଅଛି।

ଶେଷରେ କ'ଣ ମନେ ହେଉଛି ଜାଣ ଗୌରାଙ୍ଗ ? ଆମେ ମିଶି ପଳାଇ ଯାଆନ୍ତେ ପରିବାର ଓ ସମାଜଠାରୁ କୁଆଡ଼େ ଅନେକ ଦୂର। ବାପା ବନ୍ଧୁ ଓ କୁଟୁମ୍ବ ହିଁ ଆମର ପ୍ରଥମ ବିରୋଧୀ। କେମିତି ଅସ୍ଥିର ଲାଗୁଛି। ପୃଥ୍ୱୀ ଧ୍ୱଂସ ହୋଇଯାଉ ପଛକେ, ଆମ ସେ ଘର, ସହର ଛାଡ଼ି ପଳାଇ ଯାଆନ୍ତେ ବହୁ ଦୂରକୁ... ଯେଉଁଠି କାହାର ନାଲି ଆଖି ଓ ଆକଟ ନଥିବ। ହୋହାଲ୍ଲା ନଥିବ। ଶବ୍ଦ ଓ ଡିଜେମାନଙ୍କ ପ୍ରଦୂଷଣ ନଥିବ। ହୃଦଘାତ ନଥିବ... !

ପ୍ରେମରେ ପଡ଼ିବା ଏକ ରକମର ହୃଦଘାତ ନୁହେଁ କି? ରକ୍ତକ୍ଷରଣ ହୁଏନି କିନ୍ତୁ ପ୍ରତିକ୍ଷଣ ମଣିଷ ମୃତ୍ୟୁର ଶିକାର ହୋଇ ଯାଇପାରେ କିମ୍ବା ସ୍ଥିର ହୋଇଯାଏ ତା'ର ଚଳପ୍ରଚଳ ଓ ନିଃଶ୍ୱାସ ପ୍ରଶ୍ୱାସ। ଆମକୁ ଲଢ଼ିବାକୁ ହେବ ନିଶା। ଆଜି ହିଁ।

୨୩

ଗୌରାଙ୍ଗ ଓରଫ୍ ସଦାନନ୍ଦ ଟ୍ରେନ ଚଢ଼ିଲା। ଟ୍ରେନ ସଂଖ୍ୟା ୧୨୯୨୬। ଆଶ୍ରମ ଏକ୍ସପ୍ରେସ ସଠିକ ସମୟରେ ପହଞ୍ଚିଥିଲା ଦିଲ୍ଲୀ କ୍ୟାଣ୍ଟନମେଣ୍ଟ ଷ୍ଟେସନରେ। ଅପରାହ୍ନ ୩.୪୮ ସମୟରେ। ଗୋଟିଏ ମିନିଟ ଆଗରୁ ନୁହେଁ କି ମିନିଟିଏ ଡେରିରେ ନୁହଁ। ଦୁଇ ମିନିଟ ରହଣୀ ପରେ କାହାକୁ ଅପେକ୍ଷା ନକରି ଗାଡ଼ି ବାହାରିଯାଏ ପ୍ଲାଟଫର୍ମରୁ।

ଅନୁପମା କୋଉ ବଗିରେ ଚଢ଼ିଲା ଜାଣିବାକୁ ହେବ। ଟ୍ରେନ ପୁରୁଣା ଦିଲ୍ଲୀରୁ ଯାତ୍ରାରମ୍ଭ କରେ ଅପରାହ୍ନ ୩.୨୦ ମିନିଟରେ। ପନ୍ଦର ଘଣ୍ଟାରେ ୯୩୩ କିଲୋମିଟର ରେଳପଥ ଅତିକ୍ରମ କରି ଅହମ୍ମଦାବାଦ ଷ୍ଟେସନରେ ପହଞ୍ଚିବ ପର ସକାଳ ସାଢ଼େ ଛଅ ସୁଦ୍ଧା।

ହେଲୋ ନିଶା! କୋଉଠି ଅଛ? ଟ୍ରେନରେ ଚଢ଼ି ପାରିଲ? ହଁ ହଁ। ବାସ୍। ଥାର୍ଡ ଏସି ବି/୨ କମ୍ପାର୍ଟମେଣ୍ଟକୁ ଚାଲିଆସ। ଆମ ବର୍ଥ ସଂଖ୍ୟା ୭ ଆଉ ୮, ସାଇଡ ଅପ୍ପର ଓ ସାଇଡ ଲୋଅର୍ ଝରକା କଡ଼। ବସି ପାରିବା ସାମନା-ସାମନି, କିମ୍ବା ବସିପାରିବା ପାଖାପାଖି। ନହେଲେ ଶୋଇପାରିବା ଉପର ତଳ ହୋଇ।

ମାନେ?

ତମେ ତଳ ବର୍ଥରେ, ମୁଁ ଉପର ବର୍ଥରେ।

ବ୍ୟାଗ ଓ ବ୍ୟାକପାକ୍ ସହ ଧଇଁସଇଁ ହୋଇ ପହଞ୍ଚିଲା ନିଶା... ଏସି କମ୍ପାର୍ଟମେଣ୍ଟ ବୋଲି ମୁଁ କେମିତି ଜାଣିବି? ସ୍ଲିପରରେ ମୁଁ ଚଢ଼ି ଯାଇଥିଲି। ଦିଲ୍ଲୀ କ୍ୟାଣ୍ଟରେ ଦେଖୁଛି। ତମର ଦେଖା ମିଳୁନାହଁ। ତା'ଛଡା ଟ୍ରେନ ଏଠି ମୋଟେ ଗୋଟେ ମିନିଟ ରହେ? କି ଆଶ୍ଚର୍ଯ୍ୟ!

ଦୁଇ ମିନିଟ୍। ଏ ଟ୍ରେନ କୌଣସି ଷ୍ଟେସନରେ ଦୁଇ ମିନିଟରୁ ଅଧିକ ରହେ

ନାହିଁ। କେବଳ ଆଜମୀର, ଆବୁରୋଡ ଓ ଜୟପୁରଠାରେ ଦଶ ମିନିଟ ଲେଖାଏଁ ରହେ।

ହେଇଥିବ ! ତମେ ଯୋଗୀ ପୁରୁଷ, ଆଶ୍ରମ ଏକ୍ସପ୍ରେସ କଥା ତମେ ମୋଠୁ ଭଲ ଭାବରେ ଜାଣିଥିବ !

ସିଟ୍ ତଳେ ବ୍ୟାଗ୍ ରଖିଦେଇ ବସିଯାଅ। ତମେ ଟ୍ରେନରେ ଚଢ଼ିବା କେହି ଦେଖିନାହିଁ ତ ? ଭାଇ, ବାପା ମାଆ ? କଲିକ୍‌ସ, ବନ୍ଧୁବାନ୍ଧବ ?

ନା, ବ୍ୟାଗ କାଲି ସନ୍ଧ୍ୟାରେ କୃତ୍ତିକା ଘରେ ରଖି ଦେଇଥିଲି। ସବୁଦିନ ଭଳି ଆଜି ସକାଳୁ ଘରେ ନାସ୍ତା କରି ବାହାରିଥିଲି। ମାଆକୁ କହିଦେଲି, ପ୍ରେସମିଟ୍ ଅଛି। ମୋର ଲଞ୍ଚ ବାହାରେ ହେବ।

ତମ ଅଫିସରେ କୃତ୍ତିକା ଆମ କଥା ପ୍ରଘଟ କରି ଦେବନି ତ ?

ତା' ହାତରେ ଚାରିଦିନର ଛୁଟି ଦରଖାସ୍ତ ପଠାଇ ଦେଇଛି।... ଆଚ୍ଛା, ଏବେ ଆମେ ଯାଉଛୁ କୁଆଡ଼େ ଗୌରାଙ୍ଗ ?

ତମେ ଆଗ ଷ୍ଟେସନରେ ଚଢ଼ିଲ, ମୁଁ ପର ଷ୍ଟେସନରେ ଚଢ଼ିଲି। ତେଣୁ ତମେ ଜାଣିବା ଉଚିତ୍ ଆମ ଗନ୍ତବ୍ୟସ୍ଥଳ କ'ଣ ହେବ।

ହଉ, ସତକଥା କୁହ। ଆଉ ଅଧିକ ନାଟକ ନକରି କୁହ, ଆମେ ଯାଉଛୁ କେତେଦୂର ? ନିଶା ଦ୍ୱନ୍ଦ୍ୱରେ ଥିଲାବେଳେ ଗୌରାଙ୍ଗ ତା' ହାତରେ ଟିକେଟ ଧରାଇ ଦେଲା।... ଆଚ୍ଛା, ଆମେ ଅହମ୍ମଦାବାଦ ଯାଉଛୁ ତା'ହେଲେ ? ସେକଥା ଆଗରୁ କହିଦେଇ ପାରିଥାନ୍ତ।

ସେଥିପାଇଁ ତମ ହାତରେ ଟ୍ରେନ ଟିକେଟ ଦେଲି।

ଅହମ୍ମଦାବାଦରେ କି ଆଶ୍ରମ ଅଛି ? ଟ୍ରେନର ନାମ ଆଶ୍ରମ ଏକ୍ସପ୍ରେସ ହେଲା କାହିଁକି ?

କି ଆଶ୍ରମ ? କି ପତ୍ରକାର ତୁମେ ହୋ ? ଅହମ୍ମଦାବାଦରେ ସାବରମତୀ ଆଶ୍ରମ ନାହିଁ ? ଗାନ୍ଧୀ ଯୋଗୀ ନଥିଲେ କି ? ସେଇଠୁଁ ପରା ଲବଣ ସତ୍ୟାଗ୍ରହ ଆରମ୍ଭ ହୋଇଥିଲା। ଗାନ୍ଧିଜୀ ସେଇଠି ପ୍ରଥମେ ବ୍ରହ୍ମଚର୍ଯ୍ୟ ବ୍ରତ ପାଳନର ଶପଥ ନେଇଥିଲେ, ୩୩ ବର୍ଷ ବୟସରେ।

ଆମେ ଯିବା ବାଟରେ ଆବୁରୋଡ ପଡ଼ିବ ଯେଉଁଠି ରାଜଯୋଗ ପ୍ରଶିକ୍ଷଣର ଅନ୍ତର୍ଜାତୀୟ ଶିକ୍ଷା ଓ ଗବେଷଣା କେନ୍ଦ୍ର ଅଛି। ପରମାତ୍ମାଙ୍କ ଦ୍ୱାରା ସ୍ଥାପିତ ପ୍ରଜାପିତା ଈଶ୍ୱରୀୟ ବିଶ୍ୱବିଦ୍ୟାଳୟର ମୁଖ୍ୟ କେନ୍ଦ୍ର ଏଠି ଅଛି। ବ୍ରହ୍ମା ଭାବେ ଖ୍ୟାତ ଦାଦା ଲେଖରାଜ ଏଠାରେ ୩୫୦ ଜଣ କୋମଳମତି ବାଳିକା ବାଳକଙ୍କୁ ନେଇ ପ୍ରଥମେ

ଆବୁଠାରେ ଯୋଗାଶ୍ରମ ସ୍ଥାପନ କରିଥିଲେ। ୧୪ ବର୍ଷ କାଳ ଆରାବଲୀ ପର୍ବତମାଳାରେ ଯୋଗ ତପସ୍ୟାରେ ନିବୃତ୍ତ ଏ ପିଲାମାନେ ଏବେ ପ୍ରତ୍ୟେକେ ଜଣେ ଜଣେ ଯୋଗୀ ଶ୍ରେଷ୍ଠ ବେହଦ ସନ୍ନ୍ୟାସୀ। ପରବର୍ତ୍ତୀ ସମୟରେ ଏହି ଆଶ୍ରମ ଅନ୍ତର୍ଜାତୀୟ ବିଶ୍ୱବିଦ୍ୟାଳୟର ମାନ୍ୟତା ପାଇଥିଲା। ସାରା ପୃଥିବୀର ବିଭିନ୍ନ ଅଞ୍ଚଳରୁ ସବୁ ଧର୍ମାବଲମ୍ବୀ ଏଠାକୁ ଆସି ରାଜଯୋଗ ପ୍ରଶିକ୍ଷଣ ପ୍ରାପ୍ତ କରୁଛନ୍ତି।

ବ୍ରିଟିଶ୍ ଶାସନ କାଳରେ ରାଜା ମହାରାଜାମାନେ ଆବୁରେ ରହି ଖରାକାଳ କାଟୁଥିଲେ। ସେଥିପାଇଁ ଅନେକ କୋଠା ଓ ମହଲ ତିଆରି ହୋଇଛି। ଏବେ ସେସବୁ ହୋଟେଲରେ ପରିଣତ ହୋଇଛି। ଅନେକ ପର୍ଯ୍ୟଟକ ଏବେ ବି ସେହି ହୋଟେଲ୍‌ମାନଙ୍କରେ ରହୁଛନ୍ତି।

ଆମେ ସେଠି ଖରାକାଳ କାଟିବାକୁ ଯାଉଛୁ ?

ଯଦି ତମେ ସେଠି ଓହ୍ଲାଇବାକୁ ଚାହଁ। ଅହମ୍ମଦାବାଦ ନଯାଇ ଆବୁରୋଡରେ ପହଞ୍ଚିଗଲେ କେହି ଆମର ଖୋଜ ଖବର ନେଇ ପାରିବେ ନାହିଁ। ସେଠି ଆମ ରହଣୀ ହେବ ଏକାନ୍ତ ଅଜ୍ଞାତବାସ। ସୁମଧୁର।

ଆଚ୍ଛା, ଆଜମୀରଠାରେ କାହାର ଆଶ୍ରମ ଅଛି କହିଲ ନାହିଁ ତ ?

ଆଜମୀରରେ ସୁଫି ସନ୍ଥ ମଇନୁଦ୍ଦିନ ଚିସ୍ତିଙ୍କ ପବିତ୍ର କବର ଅଛି। ଏହା ଆଜମୀର ସରିଫ ଦରଘା ଭାବରେ ପରିଚିତ। ଏହା ମୁସଲମାନ ଧର୍ମାବଲମ୍ବୀମାନଂକ ତୀର୍ଥସ୍ଥଳୀ ରୂପେ ପରିଗଣିତ। ଲକ୍ଷଲକ୍ଷ ଭକ୍ତ ଏହି ପୁଣ୍ୟସ୍ଥଳ ଦର୍ଶନ କରି ନିଜ ମନୋକାମନା ଚରିତାର୍ଥ କରିଥାନ୍ତି।

ଏଠାରେ ଦିଲ୍ଲୀ ସୁଲତାନ କୁତବୁଦ୍ଦିନ ଆଇବାକଙ୍କ ଦ୍ୱାରା ୧୧୯୯ରେ ନିର୍ମିତ ଅଢେଇ ଦିନ କା ଝୋପରା ମସଜିଦ୍ ମଧ୍ୟ ଅଛି। ଏହା କୁଆଡ଼େ ଅଢେଇ ଦିନ ମଧ୍ୟରେ ତିଆରି ହୋଇଥିଲା। ସିନ୍ଧୁ-ଇସଲାମୀ ଭାସ୍କର୍ଯ୍ୟର ମୂକସାକ୍ଷୀ ଏହି ସୌଧ ଆଜମୀରରେ ସର୍ବ ପୁରାତନ ମସଜିଦମାନଙ୍କ ମଧ୍ୟରେ ଅନ୍ୟତମ।

ସେଠାରେ ହିନ୍ଦୁମାନଙ୍କ କିଛି କୀର୍ତ୍ତିରାଜି ନାହିଁକି ?

ଅଛି। ସାରା ଭାରତରେ କୌଣସି ସ୍ଥାନରେ ସୃଷ୍ଟିକର୍ତ୍ତା ବ୍ରହ୍ମାଙ୍କର ମନ୍ଦିର ନାହିଁ। କିନ୍ତୁ ଆଜମୀର ନିକଟସ୍ଥ ପୁଷ୍କର ଏକମାତ୍ର ସ୍ଥାନ, ଯେଉଁଠି ଅଛି ବ୍ରହ୍ମାଙ୍କ ମନ୍ଦିର।

ତ୍ରିମୂର୍ତ୍ତି କହିଲାବେଳକୁ ଆଗ ଆସନ୍ତି ବ୍ରହ୍ମା, ଅଥଚ ତାଙ୍କ ପାଇଁ ଭାରତରେ ମନ୍ଦିର ନାହିଁ କାହିଁକି ? ପଚାରିଲା ନିଶା।

ପୁରାଣରେ ପରସ୍ପର ବିରୋଧୀ ଅନେକ କାହାଣୀର ଅବତାରଣା କରାଯାଇଛି। କିନ୍ତୁ ସେସବୁର ଆକ୍ଷରିକ ମର୍ମ ନନେଇ ତା'ର ସାରବତ୍ତା ଗ୍ରହଣ କରିବାକୁ ହେବ।

କଳ୍ପନା ଓ ସଂକଳ୍ପ ଦ୍ୱାରା ସୃଷ୍ଟି ଓ ବେଦ ରଚନା କରି ଆଶ୍ୱସ୍ତ ହୋଇଥିଲେ ବ୍ରହ୍ମା । କିନ୍ତୁ ଭକ୍ତମାନେ ଶିବ ପରମାତ୍ମାଙ୍କ ଅସଲ ପରିଚୟ ନଜାଣି ଅନ୍ଧଶ୍ରଦ୍ଧାରେ ଲିଙ୍ଗପୂଜା ଓ ନନ୍ଦୀ ଆରାଧନା କରିବାରୁ ବ୍ରହ୍ମା ସେମାନଙ୍କୁ ନିନ୍ଦା କଲେ । ଏଥିରେ ଅସନ୍ତୁଷ୍ଟ ଶିବ ଅଭିଶାପ ଦେଲେ ଯେ ବ୍ରହ୍ମା ନିଜ ଦୈବୀଶକ୍ତି ଓ ମହିମା ହରାଇବେ । ସେହି ଆଖ୍ୟାୟିକା କାରଣରୁ ଦେଶରେ ବ୍ରହ୍ମାଙ୍କ ଆରାଧନା ସ୍ୱଳ୍ପ, କହିଲା ଗୌରାଙ୍ଗ ।

ହଠାତ୍ ଟ୍ରେନ ଧିମେଇ ଗଲା । ଚାୟା ଚାୟା କରି ପ୍ଲାଟଫର୍ମରୁ ଭେଣ୍ଡରମାନଙ୍କ ଡାକ ଶୁଭିଲା ।

ପାହାନ୍ତିଆ ତିନି ପାଖାପାଖି । ଆବୁ ରୋଡ୍ ଷ୍ଟେସନ । ନିଶାର ହାତ ଧରି ଓହ୍ଲାଇଲା ଗୌରାଙ୍ଗ । ଟ୍ୟାକ୍ସି କରି ଦୁଇ ପ୍ରେମୀ ଯୁଗଳ ଆବୁ ପର୍ବତର ହୋଟେଲ ସରସ୍ୱତୀ ଆଡ଼କୁ ଅଗ୍ରସର ହେଲେ ।

୨୪

ହୋଟେଲ୍ ସରସ୍ୱତୀ। ନକ୍କି ସରୋବରର ନିଶ୍ଚୁପ ଜଳରାଶିରେ ପ୍ରତିଫଳିତ ପାହାଡ଼ି ସହର ଦିଶୁଥିଲା ଲଜ୍ଜାବନତ। ପ୍ରିୟ ଘରକୁ ଆସିଥିବା ନବବଧୂ ପରି ଆକର୍ଷଣୀୟା।

ବ୍ରାହ୍ମ ମୁହୂର୍ତ୍ତରେ ଆରାବଳୀ ପର୍ବତମାଳା ଭିତରେ କ୍ଷୁଦ୍ର ଆବୁ ସହର କୁହୁଡ଼ିର ଆସ୍ତରଣରେ ଥରି ଉଠୁଥିଲା। ରହିରହି। ସୂର୍ଯ୍ୟ ଉଇଁବାକୁ ବାକି ଥିଲା ଅନେକ ସମୟ। ତା'ସତ୍ତ୍ୱେ ରାସ୍ତାରେ ଶ୍ୱେତବସ୍ତ୍ରଧାରୀ ଯୋଗୀ-ଯୋଗିନୀ ପ୍ରାତଃ ପଦଚାରଣା ଆରମ୍ଭ କରି ଦେଇଥିଲେ।

ଆବୁ ରହଣୀ ସମୟରେ ପ୍ରେମରେ ମସଗୁଲ ସହଯାତ୍ରୀ ଦ୍ୱୟଙ୍କୁ ଚୌଦିଗ ଦିଶିଲା ମଧୁମୟ। ସହରର ଝିଲମିଲ ଆଲୋକମାଳାରେ ପ୍ରତିଫଳିତ ପାହାଡ଼ ପରିବେଷ୍ଟିତ କ୍ଷୁଦ୍ର ନକ୍କି ଜଳାଶୟରେ ଯେ କେହି ନୌବିହାରର କାମନା କରିପାରିବେ!

ଏକ କିଲୋମିଟରରୁ ଅଧିକ ପରିମିତ ଏହି କ୍ଷୁଦ୍ର ଜଳାଶୟ ସ୍ଥଳ ବିଶେଷରେ ୧୧,୦୦୦ ମିଟରରୁ ଅଧିକ ଗଭୀର। କୁହାଯାଏ ଯେ, ଏହା ଭାରତର ସର୍ବ ପ୍ରଥମ ମଣିଷକୃତ ସରୋବର। ପ୍ରକୃତିପ୍ରେମୀମାନଙ୍କ ପାଇଁ ଏହା ଏକ ନୈସର୍ଗିକ ଉପହାର। ଆବୁ ପର୍ବତ କାହିଁକି, ସମଗ୍ର ରାଜସ୍ଥାନରେ ପ୍ରେମ ସରୋବର ଭାବେ ପରିଚିତ ଏହି ହ୍ରଦକୁ ପବିତ୍ରତାର ସ୍ମାରକୀ ରୂପେ ଗ୍ରହଣ କରନ୍ତି ଗାରସିଆ ଗିରିଜନ ସଂପ୍ରଦାୟ।

କିମ୍ବଦନ୍ତୀ କୁହେ ଯେ ନଖ ବିଦାରି ତିଆରି ହୋଇଥିଲା ଏ ହ୍ରଦ। ଦେବତାମାନଙ୍କୁ ବାଶ୍କାଲି ନାମକ ଜଣେ ରାକ୍ଷସ କବଳରୁ ମୁକ୍ତି ପାଇଁ ଏହା ସୃଷ୍ଟି ହୋଇଥିଲା।

ଜାତିର ପିତା ମହାତ୍ମା ଗାନ୍ଧୀଙ୍କ ମୃତ୍ୟୁ ପରେ ତାଙ୍କ ଚିତାଭସ୍ମରୁ କିଛି ନକ୍କି ହ୍ରଦରେ ମିଶ୍ରିତ କରା ଯାଇଥିଲା। ସେଥିପାଇଁ ତାଙ୍କ ସ୍ମୃତିରେ ଏଠାରେ ଏକ ଗାନ୍ଧୀ ଘାଟ ମଧ୍ୟ ନିର୍ମାଣ କରାଯାଇଛି। ସରୋବରରେ ପ୍ରବେଶ କଲା ପରେ ସ୍ଥାନୀୟ

ଲୋକେ ଅଧିକ ରୋଚକ ତଥ୍ୟ ଦେଇ ପାରନ୍ତି ଆମକୁ। ତେଣୁ ସକାଳ ହେବା ଯାଏଁ ଅପେକ୍ଷା କର।

ଆମେ କାଲି ସକାଳୁ ନକ୍କିରେ ନୌବିହାର କରିବା ଗୌରାଙ୍ଗ ?

ନା।

କାହିଁକି ?

ସନ୍ଧ୍ୟା ସମୟରେ ନକ୍କିରେ ନୌବିହାର କଲେ ରୋମାଣ୍ଟିକ ଲାଗିବ।

ତମେ ଆଗରୁ କାହା ସହ ଏଠି ନୌବିହାର କରିଛକି ଗୌରାଙ୍ଗ ?

ନା, କିଏ କହିଲା ?

ତା'ହେଲେ କେମିତି ଜାଣିଲ, ଏଠିକା ନୌବିହାର ରୋମାଣ୍ଟିକ ହେବ ବୋଲି ?

ପଢ଼ିଲାବେଳେ ସାଙ୍ଗମାନଙ୍କ ସହ ଏଠିକି ଥରେ ଆସିଥିଲି। ସାନ୍ଧ୍ୟ ନୌବିହାର ଉପଭୋଗ କରିଥିଲି। ସେହି କିଶୋର ବୟସରେ ଠିକ୍ କରିଥିଲି ଯେ ଦିନେ ମୁଁ ସନ୍ନ୍ୟାସୀ ହୋଇଯିବି... ! ମୋ ଦ୍ୱାରା ସଂସାରର ଜଟିଳ ସମସ୍ୟା ସମାଧାନ କରିବା ଅସମ୍ଭବ ମନେ ହୋଇଥିଲା ଏକଦା।

ସଂସାରର ସମସ୍ୟା ଦେଖି ଠିକ୍ କରିଦେଲ ଯେ ସନ୍ନ୍ୟାସ ତୁମ ପାଇଁ ଉପଯୁକ୍ତ ? ଏହାକୁ କହନ୍ତି ପଳାୟନ ପନ୍ଥୀ !

ନା, ସେ ବୟସ ଥିଲା ଅପରିଣାମ ଦର୍ଶୀ କୈଶୋରର।

ହୋଟେଲ୍ କକ୍ଷ ଭିତର ଥିଲା ଉହ୍ମେଇ ପରି ନିରାପଦ ଓ ଉଷୁମ। ବାତାୟନ ବାହାରେ ଜକଜକ ହୋଇ ଜଳୁଛି ଆବୁ ସହରର ସୁଖଦ ପ୍ରଭାମୟ ଦୃଶ୍ୟ।

ଝର୍କା ବନ୍ଦ କରିଦେବ ଗୌରାଙ୍ଗ ? ପ୍ଲିଜ୍।

ଅନିଚ୍ଛା ସତ୍ତ୍ୱେ ଝରକା ବନ୍ଦ କରି ପରଦା ସିଲ୍ କରିଦେଲା ଗୌରାଙ୍ଗ ! ତା'ପରେ ସୋଫା ଉପରେ ନିଜ ଅଳସ ଦେହ ଅଜାଡ଼ି ଦେଲା ଡିଭାନ ଉପରେ।

ଠକ୍ ଠକ୍...।

ଦୁଆର ଉପରେ ସ୍ୱଚ୍ଛ ନକ୍ କରି ହୋଟେଲ୍ କର୍ମଚାରୀ ଜଣେ ପ୍ରବେଶ କଲା। ତିନିଦିନର ହୋଟେଲ୍ ରହଣୀ ବାବଦରେ ଆଗତୁରା ବିଲ୍ ପଇଠ କରିବାକୁ ଦାବୀ କଲା ଲୋକଟି। ଗୌରାଙ୍ଗ ଅନୁପମା ଆଡ଼କୁ ଚାହିଁଲା। ଅନୁପମା ନିଜ ଭ୍ୟାନିଟି ବ୍ୟାଗ ଖୋଲିଲା।

ଏଠି କ୍ରମାଗତ କିଛିଦିନ ରହିଗଲେ ଧରା ପଡ଼ିଯିବାର ସଂଭାବନା ନାହିଁତ ?

ଆଦୌ ବ୍ୟସ୍ତ ହେବ ନାହିଁ, ନିଶା। ଭୟ ଓ ଆଶଙ୍କା ମଣିଷର ସହଜାତ

ପ୍ରବୃତ୍ତି । ଆଶଙ୍କା ଏକ ନକାରାତ୍ମକ ଭାବ, ଆଶା ଏକ ସକାରାତ୍ମକ ମନୋବୃତ୍ତି । ମନରେ ଆଶାବାଦୀ ଚିନ୍ତନ ରହିଲେ ପରିବେଶ ସକାରାତ୍ମକ ହୁଏ । ଫଳରେ ମଣିଷ ଜୀବନରେ କର୍ମସମୂହ ସଫଳକାମ ହୁଏ ।

ଆମ ଜୀବନରେ କାହିଁକି କିଛି ସଫଳ ହେଉନାହିଁ ଗୌରାଙ୍ଗ ?

ଆମେ ଯେଉଁ ଦିନରୁ ମିଳିମିଶି ରହିବା କଥା କଳ୍ପନା କରିଛୁ, ଦାମ୍ପତ୍ୟ କଥା ମନରେ ଆଣିଛୁ, ସେହିଦିନରୁ ଆମ ଦିହିଁଙ୍କ ସଂକଳ୍ପ ଶକ୍ତିର ପରିଣାମ ଆମେ ଦେଖିବାକୁ ପାଇଛୁ ସକାରାତ୍ମକ।... ଗତକାଲି ତମେ କେଉଁଠି ଥିଲ ? ଆଜି କେଉଁଠି ଅଛ ?

ଗତକାଲି ଦିଲ୍ଲୀ । ଆଜି ରାଜସ୍ଥାନର ନକ୍କି ଝିଲ୍ ।

ତେଣୁ ତୁମେ ବିଶ୍ୱାସ କରୁଛ ଯେ ଆମ କର୍ମର ଗତିପଥ ବଦଳିଲା ? ତା'ମାନେ କର୍ମ ସହିତ ଆମ ଭାଗ୍ୟର ଗତି ବି ପରିବର୍ତ୍ତିତ ହେଉଛି ?... ଗତକାଲି ଆମେ ଥିଲୁ ସିଂଗଲ, ଏକାକୀ । ଆଉ ଆଜି ଆମେ ଦଂପତ୍ତି ?

ଥ୍ୟାଙ୍କ ୟୁ ଗୌରାଙ୍ଗ, ଥ୍ୟାଙ୍କ ୟୁ ସୋମଚ୍ ।

ଏଇ ମୁହୂର୍ତ୍ତରେ ଆମ ଦୁହିଁଙ୍କ ଭିତରେ ଦୂରତା କେତେଦୂର ଜାଣ, ନିଶା ? କେଉଁଥିପାଇଁ ଏତେ କୃତଜ୍ଞତା ? ମୁଁ ଏକେଲା କ'ଣ ଏତେ ସବୁ କୃତଜ୍ଞତାର ହକଦାର ? ତୁମେ ନୁହଁ ? ଆମେ ଦିହେଁ ପରସ୍ପରଠାରେ ସମ ପରିମାଣରେ ଋଣୀ । କୃତଜ୍ଞ ।

ଫୋନକଲ୍ ପାଇ କକ୍ଷ ବାହାର କରିଡରକୁ ଆସିଲା ଗୌରାଙ୍ଗ ।

କୁହନ୍ତୁ ମିଷ୍ଟର ଚୋପ୍ରା । କିଛି ବିଶେଷ କଥା ଥିଲାକି ? କନଗ୍ରାଚୁଲେସନ୍ କ'ଣ ପାଇଁ ? ମୁଁ ଜାଣି ନାହିଁ । କ'ଣ ପାଇଁ ?

ଦୁଇଟି ସଫଳତା ପାଇଁ ଅଭିନନ୍ଦନ । ପ୍ରଥମଟି ହେଲା: ଷ୍ଟାଫ୍ ସିଲେକସନ କମିଶନ ଦ୍ୱାରା ଆୟୋଜିତ ପ୍ରିଲିମ୍ ପରୀକ୍ଷାରେ ତମେ କ୍ୱାଲିଫାଏ କରିଛ । ଦ୍ୱିତୀୟଟି ହେଲା: ବନ୍ଧନ ବ୍ୟାଙ୍କରେ ତମେ ଯେଉଁ ପରୀକ୍ଷା ଦେଇଥିଲ ତାହାର ଭେରିଫିକେସନ ଟିମ୍ କାଲି ସନ୍ଧ୍ୟାରେ ତୁମ ବିଷୟରେ ପଚରା ଉଚୁରା କରୁଥିଲେ ।

କାହିଁକି ? ମୋତେ ଦେଖା କରିବାକୁ କହୁଥିଲେ କି ?

ନା, ଗୌରାଙ୍ଗ, ତାଙ୍କ ବିଜିନେସ୍ ଜିଏମ୍ ମୋର ଜଣେ ପୁରୁଣା ବନ୍ଧୁ । ଏଇ ସପ୍ତାହ ତୁମର ପୋଷ୍ଟିଂ ହୋଇଯିବାର ସୂଚନା ଦେଉଥିଲେ ସେ ।

ମୁଁ କାଲି ଫେରି ଆସୁଛି ତା'ହେଲେ ?

ନା ନା ଗୌରାଙ୍ଗ । ତମେ କାଲି ଆସିବ ନାହିଁ । ଚାରି ଦିନ ରହି ଆସିବ । ତମେ ଥରେ ଅଫିସରେ ଯୋଗଦେଲେ ପାଞ୍ଚ ଛଅ ମାସ ଯାଏଁ ଆଉ ଛୁଟି ପାଇବ ନାହିଁ । ବାସ୍ ।

ଠିକ ଅଛି, ଥ୍ୟାଙ୍କ ୟୁ ଚୋପ୍ରାଜୀ।

ଫୋନ କାହାର ଥିଲା ଗୌରାଙ୍ଗ ?

କୋଚିଂ ଇନଷ୍ଟିଚ୍ୟୁଟର ପ୍ରିନ୍ସିପାଲ୍। ମୋତେ କନଗ୍ରାଚୁଲେସନ କହିବନି ?

କିନ୍ତୁ କ'ଣ ପାଇଁ ?

ଥରେ ମୋ ସହିତ ଆଶ୍ଳେଷରେ ସାମିଲ୍ ହୋଇଯାଅ। ଆସ।

ଧନ୍ୟବାଦ। ଷ୍ଟାଫ୍ ସିଲେକସନରେ ମୋର ପ୍ରିଲିମ୍ କ୍ଲିଅର୍ ହୋଇଛି। ଦ୍ୱିତୀୟରେ ବନ୍ଧନ ବ୍ୟାଙ୍କରେ ମୋର ପୋଷ୍ଟିଂ ଏବେ ପ୍ରସ୍ତୁତ... !

ସେଇ ମୁହୂର୍ତ୍ତରୁ ଆଲିଙ୍ଗନ ଆବଦ୍ଧ ଦୁଇ ପ୍ରେମୀ ଯୁଗଳ ଆବୁର ପ୍ରଥମ ସୂର୍ଯ୍ୟ ସଂଦର୍ଶନର ପ୍ରତୀକ୍ଷା କରୁଥିଲେ।

୨୫

ଯାତ୍ରା ପର କ୍ଲାନ୍ତି ସତ୍ତ୍ୱେ ଉଚ୍ଚାଟ ଥିଲା ମନ। ହୁଏତ ଆଜି କିଛି ମାନିବନି ମନ। ସାମାଜିକ କାଏଦା, କଟକଣା ସବୁ ପଛରେ ପଡ଼ିଯିବ।

ଅନୁପମାର ଇଚ୍ଛା ହେଉଥିଲା ଝଲକାଏ ସକାଳୁଆ ପବନ ଆସି ମୁକୁଳା ଅତୀତର ତିକ୍ତ ଅନୁଭୂତିକୁ ପୋଛି ଦିଅନ୍ତା ମନର ଆଇନା ଉପରୁ ?। ପରିବେଶ କେବେ ମଣିଷ ଇଚ୍ଛାର ଅଧୀନ ହୋଇପାରେ? କାହିଁକି ନହେବ? ଏହା ହିଁ ଯୋଗ ଶକ୍ତିର ମୂଳକଥା ହୁଏତ। ମନ ଚାହୁଁଥାଏ ଯାହା, ଅଚିରେ ପ୍ରାପ୍ତ ହୁଏ ତାହା। କୁହାଯାଇଛି ତପଃ ଶକ୍ତିର କଥା।

ଝରକା ଫାଙ୍କରୁ ଆବୁ ପର୍ବତର ସକାଳ ଉଙ୍କି ମାରୁଛି। ସୂର୍ଯ୍ୟାଲୋକ ଉହାଡ଼ରୁ ନିଜକୁ ଦୀର୍ଘ ସମୟ ଲୁଚାଇ ରଖି ପାରିବ ନାହିଁ ପ୍ରକୃତିର କୁଆଁରୀ କନ୍ୟା। ଲାଜ-ଲାଜ ହୋଇ ଆଲୁଅ ଆଗରେ ନିଜକୁ ସମର୍ପି ଦେବ ସୁନ୍ଦରୀ ତନ୍ୱୀ।

ଚାହା ଖାଇବା ଗୌରାଙ୍ଗ ? ନିଶା କଲିଂ ବେଲରେ ଟିପ ଦେଲା।

ଉହୁଁ...।

ଆଖିରେ ଅୟୁତ ଯୁଗର ନିଦ। ସମୁଦ୍ର ଓଠରେ ଶୋଷ। ଦେହରେ ଆଦିମ ଯୁଗର କ୍ଷୁଧା। ଆଉ କିଛି ସମୟ ଯାଉ, ମୋତେ ଟିକିଏ ଶୋଇବାକୁ ଦିଅ ନିଶା...!

ଅଜଣା ନମ୍ବରରୁ ଫୋନ କଲ୍ ଆସୁଛି। ଉଠାଅ ଯୋଗୀରାଜ, ନହେଲେ ସ୍ୱିଚ୍ ଅଫ୍ କରିଦିଅ।

ହଁ। ଶୋଇରହି ଫୋନର ଉତ୍ତର ଦେଲା ଗୌରାଙ୍ଗ। ଥ୍ୟାଙ୍କ ୟୁ ଶର୍ମାଜୀ। ତୁମର କ'ଣ ହେଲା ? ତୁମେ ବି ପ୍ରିଲିମରେ ସିଲେକ୍ଟ ହୋଇଛ ? ଅଭିନନ୍ଦନ। ଲିଖିତ ପରୀକ୍ଷା ଏ ମାସ ଷୋହଳ ତାରିଖ ହେବ ? ଓହୋ, ଏହାର ମୌଖିକ ପରୀକ୍ଷା ନଥାଏ ? ବହୁତ ଭଲ କଥା।

ଫୋନ୍ ରଖିବା ପୂର୍ବରୁ ୱାଡ୍ ବୟ ଚାହା ନେଇ ଆସିଲା।

ଉଠ, ଉଠ। ଆଜି କେଉଁଠିକି ଯିବା ଗୌରାଙ୍ଗ ? ପଚାରିଲା ଅନୁପମା, ଚାହା ପରଷିବା ବେଳେ।

ପାଣ୍ଡବ ଭବନ, ପିସ୍ ପାର୍କ, ଜ୍ଞାନ ସରୋବର, ଅଚଳ ଗଡ ଓ ଶେଷରେ ନକ୍କି ସରୋବର।

ଆଚ୍ଛା, ଆଗରେ ଜ୍ଞାନ ସରୋବର ମଧ୍ୟ ଅଛି ?

ନା। ଜ୍ଞାନ ସରୋବର କୌଣସି ହ୍ରଦ ନୁହେଁ, ଏହା ପ୍ରଜାପିତା ଈଶ୍ୱରୀୟ ବିଶ୍ୱବିଦ୍ୟାଳୟର ଏକ ଆଲୋଚନା ଓ ଗବେଷଣା କେନ୍ଦ୍ର। ଏଠି ରାଜଯୋଗ ସଂପର୍କିତ ଜ୍ଞାନକୁ ମଣିଷର ବ୍ୟକ୍ତିଗତ ଜୀବନରେ ବ୍ୟବହାର କରିବାର ବିଧି ଓ ପ୍ରୟାସକୁ ଲିପିବଦ୍ଧ କରାଯାଏ, ଗବେଷଣା ପାଇଁ। ପରୀକ୍ଷାଗାରରେ ଯନ୍ତ୍ରଦ୍ୱାରା ତପସ୍ୟା ଓ ଧ୍ୟାନ ସମୟରେ ହୃତ ସ୍ପନ୍ଦନ ଓ ମସ୍ତିଷ୍କରେ ଉତ୍ପନ୍ନ ତରଙ୍ଗକୁ ଲିପିବଦ୍ଧ କରାଯାଏ ଜ୍ଞାନ ସରୋବରରେ। ଯୋଗକୁ ଡିଜିଟାଇଜ କରିବାର ବୈଜ୍ଞାନିକ ପଦ୍ଧତି ଦ୍ୱାରା ପର ପିଢ଼ିର ତପସ୍ୱୀମାନଙ୍କ ଯୋଗମାର୍ଗ ସହଜ ହୋଇ ପାରିବ।

ଆଚ୍ଛା, ତା'ହେଲେ ଏହା ନିଶ୍ଚୟ ଆଧୁନିକ ଯୁଗର ଏକ ଦର୍ଶନୀୟ ସ୍ଥଳ ହୋଇଥିବ। ଆଜି ବୁଲି ଦେଖିବା ?

ନିଶ୍ଚୟ। ଆଉ ଏଠାରେ ପାଣ୍ଡବ ଭବନର ବିଶେଷତ୍ୱ କ'ଣ ଜାଣିଛ ?

ସେଠି ପାଣ୍ଡବମାନଙ୍କର କିଛି ପୌରାଣିକ ସ୍ମୃତି ରହିଛି କି ?

ମହାଭାରତ ମହାକାବ୍ୟରେ ପ୍ରଜାପାଳନ ସତ୍ତ୍ୱେ ପାଣ୍ଡବମାନେ ଶେଷରେ ହୋଇଥିଲେ ସଂସାର ତ୍ୟାଗୀ। ସ୍ୱର୍ଗର ସନ୍ଧାନରେ ସେମାନେ ରାଜ୍ୟ ଓ ସଂସାରର ମୋହ ଛାଡ଼ିଦେଇ ହୋଇଥିଲେ ସିଦ୍ଧ ପୁରୁଷ। ପତ୍ନୀ ଓ ସନ୍ତାନର ବ୍ୟାମୋହ ତାଙ୍କୁ ସ୍ପର୍ଶ କରି ନଥିଲା। ତଥାପି ସେମାନଙ୍କୁ ନର୍କ ଦର୍ଶନ କରିବାକୁ ପଡ଼ିଥିଲା। ଜାଣ ? ପୁରାଣ କଥା ହେଲେ ବି ପ୍ରତୀକାତ୍ମକ ଭାବରେ ମହାଭାରତର ଗୂଢ଼ ଅର୍ଥ ବୁଝିବା ପାଇଁ ଆବୁର ପାଣ୍ଡବ ଭବନ ଅବଶ୍ୟ ଦର୍ଶନୀୟ।

ପୁରାଣ କ'ଣ ଇତିହାସର ମାନ୍ୟତା ଦାବି କରି ପାରିବ ଗୌରାଙ୍ଗ ?

ଐତିହାସିକ ଯେମିତି ଅନେକ ଗବେଷଣା କରି ନିର୍ଦ୍ଦିଷ୍ଟ ସତ୍ୟରେ ଉପନୀତ ହୁଏ, ସେମିତି ସ୍ଥାନ ଓ କାଳ ଉପରେ ଜ୍ଞାନ ଅର୍ଜନ କରି ମହାକାବ୍ୟର ଲେଖକ ମଧ୍ୟ ଚରିତ୍ର ଓ ଘଟଣା ତିଆରି କରେ। ତେଣୁ ମହାକାବ୍ୟ ପଢ଼ିଲେ ମନେହେବ ଯେ କାହାଣୀ, ଚରିତ୍ର ଓ ତାହାର ପୃଷ୍ଠଭୂମି ସତ୍ୟ ଓ ଜୀବନ୍ତ। ରାମାୟଣର ଘଟଣା ଓ ଚରିତ୍ର ଏତେ ଯୌକ୍ତିକ ଯେ, ଶ୍ରୀରାମ ଜଣେ କାଳ୍ପନିକ ଚରିତ୍ର କହିଲେ କେହି ବିଶ୍ୱାସ

କରିବେ ନାହିଁ। ରାବଣର ଦଶ ମୁଣ୍ଡ ଥିଲା, ଅଥଚ ତାହାର କୋଡ଼ିଏଟି ହାତ ନଥିଲା କାହିଁକି? ଏମିତି କେହି ସଂଶୟ ପ୍ରକଟ କରି ନାହାନ୍ତି।

ପୁରାଣରେ ଯୁକ୍ତି ଖୋଜିଲେ ମିଳିବ କେଉଁଠି? ଆମ ଲୋକଙ୍କ ଭିତରେ ଅନ୍ଧଶ୍ରଦ୍ଧା ରହିଥିବାରୁ ଧର୍ମଶାସ୍ତ୍ର ଓ ପୋଥି ପୁରାଣ ସବୁ ମାନ୍ୟତା ପାଇ ସାରିଛି। ପୌରୋହିତ୍ୟ ଓ ବ୍ରାହ୍ମଣ କର୍ମ ସବୁ ବଢ଼ିବାରେ ଲାଗିଛି ଅବାଧରେ। ସମାଜରେ ବ୍ରାହ୍ମଣମାନଙ୍କ ପ୍ରାଧାନ୍ୟ ବଢୁଥିବାରୁ ପ୍ରତିକ୍ରିୟା ସ୍ୱରୂପ ବୁଦ୍ଧଧର୍ମର ଆବିର୍ଭାବ ହେଲା, କହିଲା ନିଶା।

ତାହାତ ଠିକ୍, ସେସବୁ ଆଲୋଚନାସାପେକ୍ଷ, କହି ଶଯ୍ୟାତ୍ୟାଗ କଲା ଗୌରାଙ୍ଗ।

ଇତି ମଧ୍ୟରେ ଅନୁପମାର ଫୋନ ବାଜି ଉଠିଲା।

କାହାର ଫୋନ୍ ଦେଖ।

ମାଆର ଫୋନ୍, କହିଲା ଅନୁପମା।

ଉଠାଅ, ଉଠାଅ, କହିଲା ଗୌରାଙ୍ଗ। ଏବେ ସତ୍ୟକୁ ସାମ୍ନା କରିବାର ସମୟ ଆସି ଯାଇଛି। ଏବେ ସତକଥା ସାହସର ସହିତ କହିଦିଅ, ଭବିଷ୍ୟତର ବାଟ ସୁଗମ ହୋଇଯିବ, କହିଲା ଗୌରାଙ୍ଗ।

ଅନୁପମା ଫୋନ ଉଠାଇଲା, କମ୍ପିତ ହାତରେ। କ'ଣ କହିବି? କେମିତି ମୁକାବିଲା କରିବା?

ବ୍ୟସ୍ତ ହେବାର ନାହିଁ। ଧୀରସ୍ଥିର ହୋଇ ଉତ୍ତର ଦିଅ। ଆମେ ପରମ ପିତା ପରମାତ୍ମାଙ୍କ ସନ୍ତାନ। ଆମେ ଏଠି ନାଟକରେ ଚରିତ୍ର ହୋଇ ଅଭିନୟ କରିବାକୁ ଆସିଛୁ। ପରିଣାମ ପାଇଁ ଆମେ ଦାୟୀ ନୁହଁନ୍ତି।

ହଁ ମାଆ। ମୁଁ ଆସିଛି... ଆବୁ। ହଁ, ଗୌରାଙ୍ଗ ମୋ ସହିତ ଅଛନ୍ତି। ମୋ ରୁମରେ ସେ ଅଛନ୍ତି। ତିନି ଚାରିଦିନ ଏଠି ରହି ଫେରି ଆସିବୁ। କେହି ଆମ ପାଇଁ ବ୍ୟସ୍ତ ହେବ ନାହିଁ... ଜାଣେ, କାହିଁକି... ମୁଁ ଛୋଟପିଲା ହୋଇଛି ଯେ ହଜିଯିବି? ନିଜେ ଭାବିଚିନ୍ତି ମୁଁ ଆସିଛି... କହିଦେବୁ, କେହି ବ୍ୟସ୍ତ ହେବାର ନାହିଁ ଆଦୌ... ଆମ ଅଫିସରୁ ମୁଁ ଛୁଟି ନେଇ ଆସିଛି। ହଁ, ମୋ ଜୀବନ ପାଇଁ ଯାହା ଠିକ୍, ତାହା ମୁଁ ଭାବିଚିନ୍ତି କରିଛି। କେହି ମୋ ପାଇଁ ଶୁଭେଚ୍ଛା କିମ୍ବା ଅଭିଶାପ ଦେବା ଦରକାର ନାହିଁ। ବାସ୍... ବାପା ଯଦି ମୋ ପାଇଁ ବ୍ୟସ୍ତ ହେଉଛନ୍ତି, ତାଙ୍କୁ ଭଲକରି ବୁଝେଇ ଦେବୁ... ଜଣକ ପାଇଁ ଅନ୍ୟ କାହାର ହାର୍ଟ ଆଟାକ୍ ହୋଇଯାଏନି। ହଁ, ବାପା ସେକଥା ଜାଣନ୍ତି ଭଲକରି...।

ଅନୁପମା ଫୋନ କାଟିଦେଲା। ତା' ମୁହଁରେ ନା କୌଣସି ଦ୍ୱିଧା ଥିଲା ନା ଉତ୍ତେଜନା।

ଆଉ ଦୁଇ କପ୍ ଚାହା ମଗେଇ ଦେବାକି ନିଶା ?

ନା। ଆଉ ଚାହା ଏବେ ନୁହେଁ। ଜଳଖିଆ କ'ଣ ମିଳୁଛି ବୁଝିଦିଅ ପ୍ରଥମେ। ବ୍ରେକଫାଷ୍ଟ ସାରି ବାହାରିଯିବା ଏକା ଥରକେ। ତେଣୁ ମୁଁ ୱାସ୍‌ରୁମରୁ ଫେରିଆସେ... !

୨୬

ଅନୁପମା, ଗୁଡ ମର୍ଣ୍ଣିଂ। ଗାଧୁଆଘର ଦୁଆର ଠେଲି ବାହାରିଥିଲା ସଜଫୁଟା ଫୁଲ। ତା'ର ପ୍ରାକୃତିକ ସୁବାସ ସହିତ।

ଗୌରାଙ୍ଗ ଓରଫ୍ ସଦାନନ୍ଦ ଗାଧୁଆଘର ଆଗରେ ଠିଆ ହୋଇ ସୁପ୍ରଭାତ ଜଣାଇ ଅନୁପମାକୁ ଜଡ଼ାଇ ଧରିଲା ଆଶ୍ଳେଷରେ। ଏକ ଅଜାଣତ ଆବେଗରେ। ଏକ ଅପୂର୍ବ ମିଳନର ଅନାଦି ସଦିଚ୍ଛା ସହିତ।

ଆରେ, ଆରେ ଏ କ'ଣ କରୁଛ ? ମୁଁ ପବିତ୍ର ହୋଇ ସ୍ନାନ ସାରି ଆସିଲାବେଳକୁ ତମେ ମୋତେ ସ୍ପର୍ଶ କରି ଦେଲ, ଅପବିତ୍ର ପୁରୁଷ କୋଉଠିକାର ! ସକାଳୁ ତମେ ମୁହଁ ବି ଧୋଇନାହଁ। କୃତ୍ରିମ ରାଗ ଓ ଅଭିମାନରେ ଚିଲ୍ଲେଇଥିଲା ଅନୁପମା।

ଚମକି ପଡ଼ିଥିଲା ଗୌରାଙ୍ଗ। ମୁଁ ଅପବିତ୍ର, ପରପୁରୁଷ ? ଠିକ ଅଛି। ଆଜି ମୁଁ ଆଉ ଏକ ସୁଟ ବୁକ୍ କରି ଦେଉଛି। ତୁମେ ଏଇ ରୁମରେ ରହି ଆରାମ କର। ମୁଁ ଚାଲି ଯାଉଛି ପାଖ କୋଠରୀକୁ।

ଆରେ, ଗୌରାଙ୍ଗ ରାଗିଗଲ କି ? ଏତେ ଛୋଟ ଥଟ୍ଟା ମଜାରେ ଏମିତି ଭାଂଗି ପଡୁଛ ?

ନା। ମୁଁ କହୁଥିଲି ତମେ ମୋର ଏ ହୃଦୟ ପ୍ରକୋଷ୍ଠକୁ ସଂପୂର୍ଣ୍ଣ ଅକ୍ତିଆର କରି ନିଅ, ନିଜସ୍ୱ କରିନିଅ... ମୁଁ ତୁମକୁ କୌଣସି ବାଧା ଦେବି ନାହିଁ, ତୁମଠୁ ଭଡ଼ା ମଧ୍ୟ ଆଦାୟ କରିବି ନାହିଁ, କହି ନିଜ ଦୁଇ ବାହୁ ପ୍ରସାରିତ କରି ଠିଆ ହେଲା ଗୌରାଙ୍ଗ।

ପର ମୁହୂର୍ତ୍ତରେ ନିଶା ଗୌରାଙ୍ଗର ବକ୍ଷଦେଶରେ ଆଉଜି ପଡ଼ି କହିଲା: ଏଇ କୋଠରୀରେ ମୁଁ ସବୁଦିନ ଘର କରି ରହିଯିବି...

ଏ କ'ଣ ନିଶା ? ଶୁଣିଥିଲି, ଯୁବତୀମାନଙ୍କ ହୃଦୟ ଉଷ୍ଣ ଥାଏ। ଅଥଚ ତମେ କ'ଣ ଏତେ ଶୀତଳ ଲାଗୁଛ ?

ହଁ, ମୋ କାନ୍ଧ ଉପରୁ ଓହଳିଥିବା ଓଦା ତଉଲିଆ ଆମ ଭିତରେ ବାଡ଼ ହୋଇ ରହିଛି, ତାହାକୁ ଦୟାକରି ବାଲକୋନିରେ ଶୁଖାଇଦେଇ ଆସ, ଗୌରାଙ୍ଗ। ତା' ପରେ ଜାଣି ପାରିବ ତରୁଣୀ ହୃଦୟରୁ କେମିତି ଅଗ୍ନି ନିର୍ଗତ ହୁଏ... ଛାତି ଭିତରେ କେମିତି ଜଳୁଥାଏ ଜୁଇ ଆଜୀବନ! ଓହୋ, ଏଇ କବିତା ତମେ ପଢ଼ିନାହଁ ବୋଧହୁଏ?

କୋଉ କବିତା?

ନିଆଁ ପରି ଯୋଦ୍ଧାର ହୃଦୟ,
ଜାଣିରଖ ତରୁଣୀ ହୃଦୟ ନିଆଁ
ଛୁରୀ ପରି ରମଣୀର ଆଖି,
ଭୁଷିଦିଏ ପ୍ରେମିକ ହୃଦୟ,
ତରବାରୀ, ତରୁଣୀ ଅନଳ
ଦହଇ ଦେହ ସେ ଅନ୍ଧାରରେ,
ପ୍ରତି ମୁହୂର୍ତ୍ତରେ ...

ଆଗରୁ ଏହି କବିତା ପଢ଼ିନାହିଁ ସତ। କିନ୍ତୁ ତୁମ ଆବୃତ୍ତି ଶୁଣି ତା'ର ଅର୍ଥ ମୁଁ ବୁଝିପାରିଛି ଅବଶ୍ୟ।

ସଦାନନ୍ଦର କାବ୍ୟିକ ମନୋବୃତ୍ତି, ଆବେଗ କେତେ ଭଦ୍ର, ଓ ସୁସଂଜତ। ଆଚରଣ କେତେ ସୌମ୍ୟ, ଦେବ-ସୁଲଭ, ବିନମ୍ର ଓ ଅପାଶବିକ। ସେ କେବେ ରୁକ୍ଷ ହୋଇ ନପାରେ, କ୍ରୋଧିତ ହୋଇ ନପାରେ। ତା' ସହ ଅନୁବନ୍ଧିତ ଜୀବନରେ ଅନୁଶୋଚନାର ପ୍ରଶ୍ନ ହିଁ ଉଠିବନି।

ଆଜି କେତେ ତାରିଖ ଜାଣିଛ ନିଶା? କୋଉ ମାସ ଓ ବର୍ଷ? ମନେ ରଖିବନି? ଏଇ ଦିନ ଆମ ମୁକ୍ତିର ଦିନ ବୋଲି ଆମର ମନେ ରହିବତ? ଏହି ଦିନକୁ ଆମ ଏକାକୀତ୍ୱ ଓ ଅତୀତରୁ ମୁକ୍ତିର ଦିନ କହିପାରିବା!

ନିଶ୍ଚୟ ମନେ ରହିବ ଗୌରାଙ୍ଗ। କିନ୍ତୁ ମୋର ପୁରୁଣା ଜୀବନର ଏକ କ୍ଷତ ମୋତେ ଅଥୟ କରୁଛି ଅନେକ କାଳରୁ। ସେଥିପାଇଁ ମୋ ଅତୀତ ପୁନରାବୃତ୍ତି ହେବାର ଆଶଙ୍କା ମାଡ଼ି ଆସୁଥାଏ ରହିରହି।

ସେକଥା ଭୁଲିଯାଅ ନିଶା। ମହର୍ଷି ଆଶ୍ରମରେ ମୁଁ ଶିଖିଛି ଗୋଟିଏ କଥା: ବିତେ କୋ ବିଦ୍ଦି। ଅତୀତ ସବୁବେଳେ କଷ୍ଟଦିଏ। ତେଣୁ ତାହାକୁ ପୂର୍ଣ୍ଣଚ୍ଛେଦ ଦିଅ। ପୁରୁଣା କ୍ଷତ ଆମ୍ପୁରିଦେଲେ ସେଥିରୁ ରକ୍ତ କ୍ଷରଣ ହୁଏ ଓ ନିର୍ଗତ ହୁଏ ଦୁଃଖ।

ମୁହଁରେ କହିଲା ଭଳି ମନରୁ ପୁରୁଣା ଦାଗ ପୋଛିଦେବା ଏତେ ସହଜ ହୋଇନାହିଁ ଗୌରାଙ୍ଗ, କହିଲା ଅନୁପମା। ଅଥଚ ତା'ର ଅତୀତ ଜୀବନ ଥିଲା ଏକ

ଭୁଲ ନିର୍ଣ୍ଣୟର ପରିଣତି। ବାରଂବାର ସେଇ ଭୁଲ ସ୍ମାରକ ହୋଇ ତା'ର ମନେ ପଡ଼ିଯାଏ। ଫେରିଆସେ, ଏକ ନକାରାତ୍ମକ ରୁଗ୍ଣ ସଂପର୍କର ବିବ୍ରତକାରୀ ଅନୁଭବ। କାହିଁକି ସେମିତି ଏକ ବର୍ବର ପଶୁ ସହିତ ସେ ସାଂସାରିକ ଜୀବନ ବିତାଇ ଥିଲା? ଦିନେ ନୁହେଁ, ମାସେ ନୁହେଁ। ଦୀର୍ଘ ଦୁଇବର୍ଷ? ଏବେ ବି ବୁଝି ପାରେନି ନିଶା, କାହିଁକି ତା'ର ଗତ ଜୀବନ କଳୁଷିତ କରିଦିଏ ତା'ର ସଂପ୍ରତି! ଏଯାବତ।

ବେଳେବେଳେ ପିତାମାତାଙ୍କର ଛୋଟ ଭୁଲ ପାଇଁ ସନ୍ତାନମାନେ କଷ୍ଟ ଭୋଗିଥାନ୍ତି। ବିବାହିତ ଜୀବନର ଅଂଶୀଦାର ଚୟନ ଦାୟିତ୍ୱ ପିତାମାତା, ଗୁରୁଜନଙ୍କ ଉପରେ ସଂପୂର୍ଣ୍ଣ ଭାବେ ଛାଡ଼ିଦେଲେ ବି ପରିଣାମ ସନ୍ତାନମାନେ ଭୋଗିବାକୁ ବାଧ୍ୟ।

ଯୌବନରେ ଲଜ୍ଜାବଶତଃ ପିତାମାତାଙ୍କ ଉପରେ ବିବାହର ଦାୟିତ୍ୱ ନ୍ୟସ୍ତ କରି ଦେଇଥିବାରୁ ପରିଣାମ ଭୋଗିବାକୁ ପଡ଼ିଛି ଅନୁପମାକୁ। ବୈବାହିକ ଜୀବନ ଅତିଷ୍ଠ ହୋଇଗଲା ପରେ କ'ଣ ବାପା-ମାଆଙ୍କୁ ଆଉ ଦୋଷୀ କରିହେବ? କେବେ ନୁହେଁ।

ଡୋର ବେଲ୍ ବାଜି ଉଠିଲା। ସାର୍ ବ୍ରେକଫାଷ୍ଟ ରେଡି।

ହଁ ହଁ, ଟେବୁଲ୍ ଉପରେ ଥୋଇଦିଅ।... ମୁଁ ଏଇ ଆସିଲି ସ୍ନାନ ସାରି, କହି ଟଏଲେଟ ଭିତରକୁ ଯାଉଥିଲା ଗୌରାଙ୍ଗ।

ଯାଅ, ଭଲଭାବେ ପବିତ୍ର ହୋଇଆସ, ପଛରୁ ଶୁଣାଇଲା ନିଶା।

ଗଙ୍ଗା ସ୍ନାନ କରି କେହି ପବିତ୍ର ହୋଇନାହିଁ ମାଡାମ୍, କହିଲା ଗୌରାଙ୍ଗ, ସେମିତି ହେଲେ ପୃଥିବୀର ସବୁ ପାପୀ ଓ ଅପରାଧୀ ଗଙ୍ଗା ସ୍ନାନ କରି ପବିତ୍ର ହୋଇଯାନ୍ତେ। ହାଇକୋର୍ଟ ବିଚାରପତିମାନେ ଦଣ୍ଡ ଦେବା ବଦଳରେ ଦୋଷୀଙ୍କୁ ଗଙ୍ଗାସ୍ନାନ କରିବା ପାଇଁ ନିର୍ଦ୍ଦେଶନାମା ଜାରି କରିଦିଅନ୍ତେ। ପୁରାଣରେ ଓ ବେଦାନ୍ତରେ ଜ୍ଞାନ ଗଙ୍ଗା ସ୍ନାନ କରିବା ପାଇଁ କୁହାଯାଇଛି। ଜ୍ଞାନର ପ୍ରକୃତ ଅର୍ଥ ହେଲା ଆତ୍ମା ସଂପର୍କରେ ପରିଚୟ ପ୍ରାପ୍ତ କରିବା। ସେ ଜ୍ଞାନ ସଂପୂର୍ଣ୍ଣ ହେଲେ ଜଣେ ନିର୍ବାଣ ବା ପରମଧାମ ସଂପର୍କରେ ଜ୍ଞାନ ଆହରଣ କରିପାରିବ...

ଗୁରୁଜୀ, ଦୟାକରି ବାଥରୁମ ଯାଇ ଶୀଘ୍ର ଫେରିଆସ। ଆତ୍ମଜ୍ଞାନ ପରେ ଶୁଣିବି, ପ୍ରଥମେ ଶରୀର ସ୍ନାନ କରି ଆସ, କୃତଜ୍ଞ ରହିବି...।

ଠିକ୍ ଅଛି, କହି ବାଥରୁମ ଭିତରେ ପ୍ରବେଶ କରିଛି ଗୌରାଙ୍ଗ।

ଏହି ମଣିଷର ସରଳ ପ୍ରାଣ, ଚିତ୍ତଶୁଦ୍ଧି, ଆଧ୍ୟାତ୍ମିକତା ଓ ଜ୍ଞାନର ପରାକାଷ୍ଠା ତା' ଜୀବନରେ ସମସ୍ତ ସଫଳତା ଆଣି ଦେଇଛି, ଏଥିରେ ଦ୍ୱିମତ ନାହିଁ। ନିଜ ବ୍ୟଥିତ ଜୀବନରେ ସଦାନନ୍ଦର ସାହଚର୍ଯ୍ୟ ତା' ପାଇଁ ଭଗବାନଙ୍କ ତରଫରୁ ଏକ ସୁମଧୁର ବରଦାନ!

୨୭

ପରସ୍ପରର ବାହୁ ବନ୍ଧନରୁ ମୁକୁଳିଥିଲେ ପ୍ରେମୀ ଯୁଗଳ। ଆଖି ଖୋଲିଲାବେଳକୁ ଆବୁର ପ୍ରାତଃ ଆକାଶ ଦଳ ଦଳ ପକ୍ଷୀଙ୍କ କଳରବରେ ମୁଖରିତ ହୋଇ ସାରିଥିଲା। ପୂର୍ବାକାଶରେ ବୋଳା ସୁନେଲି ଆଭା ଦିଗରେ ବିହଙ୍ଗମାନଙ୍କ ଉଚ୍ଚାଟ ଉଡ୍ଡୟନର ଧାରା ଦଂପତିଙ୍କର ନୂତନ ଆଶା ସଂଚାର କରିବାକୁ ଲାଗିଲା।

ଆଗରେ ଅଛି ଅନନ୍ତ ଜୀବନର ସୂର୍ଯ୍ୟ କିରଣ। ପକ୍ଷୀଯୁଗଳଙ୍କ ଆଶା ଓ ଉନ୍ମାଦନା ଦୂରଦୂରାନ୍ତକୁ ପ୍ରବହମାନ କରାଏ ସେମାନଙ୍କୁ। ଆସନ୍ତାକାଲି ପାଇଁ ସେମାନଙ୍କର ଆଶଙ୍କା ନାହିଁ ନା ଅନାଗତକୁ ଭୟ।

ତିନି ଦିନ, ତିନି ରାତି ଧରି ସମ୍ଭାଳୁଆ କୋଷ ପାଲଟି ଯାଇଥିବା ହୋଟେଲ୍ ସୁଟ ଥିଲା ସଦାନନ୍ଦ ପାଇଁ ପୁରୁଣା ପୃଥିବୀର ହୋହାଲ୍ଲାଠାରୁ ଦୂର ଏକ ଶାନ୍ତ, ସୁଶୀତଳ ସ୍ୱର୍ଗ। ପ୍ରତ୍ୟେକ ଦିନ ଆବୁ ଆଖପାଖ ହିନ୍ଦୁ ଓ ଜୈନଧର୍ମ ସଂପର୍କିତ ଦର୍ଶନୀୟ ସ୍ଥାନ ପରିକ୍ରମା କରୁକରୁ ସେମାନଙ୍କ ପ୍ରେମର ବନ୍ଧନ ଗଭୀର ହୋଇ ଆସୁଥାଏ। ସେ ଦିହିଁଙ୍କ ପ୍ରତ୍ୟେକ ହସ ଓ ଉଲ୍ଲାସ ପଛରେ ଲୁକ୍କାୟିତ ରହସ୍ୟ କ୍ରମଶଃ ଉନ୍ମୋଚିତ ହୋଇ ଆସୁଥାଏ। ସେମାନଙ୍କ ଦୂରତା ବି ହୋଇ ଆସୁଥାଏ ସଂକୁଚିତ।

ନିଶା, ଉଠ।

ହଁ, ଉଠୁଛି।

ଏଇ ରାତି ସରିଗଲେ ଆମ ତିନିଦିନର ରୋମାଣ୍ଟିକ ଆବୁ ରହଣୀ ଶେଷ ହୋଇଯିବ। ଜାଣିଛ ନିଶା ? ଆସନ୍ତାକାଲି ଆମକୁ ଫେରିଯିବାକୁ ହେବ ଆମ ପୁରୁଣା ଇନ୍ଦ୍ରପ୍ରସ୍ଥ।

କାଲି କଥା କାଲିକି ଦେଖିବା। ଏବେ ଚାହା ଖାଇବା, ଗୌରାଙ୍ଗ ? ଅର୍ଡର ଦେଉଛି, କହି କଲିଂବେଲ୍ ଟିପିଲା ନିଶା। ...ହଁ, ଆମେ ରାଜଧାନୀ ଫେରିବା ପରେ ତୁମ ଆଗରେ ଅନେକ ପ୍ରଶ୍ନ ଠିଆ ହେବ ଗୌରାଙ୍ଗ !

ଆଉ ତୁମ ଆଗରେ ଯେଉଁ ପ୍ରଶ୍ନ ସବୁ ଠିଆ ହେବ ? ତୁମେ ସେ ସବୁର ଉତ୍ତର ଦେଇ ପାରିବ ? ଏଇଠୁ ତୁମେ କ'ଣ ସିଧା ସଳଖ ତୁମ ଘରକୁ ଫେରିଯାଇ ପାରିବ, ନିଶା ?

ଭୟ ଲାଗୁଛି... ! କ'ଣ କରିବି ବୁଦ୍ଧି ଦିଶୁନାହିଁ। କ'ଣ କରିବି ଗୌରାଙ୍ଗ ?

ଜୀବନର କୌଣସି କଠିନ ପରିସ୍ଥିତି ଆସିଲେ ପ୍ରଥମେ ମନକୁ ଧୀରସ୍ଥିର ରଖିବ। ତା'ପରେ କରିବ ତା'ର ମୁକାବିଲା। ଆଗରୁ ଥରେ ତୁମେ ମାଆଙ୍କ ସହ କଥାବାର୍ତ୍ତା କରିଛ ଫୋନରେ। ଏବେ ତୁମ ବାପା ଓ ଭାଇ ତୁମକୁ ସେହି ପ୍ରଶ୍ନ କରିବେ। ଭାଇଙ୍କୁ ଉତ୍ତର ଦିଅ ବା ନଦିଅ, କିନ୍ତୁ ତୁମ ବାପାଙ୍କୁ କୈଫିୟତ ଦେବାର ଆବଶ୍ୟକତା ରହିଛି ନିଶ୍ଚୟ।

କାହିଁକି ? ନା, ମୁଁ ବାପାଙ୍କୁ କେବେ ସାମ୍ନା କରିପାରିବି ନାହିଁ। ଆମେ ଦିହେଁ ସାଥି ହୋଇ ଏକ ଅଜଣା ଆବେଗରେ ସିନା ଚାଲି ଆସିଲେ, ଏବେ ଫେରିବା କେଉଁ ମୁହଁରେ ? କ'ଣ କହୁଛ ଗୌରାଂଗ ?

ତୁମ ବାପା ହେଲେ ଗୁରୁଜନ। ଏତେ ଦିନ ଧରି ସେ ତୁମକୁ ପ୍ରତିପାଳନ କରି ଆସିଛନ୍ତି। ସାମାଜିକ ସୁରକ୍ଷା ଦେଇଛନ୍ତି। ତାଙ୍କ ଛତ୍ରଛାୟା ତଳେ ତୁମେ ନିଶ୍ଚିନ୍ତ ହୋଇ ଜୀଇଁ ଆସିଛ। ବିବାହିତ ଜୀବନରେ ଯେତେବେଳେ ସମସ୍ୟା ଉପୁଜିଲା, ତମେ ତାଙ୍କ ପାଖକୁ ଫେରି ଆସିଥିଲ। ସେ ତୁମକୁ ସହଜରେ ଗ୍ରହଣ କରିନେଲେ। ଯଦି ସେ ସହଯୋଗ କରି ନଥାନ୍ତେ, ତମେ ଦିଲ୍ଲୀରେ ଅନ୍ୟତ୍ର ଭଡ଼ାଘର ନେଇ ରହିଥାନ୍ତ। ଯଦି ତୁମର ଚାକିରି ନଥାନ୍ତା, ତମେ କ'ଣ କରିଥାନ୍ତ ? ବାଧହୋଇ ତାଙ୍କ ପାଖକୁ ଫେରିଥାନ୍ତ... ତେଣୁ ତମେ ଏବେ ବାପାଙ୍କ ସହଯୋଗ ବା ଆଶୀର୍ବାଦ କାମନା କରିବାକୁ ଯାଉଛ... ବୁଝି ପାରିଲ ନିଶା ?

ହଁ ବାବା, ବୁଝିଲି।

ଆଜି ଜଳଖିଆ ସାରି ଆମେ ଯିବା ଦିଲୱାଡା ମନ୍ଦିର ? ତୀର୍ଥଙ୍କର ଜୈନ ସଂପ୍ରଦାୟର ପ୍ରଭାବ ଥିଲା ଏହି ଅଞ୍ଚଳରେ। ମାର୍ବଲରେ ତିଆରି ଏହି ଶ୍ୱେତାମ୍ୱର ଜୈନ ମନ୍ଦିର ଚାଲୁକ୍ୟ ରାଜା ଭୀମଦେବଙ୍କ ସମୟରେ ୧୦୩୧ ଖ୍ରୀଷ୍ଟାବ୍ଦରେ ସ୍ଥାପିତ ହୋଇଥିଲା ବିମଳ ଶାହ ଓ ତେଜପାଳଙ୍କ ଦ୍ୱାରା। ଏହାକୁ ଧୋଲକାର ଜୈନ ମନ୍ତ୍ରୀ ବାସ୍ତୁପାଳ ଆର୍ଥିକ ସହାୟତା କରିଥିଲେ। ଏହି ଶଙ୍ଖ ମର୍ମର ପ୍ରସ୍ତରରେ ନିର୍ମିତ ମନ୍ଦିରର କଳାକୃତି ମରୁ-ଗୁର୍ଜର ସ୍ଥାପତ୍ୟର ସ୍ମାରକ ବହନ କରେ।

ଏଇ ମନ୍ଦିରରେ ଅଛି କ'ଣ ?

ଦିଲୱାଡା ମନ୍ଦିର ଜୈନ ତୀର୍ଥଙ୍କରମାନଙ୍କ ପାଇଁ ସମର୍ପିତ। ଏଠାରେ ଦେଖିବାର

କଥା ମାର୍ବଲ ସ୍ତମ୍ଭରେ, କାନ୍ଥରେ ଓ ଛାତ ତଳେ ସୁନ୍ଦର କାରୁକାର୍ଯ୍ୟ ଓ ସ୍ୱର୍ଗର ସୁନ୍ଦର, ଅଭିନବ ଦୃଶ୍ୟ। ସେଠି ପାଞ୍ଚୋଟି ମୁଖ୍ୟ ପୂଜାସ୍ଥଳ ଅଛି। ତା'ହେଲା: ସ୍ୱାମୀ ଆଦିନାଥ, ଋଷଭଦେବ, ଲେମିନାଥ, ମହାବୀର ସ୍ୱାମୀ ଓ ପାର୍ଶ୍ୱନାଥ ସ୍ୱାମୀଙ୍କ ମୂର୍ତ୍ତି। ଆଉ ସବୁ ମୂର୍ତ୍ତି ଆଖି ଖୋଲାକରି ଧ୍ୟାନରତ ଅଛନ୍ତି।

କିନ୍ତୁ ଗୌରାଙ୍ଗ, ଆମେମାନେ ତ ଆଖି ବନ୍ଦକରି ଧ୍ୟାନ କରୁ?

ମନ ବଡ଼ ଚଞ୍ଚଳ। ସେ ସ୍ଥିର ହୋଇ ଅନେକ ସମୟ ବସି ପାରେ ନାହିଁ। ଆଖି ବନ୍ଦକରି ଧ୍ୟାନ କଲେ ଏକାଗ୍ରତା ଶୀଘ୍ର ଭାଙ୍ଗିଯାଏ। ବେଳେବେଳେ ନିଦ ମଧ୍ୟ ଆସି ଯାଇପାରେ। ତେଣୁ ଆଖି ଖୋଲା ରଖି ଯୋଗ କରିବା ହିଁ ଠିକ୍।

ହଉ, ଅବଶିଷ୍ଟ ଦୃଶ୍ୟ ଦିଲୱାଡାରେ ଦେଖିବା, ଚାଲ।

ଦିନସାରା ଭ୍ରମଣ ପରେ ସନ୍ଧ୍ୟା ଆସିଛି, ଯଥାରୀତି। ପିସ୍ ପାର୍କରେ କିଛି ସମୟ ବିତାଇଲା ପରେ ହୋଟେଲକୁ ଫେରି ଆସିଛନ୍ତି ଗୌରାଙ୍ଗ ଓ ଅନୁପମା।

ରାତି ପାହିଲେ ଆବୁ ହିଲ୍ ଷ୍ଟେସନରୁ ବିଦାୟ।

ହୋଟେଲର ବାଲକୋନି ଉପରେ ପରସ୍ପରର ହାତ ଧରି ଠିଆ ହୋଇଥିଲେ ନିଶା-ଗୌରାଙ୍ଗ। ସନ୍ଧ୍ୟାର ଶୀତଳ ସମୀର ପ୍ରେମୀ ଯୁଗଳଙ୍କ ଉତ୍ତାପ ସହ ସମ୍ମିଳିତ ହୋଇ ଆବୁ ଆକାଶ ଆଡ଼କୁ ଉଦ୍ଗତ ହେଉଥିଲା ରହିରହି।

ସେମାନେ ଜାଣିଥିଲେ, ସାରା ପୃଥ୍ୱୀ ଉତ୍କଣ୍ଠାର ସହ ସେମାନଙ୍କ ପ୍ରତ୍ୟାବର୍ତ୍ତନର ପ୍ରତୀକ୍ଷା କରୁଛି। ଅନେକଙ୍କ ମନରେ ପ୍ରଶ୍ନବାଚୀ। ସେ ସମସ୍ତ ପ୍ରଶ୍ନ ଯେମିତି ଆହ୍ୱାନ ହୋଇ ଠିଆ ହୋଇଛନ୍ତି ଦିଲ୍ଲୀ ସୀମାନ୍ତରେ।

ସେଇ ମୁହୂର୍ତ୍ତରେ ଆବୁର ନକ୍ଷତ୍ର ଖଚିତ ଆକାଶର ଚାଦର ତଳେ ପ୍ରେମୀ ଯୁଗଳ ଯେମିତି ଭବିଷ୍ୟତକୁ ସାହସ ଓ ନିରବତାର ସହିତ ମୁକାବିଲା କରିବାକୁ ବଦ୍ଧ ପରିକର।

ଆବୁସ୍ଥିତ ପାଣ୍ଡବ ଭବନ ଶିଖାଇଛି ମନକୁ ଏକାଗ୍ର ଓ ଦୃଢ଼ ରଖିବାର ସହଜ ଉପାୟ। ପ୍ରତ୍ୟେକ ଘଣ୍ଟାରେ ଦୁଇ ମିନିଟ ଲେଖାଏଁ କେମିତି ପାର୍ଥିବ କର୍ମରୁ ନିଜକୁ ମୁକ୍ତ କରି ପରମାର୍ଥ ଚିନ୍ତନରେ ରହିବା: ମୁଁ ଦେହ ନୁହେଁ, ଆତ୍ମା, ଏହି ଆତ୍ମପ୍ରତ୍ୟୟରେ ରହିବାକୁ ହେବ। ଦେହର ଅଛି ମୃତ୍ୟୁ ଓ ଆତ୍ମା ଅବିନାଶୀ ଓ ଅମର। ମୁଁ ପରମାତ୍ମାଙ୍କ ସନ୍ତାନ, ମୋର ଅଜସ୍ର ଶକ୍ତି ଅଛି। ମୋର ବିନାଶ ନାହିଁ... ବାରଂବାର ଏହି ଚିନ୍ତନରେ ରହିଲେ ନିଜକୁ ଶକ୍ତିଶାଳୀ କରିହେବ। ମୁଁ ସାଧାରଣ ଶରୀର ନୁହେଁ, ଆତ୍ମା ମୋତେ ପରିଚାଳିତ କରୁଛି... ମୋର ଶରୀର ଓ ଅବୟବ। କିନ୍ତୁ ନିଃଶ୍ୱାସ ପ୍ରଶ୍ୱାସ, ହୃତପିଣ୍ଡ, ରକ୍ତ ସଂଚାଳନ ଓ ପାକକ୍ରିୟା ସ୍ୱୟଂଚାଳିତ... !

୨୮

ଆବୁ ରୋଡ଼ ଷ୍ଟେସନରୁ ଟ୍ରେନ ଗଡ଼ିବା ଆରମ୍ଭ କରିଥିଲା। ଆବୁର ତିନି ଦିନ ଓ ଚାରି ରାତିର ଅନୁଭୂତି କେତେ ଶୀଘ୍ର ଅନ୍ତର୍ହିତ ହୋଇ ଯାଇଥିଲା, ଜଣା ପଡ଼ି ନଥିଲା। ଅନ୍ଧାର ଭେଦ କରି ହରିଦ୍ୱାର ସୁପରଫାଷ୍ଟ ଟ୍ରେନ୍ ଦିଲ୍ଲୀ ଆଡ଼କୁ ଧାଉଁଥିଲା।

କୋଉଠି ଖାଇବା ? ଆଜମୀର ନା ଜୟପୁରରେ ?

ଯେଉଁଠି ଭୋକ ହେବ, ସେଇଠି ଖାଇବା। ବ୍ୟସ୍ତ କାହିଁକି ?

ମିଲ୍ସ ଷ୍ଟେସନ ବଳେ ଜଣା ପଡ଼ି ଯିବନି ? ଚଳନ୍ତା ଟ୍ରେନରେ ମିଲ୍ ବୁକ୍ କରିନେବା। ସିଟ୍ ନିକଟକୁ ଥାଳି ଆସିଯିବ।

ଠିକ୍ ଅଛି ?... କାହାକୁ ନକହି ଆମେ ଦିହେଁ ଦିଲ୍ଲୀରୁ ହଠାତ୍ ଗାଏବ ହୋଇଗଲୁ। ଏମିତି ନିଷ୍ପତ୍ତି ଠିକ୍ ଥିଲା ନା ତରବରିଆ, ପିଲାଳିଆମୀ ଥିଲା, ଗୌରାଙ୍ଗ ?

ଦୁଃସାହସ କରି ନଥିଲେ ଆମେ କେବେ ମିଳିତ ହୋଇପାରି ନଥାନ୍ତେ ଜୀବନରେ। ଆମ ପରିସ୍ଥିତି ଯାହା ଥିଲା, ତାହା ଥିଲା କଣ୍ଟକିତ ଅରଣ୍ୟ। ଭୟଙ୍କର ଜୀବଜନ୍ତୁଙ୍କ ସଫାରୀ ଭିତରେ ଆମେ ଥିଲୁ ଅସୁରକ୍ଷିତ ଦୁଇ ହରିଣ।

ନିଜ ବର୍ଥରେ ସୁସ୍ଥ ହୋଇ ବସିଲା ପରେ କହିଲା ଗୌରାଙ୍ଗ: ତା'ହେଲେ ଦିଲ୍ଲୀରେ ଆମେ କେଉଁଠିକି ଯିବା ପ୍ରଥମେ ? କାଲି ସକାଳୁ ? ତୁମ ସାଙ୍ଗ କୃତ୍ତିକା ଘରେ ରହି ପାରିବ କିଛିଦିନ ?

ନା। ଆଦୌ ନୁହେଁ। ସେଠିକି ଯାଇହେବ ଅଳ୍ପ ସମୟ ପାଇଁ, କିନ୍ତୁ ରହି ହେବନି। କାହିଁକିନା କୃତ୍ତିକାର ଲେଖାଯୋଖା ଭାଇ ହେବ ସେଇ ଲୋକ... ବଦମାସ୍।

ବଦମାସ୍ କିଏ ? ତୁମ ପୂର୍ବତନ ? ଓହୋ ! ଛାଡ଼, ଦୁଃସ୍ୱପ୍ନ ଭାବି ଜୀବନର ସେପରି ଅଧ୍ୟାୟକୁ ଭୁଲିଯିବା ଦରକାର...

ତାଙ୍କ ଦୁଇ ପରିବାରଙ୍କ ଭିତରେ ଅଛେ ବହୁତ ଯିବା ଆସିବା ଚାଲେ। ତେଣୁ...

ଅନ୍ୟ କେଉଁଠି ଘର ଦେଖି ପାରିବନି ? ତୁମ ପିଜି ପାଖରେ କିଛି ସିଙ୍ଗଲ୍ ବିଏଚ ଘର ମିଳିବ ନାହିଁ ଗୌରାଙ୍ଗ ?

ବୁଝିବି ଆମ ପିଜି ମ୍ୟାନେଜର କିଶନଲାଲ୍ ପାଖରୁ । ଆମ ତଳ ଫ୍ଲୋରରେ କେତୋଟି ଫ୍ୟାମିଲି କ୍ୱାର୍ଟର୍ସ ଅଛି । ସିଙ୍ଗଲ୍ ବେଡରୁମ୍ ଫ୍ଲାଟ୍ । ଘର ଖାଲି ଅଛି କି ନାହିଁ କେଜାଣି ।

ତମେ ମୋ ସାଥିରେ ଆମ ଘରକୁ ଆସି ପାରିବ ? କିନ୍ତୁ ସେଠିକି ଗଲେ ଅନେକ କଥା କଟାକଟି ହେବା ସୁନିଶ୍ଚିତ ।

ଗୌରାଙ୍ଗ ମନାକଲା । କିଛି ସମୟ ପରେ ଫୋନ ଲାଗିଲା କିଶନ ଲାଲଙ୍କର ।

କିଶନ୍ ଅଭିନନ୍ଦନ ଜଣାଇଲେ ।

ଧନ୍ୟବାଦ... ଆପଣଙ୍କ ପାଖରୁ ଟିକିଏ ସାହାଯ୍ୟ ଦରକାର ଥିଲା...। ହଁ, ଆମ ତଳ ଫ୍ଲୋରରେ ଘର କିଛି ଖାଲି ଅଛି ? ମିଳି ପାରିବ ?

କାହାପାଇଁ ଗୌରାଙ୍ଗଜୀ ? ଆରପଟରୁ କିଶନ୍ କହୁଥିଲେ ।

ମୁଁ ରହିବି... ! ଘର ମିଳି ପାରିବ ? ଅଫକୋର୍ସ । ମୁଁ ରହିବି । ହଁ, ମୋ ଫ୍ୟାମିଲି ରହିବେ ।

(ଜଣେ ବ୍ୟକ୍ତି ଅଗ୍ରୀମ ଦେଇଥିଲେ । କିନ୍ତୁ ଆପଣ ରହିବେ ଯଦି ସେ ଲୋକର ଅଗ୍ରୀମ ଫେରାଇ ଦେବି । ନାନା ଫୋନପେ କିଛି ଦରକାର ନାହିଁ । କାଲି ସକାଳୁ ଆସି ଚାବି ନେଇ ଯାଆନ୍ତୁ... !) ଆପଣଙ୍କ ପାଇଁ ଘର ମିଳିଯିବ... ସିଓର୍.. କିଶନ୍ କହୁଥିଲେ ।

ଥ୍ୟାଙ୍କ ୟୁ କିଶନଜୀ, ଗୋଟିଏ ସମସ୍ୟା ସମାହିତ ହୋଇଗଲା ।

କିଶନଜୀ ରାଜି ହୋଇଗଲେ କି ଗୌରାଙ୍ଗ ? ଓ, ଭଗବାନଙ୍କୁ ଅଶେଷ ଧନ୍ୟବାଦ । ଘରକଥା ଫାଇନାଲ ତ ?

ଓହ ୟେସ୍ ମାଡାମ୍, କହିଲା ଗୌରାଙ୍ଗ ।

ସକାଳୁ ଦିଲ୍ଲୀରେ ପହଞ୍ଚି ଲଭର୍ସ କାଫେରେ ବ୍ରେକଫାଷ୍ଟ ସାରି କିଛି କିଚେନ୍ ବାସନ, ରାସନ୍ କିଣିନେବା । ପରେ ଧୀରେଧୀରେ ଫର୍ଣ୍ଣିଚର୍ ଆଣି ଆସିବା । ତମେ କାଲି ଅଫିସରୁ ଲଞ୍ଚ୍ ସୁଦ୍ଧା ଘରକୁ ଫେରି ଆସିବ ?

ତମେ ରନ୍ଧାରନ୍ଧି କରି ଦେଇ ପାରିବ ଗୌରାଙ୍ଗ ?

ନିଶ୍ଚୟ, ପୃଥିବୀର ସବୁଠୁ ଭଲ ରାନ୍ଧୁଣିଆ ହେଲେ ପୁରୁଷ । ମୁଁ ପରା ମହର୍ଷି ଆଶ୍ରମରେ ପାଚକ ମହାଶୂରଙ୍କ ସହକାରୀ ଭାବେ ଥିଲି !

ବାଃ, ସଦାନନ୍ଦ ମହାରାଜ। ତମେ ସେଠି କେତେ ଦିନ ରାନ୍ଧିଛ ଜାଣିପାରେ କି ?

ଦୁଇ ଓଳି।

ବାସ୍ ? ସର୍ବମୋଟ ଦୁଇ ଓଳି ରନ୍ଧାରେ ତମେ ଓସ୍ତାଦ ହୋଇଗଲ ? ମାଷ୍ଟର୍ ସେଫ୍ ?

ଅନୁପମା ହସିଲା।

ଦିନେ ଦୁଇଦିନରେ ବନ୍ଧନ ବ୍ୟାଙ୍କରେ ମୋର ପୋଷ୍ଟିଂ ହୋଇଯିବ। ତା'ପରେ ମୁଁ ସବୁଦିନ ଆଉ ରାନ୍ଧି ପାରିବିନି।

ଯୋଗୀଶ୍ରେଷ୍ଠଙ୍କ ମନ ଏଣିକି ଘର ଧରିଲାତ ? ବେହଦ ସନ୍ନ୍ୟାସ ଛାଡ଼ି କେମିତି ସଂସାର ସାଗରର ମାୟା ଆଡ଼କୁ ମନ ବଳିଲା ଗୌରାଙ୍ଗ, କହିଲନି ?

ଭଗବତ ଗୀତାରେ ଲେଖା ଅଛି:

ଆତ୍ମାନଂ ରଥିନ ବିଧି ଶରୀର ରଥମେବ ଚ
ବୁଦ୍ଧିତୁ ସାରଥିଂ ବିଧି ମନଃ ପ୍ରଗ୍ରହମେବ ଚ।
ଇନ୍ଦ୍ରିୟାଣି ହୟାନାହୁର ବିଷୟାଂସ୍ତେଷୁ ଗୋଚରାନ୍
ଆତ୍ମେନ୍ଦ୍ରିୟ ମନୋଯୁକ୍ତ ଭୋକ୍ତେତ୍ୟାହୁ ମନୀଷିଣଃ।

ଏହାର ଅର୍ଥ କ'ଣ ଟିକିଏ ବୁଝାଇ ଦେଇ ପାରିବ ଯୋଗୀରାଜ ?

ଦେଖ ନିଶା, ଆମ ଦେହ ହେଉଛି ରଥ। ରଥରେ ବସିଛି ଆତ୍ମା। ଆମ ବୁଦ୍ଧି ହେଲା ରଥର ଚାଳକ। ମନ ହେଲା ଲଗାମ। ଇନ୍ଦ୍ରିୟମାନେ ହେଲେ ଘୋଡ଼ା। ମନ ଓ ଇନ୍ଦ୍ରିୟମାନଙ୍କ ସଂସ୍ପର୍ଶରେ ଆତ୍ମା ଆସିଲେ ସେ ସୁଖ ବା ଦୁଃଖ ଭୋଗ କରେ। କିନ୍ତୁ ମନ ବଡ଼ ବଳବାନ ଓ ଅବାଧ। ଏହା ଅଧିକାଂଶ ସମୟରେ ବୁଦ୍ଧିର କଥା ଶୁଣେନାହିଁ। ତେଣୁ ଯୋଗ ଅଭ୍ୟାସ କରି ମନକୁ ସଂଯତ କରିବା କଥା କୁହାଯାଇଛି ଭଗବତ ଗୀତାରେ।

ଯୋଗାଶ୍ରମରେ ରହି ମଧ୍ୟ ତମ ମନ ତମ ଆୟତ୍ତକୁ ଆସିଲାନି କାହିଁକି ?

ଖାଲି ମୋକଥା କାହିଁକି ? ଅର୍ଜୁନଙ୍କ ପରି ବଳିଷ୍ଠ ବ୍ୟକ୍ତି ମଧ୍ୟ ଯୋଗାଭ୍ୟାସ କରି ପାରିଲେ ନାହିଁ। ତାଙ୍କ ମନ ବୁଦ୍ଧିର ବଶୀଭୂତ ହେଲାନାହିଁ। ସେ ସଂସାରୀ ହୋଇ ରହିଗଲେ। ତାଙ୍କ ତୁଳନାରେ ଏବେକାର ଗୌରାଙ୍ଗ ତ ସାମାନ୍ୟ ବ୍ୟକ୍ତି ! ଗୀତାରେ

କୁହାଯାଇଛି ଯେ ଚଞ୍ଚଳ ମନକୁ ସଂଯତ କରିବା ବଡ଼ କଠିନ, କିନ୍ତୁ ଅସମ୍ଭବ ନୁହେଁ। ଅଭ୍ୟାସ ଓ ବୈରାଗ୍ୟ ଦ୍ୱାରା ଏହା ସଂଭବପର।

ହଉ, ବୀର ଅର୍ଜୁନ, ଘରଭଡ଼ା ଓ ରନ୍ଧାବଢ଼ା କଥାତ ଠିକ୍ ହୋଇଗଲା। ଏଣିକି ଅନ୍ୟାନ୍ୟ ସଂସାର ଆଲୋଚନା ମୁଲତବି ରଖି ଶୋଇବାର ବ୍ୟବସ୍ଥା କରିବା ? ରେଳ ବଗିରେ ଆମ ଛଡ଼ା ସମସ୍ତ ଯାତ୍ରୀ ପ୍ରାୟ ଶୋଇ ପଡ଼ିଲେଣି।

କାଲି ବା ଦିନେ ଦୁଇଦିନରେ ମୋର ବ୍ୟାଙ୍କ ପୋଷ୍ଟିଂ ହୋଇଗଲେ ଜୀବନର ଖୁବ ବଡ଼ ସମସ୍ୟା ସମାହିତ ହୋଇଯିବ... ! କ'ଣ କହୁଛ ଅନୁପମା ମାଡାମ୍ ?

ବ୍ୟସ୍ତ ହେବ ନାହିଁ, ପୋଷ୍ଟିଂବି ହୋଇଯିବ। ଦିନେ ଦୁଇ ଦିନର କଥା। ଆଦୌ ଚିନ୍ତା କରନାହିଁ। ବାସ୍। ଏବେ ଅଯଥା କଥା ନଭାବି ଶୋଇଯିବା ? ନିଦ୍ରା ରାଣୀର କୋଳରେ ପୃଥିବୀର ମହା ସମସ୍ୟା ମାନ ସମାହିତ ହୋଇଯାଇଛି। ଶୋଇପଡ଼।

୨୯

ସକାଳୁଆ କୁହୁଡ଼ି ଭିତର ଦେଇ ଟ୍ରେନ ପ୍ରବେଶ କଲା ରାଜଧାନୀ ଦିଲ୍ଲୀ ନଗରୀ। ଜାଣି ହେଉ ନଥିଲା ସେ ଥିଲା ଛାତିଥରା ପରିସ୍ଥିତି କିମ୍ବା ପରିବେଶର ଶିହରଣ। କ୍ୟାଣ୍ଟ ଦିଲ୍ଲୀ ଷ୍ଟେସନର ଦୁଇ ମିନିଟିଆ ରହଣୀ ଯଥେଷ୍ଟ ଥିଲା। ନିଶା ହାତଧରି ଓହ୍ଲାଇ ଯାଇଥିଲା ଗୌରାଙ୍ଗ।

ଏଣିକି ଆରମ୍ଭ ହେବ ଏକ ନୂତନ ଜୀବନଧାରା। ଏ ଧାରାରେ ଯେତେ ସବୁ ନୂଆ ପରିସ୍ଥିତି ଦେଖାଦେବ, ତାହା ଅତୀତ କର୍ମର ଭିତ୍ତିଭୂମି ଉପରେ ଆଧାରିତ। ନିଶା-ଗୌରାଙ୍ଗଙ୍କ ଅତୀତର କର୍ମ ଏମିତି କ'ଣ ଥିଲା ଯେ ସେମାନେ ନାନା ପ୍ରତିବନ୍ଧକର ସାମ୍ନା କରୁଛନ୍ତି ? ଏହା ଦୈବୀ ପ୍ରତିବନ୍ଧକ ନା ମଣିଷକୃତ ?

ଟ୍ୟାକ୍ସି ବୁକ୍ କରି ପିଜିକୁ ଚାଲିଯିବା। ସେଠି ସ୍ନାନ ଶୌଚାଦି ସାରି ଆପାର୍ଟମେଣ୍ଟର ଚାବି ନେଇଯିବା।

ହଉ, ଯାହା କରୁଛ ଗୌରାଙ୍ଗ, ଶୀଘ୍ର କର।

ପିଜିରେ ପହଞ୍ଚିବା ମାତ୍ରେ କିଶନଜୀ ଦୁଇ କପ୍ କଫି ମଗେଇ ଦେଲେ। କାଉଣ୍ଟର ଡ୍ରରୁ ଚାବି ବାହାର କରିଦେଲେ।

: ଏଇ ନିଅନ୍ତୁ, ଆପଣଙ୍କ ଫ୍ଲାଟର ଚାବି ନମ୍ବର ୨ବି୧ ଅର୍ଥାତ୍ ଆପଣଙ୍କର ଦ୍ୱିତୀୟ ଫ୍ଲୋରରେ ପ୍ରଥମ ଘର। ଯେଉଁ ବ୍ୟକ୍ତି ଆପଣଙ୍କ ଘର ନେବା ପାଇଁ ପ୍ରଥମେ ଆଡଭାନ୍ସ ଦେଇଥିଲେ, ସେ ଅନ୍ୟଠି ଭଡ଼ା ନେଇ ରହିଗଲେ। ଆଜି ସକାଳୁ ଜଣାଇ ଦେଲେ ସେ। ତେଣୁ ଆପଣଙ୍କ ଇଚ୍ଛା ମୁତାବକ ହୋଇଛି ଘର...

ହଉ, ଠିକ୍ ଅଛି କିଶନଜୀ। ସବୁ କିଛି ପୂର୍ବ ନିର୍ଦ୍ଧାରିତ। ଆମ ପାଇଁ ପରମାତ୍ମା ଆଗତୁରା ସ୍ଥିରୀକୃତ କରି ଦେଇଛନ୍ତି ଘର। ଦେଖ ମୁଁ କେତେ ଭାଗ୍ୟବାନ, ବୋଲି ଆମେ ଭାବୁ। ମୁଁ ଏଇ କାମ କରି ଦେଇଛି। କିମ୍ବା ତମେ କେଡ଼େ ମହାନ, ଏ କାମ

କରି ଦେଇଛ। କିନ୍ତୁ ପ୍ରକୃତରେ ଆମେ କେହି ଏଇ କାମ କରିନାହୁଁ... କାହିଁକି ଏମିତି ଭାବୁ, ଜାଣନ୍ତି କିଶନଜୀ ?

ଆପଣ ଯୋଗୀ, ଆପଣ କୁହନ୍ତୁ କାହିଁକି ?

ଏହା ମୁଁ କରିଛି ଭାବିଲା ବେଳକୁ ଦେହାଭିମାନ ବା ଇଗୋ ଆସି ପହଞ୍ଚି ଯାଇଥାଏ। ଅଥଚ ଉପରେ ଜଣେ ଥାଏ, ଯିଏ କରାଉ ଥାଏ କିମ୍ବା କରୁଥାଏ। ଅଜ୍ଞତା ହେତୁ ଆମେ ଉପରବାଲାକୁ ବିଶ୍ୱାସ କରୁନା। କିନ୍ତୁ ମନ୍ଦିରରେ କାଠ, ପଥର ମୂର୍ତ୍ତି ସବୁ ପୂଜା କରୁଁ। ଆପଣ ଜାଣିନ୍ତି କି ଯୋଗ ଓ ତପସ୍ୟା ମଧ୍ୟରେ ପ୍ରଭେଦ କେତେ ?

ସେ ଦୁଇଟି ମୋ ପାଇଁ ଏକା କଥା ଭଳି ଲାଗୁଛି।

ବାସ୍। ନିରବରେ ବା ଅମୃତ ବେଳାରେ ଆମେ ଭଗବାନଙ୍କ ସହ ସଂଯୋଗ ସ୍ଥାପନ କରୁ ଯୋଗ ଦ୍ୱାରା। ତାଙ୍କଠାରୁ ଶକ୍ତି କାମନା କରୁ। କିନ୍ତୁ ଯିଏ ନିଜ ଅହଂକାର, କ୍ରୋଧ ଓ କାମନା ତ୍ୟାଗ କରି ନିଜ ପ୍ରକୃତି ପରିବର୍ତ୍ତନ କରିବାରେ ସଫଳ ହେଉଛି, ସେ ହେଲା ତପସ୍ୱୀ। ତପସ୍ୟା ଦ୍ୱାରା ବହୁ ଜନ୍ମର ପୁରୁଣା ସଂସ୍କାର ପରିବର୍ତ୍ତନ ହୋଇପାରେ।

ହ୍ୟାଲୋ କୃତ୍ତିକା, ହଁ ନିଶା କହୁଛି। କ'ଣ କହୁଛୁ ? ସେ ଗଲା କୁଆଡ଼େ ?... ସେ ଭୁଟାନ ଯାଉ କି ବର୍ଲିନ୍। ତୁ ଡେରି କରିଦେଲୁ। ଆମେ ଘର ନେଇ ସାରିଲୁଣି। ଯୋଗୀଙ୍କ ପିଜି ତଳେ। ସିଙ୍ଗଲ୍ ବେଡରୁମ୍। ହଉ, ଏଠିକି ଆସିଲେ ଦେଖିବୁନି ?

ଚାଲ ଗୌରାଙ୍ଗ, ଦର୍ଶନ ଚର୍ଚ୍ଚା ଟିକିଏ ମୁଲତବୀ ରଖି ଆମେ ପ୍ରସ୍ତୁତ ହୋଇ ବାହାରି ଯିବା। ମୁଁ ଆଜି ଅଫିସ୍ ଯିବାର ଅଛି... କିଛି ଫର୍ଣ୍ଣିଚର, କିଛି ଗ୍ରୋସେରି ଆଉ ପନିପରିବା କିଣିବାର ଥିଲା। ଆମକୁ ଟିକିଏ ଅବ୍ୟାହତି ଦେବେ କିଶନଜୀ ?

ନା, ମାଡାମ୍, ଆପଣଙ୍କ ଫ୍ଲାଟରେ କିଛି ଆସବାବ ପତ୍ର ଆଗରୁ ମହଜୁଦ ଅଛି। ଦେଖି ନିଅନ୍ତୁ, ବେଡ୍, ସୋଫା ଓ କପବୋର୍ଡ ପରି କିଛି ଜିନିଷ ଥାଇପାରେ। ତା'ପରେ ଯାହା ଦରକାର ହେବ ମାର୍କେଟରୁ କିଣିନେବେ।

ଠିକ ଅଛି ଗୌରାଙ୍ଗ, ଆମେ ବାହାରିବା ଏବେ ?

ଓ ୟେସ୍ ନିଶା, କହି ଲାଉଞ୍ଜରୁ ନିଜ ପ୍ରକୋଷ୍ଠ ଆଡ଼କୁ ଅଗ୍ରସର ହେଲା ଗୌରାଙ୍ଗ।

ଅନୁପମା ସ୍ନାନାଗାରରେ ଥିବାବେଳେ ଫୋନ ବାଜିଲା। ଫୋନ କଲରଙ୍କ ନାମରେ ଲେଖାଥିଲା ମା'।

ନିଶା, ମାଆଙ୍କ ପାଖରୁ ଆସିଛି ଫୋନ୍। ଉଠାଇବ ନାହିଁକି ?

ସେ ଆଉଥରେ କଲ୍ କରିବ, ବ୍ୟସ୍ତ ହୁଅନାହିଁ, ବାଥରୁମ୍ ଭିତରୁ ଉତ୍ତର ଦେଲା ନିଶା।

ଜଳଖିଆ ମଗେଇ ଦେବା ନା ବାହାରେ ଖାଇନେବା, ନିଶା ?

ବାହାରେ କରିଦେବା... !

ହେଲୋ... ରିସେପ୍ସନରୁ କଲ୍ ଆସିଥିଲା। କୋରିଅର ଥିଲା ? ମୋ ନାମରେ ? ପ୍ଲିଜ୍ ପାର୍ଶଲ ପଠାଇ ଦିଅନ୍ତୁ ରୁମକୁ।

ଶେଷରେ ଆସିଲା ବହୁ ପ୍ରତୀକ୍ଷିତ ମାଟିଆ ଲଫାପାଟିଏ। ଚିଠିକୁ ଆମୂଳଚୁଳ ପାଠ କଲା ଗୌରାଂଗ। ଅଭିଜ୍ଞତା ଓ ଶିକ୍ଷାଗତ ଯୋଗ୍ୟତାର ସାର୍ଟିଫିକେଟର ତନଖି ପାଇଁ ଦିଲ୍ଲୀର ଏକ ଠିକଣାରେ ପହଞ୍ଚିବାକୁ ହେବ ? ମଧ୍ୟାହ୍ନ ସୁଦ୍ଧା ? ଆଉ ପାସପୋର୍ଟ ସାଇଜର ଫୋଟୋ ବି ଯୋଗାଡ଼ କରିବାକୁ ପଡ଼ିବ...।

ଅନୁପମା, ମୁଁ ବାହାରିଲି।

କୁଆଡ଼େ ବାହାରିଲ ଗୌରାଙ୍ଗ ? ଆଶ୍ରମ ? ରୁହ, ମୁଁ ଆସୁଛି।

ନା ମୁଁ ଆସୁଛି ବ୍ୟାଙ୍କ ରିକ୍ରୁଟମେଣ୍ଟ ଅଫିସରୁ।

କାହିଁକି ? କିଛି କାମ ଥିଲା ?

ନା, ମୋର ଶିକ୍ଷାଗତ ଯୋଗ୍ୟତା ସାର୍ଟିଫିକେଟର ଯାଞ୍ଚ ହେବ।

କାହିଁକି ? କିଛି ଚିଠି କି ଅର୍ଡର ଆସିଲା କି ?

କୋରିଅରରେ ଡାକ ଆସିଥିଲା। ଆଜି ମଧ୍ୟାହ୍ନ ସୁଦ୍ଧା ଯୋଗ୍ୟତାର ମୂଳ ପ୍ରମାଣ ପତ୍ର ଦାଖଲ କରିବାର ଥିଲା...

କନଗ୍ରାଚୁଲେସନ୍, ଗୌରାଙ୍ଗ। ଭଗବାନଙ୍କୁ ଅଜସ୍ର ଧନ୍ୟବାଦ। କେମିତି ସେ ତୁମର ସବୁ ଆବଶ୍ୟକତାକୁ ଯଥା ସମୟରେ ପୂରଣ କରିଛନ୍ତି, ତୁମ ଯୋଗଶକ୍ତିର ପରିଣାମ ପରି।

ଥ୍ୟାଙ୍କ ୟୁ ନିଶା। ଏସବୁ ତୁମର ସାହାଯ୍ୟ ଓ ସକାରାତ୍ମକ ସହଯୋଗ ହିଁ ମୋତେ ମୋ ଲକ୍ଷ୍ୟ ନିକଟରେ ପହଞ୍ଚାଇଛି... ! ଫୋନ୍ ଉଠାଅ, ତମ ମାଆ ବୋଧହୁଏ।

ହଁ, ମାଆ। ମୁଁ ଦିଲ୍ଲୀରେ ଅଛି। ଆଜି ମୁଁ ଅଫିସ ଯାଉଛି। ଘରକୁ କେମିତି ଆସିବି ? ନା, ବାପା, ଭାଇ ମିଶି ତାକୁ କଡ଼ା କଥା କହିବ, ଘରୁ ସେ ବାହାରି ଯିବା ପରି ପରିସ୍ଥିତି ସୃଷ୍ଟି କରିବ... ନା, ସେ ଏବେ ଗୋଟିଏ ବ୍ୟାଙ୍କ ଚାକିରିରେ ଅଛି। ହଁ, ସେ ପାଖରେ ହିଁ ଅଛି। ଆମେ ଗୋଟିଏ ଫ୍ଲାଟ୍ ନେଇଛୁ ନାରାୟଣା, ଗୁରୁଦ୍ୱାରା ପାଖରେ। ହଁ... ୱାନ୍ ବି.ଏଚ.କେ ଭଡ଼ାଘର। ମୁଁ ଏମିତି କିଛି ସମ୍ମାନ-ହାନି ହେଲା ପରି କାମ

କରିନାହିଁ। ନା... ସେସବୁ ତମମାନଙ୍କର ଭୁଲ ଧାରଣା। ତୁ ଯାହାସବୁ ଭାବୁଛୁ, ତା' ତୁମ ମାନଙ୍କର ଭ୍ରାନ୍ତ ଧାରଣା... ଆଦୌ ନୁହେଁ, କହି ଫୋନ ରଖିଲା ଅନୁପମା।

ନିଯୁକ୍ତି ପତ୍ର ସଂଯୁକ୍ତ ଲଫାପା, ଶିକ୍ଷାଗତ ଯୋଗ୍ୟତା ପତ୍ରମାନଂକର ନକଲ ସହିତ ନୂତନ ବୃତ୍ତିରେ ଯୋଗ ଦେବାପାଇଁ ବାହାରିଲା ସଦାନନ୍ଦ। ଭାଗ୍ୟ ଓ ଭବିଷ୍ୟତ ଯଦି ପୂର୍ବ ନିର୍ଦ୍ଧାରିତ ତେବେ ମଣିଷ କାହିଁକି ଅଯଥା ଯୋଗ ଓ ତପସ୍ୟା କରୁଥିବ? ପ୍ରଶ୍ନଟି ସଂଶୟ ସୃଷ୍ଟି କଲା।

୩୦

ପ୍ରଥମ ପ୍ରେମ, ପ୍ରଥମ ବର୍ଷା ଓ ପ୍ରଥମ ଚାକିରିରେ ଅନୁଭବ ଏକାପରି ଅଭିନବ। ଆଜି ଯାହା ନୂଆ, ଆସନ୍ତାକାଲି ତାହା ଦେହସୁହା ହୋଇଯିବ। କ୍ରମଶଃ।

ପ୍ରଥମ ଦିନ ଚାକିରିରେ ଯୋଗଦେଇ ସନ୍ଧ୍ୟାରେ ଫେରିଲା ଗୌରାଙ୍ଗ।

କେମିତି ଥିଲା ପ୍ରଥମ ଦିନର ଅଫିସ, ଗୌରାଙ୍ଗ ?

ପ୍ରଥମ ବର୍ଷାରାତି ପରି। ଲୋମହର୍ଷଣକାରୀ।

ବଦମାସ୍ କୋଉଠିକାର। କେତେ ଆମଦାନୀ ହେଲା ଦିନ ଶେଷରେ ?

ରାତି ଶେଷରେ ଯେମିତି ନିଦ ଓ କ୍ଳାନ୍ତି, ଦିନ ଶେଷରେ ସେମିତି ତନ୍ଦ୍ରା ଓ କ୍ଷୁଧା ଆମଦାନୀ ହେଲା... ଅବସାଦ ଓ ଅବସନ୍ନ ବେଳରେ ଓଠ ଉଷୁମ କରାଏ କଫି, ଶୀତ ରାତି ଖୋଜୁଥାଏ ରେଜେଇ, ପାହାନ୍ତା ପହର ଉହ୍ମେଇ।

ବେଶ୍, କବିତାର ଏ ସନ୍ଧ୍ୟା ସମାହିତ କରାଯାଉ। ବ୍ୟାଙ୍କ କାମରେ ଯାଇଥିଲ ନା କବିତା ପାଠ ଆସରକୁ ଯାଇଥିଲ ?

ଫରାସୀ ଲେଖକ ଫ୍ରାଞ୍ଜ କାଫକା ବ୍ୟାଙ୍କ କର୍ମଚାରୀ ଥିଲେ। ଏମିତିକି ଇଂଲିଶ କବି ଟି.ଏସ୍. ଇଲିୟଟ ଲଣ୍ଡନର ଲ୍ୟଡସ୍ ବ୍ୟାଙ୍କରେ ଆଠ ବର୍ଷ କାମ କରୁଥିଲେ। ସେ ପାଇଥିଲେ ସାହିତ୍ୟ ପାଇଁ ନୋବେଲ୍ ପୁରସ୍କାର।

ତାଙ୍କର କେଉଁ ବହି ସବୁ ପଢ଼ିଛ କହିଲ ଦେଖି ?

ଫୋର କ୍ୱାର୍ଟେଟସ୍, ଲଭ୍ ସଙ୍ଗ ଅଫ ଆଲଫ୍ରେଡ ପ୍ରୁଫ୍ରକ, ୱେଷ୍ଟଲାଣ୍ଡ୍।

ଆଛା, ୱେଷ୍ଟଲାଣ୍ଡ୍ ମାନେ କ'ଣ ଗୌରାଙ୍ଗ ?

ତା'ମାନେ ହେଲା ମଶାଣି ପଦା। ଆମେ ସେଠି ଶବ ଦାହ କରୁ, କିନ୍ତୁ ପାଶ୍ଚାତ୍ୟ ଦେଶରେ କବର ସ୍ଥଳକୁ ମଧ୍ୟ ୱେଷ୍ଟଲାଣ୍ଡ କହନ୍ତି। ସେ କବିତା ମନେ ପଡ଼ିଲେ କ'ଣ ଇଛା ହେବ ଜାଣ ? କଫି ବା ଅଶୋଭନୀୟ ଇଛା। ବୈବାହିକ

ଜୀବନ ଯେତେବେଳେ ଦେହସୁହା, ରୁଟିନ୍ ଓ ଚିରାଚରିତ ହୋଇଯିବ, ସେତେବେଳେ ସଂସାର ଲାଗିବ ଅଳିଆ ଗଦା, । ମଶାଣି ପଦା ।

'What shall we do tomorrow?'

'What shall we ever do?'

ଆମେ କାଲି କ'ଣ କରିବା ?

ସବୁଦିନ କ'ଣ କରିବା ?

The hot water at ten.

ଦିନ ଦଶଟା ବେଳେ ଗରମ ପାଣି । ଯଦି ବର୍ଷା ହୁଏ, ଚାରିଟା ବେଳ ଯାଏଁ କାର ଝରକା (ଦୁଆର) ବନ୍ଦ ରଖିବା । ତା'ପରେ ଗୋଟେ ଚେସ୍ ଖେଳ ଚାଲିବ... ଦୁଆରରେ କେହିଜଣେ ଠକ୍ ଠକ୍ କରିବା ପର୍ଯ୍ୟନ୍ତ !

And if it rains, a closed car at four.

And we shall play a game of chess,

Pressing lidless eyes and waiting for a knock upon the door. (Courtesy: TS Eliot, Wasteland)

ଠିକ ଅଛି, କୌଣସି ହିନ୍ଦୀ, ଇଂରେଜ ସାହିତ୍ୟ ଚିନ୍ତନ ନକରି ବସି ରହ । କଫି ଫିଲ୍ଟରରେ ଡିକ୍କସନ୍ ବସେଇ ଦେଇଛି । କଫି ଖାଇ ସାରିଲେ କୌଣସି ସକାରାତ୍ମକ ଆଲୋଚନା କରିବା । ହେଲା ? ଆଉ ତମ ଅଫିସରେ ପ୍ରଥମ ଦିନର ବିଶେଷ ଖବର କିଛି କହିଲନି ତ ?

ପ୍ରଥମେ ରୁଟିନ୍ ଓ ଚିରାଚରିତ କଥାଟି କହିଦିଏ: ବ୍ୟାଙ୍କର ଚିଫ୍ ବିଜିନେସ୍ ଜେନେରାଲ ମ୍ୟାନେଜର ଅନ୍ୟାନ୍ୟ ଅଫିସରମାନଙ୍କ ସହ ମୋର ପରିଚୟ କରାଇ ଦେଲେ ।

ସେ କଥାରୁ ମୋତେ କ'ଣ ମିଳିବ ? ଅଫିସରେ କେହି ସୁନ୍ଦରୀ ସହକର୍ମୀ ଥିଲେ କି ନା ? ଥିଲେ ତାଙ୍କ ବିଷୟରେ ପ୍ରଥମେ ଶୁଣିବି । ତା' ଆଗରୁ କଫି ଟିକିଏ ପିଇବା ।

ଅନ୍ୟ ସୁନ୍ଦରୀମାନଙ୍କ ବିଷୟରେ ଜାଣିବାକୁ ଅନୁପମାର ଏତେ ଆଗ୍ରହ କାହିଁକି ? ଅନ୍ୟ ନାରୀ ସହ ନିଜର ତୁଳନା ହୁଏତ ନାରୀଙ୍କୁ ଈର୍ଷାନ୍ୱିତ କରି ଦେଇପାରେ କିମ୍ବା ପ୍ରଦାନ କରିପାରେ ଆତ୍ମସନ୍ତୋଷ ! ଅନୁପମା ଚାହେଁ କ'ଣ ? ନାରୀର ଈର୍ଷା ମୂଳରେ ଥାଏ ଭୟ ବା ଆଶଙ୍କା: ପ୍ରିୟଲୋକ ହାତଛଡ଼ା ହୋଇଯିବାର ଭୟ ?

ଅନୁପମା ହାତରେ ଦୁଇ କପ୍ ବାସ୍ନାମୟ କଫି ସନ୍ଧ୍ୟାକୁ କରିଥିଲା ଧୂମାୟିତ। ଅଫିସରେ ଅନ୍ୟ କେହି ସୁନ୍ଦରୀଂକ ସହ ପରିଚୟ ହେଲା ଗୌରାଙ୍ଗ ?

ନା, ଚାରି ଜଣ ମହିଳାଂକ ଭିତରୁ ତିନିଜଣ ବହୁ ପୂର୍ବରୁ ବିବାହିତା।

ଆରେ ବାଃ ! ଜଣେ ତ ଭାଗ୍ୟରେ ପଡ଼ିଛି ଗୌରାଙ୍ଗ ?

ଧନ୍ୟବାଦ। ସେହି ମହିଳାଙ୍କର କିଏ ପୁରୁଷ ବନ୍ଧୁ ନଥିଲେ ହେଲା ! ସେ ବ୍ୟକ୍ତି ଜାଣିଲେ କଥା ସରିଲା।

ଆରେ ଆରେ ? ଏତେ ଦୁଃଖ ? ଏଇ କଥା ପାଇଁ ଏତେ ଦୁଃଖ ଥିଲା ମନରେ ? କହିଲା ନିଶା।

ଆମ ଗୁରୁଜୀ କହିଛନ୍ତି ଆସକ୍ତି ହେଲା ଆମ ସମସ୍ତ ସମସ୍ୟାର ମୂଳ କାରଣ। କାହାସହ ନିଜକୁ ତୁଳନା କରିବା ଅର୍ଥ ଦୁଃଖକୁ ଆମନ୍ତ୍ରଣ କରି ଆଣିବା।

ହଉ ଯୋଗୀରାଜ, କଫି ପାନ କରିବା ହେଉ। ତମେ ତ ଦିଲ୍ଲୀରେ କୁତବ୍ ମିନାର କିମ୍ବା ଇଣ୍ଡିଆ ଗେଟ୍ ଦେଖି ନଥିବ ? ଦେଖିଛ ?

ନା, ଦେଖିନାହିଁ।

ତା'ହେଲେ ଆମେ ଆସନ୍ତା ରବିବାର ଖାଇବା ବାହାରେ। ଆଉ ଐତିହାସିକ ଦିଲ୍ଲୀର ପୁରୁଣା ସ୍ଥାପତ୍ୟ ସଂଦର୍ଶନ କରିବା ?

ହଉ, ଆସନ୍ତା ରବିବାର ତ ? ଅନେକ ଦିନ ଅଛି... ପ୍ରଥମେ ତୁମେ ଫୋନ୍ ଉଠାଅ, କେହି ଜଣେ ବିପଦରେ ପଡ଼ିଛି ବୋଧହୁଏ। ତା' ସମସ୍ୟା କଥା ପ୍ରଥମେ ବୁଝ।

ହେଲୋ, ନମସ୍ତେ ଅଂଜନ ଜୀ। ଇଜ୍ ଏଭ୍ରିଥିଙ୍ଗ୍ ଫାଇନ୍ ?

ଆପଣଙ୍କ ଘରେ ସବୁ ଠିକ୍ ଠାକ୍ ଚାଲିଚି ତ ଅନୁପମା ?

ସମୟ ଉପରେ ସବୁ ଛାଡ଼ି ଦେଇଛି ସାର୍

ଠିକ୍ କଥା। ଆମେ ଆପଣଙ୍କ ଘୋଷଣାନାମା ପାଇଲା ପରେ କେସ୍ ଡ୍ରପ୍ କରି ଦେଉଛୁ। ଆଉ ବ୍ୟସ୍ତ ହେବାର କିଛି ନାହିଁ।

ଅଭିଯୋଗକାରୀ କିଏ ମୁଁ ଜାଣିପାରେ କି ସାର୍ ?

ହଁ ଅନୁପମା, ମୁଁ କହିନାହିଁ ? ଅଭିଜିତ ଶ୍ରୀବାସ୍ତବ ବୋଲି କିଏ ଜଣେ। ଆପଣଙ୍କ କଜିନ୍ ବୋଧହୁଏ ?

ଅଭିଜିତ କଂପ୍ଲାଇଣ୍ଟ ଦେଇଥିଲା ? ଓ ନୋ ! ସିଏ ମୋର ଭାଇ। ଗୁରଗାଓଁର ଗୋଟେ ସଫ୍ଟୱେର କଂପାନୀରେ କାମ କରେ।

ସେ ଭାଇ ? ଆପଣଙ୍କର ଯୌଥ ଫ୍ୟାମିଲିରେ ସିଏ ରହେ ? ତା'ହେଲେ

ସିଏ ବାପା-ମାଆ କାହାର ପ୍ରୋତ୍ସାହନରେ ଏ କାମ କରିଥିବ... ତେଣୁ ଆପଣ ବାପା-ମାଆଙ୍କୁ ଦେଖା କରି ସେମାନଙ୍କ ସହ ଆପୋଷ ମିଳାମିଶା ପାଇଁ ସମାଧାନର ବାଟ ବାହାର କରିନେବା ଉଚିତ।

ହଁ ସାର୍ ୟୁ ଆର୍ ରାଇଟ୍। ଆପଣଙ୍କ କଥା ମନେ ରହିବ ସାର୍, ଥ୍ୟାଙ୍କ ୟୁ ସୋ ମଚ୍।

ଅଞ୍ଜନ ଫୋନ ରଖିଲେ।

ଡିସିପି ଅଞ୍ଜନଙ୍କ ଫୋନ ଥିଲା?... ଠିକ ଅଛି ନିଶା। ଆମେ ଆସନ୍ତା କାଲି ତମ ଘରେ ବାପା-ମାଆଙ୍କୁ ଦେଖା କରିବା। ଶୁଣିବା, ତାଙ୍କର ମନର କଥା। ଅଭିଯୋଗ। ନିଜ ପିତାମାତା ସେମାନେ। ସେମାନଙ୍କୁ ସାମ୍ନା କରିବାରେ ଅସୁବିଧା କ'ଣ?

୩୧

ସକାଳର ସୂର୍ଯ୍ୟ କିରଣ ଦିଲ୍ଲୀ ସହର ସାରା ବିଛେଇ ହୋଇ ପଡ଼ିଥିଲା । ଅଳସ ଗତିରେ ରାଜଧାନୀର ଗଳିକନ୍ଦିରେ ପହଁରୁଥିଲେ ଧାଡ଼ିବନ୍ଧା ଶୃଙ୍ଖଳିତ ଯାନବାହନ ।

ଫ୍ଲାଟର କରିଡରମାନଙ୍କରେ ବିରାଜିତ ଥିଲା ନିଶ୍ଚଳ ନିରବତା ଯେମିତିକି ଏଠାରେ କୌଣସି ମଣିଷ ବାସ କରୁ ନାହାନ୍ତି । ବଂଚି ରହିଛି ଗଛପତ୍ର ଓ ପରିବେଶ ।

କଲିଂ ବେଲରେ ଟିପ ଦେଲା ଗୌରାଙ୍ଗ । ସଶବ୍ଦେ ଦୁଆର ଖୋଲିଲେ ଅନୁପମାର ମାଆ । ଚିହ୍ନିପାରିଲେ ଆଗନ୍ତୁକମାନଙ୍କୁ । ଏକ କ୍ଷୀଣ ଉଚ୍ଚାରଣରେ 'ଆସ' କହି ଦେଇ ଫେରିଗଲେ ଘର ଭିତରକୁ ।

ବସିବାକୁ କହିଲେ ନାହିଁ ଆଦରର ଝିଅ ନିଶାକୁ । ନିଶା ସାଥିରେ ଗୌରାଙ୍ଗକୁ ମଧ୍ୟ ବସିବାକୁ ଇସାରା କଲେନାହିଁ ।

ଛାଡ଼, ଏଇ ଔପଚାରିକତାରେ କ'ଣ ମିଳୁଛି କହିଲା ଭଳି ଗୌରାଙ୍ଗ ବସିଗଲା ସୋଫା ଉପରେ । ନିଶା ଉଦ୍ଦେଶ୍ୟରେ ବି କହିଲା 'ବସ' ।

ନିରବତା ଭିତରେ କଟିଗଲା କିଛି ଅଚିହ୍ନା ମୁହୂର୍ତ୍ତ । ଘର ଭିତରର ଆକାଶ ଥିଲା ଗୁମସୁମ୍ । କେତେବେଳେ ଗର୍ଜିବ କି ବର୍ଷିବ ପାଣିପାଗ କହି ହେଉନଥିଲା । ବାହାରେ ପୃଥିବୀ ଥିଲା ପ୍ରଶାନ୍ତ ।

ଅଭିଜିତ ନିଜ କୋଠରୀର ଦୁଆର ଖୋଲି ଧୀରେ ହଲରେ ପ୍ରବେଶ କଲା । ମୁହଁରେ କୌଣସି ଉତ୍ତେଜନା ଅବା ଆକ୍ରୋଶ ପ୍ରଦର୍ଶନ ନକରି ଅନୁପମା ଆଗରେ ଠିଆହେଲା ।

ତୁ ଏବେ ଆସିଲୁ କାହିଁକି ଦିଦି ? ତୋ କଥା ଘରେ ଉଠିଲେ ବାପା ରାଗ ଓ କ୍ରୋଧରେ ଉତ୍ତେଜିତ ହୋଇ ଉଠୁଛନ୍ତି... ? ତାଙ୍କ ରକ୍ତଚାପ ଉଚ୍ଚ ବୋଲି ତୁ କ'ଣ ଜାଣିନୁ ?

ବାପା-ମାଆ ତୋ ପାଇଁ ଯେତିକି, ମୋ ପାଇଁ ବି ସେତିକି। ମୁଁ ଜାଣିଛି, ମୁଁ କାହିଁକି ଆସିଲି ଏଠିକି। ଏକଥା ପଚାରିବାକୁ ତୁ କିଏ? ମୋତେ ମନା କରିବାକୁ ତୁ କିଏ ସେ କହିଲୁ?

ତୋ କଥା ଘରେ ଆଲୋଚନା ହେଲେ ବାପାଙ୍କ ରକ୍ତଚାପ ୨୦୦ ଉପରକୁ ଉଠି ଯାଉଛି। ଏମିତି ହେଉଛି ଦୁଇଦିନରୁ। ତୁ ଏବେ ନ ଆସି ଦୁଇଦିନ ପରେ ଆସିଲେ ଚଳି ନଥାନ୍ତା? ତୋର ଯାହା କହିବାର ଥିବ, ମାଆ ସହ ଫୋନରେ କହି ଦେଲୁନି? ଏବେ ବାପାଙ୍କର ଦେହ କିଛି ହେଲେ ତୁ ଦାୟୀ ରହିବୁ? କହିଲା ଅଭିଜିତ।

ମୁଁ କ'ଣ ଏମିତି ଗୋହତ୍ୟା କରି ଦେଇଛି ଯେ ମୋ କଥା ଚିନ୍ତାକରି ବାପାଙ୍କ ରକ୍ତଚାପ ବଢ଼ିଯାଇଛି? ଏବେ ତୋ କାରଣରୁ ବାପା-ମାଆଙ୍କର କିଛି ହେବ ନାହିଁ, ସେକଥା କିଏ କହିପାରିବ?

ତୁ ଯାହା କରିଛୁ ସେଥିରେ ତୁ ନିଜକୁ ଦୋଷମୁକ୍ତ ଭାବିଥିବୁ। କିନ୍ତୁ ବାପାଙ୍କ ସ୍ୱାସ୍ଥ୍ୟ ଏବେ ଯାହା ହେଉଛି, ସେଥିପାଇଁ କେବଳ ତୁ ଦାୟୀ ରହିବୁ ଜାଣିଥା ଦିଦି!

ଅଭିଜିତ ସହିତ କଥାବାର୍ତ୍ତା ଚାଲିବା ଭିତରେ ମାଆ ଆସି ବସିଲା ସୋଫା ଉପରେ। କହିଲା: ଏବେ ଆଉ କ'ଣ ଦେଖିବାକୁ ଆସିଛୁ ନିଶା? ସବୁ ସରିଗଲା ପରେ... ?

କ'ଣ ସରିଗଲା? ସଂସାର ଉଜୁଡ଼ି ଗଲା ପରି ଏମିତି ହେଉଛୁ କାହିଁକି? ତମମାନଙ୍କ ଆଗରେ ଗୌରାଙ୍ଗ କଥା ମୁଁ କହିଛି ବାରଂବାର... ତୁମେମାନେ ମୋ କଥା ଶୁଣିବାକୁ ଚାହିଁନାହଁ। ଅଥଚ ବିକାଶର କେତେ କୋଠାବାଡ଼ି ଅଛି, କେତେ ଗାଡ଼ି ମଟର, ବ୍ୟାଙ୍କ ବାଲାନ୍ସ ଅଛି, ସେକଥା ମୋର ଅନିଚ୍ଛା ସତ୍ତ୍ୱେ ମୋତେ ଶୁଣାଇ ଚାଲିଛ, କହିଲା ନିଶା।

ହଉ, ଛାଡ଼ ସେ ପୁରୁଣା କଥା। ଦିଦି ପାଇଁ ଚାହା ଜଳଖିଆ କ'ଣ ଟିକିଏ କରିଦେ ମାଆ, କହିଲା ଅଭିଜିତ।

ମୋ ପାଇଁ କିଛି କରିବା ଦରକାର ନାହିଁ। ଆମେ ଏଇନା ଜଳଖିଆ ଖାଇସାରି ଆସୁଛୁ। ଆମେ ଏ ଘରକୁ କୁଣିଆ ହୋଇ ଆସିନାହୁଁ, କହିଲା ନିଶା।

ତୁ ଆମ ସହିତ ରହୁଛୁ କି? ତେଣୁ ତୁ ଏବେ ଘର ପାଇଁ କୁଣିଆ। ଦିଦି ପାଇଁ ଅତିଥି ଚର୍ଚ୍ଚା କିଛି ହେବ କି ନା?

କାହିଁକି ହେବନି? ଝିଅ ଦିନେ ନା ଦିନେ ବାହାରିଆ ଲୋକ। ତେଣୁ ତା' ପାଇଁ ଅତିଥି ଚର୍ଚ୍ଚା ହେବ। ଅଲବତ ହେବ, ସଫେଇ ଦେଲା ମାଆ।

ବନ୍ଧୁ ଚର୍ଚ୍ଚା ବହୁତ ହୋଇଗଲାଣି। ଉପର ଠାଉରିଆ, ଦେଖାଣିଆ କଥା କିଛି

କରିବା ଦରକାର ନାହିଁ ... ଏତେ ଅତିଥି ଭକ୍ତି ଥିଲେ ଆମ ବିରୋଧରେ ପୁଲିସ କମ୍ପ୍ଲେଇଣ୍ଟ ଦେଇ ନଥାନ୍ତ, କହିଲା ଅନୁପମା।

କିଏ ଦେଇଥିଲା ପୁଲିସକୁ ଖବର ? ଆମେ କିଛି ଜାଣିନୁ... ! ନିରିହ ଭାବରେ କହିଦେଲା ମାଆ।

ତୁ କିଛି ଜାଣିନୁ। ଆମ କଥାରେ ତେଣେ ବାପାଙ୍କର ବିପି ବଢ଼ି ଯାଉଛି। ଅଥଚ ସେ ବି କିଛି ଜାଣି ନାହାନ୍ତି ? ତା'ହେଲେ ଆଉ ପୁଲିସ ପାଖକୁ ଯାଇଥିଲା କିଏ ? ଏସବୁ ଷଡ଼ଯନ୍ତ୍ର, ବଦମାସୀ ନୁହେଁ ତ ଆଉ କ'ଣ ? ଦାବୀ କଲା ଅନୁପମା।

ଘର କଥା ବାହାରେ ଚର୍ଚ୍ଚା ହେଉଛି ବୋଲି ଆମେ ବ୍ୟସ୍ତ ହୋଇଥିଲୁ। ଆମେ କାହିଁକି ପୋଲିସ ପାଖକୁ ଯିବୁ ? ବିକାଶ ପରିବାର ଲୋକଙ୍କ ସହ ତୋ ବିଷୟରେ କଥାବାର୍ତ୍ତା ଚାଲିଥିଲା ବେଳେ ତୁ କାହାକୁ ନକହି ହଠାତ ଚାଲିଗଲୁ, ସେଇଟା ଆମ ମୁଣ୍ଡ ନୁଆଁଇ ଦେଲା। ଆମେ କାହାକୁ କିଛି କହି ପାରିଲୁ ନା ଚୁପ୍ ହୋଇ ବସି ପାରିଲୁ, କହିଲା ବୋଉ।

ତୁମେମାନେ ବିକାଶ ଘର ଲୋକଙ୍କ ସହ କଥାବାର୍ତ୍ତା କରୁଥିଲ ? ତାଙ୍କ ସହ ସମ୍ବନ୍ଧ ଯୋଡୁଥିଲ, କିନ୍ତୁ ମୋତେ ପଚାରି ସେ ପ୍ରସ୍ତାବ ଚଳେଇଥିଲ ? ନା ସେଥିରେ ମୁଁ କୋଉଠି ରାଜି ଥିଲି ? ତେଣୁ ମୁଁ କାହିଁକି ଦାୟୀ ହେବି ? ମୋ ମନ ମୁତାବକ ସାଥି ମୁଁ ପାଇଲି, ତୁମେମାନେ ଖୁସି ହେବା ବଦଳରେ ଓଲଟି ଚଢ଼ାଉ କରୁଛ। ତେଣୁ ଆମେ ଦିହେଁ ଚାଲି ଯାଇଥିଲୁ ଆରାବଳୀର ଆବୁ ପର୍ବତ ଉପରକୁ।

ହଉ, ହେଲା। ସେ କଥା ଛାଡ଼। ଗୌରାଙ୍ଗର କେଉଁଠି ଚାକିରି ଥଇଥାନ ହେଲାକି ?

ହଁ, ସେ ଗୋଟାଏ ପ୍ରାଇଭେଟ୍ ବ୍ୟାଙ୍କରେ ଚାକିରି ପାଇଛନ୍ତି। ଦୁଇଦିନ ହେଲା। ପୋଷ୍ଟିଂ ଦିଲ୍ଲୀରେ ହୋଇଛି।

ହଉ ଭଲ ହେଲା, ଯାହା ହେଉ। ତମେ ଦିହେଁ ଏବେ କୋଉଠି ରହିଛ ? ଭଡ଼ା ଘରଦ୍ୱାର କିଛି ପାଇଲଣି ?... ତୋ ବାପାଙ୍କ ଦିହ ପା' ଟିକିଏ ସୁଧୁରି ଗଲେ ଆମେ ଆସିବୁ। ଅଭିଜିତକୁ ତୁମ ଘର ଠିକଣା ଦେଇଥାଅ, ମୁଁ ତ କିଛି ବୁଝେନାହିଁ ଏଠିକାର ରାସ୍ତାଘାଟ, ଘର ଦୁଆର... ! ଆମେ ଆସିବୁ ସମୟ ଦେଖି।

ଗୌରାଙ୍ଗ ଉଠିଲା। ନିଶା ବାହାରିବା ପାଇଁ ଉଦ୍ୟତ ହେଲା।

୩୨

ସୁନନ୍ଦା ଦୁଆର ଯାଏଁ ବଳେଇ ଦେଇ ଆସିଲେ: ନିଶା ଓ ଗୌରାଙ୍ଗ କରିଡର ପାରି ହେଲା ଯାଏଁ ଅଟକି ରହିଲେ। ସେ କେତେ ସମୟ, ଦୁଆର ମୁହଁରେ ଠିଆ ହୋଇଛନ୍ତି, ତାଙ୍କର ଖିଆଲ ନାହିଁ।

କାନ୍ଧ ଉପରେ କାହାର ଶୀତଳ ହାତ ସ୍ପର୍ଶରେ ସଚେତ ହେଲେ ସୁନନ୍ଦା।

କ'ଣ ଏଇଠି ଅଟକି ଯାଇଛ ? କିଏ ଆସିଥିଲା କି ? ପଚାରି ଦେଲେ ନିଶାର ବାପା।

ହଁ ନିଶା, ଗୌରାଙ୍ଗ ଆସିଥିଲେ। ଏଇନା ଫେରିଗଲେ।... କିନ୍ତୁ ତମେ ଏତେ ଶୀଘ୍ର ଉଠିଗଲ କାହିଁକି ?

ନା, ବିଶ୍ରାମ ନେଲାପରେ ଏବେ ଭଲ ଲାଗିଲା। କାହାର କଥାବାର୍ତ୍ତା ଶୁଣି ଉଠିଲି। ଗୌରାଙ୍ଗ କ'ଣ କହୁଥିଲେ ?

ସେ କିଛି କହିନାହିଁ। ବସିଥିଲେ ଚୁପଚାପ୍। ନିଶା ଅଭିଜିତ ସହ ଟିକିଏ ତୁତୁ-ମେମେ କଲା। କହିଲା ପୋଲିସକୁ କିଏ ଖବର ଦେଲା ? ମୁଁ କହିଲି, ପୋଲିସକୁ ଖବର ଦେଇ ଆମେ କାହିଁକି ଲୋକହସା ହେବୁ ?

ନା, ତମେ ଏକଥା ଭଲକରି ଜାଣିନାହଁ ସୁନନ୍ଦା। ପୋଲିସ ଥାନାରେ ଅଭିଯୋଗ କରିଥିଲା ଅଭିଜିତ।

ତମେ ଜାଣିଛ ତା'ହେଲେ ? ତାକୁ ମନା କଲନାହିଁ କାହିଁକି ? ଗୌରାଙ୍ଗ ସହ ଝିଅକୁ କେଉଁଠି ପୋଲିସ ଅଟକାଇଲେ ଆମକୁ ଭଲ ଲାଗିବ ? ବନ୍ଧୁବାନ୍ଧବ ଏକଥା ଜାଣିଲେ କ'ଣ କହିବେ ?

ଆଚ୍ଛା କଥା କହୁଛ। ଏତେ ବଡ଼ ପିଲା, ସନ୍ଧ୍ୟା ହେଲେ ଘରକୁ ଫେରିଆସେ। କୁହାବୋଲା ନକରି ରାତିରେ କୋଉଠି ରହିଲା କି ହଜିଗଲା... ତିନି ଦିନ, ଫୋନ ବି

ସ୍ୱିଚଫ୍ ଦେଖାଉଥିଲା। ତେଣୁ ସେ କେଉଁଠି ଅଛି ଜାଣିବା ପାଇଁ ପୁଲିସ ସହାୟତା ନେଲୁ। ରିପୋର୍ଟ ନକଲେ ଜଣା ପଡ଼ିବ କେମିତି: ସେ ନିଜ ଇଚ୍ଛାରେ ଗଲା କି ତାକୁ କିଏ ଅପହରଣ କରିନେଲା? ଏବେ ଦେଶର ଅବସ୍ଥା ଯାହା, ପତ୍ରକାରମାନଙ୍କୁ ଆତଙ୍କବାଦୀ ହରଣ କରିନେବା କିଛି ନୂଆ କଥା ନୁହେଁ।

ନିଶା ସହିତ ମୁଁ ଫୋନରେ କଥାବାର୍ତ୍ତା କରିଛି। ତା'ର ଫୋନ କେବେ ସ୍ୱିଚ୍ ଅଫ୍ ହେବା କଥା ମୁଁ ଜାଣିନାହିଁ।

ତା'ମାନେ ତମ ସହିତ ସଲାସୁତରା କରି ନିଶା ଏସବୁ କରୁଛି? ମୋତେ ନଜଣାଇ ମାଆ ଝିଅ ଧର୍ମକୁ ଆଖିଠାର ପରି କାମ କରିଛ?

ଆଖିଠାର କ'ଣ? ସେ କୋଉଦିନ ଆଖି ଉଠାଇ ତୁମ ସହ କଥାବାର୍ତ୍ତା କରିଛି? ନା ତୁମ କଥାର ଅବଜ୍ଞା କରିଛି?

ଅବଜ୍ଞା କେମିତି ଆଉ କରନ୍ତି? ଆମକୁ ପଦେ ନକହି ଏମିତି ମନମାନି କାମ କରିଦେଲା ନା?

ସେ କେତେଦିନ ଆମର ବଶମ୍ୱଦ ହୋଇ ରହିବ ଯେ? ମୋର ମନା ସତ୍ତ୍ୱେ ତମର ଏକଜିଦିଆ ସ୍ୱଭାବ ଯୋଗୁଁ ତା'ର ପ୍ରଥମ ବିବାହ ହେଲା ଓ ଭାଙ୍ଗିଲା!

ଏବେ ଗୌରାଙ୍ଗ କଥା ପଡ଼ିଛି ନା ନିଶାର ପ୍ରଥମ ବିବାହ?

ଆମମାନଙ୍କର ଭୁଲ, ଜିଦ୍ ଓ ଅହଂକାର ପାଇଁ ପିଲାମାନେ କାହିଁକି ଆଉ କେତେଦିନ କଷ୍ଟ ପାଇବେ?

ଏବେ ନିଶା-ଗୌରାଙ୍ଗ କଥାରେ ମୋତେ କାହିଁକି ଦୋଷୀ କରୁଛ?

କରିବିନି? ତମେ ହିଁ ଗୌରାଙ୍ଗ ମୁହଁରେ ରୋକଠକ୍ କହିଦେଲ ଯେ ପନ୍ଦର ଦିନରୁ ଦିନେ ଓଲିଏ ବି ଅପେକ୍ଷା କରିହେବ ନାହିଁ...

କ'ଣ ହୋଇଗଲା ସେଇଠୁ? ଆମେ ଆମ ଝିଅର ସ୍ୱାର୍ଥ କଥା କହିବୁ ନା ନାହିଁ?

ତମେ ନିଶାର ମନକଥା କୋଉଦିନ ବୁଝିଛ ? ତା' ସହ କଥାବାର୍ତ୍ତା ନକରି ବିକାଶ ସହ ପ୍ରସ୍ତାବ ପକାଇ ଦେଇଥିଲ। ପିଲାଲୋକ, ନିଶା କରିବ ଆଉ କ'ଣ? ବିନା ପ୍ରତିବାଦରେ ଘର ଛାଡ଼ି ଚାଲିଗଲା। ତମେ ଯେମିତି ଜିଦ୍‌ଖୋର ଲୋକ, ଗୌରାଂଗକୁ ସହଜରେ ଗ୍ରହଣ କରି ନେଇଥାନ୍ତ? ତୁମ ଅହଂକାର ତଳେ ପଡ଼ିଯିବନି? ସିଏ ତୁମରି ଝିଅ, ସେ ତୁମ କଥା ମୁଣ୍ଡପାତି ମାନିନେବ?

ଏବେ କଅଣ ଘଟିଗଲା ଯେ ଏତେ ରାଉରାଉ ହେଉଛ? ପୁଲିସ୍ କ'ଣ ଗୌରାଙ୍ଗକୁ ବାନ୍ଧିନେଲା?

ନିଶା ଥାଉଥାଉ ଗୌରାଙ୍ଗଙ୍କୁ କିଏ କେମିତି ବାନ୍ଧିନେବ? ତା'ର କେତେ ବଡ଼ବଡ଼ ଅଫିସର, ଡିଜି, ମନ୍ତ୍ରୀ ସାଙ୍ଗ ଅଛନ୍ତି, ପୁଲିସ ଧରିନେବ?

ଏବେ କ'ଣ ପାଇଁ ଆସିଥିଲା ସେ? ତା'ର କ'ଣ ଦରକାର? ମୋତେ ଉଠାଇଲନି?

ତମେ ବାପ ହୋଇ କେମିତି ବୁଝିବ ଝିଅର କଷ୍ଟ? ନା ତମେ କେବେ ମାଆ ହୋଇପାରିବ? ଝିଅଟା କେଉଁଠି ବାହାରେ ଯାଇ ରହିଲା, କେମିତି ରହିଲା... ତାକୁ ଭଲଭାବେ ରନ୍ଧାବଢ଼ା ବି କରି ଆସେନାହିଁ।

କ'ଣ ଭାସିଗଲା ସେଇଠୁ? ସେ ସନ୍ନ୍ୟାସୀ ଏଇନା କରୁଛି କ'ଣ? ସେ କ'ଣ ଖାଲି ଖାଉଥିବ, ରାନ୍ଧିବାଢ଼ି ପାରିବ ନାହିଁ?

କିଏ ଗୌରାଙ୍ଗ? ସେ କ'ଣ ଘରେ ବସିଛି ଯେ ରାନ୍ଧୁଥିବ? ସିଏ ବି ଚାକିରି ବାକିରି କଲାଣି।

ହଁ, କୋଉଠି ଚାକିରି କରୁଛି ସେ?

କୋଉ ବ୍ୟାଙ୍କରେ କାମ କରୁଛି।

ହଉ... ତାଙ୍କ ସମସ୍ୟା ସେମାନେ ବୁଝିବେନି? ଦରକାର ପଡ଼ିଲେ ସେମାନେ ରାନ୍ଧୁଣିଆ ରଖିବେ କି ହୋଟେଲରେ ଖାଇବେ ତାହା ତାଙ୍କରି ବ୍ୟକ୍ତିଗତ ସମସ୍ୟା। ତମେ କାହିଁକି ସେଥିପାଇଁ ଏତେ ଚିଲ୍ଲାଉଛ କହିଲ?

ମୁଁ ମୁହଁ ଖୋଲିଲେ ଖାଲି ଚିଲ୍ଲାଉଛି। ତମେ ସେମିତି କାମ କରିବ, ଆଉ ବିପି ବଢ଼ିଗଲେ ଔଷଧ ଖାଇ ଶୋଇ ରହିବ। ଘରେ ଭୂମିକମ୍ପ ଆସୁ, ନଈବଢ଼ି ଆସୁ। ଏଠି ଯେକୌଣସି ସମସ୍ୟା ଆସିଲେ ବି ଭୋଗିବି ମୁଁ। ତମର କିଛି ଯାଏଆସେ ନାହିଁ... ସୁନନ୍ଦା ଶାଢ଼ିକାନିରେ ନାକ ପୋଛିଲେ। ଆଖିରୁ ବୋହି ଆସୁଥିବା ଅଣାୟତ୍ତ ଜଳଧାରା ପୋଛିବାକୁ ଲାଗିଲେ।

ଆଇ ଏମ୍ ସରି, ଶ୍ରୀବାସ୍ତବ ସ୍ୱଗତୋକ୍ତି କଲେ। କଥାବାର୍ତ୍ତା ଆଗକୁ ବଢ଼ିବାକୁ ନଦେଇ ସେ ଫେରିଗଲେ ନିଜ ପ୍ରକୋଷ୍ଠକୁ।

ଗୁମସୁମ ନିରବତା ପ୍ରସରିଗଲା କକ୍ଷ ସାରା। ପ୍ରଥମ ଥର ପାଇଁ ଝିଅ ନିଶାର ଅଭାବ ସ୍ପର୍ଶ କଲା ସୁନନ୍ଦାଙ୍କୁ। ନିଶାର ଅନୁପସ୍ଥିତି, ତା'ର ଅପରିମିତ ବ୍ୟକ୍ତିତ୍ୱ, ସଦା ହସହସ ଚେହେରା ଘରକୁ ଉଲ୍ଲାସ ମୁଖର କରି ରଖିଥାଏ। ଦୁଃଖ, ହତାଶା ଓ ଅତୃପ୍ତିର କୁହୁଡ଼ି ନିଶାର ଔରା ବାହାରେ ଦୋଳାୟମାନ ହୁଏ ଅଥଚ ତା'କୁ କେବେ ଛୁଇଁ ପାରେ ନାହିଁ।

କ'ଣ ହେଲା ମାଆ? କାହିଁକି ଏମିତି ବସିଛୁ? ତୋର କ'ଣ ଦରକାର

ମୋତେ କହୁନୁ। ତୁ ଚିନ୍ତା କରନା। ମୁଁ ଦିଦିକୁ ନେଇ ଆସିବି ଆଜି ସନ୍ଧ୍ୟାରେ, କହି ଅଭିଜିତ ନିଜ ହାତରେ ମାଆର ଲୁହ ପୋଛିଦେଲା।

ତୁ ଏକେଲା ଗଲେ ସେ ଆସିବ ନାଇଁ। ମୋତେ ତୋ ସାଥିରେ ନେଇଯା। ସେ ନିଶ୍ଚୟ ଆମ କଥା ରଖିବ... କହିଲେ ସୁନନ୍ଦା।

ଏବେ ସେ କେଉଁଠି ଥିବ କହିହେବ ନାହିଁ। ଅଫିସରେ କିମ୍ବା ବାହାରେ କେଉଁଠି ବ୍ୟସ୍ତ ଥିବ। ସନ୍ଧ୍ୟାରେ ତା' ଘର ଖୋଜିଦେଇ ତୋତେ ନେଇଯିବି, ଅଭିଜିତ ଆଶ୍ୱାସନା ଦେଲା।

ହଉ, ତୁ ନିଶା ସହ ସେଇ ପୁରୁଣା କଥା ଉଠାଇବୁ ନାହିଁ ଆଦୌ।

ପିଲାମାନେ ତାଳଗଛ ପରି ବଡ଼ ହୋଇଯାନ୍ତି କେତେ ଶୀଘ୍ର, ବାପା-ମାଆ ଜାଣି ପାରନ୍ତିନି। ଅବୋଧପଣରେ ପିଲାଏ ଖାଇପିଇ ପରିପକ୍ୱ ହୋଇଯାନ୍ତି, ଅଥଚ ମାଆ ମନ ତଳର ତରଳ ଆବେଗକୁ, ମନଃସ୍ତତ୍ତ୍ୱକୁ କେବେ ବୁଝି ପାରନ୍ତିନି।

ସୁନନ୍ଦା ଘଡ଼ି ଦେଖିଲେ। କାନିରେ ପୋଛିଲେ ଆଖିତଳ।

୩୩

ବାଲକୋନି ଝରକା ପାଖରେ କିଏ ଜଣେ ଠକ୍ ଠକ୍ କରୁଛି, ଅନେକ ସମୟ ଧରି। ପୁଣି ଠକ୍ ଠକ୍ ହେବାରୁ ଗୌରାଙ୍ଗ ନିଦରୁ ଉଠିଲା। ଏଇ ରାତିଟାରେ କିଏ ସେ ଖଟଖଟ କରୁଛି ?

କିଏ ? କିଏ ସେ ? ପଚାରି ଦେଲା, ଗୌରାଙ୍ଗ।

ଠକ୍ ଠକ୍ ଶବ୍ଦ ଟିକିଏ ଅଟକି ଗଲା।

ଆଖି ଖୋଲି ଦେଖିଲା କେତେବେଳେ ରାତି ପାହି ଗଲାଣି। ଫର୍ଚ୍ଚା ହୋଇଗଲାଣି ନୂଆ ଦିଲ୍ଲୀର ବିଭୋର ଆକାଶ। କୁହୁଡ଼ିରେ ଢାଙ୍କି ହୋଇଯାଇଛି ସାରା ସହର। ଦୁଆର ଆର ପାଖକୁ ଯାଇ ଦେଖେ ତ ଘରଚଟିଆଠାରୁ ଛୋଟ ପକ୍ଷୀଟିଏ ଝରକାର ଫ୍ରେମ ଉପରେ ଠିଆହୋଇ କାଚ ଉପରେ ଥଣ୍ଟ ମାରୁଛି। ବାରଂବାର। ସେ ଉତ୍ପନ୍ନ କରୁଥିବା ଶବ୍ଦର କୁହୁକରେ ଉଲ୍ଲସି ଉଠୁଛି କ୍ଷୁଦ୍ର ବିହଙ୍ଗଟି।

କିଏରେ ତୁ ? ସମ୍ବୋଧନ କରିବା ମାତ୍ରେ ଫୁ କରି ଉଡ଼ିଗଲା ଚଢ଼େଇ।

କିଚେନ୍ ଭିତରକୁ ଯାଇ ଦୁଇକପ୍ ଚାହା ତିଆରି କରି ଆଣିଲା ଗୌରାଙ୍ଗ। ଉଠ, ଉଠ, ଗୁଡ ମର୍ଣ୍ଣିଂ ଅନୁପମା ମାଡାମ୍, ଅଭିବାଦନ କଲା ଗୌରାଙ୍ଗ।

ପୁଣି କେଉଁଠୁ ଗୋଟେଇ ଆଣିଲ ଯେ ମାଡାମକୁ ?

ଚାହା ପିଇବ, ଉଠ ଶ୍ରୀମତୀ। କୁହଡ଼ିରେ ଭରି ଯାଇଛି ଆମ ବାଲକୋନି ଓ ରାସ୍ତାସାରା। ଦେଖିବ ଆସ। ପକ୍ଷୀଟିଏ ଚଞ୍ଚୁରେ ଝରକା କାଚ ଖୁମ୍ପିଖୁମ୍ପି ଆଜି ମୋତେ ନିଦରୁ ଉଠାଇ ଦେଇଥିଲା।

ତା' ପାଇଁ ଏଣିକି କପେ ପାଣି ମୁନ୍ଦାଏ ରଖି ଦେଉଥିବ, ଝର୍କା ପାଖରେ।

କେବେ ?

ସବୁଦିନ।

ଖୁବ ସୁନ୍ଦର ନିଦ ହୋଇଯାଇଥିଲା। ଭାଙ୍ଗି ଦେଲା ପକ୍ଷୀ।

ବରଂ ପକ୍ଷୀକୁ ଧନ୍ୟବାଦ ଦିଅ। କେଡ଼େ ସୁନ୍ଦର ସକାଳ ସହ ତୁମର ପରିଚୟ କରାଇଦେଲା ଆଜି।

ହଉ ଚାହା ସାରିଦିଅ, ଥଣ୍ଡା ହୋଇଯାଉଛି।

ଜାଣ ଗୌରାଙ୍ଗ, ରାତିରେ ମୁଁ ବଡ଼ ଅଦ୍ଭୁତ ସ୍ୱପ୍ନ ଦେଖିଲି। ଆମେ ଦିହେଁ ଅନେକ ଦୂର ଚାଲି ଯାଇଛୁ। ସେଠି ଚାରିଆଡ଼େ ବଡ଼ବଡ଼ ପାହାଡ଼, ଗଛପତ୍ର, ଝରଣା ଓ ହ୍ରଦ। ଲୋକବାକ କେହି ଦେଖା ଯାଉ ନାହାନ୍ତି।

ମହର୍ଷି ଆଶ୍ରମ ପରି ? କ'ଣ ଦେଖିଲ ସେଇଠି ?

ନା, ଆଶ୍ରମ ନୁହେଁ। ସେଇ ପାଖରେ ଫଳ ବା ଫୁଲର ବଗିଚା ଅଛି। କିନ୍ତୁ ସେ ସଂପୂର୍ଣ୍ଣ ଅଲଗା ସ୍ଥାନ। ସେଠି ଅଛି ଖୁବ ବଡ଼ ମନ୍ଦିର, ଧଳା ମାର୍ବଲରେ ତିଆରି। ସୂର୍ଯ୍ୟ କିରଣରେ ଝଲସି ଯାଉଛି... ଦେଖି ପାରୁନି ଆଖି।

ଠିକ୍ ଅଛି। ସେ ହୋଇଥିବ ଆବୁର ଦିଲୱାଡା ମନ୍ଦିର, ଯାହା ରହିଯାଇଛି ତୁମ ନିମଗ୍ନ ଚେତନାରେ।

ହୋଇପାରେ। ମନ୍ଦିରରେ ଆମେ ନଡ଼ିଆ ଭୋଗ ଚଢ଼ାଇଲୁ। କିନ୍ତୁ ପୁରୋହିତ ଭୋଗଥାଳିରେ ଆମକୁ ନଡ଼ିଆ ବଦଳରେ କ'ଣ ଦେଲେ ଜାଣ ?

କ'ଣ ଦେଲେ ?

କୁକୁଡ଼ା ବା ହଂସ ଅଣ୍ଡା। ମୁଁ ମଧ୍ୟ ଆଶ୍ଚର୍ଯ୍ୟରେ ପଚାରିଲି ଯେ କି ପ୍ରକାର ଭୋଗ। ପୁରୋହିତ କହିଲେ, ଆପଣ ଯାହା ଅର୍ପଣ କରିଛନ୍ତି, ତାହା ହିଁ ଆପଣଙ୍କୁ ମିଳିଛି ପ୍ରସାଦ ରୂପରେ।

କେତୋଟି ଅଣ୍ଡା ? ଗୋଟିଏ ? ଅଣ୍ଡା ଭୋଗ ଚଢ଼ାଇଲ ? ତାହା ପୁଣି ଜୈନ ମନ୍ଦିରରେ ? ଅସମ୍ଭବ ସ୍ୱପ୍ନ !

ସେଇଠୁ ଭ୍ୟାନିଟି ବ୍ୟାଗରେ ଅଣ୍ଡାଟି ଧରି ମୁଁ ଘରକୁ ଫେରିଆସିଛି। ଆଉ ଘରେ ପହଞ୍ଚିଲା ବେଳକୁ ସେଇ ଅଣ୍ଡା ଦିଶୁନାହିଁ।

ତା'ମାନେ ବାଟରେ କେଉଁଠି ଗଳି ପଡ଼ିଛି କିମ୍ବା ଫାଟି ଯାଇଛି। ଏତେ ସକାଳୁ ଏମିତି ଆଇଁଷିଆ ସ୍ୱପ୍ନ ଦେଖିଲ ?

ଏ ସ୍ୱପ୍ନର ଅର୍ଥ କ'ଣ ହୋଇପାରେ ଗୌରାଙ୍ଗ ?

ଆମେ ଶୋଇଥିବାବେଳେ ଆମ ଅବଚେତନ ମନ ସୁନ୍ଦର କାହାଣୀକୁ ସ୍ୱପ୍ନ ରୂପରେ ପ୍ରସ୍ତୁତ କିମ୍ବା କଳ୍ପନା କରିଥାଏ। ସ୍ୱପ୍ନ ସବୁ ଜୀବନ୍ତ ଓ ଭାବପ୍ରବଣ ହୋଇଥାଏ। ସବୁ ସ୍ୱପ୍ନର କିଛି ନା କିଛି ଗୋପନ ରହସ୍ୟ ଅଛି ବୋଲି କେହିକେହି ଭାବନ୍ତି। ସ୍ୱପ୍ନ

ବୃତ୍ତାନ୍ତ ଉପରେ ଗଭୀର ଗବେଷଣା କରିଛନ୍ତି ପାଶ୍ଚାତ୍ୟ ବୈଜ୍ଞାନିକ ସିଗମଣ୍ଡ ଫ୍ରଏଡ୍। ସ୍ୱପ୍ନ ସବୁ ବକ୍‌ୱାସ୍ ବୋଲି ମଧ୍ୟ ଆଉ କେତେଜଣ କହନ୍ତି। ବେଳେବେଳେ ସ୍ୱପ୍ନ ଭିତରେ ଜଟିଳ ସମସ୍ୟାର ଲୁକ୍କାୟିତ ସମାଧାନ ଥାଏ ତ ଭବିଷ୍ୟତ ବିପଦର ସୂଚନା ବି ଥାଏ।

ମୋ ସ୍ୱପ୍ନର ଅର୍ଥ କ'ଣ କହିଲ ନାହିଁ ଯେ ଗୌରାଙ୍ଗ ?

ଏ ସ୍ୱପ୍ନ ପ୍ରକୃତରେ କୋଉ ସମୟରେ ଦେଖିଲ ମୋତେ କହି ପାରିବ ?

ଏଇ ଦୁଇ ତିନି ଘଣ୍ଟା ତଳେ ଦେଖିଥିବି !

ମାନେ ରାତି ତିନିଟା ? ସେ ସମୟରେ ଆମ ନିମଗ୍ନ ଚେତନ ଥାଏ ବଳଶାଳୀ। ମନର ସବ-କନସସ୍ ଅବସ୍ଥା କୌଣସି ମଣିଷକୃତ ସମୟକୁ ମାନେନାହିଁ। ତେଣୁ ବାସ୍ତବରେ ଦଶଘଣ୍ଟା ସମୟକୁ ସ୍ୱପ୍ନରେ ଦଶ ମିନିଟରେ ଅତିକ୍ରମ କରିଦିଏ ମନ। ଏବେ ତୁମ ମାସିକ ଋତୁସ୍ରାବ ସମୟ ଯଦି ଆସନ୍ନ ହୋଇଥାଏ, ତେବେ ଏ ସ୍ୱପ୍ନକୁ ଅଣଦେଖା କରିଦେଇ ପାର।

କାହିଁକି ଏକଥା କହୁଛ ଗୌରାଙ୍ଗ ?

ଋତୁସ୍ରାବ ପୂର୍ବରୁ ସ୍ତ୍ରୀ ଯେଉଁ ମାନସିକ ଉଦବେଳନର ଶିକାର ହୁଏ ତାହାକୁ ପି.ଏମ୍.ଏସ୍. (Premenstrual syndrome) କୁହାଯାଏ। ସେଇ ଦୁର୍ବଳ ସମୟରେ ସ୍ତ୍ରୀର ସ୍ୱପ୍ନ ସମୂହ ତାଙ୍କ ହରମୋନ୍ ପୁନର୍ଗଠନର ଚିତ୍ର ଓ ଶାରୀରିକ ପ୍ରତିକ୍ରିୟା ସୂଚିତ କରନ୍ତି। ଏ ସମୟରେ ତୁମ ଋତୁଚକ୍ରର କଥା ତମେ ନିଜେ ଭଲଭାବେ କହିପାରିବ। ଏଇ ଅଠେଇଶ-ଦିନିଆ ଋତୁଚକ୍ରର ଶେଷ ପାଞ୍ଚଦିନ କଷ୍ଟଦାୟକ। ସ୍ନାୟବିକ ଓ ମାନସିକ ଚିନ୍ତା ଓ କ୍ଳାନ୍ତିପୂର୍ଣ୍ଣ ଦିନରେ ନାରୀ ଦେଖିଥିବା ସ୍ୱପ୍ନ ବି ଅବସାଦକାରକ। କହିପାରିବ ତୁମ ସାଇକଲରେ ଆଜିର ଗଣନା କେତେହେଲା ?

ହେ ଭଗବାନ୍, ମୁଁ ସେକଥା ସଂପୂର୍ଣ୍ଣ ଭୁଲି ଯାଇଛି ଗୌରାଙ୍ଗ। ଆମେ ଦିଲ୍ଲୀରୁ ଆବୁ ରୋଡ, ନକ୍କି ହ୍ରଦ, ଜ୍ଞାନ ସରୋବର, ଅଚଳଗଡ ଓ ଦିଲୱାଡା ଦେଇ ଫେରି ଆସିଲେ। ନୂଆ ଜୀବନ, ନୂଆ ଘର ଓ ତମର ନୂଆ ଚାକିରି ଭିତରେ କେତେବେଳେ ଚାଳିଶି ଦିନ ପାରି ହୋଇଯାଇଛି। ସେ ବିଷୟ ମୋର ଆଦୌ ଖିଆଲ୍ ହିଁ ନାହିଁ...

ମାନେ ତୁମ ଜୀବନରେ ଏହି ଋତୁଚକ୍ରରେ ଏମିତି କେବେ ବ୍ୟତିକ୍ରମ ହୋଇନାହିଁ ?

ମୋର ଜାଣିବାରେ ପ୍ରତି ମାସ ଏକ ନିର୍ଦ୍ଦିଷ୍ଟ ଦିନରେ ନିୟମିତ ଭାବେ ଆସେ ଋତୁଚକ୍ର। କେବେ ବି ମୋର ତାରିଖ ମିସ୍ ହୋଇନି।

ତା'ମାନେ ତୁମର ସ୍ୱାସ୍ଥ୍ୟାବସ୍ଥା ଅତି ଉତ୍ତମ କହିବାକୁ ହେବ ନିଶା।

ତାହା ଠିକ୍ କଥା ଗୌରାଙ୍ଗ।

ଆଉ ଏବେ କ'ଣ କରିବା ନିଶା? ପ୍ରଥମେ ଡକ୍ଟର ପାଖକୁ ଯିବା? ନା ସେଲିବ୍ରେଟ୍ କରିବା? ଆସ, ଟିକିଏ ପାଖକୁ ଆସିଯାଅ। ତୁମ ସ୍ୱପ୍ନ ରହସ୍ୟ କହିଦେବି।

ପାଖକୁ ନ ଆସିଲେ କହିବନି?

ଆମ ଜୀବନର ଅନ୍ତରଙ୍ଗ ବିଷୟ କେମିତି କହିଦେବି ଏତେ ସହଜରେ? ଆବୁ ପର୍ବତରୁ ଆଣିଥିବା ଭୋଗ ତମେ ଖୋଜୁଛ ଭ୍ୟାନିଟି ବ୍ୟାଗରେ ଅଥଚ ସେ ବଢୁଛି ତୁମ ଶରୀର ଭିତରେ। ସେଇ ଶୁଭ ଖବର ଆଜି ସକାଳୁ କିଏ ବାଣ୍ଟି ଦେଇଗଲା ଜାଣ?

ଝର୍କା ଉପରେ ଠକ୍ ଠକ୍ କରୁଥିବା ଛୋଟ ପକ୍ଷୀଟି?

୩୪

ଗୌରାଙ୍ଗ ଅଫିସରୁ କ୍ଳାନ୍ତ ହୋଇ ଘରକୁ ଫେରିଲାବେଳକୁ ରାତି ଆଠ ବାଜି ସାରିଥିଲା। ଏକେଲା ଅନୁପମା ଦୀର୍ଘ ସମୟ ତାକୁ ଅପେକ୍ଷା କରିବା ଅବସ୍ଥାରେ ଅଣନିଃଶ୍ୱାସୀ ହୋଇଯାଉଥିବ ହୁଏତ। କିମ୍ବା ମନେମନେ ତାକୁ ଅଭିଶାପ, ଗାଳି ବର୍ଷା ଅଜାଡ଼ି ଦେଉଥିବ। ସ୍ତ୍ରୀମାନେ ସ୍ୱାମୀଙ୍କ ବିଳମ୍ବ ପାଇଁ ସ୍ୱଭାବତଃ ଗାଳି ବର୍ଷା କରିବା ସେ ଶୁଣିଛି, ଦେଖିଛି।

ଅନୁପମା ଅନ୍ୟ ସାଧାରଣ ସ୍ତ୍ରୀଙ୍କ ପରି ହୋଇଥିବେ ବୋଲି ସେ କାହିଁକି ଭାବୁଛି ? ଏହା ତା'ର ନକାରାତ୍ମକ ଚିନ୍ତନ। କିନ୍ତୁ ଅନୁପମା ତ ଅନନ୍ୟ। ଅସାଧାରଣ। ଅନ୍ୟ ପ୍ରତି ସକାରାତ୍ମକ ମନୋଭାବ ରଖିଲେ ସେମାନଙ୍କଠାରୁ ସମ୍ମାନ ମିଳିଥାଏ। ମନରେ କାହା ପ୍ରତି ଅସୂୟା, କ୍ରୋଧ ରଖିଲେ ସେହି ବ୍ୟକ୍ତିଙ୍କଠାରୁ ଅପମାନ ଓ ଅସୌଜନ୍ୟ ବ୍ୟବହାର ମିଳିପାରେ।

କରିଡ଼ର ପାରି ହୋଇ ନିଜ ଫ୍ଲାଟ ଆଗରେ ଦେଖିଲା ତିନି ହଳ ଯୋତା ଥୁଆ ହୋଇଛି। ତା'ଘରେ ଆଜି ତିନି ଜଣ ଅତିଥି ? ଆଶ୍ଚର୍ଯ୍ୟ ! ଏହା ଅପ୍ରତ୍ୟାଶିତ ହେଲେ ବି ସେହି ତିନି ହଳ ପାଦକ ତିନିଜଣ ଆତ୍ମାଙ୍କ ଉପସ୍ଥିତି ଜାହିର କରୁଛି। ସେଥିରୁ ଅବଶ୍ୟ ହଳେ ସାଣ୍ଡାଲ୍ ନିଶାର ହୋଇଥାଇପାରେ।

ଘରେ ପ୍ରବେଶ କରିବା ମାତ୍ରେ ଗୌରାଙ୍ଗର ଜାଗ୍ରତ ଷଷ୍ଠେନ୍ଦ୍ରିୟର ସଂଶୟ ସତ୍ୟ ପ୍ରମାଣିତ ହେଲା। ନିଶାର ମାଆ ଓ ଭାଇ ଅଭିଜିତ ଆସିଛନ୍ତି ସୌଜନ୍ୟମୂଳକ ସାକ୍ଷାତ ପାଇଁ। ସୁମିଷ୍ଟ ଫଳ ଓ ମିଠା ପ୍ୟାକେଟରେ ଟେବୁଲ୍ ଭର୍ତ୍ତି ହୋଇଯାଇଛି।

ମୁଁ ମନା କରୁଚି, ମୁଁ ଶାଢ଼ି ପିନ୍ଧେନାଇଁ। ମାଆ ନେଇ ଆସିଛି ଏଇ ଶାଢ଼ି ବ୍ଲାଉଜ୍ ଦେଖ, କହି ଅନୁପମା ବେଡରୁମ୍ ଭିତରୁ ପ୍ୟାକେଟ ବାହାର କଲା। ଶାଢ଼ି

ଥିଲା ଇଣ୍ଡିଗୋ ରଙ୍ଗର, ବର୍ଡର୍ ଥିଲା କ୍ରିମ କଲର। ଲାଇଟ୍ ରଂଗର ଛୋଟ ଫୁଲ ଫୁଟିଥିଲା ଶାଢ଼ି ସାରା।

ତୁମ ଦେହର ରଙ୍ଗକୁ ଏ ଶାଢ଼ି ଖୁବ ଜମିବ, କହିଲା ସପ୍ରଶଂସ ଗୌରାଙ୍ଗ।

ହଉ ହେଲା, ଯୋଗୀରାଜ... ବସ, ଚାହା ଟିକିଏ କରି ଦେଉଛି ?

ମାଆ, ଭାଇଙ୍କ ପାଇଁ କିଛି ତିଆରି କରିଛ ନିଶା ?

ହଁ। ଆମେ ଏଇନା ଚାହା ପିଇଲୁ, ଉତ୍ତର ଦେଲେ ନିଶାର ମାଆ।

ଘର ପାଇବାରେ ଆପଣଙ୍କୁ କିଛି ଅସୁବିଧା ହୋଇନାହିଁ ତ ? ସୌଜନ୍ୟ ଔପଚାରିକ ପ୍ରଶ୍ନଟିଏ ପଚାରିଦେଲା ଗୌରାଙ୍ଗ।

ନା ନା, ସେ କିଛି ନୁହଁ। ଆମେ ନିଶା ପାଖକୁ ବାହାରିଛୁ ଜାଣି ତା' ବାପା ମଧ୍ୟ ଆମ ସହ ଆସିବାକୁ ଚାହିଁଲେ। ଆମେ ତାଙ୍କ ସ୍ୱାସ୍ଥ୍ୟ କାରଣ ଦର୍ଶାଇ ବାରଣ କରିବାରୁ ସେ ଅଟକିଲେ, କହିଲେ ଅନୁପମାଙ୍କ ମାଆ।

ଠିକ୍ ଅଛି ମାଆ, ଏବେ ଖାଇବା ସମୟ ହୋଇଗଲାଣି, ଆପଣ ଆମ ସହିତ ଆଜି ରାତ୍ର ଭୋଜନ କଲେ ଆମେ ଗୌରବାନ୍ୱିତ ହୁଅନ୍ତୁ।

ପ୍ରକୃତରେ ମୁଁ ଆସିଥିଲି ତମ ଦିହିଁଙ୍କୁ ଆମ ଘରକୁ ଆମନ୍ତ୍ରଣ ଜଣାଇବାକୁ। ଆସନ୍ତା ରବିବାର ତମେମାନେ ଆମ ସହିତ ମିଶି ଖାଇଥାନ୍ତ। ସେଥିପାଇଁ ମୁଁ ତୁମକୁ ଡାକିବାକୁ ଆସିଥିଲି।

ହଁ, ସେଇଟା ଆମର ସୌଭାଗ୍ୟ ହୋଇଥାନ୍ତା। କିନ୍ତୁ ମୁଁ ରହି ପାରୁନି ମାଆ। ସେଦିନ ମୋର ଅଫିସରେ କିଛି ଜରୁରୀ କାମ ଅଛି। ଅବଶ୍ୟ ଅନୁପମା ନିଶ୍ଚୟ ଯାଇ ପାରିବ।

ସେଦିନ ରବିବାର। ଛୁଟି ହୋଇଥିବାରୁ ତମେ ଦିହେଁ ଘରେ ଥିବ ବୋଲି ତୁମକୁ ଆଶା କରୁଥିଲି। ଦିନସାରା ତମେ ଅଫିସରେ ବ୍ୟସ୍ତ ରହିବ ପୁଅ ? ସନ୍ଧ୍ୟାରେ ଆସି ପାରିବନି ?

ନା ବୋଉ, ଗୌରାଙ୍ଗ ଆଉ ମୁଁ ମିଶି ଅନ୍ୟ ଛୁଟିଦିନରେ ଆସିବୁ। ହୁଏତ ପର ସପ୍ତାହରେ। ଏବେ ନୁହେଁ, ସ୍ପଷ୍ଟ ଭାବରେ କହିଦେଲା ଅନୁପମା।

ଆମେ ଭାବୁଥିଲୁ, ତମେ ଦିହେଁ ଆମ ସହ କିଛି ସମୟ ବିତେଇ ଥାଆନ୍ତ। ପଂକ୍ତି ଭୋଜନ କେବଳ ଏକ ରକମର ଆଳ ମାତ୍ର। ମୁଖ୍ୟ ଉଦ୍ଦେଶ୍ୟ ହେଲା ତମମାନଙ୍କ ସହ ସମୟ କାଟିବା।

କଥା କ'ଣ କି ମାଆ, ନିଶାର ବି ମେଡିକାଲ ଚେକ୍‌ଅପ୍ ଅଛି, ସେହି ରବିବାର ସନ୍ଧ୍ୟାରେ।

ନିଶାର ଦେହ କିଛି ଅସୁସ୍ଥ ହେଲାକି ? ଆତଙ୍କିତ ଦିଶିଲେ ମାଆ। ନିଶା ମାଆଙ୍କ କାନ ପାଖକୁ ଯାଇ କିଛି ଚୁପ୍ କରି କହିଲା ପରେ ତୁରନ୍ତ ଡ୍ରଇଂ ରୁମର ଆବହାଓ୍ବା ବଦଳିଗଲା। ମାଆ ଝିଅ ପରସ୍ପରର ବାହୁ ବନ୍ଧନ ଭିତରେ ସସ୍ମିତ ରହିଲେ କିଛି ସମୟ।

ନିଶାର ମଥାକୁ ଆବେଗରେ ଥାପୁଡ଼େଇ ଦେଲେ ତାଙ୍କ ମାଆ। ତା' କପାଳରେ ବି ଚୁମିଦେଲେ ବାରଂବାର।

ମୋ ବିରୋଧରେ କିଛି ଷଡ଼ଯନ୍ତ୍ର କରୁନାହଁ ତ ଅନୁପମା ?

ନା, ତୁମ କୀର୍ତ୍ତିକଳାପ ବର୍ଣ୍ଣନା କରୁଛି, ଗୌରାଙ୍ଗ। ମାଆ-ଝିଅଙ୍କ ଭିତରେ ଅନେକ ଗୋପନ ଭାବ ଦିଆନିଆ ଥାଏ। ବ୍ୟକ୍ତିଗତ କଥା ଅନେକ ଥାଏ, ଯାହା ସନ୍ନ୍ୟାସୀମାନେ ଶୁଣିବା ମନା।

ତା'ମାନେ ଆପଣମାନଙ୍କ ଗପସପ ଆମ ସିଲାବସ ବାହାରେ ? ହଉ, ଠିକ୍ ଅଛି, ଆପଣମାନଙ୍କ ଆଲୋଚନାରୁ ମୁଁ ବିରତ ହେଉଛି। କ୍ଷମା ପ୍ରାର୍ଥନା କରୁଛି, ମୁଁ ନିର୍ଲିପ୍ତ ହୋଇଯାଉଛି ଏଇ ମୁହୂର୍ତ୍ତରୁ।

ହଉ ନିଶା, ଆମେ ଆସୁଛୁ।

ଆମେ ଅନ୍ୟ କେଉଁ ଛୁଟିଦିନ ଦେଖି ଆସିବୁ ମାଆ। ନିଶ୍ଚୟ, ନିଜ ତରଫରୁ ପ୍ରତିଶ୍ରୁତି ଦେଲା ଗୌରାଙ୍ଗ।

ଅତିଥିମାନେ ଫେରିଯିବା ପରେ ଅସୀମ ନିରବତା ଆଚ୍ଛାଦନ କରିଦେଲା ଗୌରାଙ୍ଗ ଦମ୍ପତିଙ୍କ ଏକ ବଖୁରିଆ କଂକ୍ରିଟର ସଂସାର। ଘର ସାରା ପବନରେ ଅଦ୍ଭୁତ ସ୍ତବ୍ଧତା।

ଅନୁପମା, ଆଉ ସବୁ ଭଲ ତ ? ଆଜି ଦିନ କେମିତି କଟିଲା ?

ବୋଉ ଆସିଲା ପରେ ମନ ହାଲୁକା ଲାଗିଲା, ସତରେ ! ବିତିଲା ଖୁବ ଖୁସିରେ।

ଆଉ ତମ ବଗିଚାର ଫୁଲ କେମିତି ଅଛନ୍ତି ? ଫଲିକଲ୍ ଭିତରେ ଭ୍ରୁଣ ? ସ୍ୱପ୍ନରେ ଦେଖିଥିବା ଦିଲଓ୍ବାଡା ମନ୍ଦିରର ଭୋଗ...

ହଁ ଗର୍ଭସ୍ଥ ଶୁକପକ୍ଷୀ ସୁସ୍ଥ ଅଛନ୍ତି, କହିଲା ଅନୁପମା।

ଭଗବତ ଗୀତାରେ ଅଛି ଛୋଟ ଏକ ମଞ୍ଜି ଭିତରେ ଏକ ବୃହତ ବୃକ୍ଷର ସଂଭାବନା ଥାଏ। ବୀଜ ମାଟିରେ ରୋପିତ ହୁଏ, ମାତୃ ଗର୍ଭରେ ସନ୍ତାନ ବୃକ୍ଷ ରୋପିତ ହୁଏ ସେମିତି। ମାଟିର ବିପରୀତ ଦିଗରେ ଅର୍ଥାତ ଆକାଶ ଆଡ଼କୁ ପ୍ରଧାବିତ ହୁଏ ବୃକ୍ଷ। ସେମିତି ବ୍ରହ୍ମାଣ୍ଡ ସୃଷ୍ଟିର ବୀଜ ହେଲେ ପରମାତ୍ମା। ବ୍ରହ୍ମଲୋକରେ ସୃଷ୍ଟିର ବୀଜ ବୁଣାଯାଇଛି। ତାହାର ଶାଖା ପ୍ରଶାଖା ପୃଥିବୀ ଆଡ଼କୁ ପ୍ରଲମ୍ବିତ। ଗୀତାର ପଞ୍ଚଦଶ

ଅଧ୍ୟାୟ ପ୍ରଥମ ଶ୍ଲୋକ କହେ: ଆମେ ସମସ୍ତେ ପରମାତ୍ମାଙ୍କ ସନ୍ତାନ, ଦୟା, କରୁଣା ଓ ପ୍ରେମର ଶାଖା ପ୍ରଶାଖା। ତାଙ୍କର ଶ୍ରୀମତ୍ ପାଳନ କରି ଆମେ ଆଧ୍ୟାତ୍ମ ଓ ବେଦାନ୍ତ ଜ୍ଞାନ ଅର୍ଜନ କରିଥାଉଁ। ସେମିତି ଗୀତାର ନବମ ଅଧ୍ୟାୟ ତେଇଶି ଶ୍ଲୋକରେ ଅଛି ଭଗବାନ ଏକ, କିନ୍ତୁ ଅଜ୍ଞ ମଣିଷ ତାଙ୍କୁ ବିଭିନ୍ନ ରୂପ ଓ ଆକୃତିରେ ପୂଜା ଆରାଧନା କରନ୍ତି। ଛୋଟବଡ଼ କୃତ୍ରିମ ଆକୃତିକୁ ପୂଜା କରିବା ପରିବର୍ତ୍ତେ ବିଧିପୂର୍ବକ ସିଧାସଳଖ ପରମାତ୍ମାଙ୍କୁ ପୂଜା କରିବା ଦରକାର। ଯେହେତୁ ପରମାତ୍ମା ସକଳ ଶକ୍ତି ଓ ସର୍ବୋଚ୍ଚ ଲକ୍ଷ୍ୟର ମୂଳାଧାର ଜ୍ୟୋତିସ୍ୱରୂପ: ତାଙ୍କୁ ସଂପୂର୍ଣ୍ଣ ସମର୍ପଣ କଲେ ତାଙ୍କୁ ପାଇହୁଏ।

ଥ୍ୟାଙ୍କ ୟୁ ଗୌରାଙ୍ଗ।

୩୫

ରାତି କେତେ ହେଲା ଜାଣି ହେଉନାହିଁ । ଚାରିଆଡ଼େ ପରିବ୍ୟାପ୍ତ ଅନ୍ଧାର । ରାଜଧାନୀ ଦିଲ୍ଲୀରେ ବି ବିଦ୍ୟୁତ କାଟ ହୁଏ ? ନା ଯେ ସାମୟିକ ବିଦ୍ୟୁତ ଟ୍ରିପ୍ପିଙ୍ଗ୍ ? କିଛି କହି ହେଉନି । ଓଡ଼ିଶା ବିଦ୍ୟୁତ-ସରପ୍ଲସ୍ ରାଜ୍ୟ ହେଲେ ହେଁ ପ୍ରତି ଗାଁରେ ପାୱାର-କଟ୍ ହେବା ଦୈନନ୍ଦିନ ଘଟଣା । ଦିଲ୍ଲୀ କଥା ଦିଲବାଲାଙ୍କୁ ଜଣାଥିବ ନହେଲେ ଅରବିନ୍ଦଙ୍କୁ !

ସିଲିଂ ଫ୍ୟାନ ନିରବି ଯାଇଛି କେତେବେଳୁ । ରହିରହି ଫ୍ରିଜରୁ ସିଁ-ସାଁ ଶବ୍ଦ ନିର୍ଗତ ହେଉନାହିଁ ।

ସହରୀ ରାସ୍ତାଘାଟରୁ ଗାଡ଼ି ମଟରର ଘର୍ଘର ବ୍ୟତୀତ ଝିଙ୍କାରିର ସ୍ୱର ଶୁଭୁନାହିଁ । କୁମ୍ଭାଟୁଆର କଣ୍ଠ ଦୁଃସ୍ୱପ୍ନ ହୋଇଯାଇଛି ଏଇ ସଭ୍ୟ ଜୀବନରେ ।

ସନ୍ନ୍ୟାସ ଗ୍ରହଣ କରିବ ବୋଲି ଗାଁ, ଘରଦ୍ୱାର, ଜମିଜମା, ପିତାମାତା ଓ ସାଙ୍ଗସାଥି ଛାଡ଼ି ଆସିଥିଲା ଗୌରାଙ୍ଗ । ମହର୍ଷି ଆଶ୍ରମରେ ପଦାର୍ପଣ କରିଥିଲା ବ୍ରହ୍ମ ମହାତତ୍ତ୍ୱର ରହସ୍ୟ ଭେଦ କରିବ ବୋଲି ଅନେକ ଦିନ ତଳେ । ଅଥଚ ସେ ଏବେ ଐଶ୍ୱର୍ଯ୍ୟମୟ ଇନ୍ଦ୍ରପ୍ରସ୍ଥର ନାଗରିକ । ତା'ର ସନ୍ନ୍ୟାସ ଜୀବନର ଲକ୍ଷ୍ୟ କ'ଣ ଥିଲା ଓ ତା'ର ପରମାତ୍ମା ପ୍ରେମ କେଉଁଠି ନିଖୋଜ ହେଲା ଭାବିଲେ ଲାଗେ ତା' ଜୀବନ କୁହୁକ ବାସ୍ତବତାର ଏକ ସବୁଜ ଖଣ୍ଡିତାଂଶ । କେଉଁ ପାର୍ଥିବ ମାୟାରେ ପଡ଼ି ସେ ଏବେ ଦିଲ୍ଲୀ ମହାନଗରୀରେ ସାଧାରଣ ସଂସାରୀ ଜୀବନ ଯାପନ କରୁଛି, କଳ୍ପନା କରି ହେଉନାହିଁ ।

ତା'ର ପ୍ରିୟଜନ, ପରିବାର ଓ ଗାଆଁ ସଂପର୍କର ମୋହ ତୁଟାଇ ଦେଇଛି ସେ । ଗତକାଲି ନିଶାର ମା' ଗୌରାଙ୍ଗ ସହ ଝିଅକୁ ଆମନ୍ତ୍ରଣ କରିଛନ୍ତି ସ୍ୱଗୃହକୁ । ସେ ଗୌରାଙ୍ଗର ପିତାମାତା, ଭାଇ ଓ ପରିବାର ବର୍ଗଙ୍କ ସହ ଦେଖା କରିବାକୁ ଇଚ୍ଛା ପୋଷଣ କରିଛନ୍ତି । କିନ୍ତୁ ଏବେ କ'ଣ ଗୌରାଙ୍ଗ ନିଜ ଗାଁକୁ ଫେରିଯାଇ ପାରିବ ?

ଏଇନା ଫେରିଲେ ବନ୍ଧୁ ପରିଜନମାନେ କ'ଣ ସହଜରେ ତାକୁ ଗ୍ରହଣ କରିନେବେ? ବ୍ୟସ୍ତ ହୋଇ ଖଟରୁ ଉଠି ବସିଲା ସେ।

ଫ୍ୟାନ ଅଟକି ଯିବାରୁ ଚାଉଁକିନା ନିଶାର ନିଦ ଭାଙ୍ଗିଗଲା।

କ'ଣ ହେଲା ଗୌରାଙ୍ଗ? କାହିଁକି ଶୋଇନାହଁ ଏ ପର୍ଯ୍ୟନ୍ତ? କ'ଣ କିଛି ଖରାପ ସ୍ୱପ୍ନ ଦେଖିଲ? ଅଫିସରେ କିଛି ସମସ୍ୟା ହୋଇଛି କି?

ନା। ଆଗରେ ଷ୍ଟାଫ୍ ସିଲେକସନ୍ ପରୀକ୍ଷା ଅଛି, ସେଥିପାଇଁ ଅସ୍ତବ୍ୟସ୍ତ ଲାଗୁଛି ନିଶା।

ଓ! ସେଥିରେ ବ୍ୟସ୍ତ ହେବାର କ'ଣ ଅଛି? କୋଉ ପରୀକ୍ଷା ଦେଉଛ? ମୌଖିକ, ଲିଖିତ ନା ପ୍ରିଲିମ୍?

ପ୍ରିଲିମରେ ପାଶ୍ କରିଛି। ଏବେ ଅଛି ଲିଖିତ ପରୀକ୍ଷା ଆସନ୍ତା ଷୋହଳ ତାରିଖ।

ତା'ପରେ ମୌଖିକ ପରୀକ୍ଷା ଅଛି କି?

ନା ସେଥିରେ ମୌଖିକ ପରୀକ୍ଷା ନାହିଁ।

ଭଲ ତ! ଆହୁରି ସମୟ ଅଛି। ଏଥିରେ ଉତ୍ତୀର୍ଣ୍ଣ ହେଲେ କେଉଁ ଧରଣର ପୋଷ୍ଟିଂ ମିଳିପାରିବ ଗୌରାଙ୍ଗ?

ଏହା ହେଲା ଗ୍ରାଜୁଏଟ ସ୍ତରୀୟ ଷ୍ଟାଫ୍ ସିଲେକସନର ପ୍ରତିଯୋଗିତାମୂଳକ ପରୀକ୍ଷା, ଗ୍ରୁପ ବି ଓ ସି ଚାକିରି ପାଇଁ ଉଦ୍ଦିଷ୍ଟ। ଏଥିରେ ପାଶ୍ କଲେ ଜଣେ ଅଡିଟ ଅଫିସର, ଆସିଷ୍ଟାଣ୍ଟ ସେକ୍ସନ ଅଫିସର, ଇନ୍ସପେକ୍ଟର ଆଦି ଚାକିରି ପାଇଁ ଯୋଗ୍ୟ ବିବେଚିତ ହୋଇପାରିବ।

ୱାଃ, କନଗ୍ରାଚୁଲେସନ୍। ତମେ ନିଶ୍ଚୟ ଏଥିରେ ସଫଳ ହୋଇପାରିବ ଗୌରାଙ୍ଗ।

ମୁଁ ଆଦୌ ପଢ଼ାପଢ଼ି କରି ନାହିଁ। ବିଶ୍ୱାସ କର। ମୁଁ ସଫଳ ହେବି ବୋଲି କେମିତି କହିପାରୁଛ ନିଶା?

ତମେ ପରା କୋଚିଂ ଇନ୍‌ଷ୍ଟିଚ୍ୟୁଟରେ କ୍ଲାସ କରୁଛ, ତାହା ପଢ଼ାପଢ଼ି ନୁହଁକି? ତମର ଦୃଢ଼ ଇଚ୍ଛାଶକ୍ତି ଅଛି, ତମେ ପାରିବ, ମୁଁ ଜାଣେ।

ନା, ମୋତେ ଭୟ ଲାଗୁଛି...

ଅନ୍ଧାରକୁ ଭୟ ନା ଭବିଷ୍ୟତକୁ? ଏବେ ତୁମ ପାଖରେ ଚାକିରି ଅଛି, ମୋ ପାଖରେ ବି। ତେଣୁ ଭବିଷ୍ୟତ ପାଇଁ ଚିନ୍ତା କ'ଣ? ଅନ୍ଧାରକୁ ଯଦି ଭୟ, ତେବେ ସୁନା ପିଲା ପରି ଚୁପଚାପ୍ ଆସି ଶୋଇଯାଅ ମୋ ପାଖରେ। ବିଦ୍ୟୁତ ଆସିଯିବ ଆପେଆପେ। ସକାଳୁ ଉଠି ପଢ଼ାପଢ଼ି କରିବ କିମ୍ବା କୋଚିଂ ସେଣ୍ଟରକୁ ଯିବ, ତୁମ ଇଚ୍ଛା।

ନିଶା, ମୁଁ ଅଫିସ୍ ନଯାଇ ତୁମ ନିକଟରେ କିଛିଦିନ ରହିବାକୁ ଚାହେଁ। ମାନସିକ ଅସ୍ଥିରତାରୁ ମୁକୁଳିବା ପାଇଁ ଘରେ ରହି ପଢ଼ିବାକୁ ଚାହେଁ। ତମେ ବି ଅଫିସ ନଯାଇ ମୋ ପାଇଁ ଟିକିଏ ରନ୍ଧାବଢ଼ାରେ ସହାୟତା କରନ୍ତ। ପାଖରେ ବସେଇ ନିଜ ହାତରେ ମୋତେ ଖୁଆଇ ପିଆଇ ଦିଅନ୍ତ...

କିନ୍ତୁ କାହିଁକି ? ସେମିତି କରି ମୁଁ କ'ଣ ତୁମର ପ୍ରତ୍ୟୟ ଜନ୍ମାଇ ପାରିବି ଯେ ମୁଁ ତୁମକୁ ସେତିକି ଭଲପାଏ ଯେତିକି ତମେ ? ମିଛ ପ୍ରତ୍ୟୟ ଆଦୌ ନୁହେଁ... ଘରେ ଆମେ ଯେତେ ଅନ୍ତରଙ୍ଗ, ବାହାରେ ବି ସେତିକି ଅନ୍ତରଙ୍ଗ ହେବା।

ତା'ମାନେ କ'ଣ ?

ମାନେ ଆମ ଭଲପାଇବା ହେବ ଘରେ ଓ ବାହାରେ ଏକାପରି ଛଳନାମୁକ୍ତ। ସ୍ୱଚ୍ଛ। ବାହାରେ ପରସ୍ପର ପ୍ରତି ଯେତିକି ସମ୍ମାନ ଓ ସଂଭ୍ରମ ରହିବ, ଘରେ, ଶୟନ କକ୍ଷରେ ବି ସେତିକି ! ବୁଝିପାରିଲ ?

ତାହାତ ଠିକ୍। ଜୀବନରେ ବେଳେବେଳେ ଏମିତି ସମସ୍ୟା ଓ ଦ୍ୱନ୍ଦ୍ୱ ଦେଖାଦିଏ ଯେତେବେଳେ ପ୍ରିୟ ଲୋକର ଶାରୀରିକ ସାନ୍ନିଧ୍ୟ ଦରକାର ହୁଏ। ବିଶେଷତଃ, ପୁରୁଷର ଶାରୀରିକ ରସାୟନ ଏମିତି ତିଆରି ହୋଇଛି ଯେ ମନରେ ସନ୍ତାପ ବା ଦୁଃଖ ଜାତ ହେଲେ ମସ୍ତିଷ୍କରୁ ଅକ୍ସିଟସିନ ନାମକ ଯୌନ ଉଦ୍ଦୀପକ ହରମୋନ୍ କ୍ଷରଣ ହୁଏ ଯାହା ସ୍ତ୍ରୀ ବା ପ୍ରେମିକା ସହ ନିବିଡ଼ ହେବାକୁ ବାଧ୍ୟ କରାଏ। ଭୀଷଣ ଝଗଡ଼ା ବା ଯୁକ୍ତିତର୍କ ସତ୍ତ୍ୱେ ଜଣେ ପୁରୁଷ ସ୍ତ୍ରୀର ସଂଗସୁଖ କାମନା କରେ। ସଂଗିନୀ ଅନେକ ସମୟରେ ପୁରୁଷକୁ ଠିକ ବୁଝି ନପାରି କହିପାରେ: ଧୋକାବାଜ, ପାଗଳ କୋଉଠିକାର... ! କିନ୍ତୁ ପୁରୁଷ ଯେତେବେଳେ ତୁମ ଆଡ଼କୁ ଉନ୍ମତ୍ତ ହୋଇ ଅଗ୍ରସର ହେଉଛି, ଜାଣିରଖ ସେ ତୁମର ପ୍ରେମ ଫେରି ପାଇବାକୁ ଚାହୁଁଛି। ତାକୁ ବରଂ ନିଜର କର। ଆଶ୍ଳେଷରେ ଜଡ଼ାଇ ରଖ, ପୋତି ପକାଅ ଚୁମ୍ବନରେ... ଦୂରେଇ ଦିଅ ନାହିଁ ଘୃଣାରେ।

ହାଁ ହାଁ ଗୌରାଙ୍ଗ, ଦୂରେଇ ରହ। କଳ୍ପନା ଓ ବାସ୍ତବତାକୁ ଏମିତି ଯୋଡ଼ି ଦିଅ ନାହିଁ। ତୋ ବାକ୍ୟ ତୁହି ରକ୍ଷାକର, ଅସତ୍ୟ ନ ହୁଅ ସୌଦାଗର...

ଦେହ ବିନା ଦୁଇ ମନ କେଉଁଠି ଯୋଡ଼ି ହେଲାଣି ନିଶା ?... କିଛି କହିଲ ନାହିଁ ଛୁଟି କଥା ?

ହଠାତ୍ ଫେରିଲା ବିଦ୍ୟୁତ ସରବରାହ। ଥ୍ୟାଙ୍କ ଗଡ୍, ସ୍ୱଗତୋକ୍ତି କଲା ଗୌରାଙ୍ଗ।

ସରି, ଯୋଗୀରାଜ। ଏଇ ସପ୍ତାହରେ ମୁଁ ଛୁଟି ନେଇପାରିବି ନାହିଁ। ମୋର ଏକ ବଡ଼ ଆସାଇନମେଣ୍ଟ୍ ମିଳିବାର ଅଛି। ଦୁଃଖିତ।

୩୬

ସକାଳ ସବୁଦିନ ପରି ମୁକ୍ତ ହୋଇ ଆସିଥିଲା। ସୂର୍ଯ୍ୟୋଦୟ ସତ୍ତ୍ୱେ କୁହୁଡ଼ି ଧୂମରେ ଦିଲ୍ଲୀ ସହର ବାଟବଣା ହୋଇ ନଥିଲା। କମ୍ପିତ ହାତରେ କପେ ଚାହା ଧରି ବାଲକୋନି ଆଡ଼କୁ ଅଗ୍ରସର ହେଲା ନିଶା। କ୍ରୋଟନ ଗଛର ଗହଳିରେ ଆସ୍ଥାନ ଜମେଇଥିବା ବେତ ଚେୟାରରେ ବସି ଚାହାରେ ଚୁମ୍ବକ ଦେଉଦେଉ ନିଜ ଫୋନରେ ମେଲ୍ ଖୋଲିଲା ନିଶା। ଶେଷତମ ଆଜିର କାର୍ଯ୍ୟସୂଚୀ।

ହେଲୋ ଅନୁପମା,

ତୁମ ପାଇଁ ଏକ ଜରୁରୀ ଆସାଇନମେଣ୍ଟ ଅଛି। ଏବେ ଦିଲ୍ଲୀର ଏକ ନୂଆ ସଂପ୍ରଦାୟର ଅନୁଚର କ୍ଷୀପ୍ର ଗତିରେ ବଢ଼ିବାରେ ଲାଗିଛନ୍ତି। ସେମାନଙ୍କ ସଂସ୍ଥାର ନାଁ ହେଲା ସତ୍ୟାନ୍ୱେଷୀ। ସଂସାରରେ ଦୁଃଖ କଷ୍ଟ ପାଉଥିବା ଲୋକଙ୍କୁ ଯନ୍ତ୍ରଣାରୁ ମୁକ୍ତି ଦେବାପାଇଁ ସତ୍ୟାନ୍ୱେଷୀମାନଙ୍କ ପାଖରେ ଗୋପନ ଜ୍ଞାନର ଚାବିକାଠି ରହିଛି ବୋଲି ଦାବୀ କରାଯାଉଛି।

ଶ୍ୱେତ ବସ୍ତ୍ରଧାରୀ ସତ୍ୟାନ୍ୱେଷୀ ଅନୁଚରମାନେ ମଥାରେ ଯଥା ସମ୍ଭବ ସଂକ୍ଷିପ୍ତ କେଶ ରଖନ୍ତି। ଅଜ୍ଞାତ ସ୍ଥାନରେ ସମବେତ ହୋଇ ଯୋଗ, ଧ୍ୟାନ, ଓ ଆତ୍ମଘାତରେ କାଳାତିପାତ କରନ୍ତି। ସେମାନଙ୍କ କାର୍ଯ୍ୟକଳାପ ରହସ୍ୟମୟ ଓ ସେମାନେ ଅନ୍ୟ କାହାସହ କଥାବାର୍ତ୍ତା କି ସଂପର୍କ ରଖନ୍ତି ନାହିଁ।

ଏହି ମତାବଲମ୍ବୀମାନଙ୍କ ଉପରେ ଆମେ ଏକ ଅନୁସନ୍ଧାନମୂଳକ ଫିଚର୍ ପ୍ରକାଶ କରୁଛୁ। ମୁଁ ଚାହେଁ, ତମେ ଟିକିଏ ଗବେଷଣା କରି ଜଣାଇବ ଏହି ସତ୍ୟାନ୍ୱେଷୀମାନେ କିଏ? ସେମାନଙ୍କ ଦର୍ଶନ କ'ଣ? କାହିଁକି ସେମାନେ ଏତେ ଲୋକପ୍ରିୟ। ସଂଭବ ହେଲେ ସେମାନଙ୍କ ନେତା ବା ଗୁରୁଙ୍କ ସହ ଏକ ସାକ୍ଷାତକାର

ପ୍ରସ୍ତୁତ କରିପାରିବ ବୋଲି ଭାବୁଛି। କିନ୍ତୁ ଟିକିଏ ସତର୍କ ବି ରହିବ: ସେମାନେ ନୃଶଂସ କିମ୍ବା ଭୟଙ୍କର ହୋଇପାରନ୍ତି। ତେଣୁ ନିଜ ନାମ ଗୋପନ ରଖିବ।

ବିଷୟଟି ଗୁରୁତ୍ୱପୂର୍ଣ୍ଣ ଓ ସମ୍ବେଦନଶୀଳ। ଫିଚର୍ ସାତଦିନ ଭିତରେ ଲେଖିବାକୁ ହେବ। ହେଲା ?

ଶୁଭେଚ୍ଛା।

ସଂପାଦକ

ଉତ୍କଣ୍ଠା ଓ ଉତ୍ତେଜନାର ଏକ ପ୍ରଚଣ୍ଡ ଜୁଆର ନିଶାର ଦେହ ମନରେ ପ୍ରସରି ଗଲା। ସତ୍ୟାନ୍ୱେଷୀ ଅନୁଗାମୀଙ୍କ ବିଷୟରେ ସେ କେବେ କେଉଁଠି ଶୁଣି ନଥିଲା। ଏହି ନୂତନ ସଂପ୍ରଦାୟର ସଭ୍ୟମାନେ କେଉଁ ସତ୍ୟର ଅନ୍ୱେଷଣ କରୁଛନ୍ତି ଓ କେଉଁ ମିଥ୍ୟାର କବର ଦାଖଲ କରୁଛନ୍ତି ତାହା ଅନୁସନ୍ଧାନ କରିବାକୁ ହେବ।

ଦାୟିତ୍ୱକୁ ସ୍ୱୀକାର କରିବି ବୋଲି ସଂପାଦକଙ୍କୁ ସହମତି ଜଣାଇଲା ଅନୁପମା। ସତ୍ୟାନ୍ୱେଷୀମାନଙ୍କ ସଂପର୍କରେ ଗୁଗୁଲ ଓ ଏଆଇ-ଜିପିଟି ଗବେଷଣା ଜାରି ରଖିଲା। କୃତ୍ରିମ ବୁଦ୍ଧିମତା ବ୍ୟବହାର କରି ସେ ସତ୍ୟାନ୍ୱେଷୀଙ୍କ ବିଷୟରେ ଯେଉଁ ତଥ୍ୟ ପାଇଲା ତାହା ଅସଂପୂର୍ଣ୍ଣ କିମ୍ବା ଭିତ୍ତିହୀନ ଥିଲା। କ'ଣ ଏ ସତ୍ୟାନ୍ୱେଷୀଙ୍କ ରହସ୍ୟ ? ନିଜେ ଏମାନଙ୍କ ଗଡ଼ରେ ନପଶିଲେ ସୁଡ଼ଙ୍ଗ ଭିତରେ ବୁଢ଼ୀ ଅସୁରୁଣୀ କୋଉଠି ଲୁଚିଛି ସଠିକ ଭାବେ ଖୋଜି ହେବ ନାହିଁ।

ଇତି ମଧ୍ୟରେ ଗୌରାଙ୍ଗ ନିଜ ଚାହା କପ୍ ନେଇ ବାଲକୋନିରେ ପହଞ୍ଚିଲା। କ'ଣ ଚାଲିଛି ଏତେ ସକାଳୁ ? ପଚାରିଦେଇ ବସି ପଡ଼ିଲା ଅନୁପମା ସାମ୍ନା ଚେୟାରରେ।

କ'ଣ କିଛି ସମସ୍ୟାରେ ପଡ଼ିଯାଇଛକି ?

ହଁ, ସେମିତି କିଛି। ସତ୍ୟାନ୍ୱେଷୀଙ୍କର ଗୋଟିଏ ସମାବେଶରେ ଉପସ୍ଥିତ ହେବାକୁ ହେବ ମୋତେ। ଗୁପ୍ତ ବେଶରେ।

ଗୁପ୍ତଚର ବେଶରେ ? ଓହୋ, ଇନଭେଷ୍ଟିଗେଟିଭ ପତ୍ରକାର ! ଛଦ୍ମବେଶ ତୁମକୁ ମାନିବ ନିଶ୍ଚୟ। କେବେ ରିପୋର୍ଟିଂ ପାଇଁ ଯାଉଛ ତା'ହେଲେ ?

ଛଦ୍ମବେଶରେ ନଗଲେ ସତ୍ୟାନ୍ୱେଷୀମାନଙ୍କ ଗତିବିଧି ବିଷୟରେ ସଂପୂର୍ଣ୍ଣ ଧାରଣା କରିହେବ ନାହିଁ। କିନ୍ତୁ ଏମାନଙ୍କର ୱେବସାଇଟ୍ ଦେଖାଉଛି ଯେ ଆଜି ସନ୍ଧ୍ୟାରେ ସେମାନଙ୍କର ନିର୍ଦ୍ଦିଷ୍ଟ କାର୍ଯ୍ୟକ୍ରମ ରହିଛି। ସମାବେଶ ସ୍ଥଳ ଲେଖା ହୋଇଛି: ଗୋପାଳନ ୱେର ହାଉସ, ସହରତଳି।

ତା'ହେଲେ ଏବେଠୁ ପ୍ରସ୍ତୁତ ହୋଇଯାଅ। ସନ୍ଧ୍ୟା ପୂର୍ବରୁ ସଫେଦ କୁର୍ତ୍ତା ଓ ଧଳା ଦୁପଟ୍ଟା ପିନ୍ଧି ବାହାରିବାକୁ ହେବ।

ନା ଗୌରାଙ୍ଗ, କୃତ୍ତିକାର ଭାଇ ଡ୍ରାମା, ନାଟକ ଗ୍ରୁପ୍ ସହ ସଂପୃକ୍ତ। ତା'ପାଖକୁ ଗଲେ ତା' ଭାଇ ପାଖରୁ ମୁଣ୍ଡରେ ଖୋସିବାକୁ ୱିଗ୍ ଓ ଅନ୍ୟ କିଛି ଡ୍ରେସ ମ୍ୟାଟେରିଆଲ ମିଳି ଯାଇପାରେ। ମୋ ପାଖରେ ଥିବା କିଛି ମେକପ୍ ଦ୍ରବ୍ୟ ବି ନେଇଯିବି। ତାକୁ କହିଲେ ସିଏ ସଜେଇ ଦେବ।

ଠିକ୍ ଅଛି। ତମ ପାଖରେ ତ ସଫେଦ ଡ୍ରେସ୍ ଥିବ, ପିନ୍ଧିଦେଇ ଯିବ। ରେକର୍ଡର ଓ ପେନ୍ କ୍ୟାମେରା ନେବା ଭୁଲିବ ନାହିଁ। କିଛି ସମସ୍ୟା ଆଶଙ୍କା କଲେ ମୋତେ ଫୋନକଲ୍ କରିବ। ସନ୍ଧ୍ୟାରେ ମୋର ଡ୍ୟୁଟି ସରିଗଲେ ମୁଁ ନିଜେ ସେଠି ସିଧା ହାଜର ହୋଇଯିବି। ଭୟ କରିବନି ଆଦୌ। ନିଜକୁ ସବୁବେଳେ ସର୍ବ ଶକ୍ତିମାନ ପରମାତ୍ମାଙ୍କ ମାଷ୍ଟର ଶକ୍ତିଶାଳୀ ସନ୍ତାନ ବୋଲି ମନେପକାଇବ, ଦେଖିବ ତୁମ ମନରେ ଅଜସ୍ର ଶକ୍ତିର ସଞ୍ଚାର ହୋଇଯିବ। ନିଶା।

ତୁମେ ଆଜି ଅଫିସ୍ ଯିବନାହିଁକି ? ଏତେ ଆରାମରେ ବସି ଯାଇଛ ! ବ୍ରେକଫାଷ୍ଟ କ'ଣ କରିବା ଗୌରାଙ୍ଗ ? ତମେ ଟିକିଏ ସାହାଯ୍ୟ କର। ମୁଁ କଫି ଡିକକ୍ସନ ବସେଇ ଦେଇଛି।

ଠିକ୍ ଅଛି। ଘରେ କନ୍ଦମୂଳ ଅଛିତ ? ବ୍ରେଡଜାମ୍ ବଦଳରେ ମୁଁ ଅତି ସୁନ୍ଦର ନାସ୍ତା ତିଆରି କରିଦେବି।

ନାଲି କନ୍ଦମୂଳ ? କ'ଣ କହୁଛ ଗୌରାଙ୍ଗ ? ସ୍ୱିଟ୍ ପଟାଟୋରେ ଜଳଖିଆ ?

ହଁ, ଦଶ ମିନିଟରେ ତିଆରି କରିଦେବି, ଦେଖ।

କେମିତି ତିଆରି କରିବ ମୋତେ ଟିକିଏ ଶୁଣାଅ ଯୋଗୀଶ୍ରେଷ୍ଠ।

କନ୍ଦମୂଳ ପାଣିରେ ଧୋଇ ଚୋପା ରଗଡ଼ି ଦେବ। ଅଧା ଚାମଚ ଲୁଣ ଦେଇ ପ୍ରେସର କୁକରରେ ସିଝେଇ ଦବ। ଥଣ୍ଡା ହେଲା ପରେ ଟମାଟୋ ସସ ବା ଚିଲି ସସ୍ ନହେଲେ ତମ ମନମୁତାବକ ଚଟଣି, ଆଚାର ସହିତ ଖାଇପାରିବ। ବିନା କଷ୍ଟରେ ତିଆରି ହୋଇଯିବ, ସକାଳୁଆ ନାସ୍ତା ତୁରନ୍ତ। ଆଉ ଏଥିରେ ଅଛି ଭିଟାମିନ ସି, ପୋଟାସିୟମ ଓ ବେଟା କେରାଟିନ୍। ଏହି ତନ୍ତୁଯୁକ୍ତ କନ୍ଦରେ ଅଛି ଗରିଷ୍ଠ ପୋଷକ ତତ୍ତ୍ୱ ବି।

ଶୁଣିଥିଲି କନ୍ଦା ଖାଇଲେ ମଧୁମେହ ବଢ଼ିଥାଏ ?

ତା'ର ଠିକ୍ ଓଲଟା, ବରଂ ଏଥିରେ ଶର୍କରା କମ ଥିବାରୁ ଡାଇବେଟିସ ଆୟତ୍ତରେ ଥାଏ। କନ୍ଦମୂଳରେ ଥିବା ବେଟାକେରୋଟିନକୁ ଆମ ଶରୀର ପରିଣତ କରିଦିଏ ଭିଟାମିନ-ଏରେ। ଦୈନିକ ଶହେ ଗ୍ରାମ କନ୍ଦା ଖାଇଲେ ଦେହକୁ ଯଥେଷ୍ଟ ଭିଟାମିନ-ଏ ମିଳିଯିବ। ଥଣ୍ଡା, କାଶ ଲାଗିଲେ କନ୍ଦା ଖାଅ, ଶୀଘ୍ର ଉପଶମ ମିଳିଯିବ।

ଏଥିରେ ଅଛି ମାଗ୍ନେସିୟମ, କାର୍ବୋହାଇଡ୍ରେଟ... ଏଥିରେ ଥିବା ପୋଟାସିୟମ ଉଚ୍ଚ ରକ୍ତଚାପ ଲାଘବ କରିଦେବ। ତୁମ୍ଭ ବାପାଙ୍କ ପାଇଁ ମଧ୍ୟ ଏହା ଔଷଧ ପରି ସହାୟକ।

କିନ୍ତୁ ଆମ ବାପାତ କନ୍ଦମୂଳ ଘୃଣା କରନ୍ତି... ଘରେ ବି

ସେଥିପାଇଁ କଥା-କଥାରେ ତାଙ୍କର ବିପି, ହାଇପରଟେନସନ ଅଣାୟତ୍ତ ହେବାରେ ଲାଗିଛି !

ବାସ୍ ଗୌରାଙ୍ଗ ! ଆଜି ପାଇଁ ଔଷଧ ଗବେଷଣା ଏତିକିରେ ବନ୍ଦ ରଖି ଅଫିସ୍ ଯିବା କଥା ଚିନ୍ତା କରିବା ?

ଓଃ, ୟେସ୍ ଅନୁପମା।

ବାଲକୋନିରୁ ଉଠି ରନ୍ଧାଘରେ ପଶିଲା ଗୌରାଙ୍ଗ: ହୁଏତ କନ୍ଦମୂଳ ରେସିପି ତିଆରିରେ ଲାଗିଯାଇଛି। ଗାଧୁଆଘର ଖାଲିଅଛି ଦେଖି ପଶିଲା ନିଶା। ତେଣିକି ଦିନସାରା କର୍ମ ଜଂଜାଳ ଭିତରେ ବ୍ୟସ୍ତ ରହିବେ ପୃଥ୍ୱୀର ଦୁଇ ପ୍ରାଣୀ।

୩୭

ଟ୍ୟାକ୍ସି ନେଇ ନିଶା ସହରତଳି ଗୋପାଲନ ୱେରହାଉସ ନିକଟରେ ଯେତେବେଳେ ପହଞ୍ଚିଲା, ଦେଖିଲା ଦଳଦଳ ହୋଇ ଅନେକ ଶ୍ୱେତବସ୍ତ୍ର ପରିହିତ ବ୍ୟକ୍ତି ଗେଟ୍ ବାହାରେ ଠିଆ ହୋଇଛନ୍ତି। ଭିତରକୁ ପ୍ରବେଶ କରିବା ପାଇଁ ଅପେକ୍ଷାରତ ସେ ସମସ୍ତେ ଅଛନ୍ତି ଶାନ୍ତ, ଦିଶୁଛନ୍ତି ଭଦ୍ର। କେହି କାହା ସହ କଥାବାର୍ତ୍ତା କରୁନାହାନ୍ତି। କି ଆଶ୍ଚର୍ଯ୍ୟ !

ଅନୁପମାକୁ ଦେଖି କେହି କେହି ସ୍ମିତ ହସିଲେ ତ ଆଉ ଥୋକେ ସମ୍ମତିର ସହ ମଥା ହଲାଇଲେ। ସ୍ୱଚ୍ଛ ହସିଦେଇ ଗୋଷ୍ଠୀ ଭିତରେ ଯୋଗଦେଲା ନିଶା। ଆଶାକଲା, ସେମାନଙ୍କ ମଧ୍ୟରୁ କେହି ତାକୁ ନ ଚିହ୍ନିଲେ ଭଲ।

ଗେଟ୍ ଖୋଲିବା ମାତ୍ରେ ନିଶା ସମବେତ ଗୋଷ୍ଠୀର ଅନୁଗମନ କଲା। ଭିତରେ ଥିଲା ଏକ ସ୍ୱଚ୍ଛ ଆଲୋକିତ ବିଶାଳ ହଲ୍। ସାଣ୍ଡେଲିଅରରେ ବଡ଼ବଡ଼ ମହମବତୀ ଜଳୁଛି।

ଆଗରେ ଅଛି ବିରାଟ ମଞ୍ଚ। ମଞ୍ଚ ମଧ୍ୟସ୍ଥ ସିଂହାସନରେ ମୁଣ୍ଡରେ ଧଳା ପଗଡ଼ି ପରିହିତ ଜଣେ ଶ୍ୱେତ ବସ୍ତ୍ରଧାରୀ ବ୍ୟକ୍ତି ବସିଛନ୍ତି। ମୁହଁରେ ଅଛି ଲମ୍ବା ଦାଢ଼ି କିଂତୁ ଦୃଷ୍ଟି ରହିଛି ତୀକ୍ଷ୍ଣ। ଏହି ସତ୍ୟାନ୍ୱେଷୀ ସମ୍ପ୍ରଦାୟର ସେ ବୋଧହୁଏ ଗୁରୁ ଯାହାଙ୍କୁ ସଭ୍ୟମାନେ ସଦଗୁରୁ ବୋଲି ସମ୍ବୋଧନ କରୁଥାଆନ୍ତି।

ସାଉଣ୍ଡ ସିଷ୍ଟମରୁ ଧୀରେ ମନ୍ତ୍ରଟିଏ ଉଚ୍ଚାରିତ ହେଉଥାଏ। ଆଉ ଟିକିଏ ପାଖକୁ ଯିବାରୁ ସ୍ପଷ୍ଟ ଶୁଭିଲା:

ଓମ୍ ନମୋ ଭଗବତେ ବାସୁଦେବାୟ।
ଓମ୍ ନମୋ ଭଗବତେ ବାସୁଦେବାୟ।
ଓମ୍ ନମୋ ଭଗବତେ ବାସୁଦେବାୟ।

ଓମ୍ ନମୋ ଭଗବତେ ବାସୁଦେବାୟ ।

ସତ୍ୟାନ୍ୱେଷୀ ସଂପ୍ରଦାୟର ସଦସ୍ୟମାନେ ଧୀରେଧୀରେ ସେହି ମନ୍ତ୍ରକୁ ଜପିବାରେ ଲାଗିଲେ । ସେମାନଙ୍କ ଗୁଞ୍ଜନର ସ୍ୱର କ୍ରମଶଃ ଉଚ୍ଚତର ହେବାକୁ ଲାଗିଲା । ସମସ୍ତେ ଆସ୍ତେଆସ୍ତେ ଦୋହଲିବାକୁ ଲାଗିଲେ । ଏକ ଆବେଗପୂର୍ଣ୍ଣ ନିଶାରେ ସତ୍ୟାନ୍ୱେଷୀମାନେ ଟଳମଳ ହେବାକୁ ଲାଗିଲେ । ସତେ ଯେମିତି ସେମାନେ ସଦ୍‌ଗୁରୁଙ୍କ ସହ କିମ୍ବା ପରସ୍ପର ସହ ସଂଯୁକ୍ତ ହୋଇଯାଇଛନ୍ତି । ଏକ ଆନନ୍ଦଦାୟକ ମୋହାବସ୍ଥାରେ ଉପନୀତ ହେବାପରି ଭାବ ଗଦ୍‌ଗଦ୍ ଦିଶିଲେ ଭକ୍ତବୃନ୍ଦ ।

କ'ଣ ଚାଲିଛି ଏସବୁ ? କିଛି ବି ବୁଝି ପାରୁନଥିଲା ନିଶା । ସେ ଯେତିକି ଚକିତ ସେତିକି ଭୟଭୀତ ହୋଇ ଯାଇଥିଲା । ଅନ୍ୟମାନଙ୍କ ପରି ସେ ସଦଗୁରୁଙ୍କ ସହ କିମ୍ବା ପରମାତ୍ମାଙ୍କ ସହ ନିଜକୁ ଯୋଡ଼ି ପାରୁନଥାଏ । ବରଂ ସେ ଏକ ପ୍ରକାର ବିକର୍ଷଣ, ଭୟ ବା ବିରକ୍ତବୋଧରେ ଜର୍ଜରିତ ହେବାକୁ ଲାଗିଲା । ସେଠୁ ଯେତେ ଶୀଘ୍ର ସଂଭବ ବାହାରିଯିବା ମଂଗଳ, ସେ ଚିନ୍ତା କଲା । କ'ଣ ଏମାନଙ୍କ ଯୋଗ ? କ'ଣ ଏମାନଙ୍କ ମନ୍ତ୍ର ଧ୍ୱନି ? ଏହା ଭକ୍ତି ନା ଧ୍ୟାନ, ଭଜନ ନା ଜ୍ଞାନ ? କିଛି ବୁଝିପାରି ନଥିଲା ଅନୁପମା ।

ଏମାନଙ୍କ ଅନ୍ଧଶ୍ରଦ୍ଧାର ପୂର୍ଣ୍ଣଚ୍ଛେଦ ପଡ଼ିବା ଦରକାର । ଏମାନେ କେମିତି ଭଦ୍ର ଓ ଶିକ୍ଷିତ ସମାଜକୁ ପଥଭ୍ରଷ୍ଟ କରୁଛନ୍ତି ତା'ର ପର୍ଦ୍ଦାଫାଶ ହେବା ଉଚିତ ଇଣ୍ଡସ୍ ପତ୍ରିକାରେ । ଚାରିଆଡ଼କୁ ଦୃଷ୍ଟି ପହଁରାଇ ଆଣିଲା ଅନୁପମା । ଗୋଲେଇ ଆକାରରେ ଠିଆ ହୋଇଥିବା ସମବେତ ଭକ୍ତଙ୍କ ଭିତରେ ଥିବା ଫାଙ୍କା ସ୍ଥାନ ଦେଇ ବାହାରି ଆସିବାକୁ ଚେଷ୍ଟାକଲା ସେ । ଲୋକଙ୍କ ଚକ୍ରବ୍ୟୂହ ଡେଇଁ ପ୍ରସ୍ଥାନ ପଥ ଆଡ଼କୁ ଦଉଡ଼ିଲା ନିଶା । ସମସ୍ତେ ଯେଝା କାମରେ ବ୍ୟସ୍ତ, ତାହାକୁ କିଏ ଦେଖୁଛି ?

ସେ ଭୁଲ ପ୍ରମାଣିତ ହେଲା । କେହିଜଣେ ତା' ଉପରେ ନିଘା ରଖିଛି । ତା'ର ପିଛା ମଧ୍ୟ କରୁଛି । ହଠାତ୍ ଜଣେ ଅନୁପମାର ହାତଧରି ଅଟକାଇ ଦେଲା ।

'ମାଡାମ୍, କୁଆଡ଼େ ଯାଉଛନ୍ତି ? ଆପଣ କିଏ ? ଏଠି କ'ଣ କରୁଛନ୍ତି ?'

ନିଶା ଫେରି ଦେଖିଲା, କେହିଜଣେ ଅଜ୍ଞାତ ଚନ୍ଦା ଲୋକ । ସିଏ ବି ଅନ୍ୟମାନଙ୍କ ପରି ଧବଳ ପିନ୍ଧିଛି । ତା' ଗାଲରେ ଛୁରୀ ଦାଗ ତାକୁ ଆହୁରି କଦାକାର କରିଛି । ତା'ର ବେକରେ ଅଛି ଏକ ବିଚିତ୍ର ଟାଟୁ ଚିହ୍ନ । ସେ ଦିଶୁଥିଲା ନୃଶଂସ ଓ ସନ୍ଦେହୀ । ସତ୍ୟାନ୍ୱେଷୀ ସଂସ୍ଥାର ରାତି ଜଗୁଆଳୀ ପରି ଦିଶୁଥିଲା ତା'ର ଚେହେରା । ସେ ମହର୍ଷି ଆଶ୍ରମର ପୂର୍ବତନ ସଭ୍ୟ ବୋଲି ନିଜକୁ ପରିଚୟ ଦେଲା । ଅନୁପମାକୁ ସେହି ଆଶ୍ରମରେ ଦେଖିଛି ବୋଲି କହିଲା ।

ହଁ, ସେଠିକି ପକ୍ଷୀ ଉପରେ ଗବେଷଣା କରିବାକୁ ଯାଇଥିଲି ଓଡ଼ିଶା। ଏଠି ମଧ୍ୟ ପକ୍ଷୀ ଚିହ୍ନଟ କରକରୁ ଏମିତି ଚାଲି ଆସିଛି, କହିଲା ଅନୁପମା।

ତମେ ମହର୍ଷି ଆଶ୍ରମ ଛାଡ଼ି ଏଠିକି କାହିଁକି ଆସିଲ ?

ସେଠି ଭଲ ଲାଗିଲାନି। ହାଡ଼ଭଙ୍ଗା କଠିନ ପରିଶ୍ରମ ପଡ଼େ। ତେଣୁ ଦିନେ ଲୁଚିକରି ଚାଲି ଆସିଲି।

ଏଠି ପରିଶ୍ରମ କମ୍ ହୁଏ ?

ଏଇ ଆଶ୍ରମ ହେଲା ସତ୍ୟାନ୍ୱେଷୀ ସଂପ୍ରଦାୟର। ଏହାର ଗୁରୁ ହେଲେ ଆନନ୍ଦ ସ୍ୱାମୀ ଯାହାଙ୍କ ନିକଟରେ ଅଲୌକିକ ଶକ୍ତି ଅଛି। ସମଗ୍ର ପୃଥ୍ୱୀ ଏବେ ମାୟା ରାବଣ ଦ୍ୱାରା କବଳିତ। ତେଣୁ ଦୁର୍ନୀତି, ମିଥ୍ୟା ଓ ଦୁଷ୍କର୍ମ ସବୁଠାରେ ଦେଖାଯିବା ସ୍ୱାଭାବିକ। ଏହି ସଂପ୍ରଦାୟର ବିଶ୍ୱସ୍ତ ଅନୁଗାମୀ ହେଲେ ସେମାନଙ୍କୁ ମୁକ୍ତି ଓ ଜୀବନମୁକ୍ତି ମିଳି ପାରିବ। ଆପଣ ଚାହିଁଲେ ଆସନ୍ତା ଶନିବାର ସନ୍ଧ୍ୟାରେ ଏଠିକି ଆସିପାରିବେ। ସେଦିନ ସର୍ବସାଧାରଣଙ୍କ ପାଇଁ ଅବାଧ ପ୍ରବେଶ ରହିବ।

ଆଜି ମନା ତା'ହେଲେ ? ମୁଁ ଆପଣଙ୍କୁ ଫୋନ କରି ଆସିବି।

ହଁ, ଆଜି କେବଳ ସମର୍ପିତ ଭାଇ-ଭଉଣୀଙ୍କ ପାଇଁ।

ଠିକ୍ ଅଛି, କହି ନିଶା ଫେରି ଆସିଥିଲା ଗୋପାଲନ ଓ୍ୱେର ହାଉସରୁ। ଘରେ ପହଞ୍ଚିଲାବେଳକୁ ରାତି ନଅ। ଅନ୍ତତଃ ଜଣେ ସତ୍ୟାନ୍ୱେଷୀର ନମ୍ବର ତ ମିଳିଲା। ନାମ ମୋହନ, ତମେ ଜାଣ ଗୌରାଙ୍ଗ ?

ମୋହନ... ମୋହନ ସିଂ ? ମୁହଁରେ ଚାକୁ ଦାଗ ଅଛି ?

ହଁ, ହଁ। ତମେ ଜାଣ ମୋହନକୁ ?

ସେ ତ ଜେଲ୍ ଫେରନ୍ତା ଦାଗୀ। ମୋହନ ସିଂ ସହ ଟିକିଏ ସତର୍କ ରହିବ ନିଶା। ଆଉ ଫିଚର୍ ପାଇଁ କିଛି ତଥ୍ୟ ମିଳିଲା ?

ଏହି ସଂସ୍ଥା ସ୍ୱଳ୍ପ ଦିନରେ ଏକ ସମର୍ପଣ ପର୍ବ ପାଳନ କରିବାକୁ ଯାଉଛି ଯାହାର ନାମ ତୀବ୍ର ପୁରୁଷାର୍ଥ। ଏଥିରେ ସଭ୍ୟମାନେ ସ୍ୱାମୀ ଆନନ୍ଦଙ୍କ ଆଗରେ ନିଜକୁ ସମର୍ପଣ କରିବେ। ଫଳରେ ସେମାନଙ୍କ ପାଇଁ ସ୍ୱର୍ଗ ସୁନିଶ୍ଚିତ ହୋଇପାରିବ ମୃତ୍ୟୁପରେ। ଆସନ୍ତା ଶନିବାର ଦିନ ଆସିଲେ ସଂସ୍ଥାର ସାର୍ବଜନୀନ ସଭାରେ ମିଳିପାରିବ ଅଧିକ ତଥ୍ୟ।

ଆଚ୍ଛା, ଜାଣିପାରେ କି ଏମାନଙ୍କ ସଦ୍‌ଗୁରୁ କିଏ ଅନୁପମା ?

ଆନନ୍ଦ ସ୍ୱାମୀଙ୍କୁ ତମେ ଜାଣ ? ଆଗରୁ ତମେ ତାଙ୍କ ସଂସ୍ପର୍ଶରେ କେବେ ଆସିଛ ?

ହଁ ହଁ, ମୁଁ କଲେଜରେ ପଢ଼ିଲାବେଳେ ସେ ଥରେ ଆମ ଗାଁରେ ପ୍ରବଚନ କରିଥିଲେ। ସେ ସମୟରେ ଆମେ ଭଜନ ମଣ୍ଡଳୀ ଆୟୋଜନ କରିଥିଲୁ... ଯେ ଗୁରୁ ଯଦି ସେହି ଆନନ୍ଦ ସ୍ୱାମୀ ହୋଇଥିବେ, ତେବେ ମୁଁ ତାଙ୍କୁ ଭେଟିବି।

ନା। ତମେ ସେ ସ୍ଥାନକୁ ଆଦୌ ଯିବ ନାହିଁ ଗୌରାଙ୍ଗ। ନା, କଠୋର ହୋଇ କହିଲା ନିଶା।

୩୮

ଏହା ଅତ୍ୟନ୍ତ ଗୋପନୀୟ। ସତ୍ୟାନ୍ୱେଷୀ ସଂପ୍ରଦାୟ ଗୋପନ ଭାବରେ ଜଣେ ସମର୍ପିତ ଆତ୍ମାଙ୍କ ଖୋଜ୍ କରୁଥିଲେ। କିଏ ସେ ଆତ୍ମା ?

ସତ୍ୟାନ୍ୱେଷୀମାନେ ଗୌରାଙ୍ଗ ନାମକ ଜଣେ ପ୍ରଚଣ୍ଡ ଯୋଗୀଙ୍କୁ ନିର୍ବାଚିତ କରିଛନ୍ତି। ସେଥିପାଇଁ ଏକ ସମର୍ପଣ ପର୍ବର ଆୟୋଜନ କରିବାକୁ ଯୋଜନା ହେଉଛି... ଖୋଦ ଗୁରୁଦେବଙ୍କ ଇଚ୍ଛା। ଏ ବିଷୟ କାହାକୁ କହିବେ ନାହିଁ।

କୋଉ ଗୌରାଙ୍ଗ ? ତାଙ୍କ ପୂରା ନାମ କ'ଣ ?

ଗୌରାଙ୍ଗ ନାୟକ ଓରଫ୍ ସଦାନନ୍ଦ ସ୍ୱାମୀ।

ନିଶାର ମନେ ହେଲା ଯେ ଗୌରଙ୍ଗ ନିଜ କିଶୋର ବୟସରେ କେତେବେଳେ ଆନନ୍ଦଙ୍କ ସଂସ୍ପର୍ଶରେ ଆସିଥିବେ। ଥରେ ଦୁଇଥର ତାଙ୍କ ଆଶ୍ରମକୁ ବି ଯାଇଥିବେ। ଗୌରାଙ୍ଗ ବୋଧହୁଏ ଏଯାବତ ସ୍ୱାମୀ ଆନନ୍ଦଙ୍କ ପ୍ରଭାବରୁ ମୁକ୍ତ ହୋଇନାହାନ୍ତି ? ଏବେ ବି ସ୍ୱାମୀ ଆନଂଦଙ୍କ ସମ୍ମୋହନୀ ଶକ୍ତିର ପ୍ରଭାବ ତା' ଉପରୁ ଛାଡ଼ିନାହିଁ ହୁଏତ।

ସତ୍ୟାନ୍ୱେଷୀଙ୍କର ଗୋପନ ଅଭିଯାନ କ'ଣ ହୋଇପାରେ ? ଶିକ୍ଷିତ, ସଂପନ୍ନ ଓ ପ୍ରଭାବଶାଳୀ ବ୍ୟକ୍ତିଙ୍କୁ ପ୍ରେମ ଓ ଭକ୍ତି ରଜ୍ଜୁରେ ସଗୁନ୍ଥିତ କରିବା ଏମାନଙ୍କ ଅଭିଳାଷ ହୋଇଥିବ। ଗୌରାଙ୍ଗଙ୍କୁ ଏଥିପ୍ରତି ସତର୍କ କରିଦେବା ଆବଶ୍ୟକ। ଭଗବାନଙ୍କ ପ୍ରତି ସମର୍ପଣ ଭାବ କଥା ଶୁଣିଲେ ଗୌରାଙ୍ଗର ଜାତିଗତ ନିମଗ୍ନ ଚେତନା ପୁଣି ଉଦ୍ରେକ ହୋଇଯାଏ। ସେ ପୁଣି ସନ୍ନ୍ୟାସ ଭାବାବେଗରେ ଦୀକ୍ଷିତ ହୋଇଯିବାକୁ ଉଚ୍ଛନ୍ନ ହୋଇଯାଏ।

ଅନୁପମା ଘରକୁ ଫେରି ଆସିଥିଲା। ଟିକିଏ ବ୍ୟଥିତ ଥିଲା ଗୋପାଳନ ୱେରହାଉସ ସମାବେଶ ଦେଖି। ସବୁକିଛି ଥିଲା ରହସ୍ୟମୟ।

ହେଲୋ... ହେଲୋ। ଇଣ୍ଡସ ସଂପାଦକ ଫୋନ କରୁଥିଲେ।

ହଁ ସାର୍ ସେଠି ସର୍ବ ସାଧାରଣଙ୍କ ପ୍ରବେଶ ଉପରେ କଟକଣା ରହିଛି। ତେଣୁ ପତ୍ରକାର ପରିଚୟ ନଦେଲେ ସ୍ୱାମୀ ଆନନ୍ଦଙ୍କର ସାକ୍ଷାତକାର୍ ମିଳିବନି। ହଁ ସାର୍ ପୂର୍ବ ସଂପର୍କ ଦୃଷ୍ଟିରୁ ଗୌରାଙ୍ଗ ସ୍ୱାମୀ ଆନନ୍ଦଙ୍କୁ ପ୍ରତ୍ୟାଖ୍ୟାନ କରିବେ ନାହିଁ। ଆନନ୍ଦଙ୍କ ଧନ, ପ୍ରତିପତ୍ତି ଅଛି, କ୍ଷମତା ଅଛି ଓ ପେହେଲବାନ ଅଛନ୍ତି। ତେଣୁ ତାଙ୍କୁ ତିରସ୍କାର କଲେ ଫଳ ଅତି ଭୟଙ୍କର ହେବ।

...ହଁ ସାର୍, ମୋହନ ସିଂଠାରୁ ସମର୍ପଣର ଅର୍ଥ ମୁଁ ଯାହା ବୁଝିଲି ତା'ହେଲା ତପସ୍ୱୀଠାରୁ ସଂପୂର୍ଣ୍ଣ ଲିଖିତ ପ୍ରତିବଦ୍ଧତା ଆଶା କରିବା। ଦେହ, ମନ ଓ ଧନ ସେବା ଗ୍ରହଣ କରିବା ସହିତ ପୁରୁଣା ତପସ୍ୱୀମାନଙ୍କୁ ଆଶ୍ରମ ପରିଚାଳନା ଦାୟିତ୍ୱରେ ନିୟୋଜିତ କରିବା। ଗୌରାଙ୍ଗ ପରି ତ୍ୟାଗ ଓ ତପସ୍ୟା ଅନୁଭୂତିସଂପନ୍ନ ସରଳ ଯୋଗୀଙ୍କୁ 'ପରମାତ୍ମା ଅନୁଗତ' ବୋଲି ସ୍ୱୀକୃତି ଦେବା। ସମ୍ମାନ ଓ ଉପଢୌକନ ପ୍ରଦାନ କରିବା।

ସାର୍... ସତ୍ୟାନ୍ୱେଷୀଙ୍କ ଭିତରୁ ଯଦି କେହି ପଥଚ୍ୟୁତ ହେଲେ କିମ୍ୱା ଆଶ୍ରମ ଛାଡ଼ିଦେଲେ ସେ ପତିତ ବୋଲି ପରିଗଣିତ ହେବ। ତାହାର ପରିଣାମ ହେଲା ମୃତ୍ୟୁ, ଏକଥା କହିଥିଲେ ମୋହନ ସିଂ।

ଜଣେ ସଂଘୀୟ ଜୀବନ ଯାପନ କରିବ ବୋଲି ପରିବାର ଓ ସମାଜକୁ କ'ଣ ଛାଡ଼ିବାକୁ ପଡ଼ିବ ? ପଚାରିଥିଲା ନିଶା।

ଦାମ୍ପତ୍ୟ ଜୀବନରେ ରହି ଜଣେ କ'ଣ ପବିତ୍ର ରହି ପାରିବ ? ଓଲଟି ପଚାରିଲା ମୋହନ ସିଂ।

ଗୃହସ୍ଥ ଜୀବନରେ ରହି ଜଣେ ସ୍ୱାମୀ ଆନନ୍ଦଙ୍କ ସମାବେଶର ସକ୍ରିୟ ସଭ୍ୟ ହୋଇପାରିବ ନାହିଁ? ପଚାରିଲା ଅନୁପମା।

ସେପରି ଜଟିଳ ପ୍ରଶ୍ନର ସହଜ ସମାଧାନ ଦେଇପାରିବେ କେବଳ ସିଦ୍ଧ ପୁରୁଷ ଆନନ୍ଦ ସ୍ୱାମୀ ସ୍ୱୟଂ। ସେ ଚାହିଁଲେ ଯେକେହି ତାଙ୍କ ଆଶୀର୍ବାଦ ପ୍ରାପ୍ତ କରି ସତ୍ୟାନ୍ୱେଷୀ ସଂଘର ସଦସ୍ୟତା ପାଇ ପାରିବେ।

ଆନନ୍ଦ ସ୍ୱାମୀ ସିଦ୍ଧ ପୁରୁଷକି ? ବିଶେଷଣ ଶୁଣି ଆଚମ୍ୱିତ ହୋଇଥିଲା ନିଶା। କେମିତି ଏହି ସଂଘୀୟ ବ୍ୟବସ୍ଥାକୁ ପତ୍ରପତ୍ରିକାରେ ପ୍ରକାଶିତ କରିବ ? ଏମାନଙ୍କୁ ସେ ହ୍ୟାଣ୍ଡେଲ କରିପାରିବ ତ ? ଏହାଙ୍କ ପଛରେ ରାଜନୈତିକ ସମର୍ଥନ ଥାଇପାରେ। ମନେମନେ ଏକ ଖସଡ଼ା ପ୍ରସ୍ତୁତ କରିବାକୁ ଲାଗିଲା ନିଶା। ସବୁଠୁ ମୁଖ୍ୟ ବିଷୟ ହେଲା ଗୌରାଙ୍ଗଙ୍କୁ ଏହି ଜଟିଳ ଆବର୍ତ୍ତ ଭିତରୁ ନିବୃତ୍ତ ରଖିବା।

ରାତିରେ କାମ ସାରି ଫେରିଥିଲା ଗୌରାଙ୍ଗ। ଦିଶୁଥିଲା ଅବଶ ଓ କ୍ଳାନ୍ତ। କ'ଣ ଖାଇବ ଚାହା ନା ରାତି ଭୋଜନ ?

ଯାହା ଅଛି ଦିଅ।

ଚାହା ପରଷିଲା ନିଶା।

ପରମାତ୍ମା ଯାହା ପାଇଁ ଯେଉଁ ରାସ୍ତା ଉନ୍ମୋଚିତ କରିଛନ୍ତି ତାହାକୁ କେହି ନିବୁଜ କରିପାରିବେ ନାହିଁ...।

ପରମାତ୍ମା କାହା ପାଇଁ କେତେବେଳେ କେଉଁ ବାଟରେ ନିମନ୍ତ୍ରଣ ଦେବେ କେହି ଜାଣିନଥାନ୍ତି ନିଶା। କିଏ ଜାଣେ ଏହି ସଦ୍‌ଗୁରୁ ଆମ ପଥ ପ୍ରଦର୍ଶକ ହୋଇ ଆସିଥାଇ ପାରନ୍ତି...!

କିଏ ? ସ୍ୱାମୀ ଆନନ୍ଦ ? ପଥ ପ୍ରଦର୍ଶକ ଓ ସଦ୍‌ଗୁରୁ ଏକା କଥା ନୁହେଁ ଗୌରାଙ୍ଗ। ମୋର ସ୍ୱଳ୍ପ ଜ୍ଞାନରେ ମୁଁ ଯାହା ଜାଣେ, କୌଣସି ଦେହଧାରୀ ମଣିଷ ସଦ୍‌ଗୁରୁ ହୋଇ ପାରିବେ ନାହିଁ। ପରମ ଗୁରୁ, ଶିକ୍ଷକ ଓ ସଦ୍‌ଗୁରୁ ରୂପରେ ଆମେ ପରମାତ୍ମାଙ୍କୁ ହିଁ ଗ୍ରହଣ କରିବାକୁ ହେବ। ଭଗବତ ଗୀତାରେ ଅଛି ପରମାତ୍ମା ଅଯୋନିଜନ୍ମା। ତାଙ୍କର ଜନ୍ମ ନାହିଁ ଯେମିତି, ମରଣ ବି ନାହିଁ। ଶ୍ରୀକୃଷ୍ଣଙ୍କର ଜନ୍ମ ଓ ମୃତ୍ୟୁ ଆମେ ଜାଣୁ। ତେଣୁ ସେ ଅର୍ଜୁନଙ୍କ ଗୁରୁ ହୋଇପାରିବେ, ସଦ୍‌ଗୁରୁ ନୁହଁନ୍ତି। ଆଉ ସ୍ୱାମୀ ଆନନ୍ଦ ଶ୍ରୀକୃଷ୍ଣଙ୍କ ସହ ତୁଳନୀୟ କି ?

ଅନୁପମା, ଶାସ୍ତ୍ର କହୁଛି ଯେ ବ୍ରହ୍ମ ବା ସର୍ବୋଚ୍ଚ ସତ୍ତାଙ୍କ ଉପରେ ଆସ୍ଥା ଓ ଆତ୍ମାନୁଭୂତି କରାଇ ପାରିବେ ସିଏ ପ୍ରକୃତ ସଦ୍‌ଗୁରୁ। ଶିଷ୍ୟଙ୍କୁ ଅଧ୍ୟାତ୍ମ ପଥରେ ଯେ ଦୀକ୍ଷିତ କରାଇ ପାରିବେ ଓ ଆନନ୍ଦର ଅନୁଭୂତି କରାଇ ପାରିବେ ସିଏ ସଦ୍‌ଗୁରୁ।

ବାନପ୍ରସ୍ଥ ଗ୍ରହଣ କଲା ପରେ ଆସନ୍ତି ସଦ୍‌ଗୁରୁ। ଯିଏ ଶାସ୍ତ୍ରଜ୍ଞାନ ଅପେକ୍ଷା ଅନ୍ତରର ଅନୁଭୂତିରେ ଭରପୁର ହୋଇଛନ୍ତି ଓ ଅନ୍ୟମାନଙ୍କୁ ଦୀକ୍ଷିତ କରିପାରିଛନ୍ତି, ତାଙ୍କୁ ମୁଁ ମାନିବି ସଦ୍‌ଗୁରୁ।

କଳିଯୁଗ ଶେଷରେ ଆମ ସମସ୍ତଙ୍କର ବାନପ୍ରସ୍ଥ ଅବସ୍ଥା। ସତ୍ୟକୁ ଜାଣିବାର ଏକମାତ୍ର ପନ୍ଥା ହେଲା ସତ୍ୟ ସହିତ ଏକାତ୍ମ ହୋଇଯିବା। ଯିଏ ଏହି ଜୀବନ ଖଣ୍ଡକୁ ଜାଣିଛି, ଏହାର ଅସାରପଣକୁ ବୁଝିଛି ସେ ସମଗ୍ର ମହାକାଶ ତତ୍ତ୍ୱକୁ ଜାଣିଛି। ପରମବ୍ରହ୍ମଙ୍କୁ ଜାଣିଛି।

କାହିଁକି ଗୌରାଙ୍ଗ ? ଆମେ ସମସ୍ତେ ଦିନେ ସେହି ଅନନ୍ତ ରାଜ୍ୟର ବାସିନ୍ଦା ହୋଇ ସତ୍ୟକୁ ଯଥାର୍ଥ ଭାବେ ଜାଣିପାରିବା... ମୋତେ ବିଶ୍ୱାସ କର, ସତ୍ୟାନ୍ୱେଷୀ ସଂପ୍ରଦାୟର ଲକ୍ଷ୍ୟ ଭୌତିକ ସୁଖ, ଆଧ୍ୟାତ୍ମିକତା ନୁହେଁ। ତମେ ସେଠିକି ଜମା ଯାଅ ନାହିଁ। ପଥବଣା ହୁଅନାହିଁ। ଗୃହସ୍ଥ ଆଶ୍ରମ ସନ୍ନ୍ୟାସୀ ଜୀବନଠାରୁ ମହତ୍ତର। ଅଧିକ ଗୁରୁତ୍ୱପୂର୍ଣ୍ଣ। ଆହୁରି ରହସ୍ୟମୟ।

ମୁଁ କୌଣସି ରହସ୍ୟରେ ବିଶ୍ୱାସୀ ନୁହେଁ ନିଶା।

ମୋ ରାଣ, ମୋ କଥା ମାନ ଗୌରାଙ୍ଗ।

ବୋଧହୁଏ ନିଶା ତା'ର ଆଧ୍ୟାତ୍ମିକ ପ୍ରଗତିରେ ବାଧକ ସୃଷ୍ଟି କରିବା ଚାହେଁ। ତେଣୁ ତା' କଥାରେ ଗୌରାଙ୍ଗର ବିଶ୍ୱାସ ଜନ୍ମିଲା ନାହିଁ। ଅଜ୍ଞ... ନିର୍ବୋଧ ମହିଳା, ସେ ସ୍ୱଗତୋକ୍ତି କଲା।

୩୯

ସତ୍ୟର ସ୍ୱରୂପ କ'ଣ ? ସତ୍ୟ ଆପେକ୍ଷିକ ବୋଲି କହୁଛନ୍ତି ସତ୍ୟାନ୍ୱେଷୀ ସଂସ୍ଥାର ସଭ୍ୟ। ମାନେ ସତ୍ୟ ଟିକିଏ କେଉଁଠି ବାଟବଣା ହୋଇଯାଇଛି ସମୟଚକ୍ରରେ।

ସେଇଟା କି ରକମର ସତ୍ୟ, ଯାହା ବାଟବଣା ହୋଇଯାଇଛି କେଉଁଠି ଟିକେନାକୁ ? ସତ୍ୟ କେଉଁଠି ବାଟମାରଣା ହୋଇଯାଏ ନାହିଁ, ଭାଗ୍ୟ ଭଲ।

ବାସ୍, ସେଇ କଥା ମୁଁ କହୁଛି ଗୌରାଙ୍ଗ। ତାହା ହିଁ ମୁଁ ଲେଖିବି ମୋର ଏକ୍ସପୋଜରେ। ଶନିବାର ସନ୍ଧ୍ୟା ସାର୍ବଜନୀନ ସମାବେଶରେ ସ୍ୱାମୀ ଆନନ୍ଦ ତୁମ ସହିତ ଗୋପନରେ କ'ଣ କଥାବାର୍ତ୍ତା କଲେ ?

ସେ ମୋ ଜନ୍ମ ତାରିଖ, ସ୍ଥାନ ଓ ସମୟ ପଚାରିଲେ। ତା'ପରେ ତାଙ୍କ ଲ୍ୟାପ୍‌ଟପ୍ ଖୋଲି ପଢ଼ିଲେ ଜାତକ। କହିଲେ ମୋର ଭାଗ୍ୟ ଅତି ଉଚ୍ଚକୋଟିର। ସେଥିରେ ଅଛି ପ୍ରବଜ୍ୟା ଯୋଗ।

ସେ ପୁଣି କେଉଁ ଯୋଗ ସଦାନନ୍ଦ ?

ଯେଉଁ ବ୍ୟକ୍ତିର ଜାତକ କୁଣ୍ଡଳିରେ ଏହି ଯୋଗ ବା ଗ୍ରହ ସଂଯୋଗ ଥାଏ, ସେ ରାଜା ହୁଏ କିମ୍ବା ସନ୍ନ୍ୟାସୀ।

ଜଣେ ରାଜା କିମ୍ବା ଫକୀର ? ଜଣେ ବ୍ୟକ୍ତି ଏ ଦୁଇଟି ପଦବୀରେ ଏକାଥରକେ ରହିବ କେମିତି ? ମୋତେ ହସ ମାଡୁଛି...

ହସ କାହିଁକି ? ଜ୍ୟୋତିଷ ପାଠ ସେୟା। ସିଦ୍ଧାର୍ଥ ଗୌତମ ରାଜା ଭାବରେ ଅଭିଷିକ୍ତ ହେଇଥିଲେ। ପୁତ୍ର ସନ୍ତାନ ଜନ୍ମ ପରେ ସନ୍ନ୍ୟାସ ଗ୍ରହଣ କରି ସେ ଭିକ୍ଷାବୃତ୍ତି ଅବଲମ୍ବନ କଲେନା ନାଇଁ ? ଶେଷରେ ସେ ହେଲେ ବୁଦ୍ଧଦେବ।

ଓ ? ଏ ତା'ହେଲେ ପ୍ରଭାର୍ଯ୍ୟା ଯୋଗ ?

ପ୍ରଭାର୍ଯ୍ୟା ନୁହଁ, ପ୍ରବଜ୍ୟା ଯୋଗ।

ତା'ମାନେ ଏବେ ତମର ସନ୍ନ୍ୟାସ ସରି ଯାଇଛି। ଏଣିକି ରାଜପଦ ପ୍ରାପ୍ତି ଅପେକ୍ଷା କରିଛି ? କନ୍‌ଗ୍ରାଚୁଲେସନ୍ ଗୌରାଙ୍ଗ !

ସରକାରୀ ଚାକିରି ମିଳିଗଲେ ରାଜପଦ ହୋଇଯିବ। ତା'ପରେ ଆଉ ସନ୍ନ୍ୟାସ ଜୀବନ ଅନୁସରଣ କରିବି ନାହିଁ ବୋଲି କାହିଁକି ଭାବୁଛ ଅନୁପମା ?

ହଉ, ଭାଗ୍ୟରେ ଯାହା ଥିବ ତାହା ଘଟିବ। ଏବେଠୁ କାହିଁକି ଅତର୍ଚ୍ଛା ହେବ ସେଥିପାଇଁ ?

ଯାହା କୋଷ୍ଠୀରେ କି ଭାଗ୍ୟରେ ଲେଖାଥିବ ତାହା ନିଶ୍ଚୟ ଘଟିବ ବୋଲି କହିହେବ ନାହିଁ ଯଦି ତୁମେ ଯଥେଷ୍ଟ ପୁରୁଷାର୍ଥ କରିନାହଁ। ଯେକୌଣସି ବସ୍ତୁ ଯଦି ମନରେ ସଂକଳ୍ପ କଲ, 'କାଳେ ପ୍ରାପତ ହୁଏ ତାହା' ବୋଲି ଲେଖାଯାଇଛି ଭାଗବତରେ। ତେଣୁ ଅପ୍ରାପ୍ୟ ବୋଲି କିଛି ନାହିଁ। ସବୁ ନିର୍ଭର କରେ ଇଚ୍ଛାଶକ୍ତି ଉପରେ।

ଆଚ୍ଛା ଗୌରାଙ୍ଗ, ତୁମ ରାଶି ନକ୍ଷତ୍ର କ'ଣ ଏଯାଏଁ ମୋତେ କହିଲ ନାହିଁ ତ ?

କାହିଁକି ହଠାତ୍ ଗ୍ରହ ନକ୍ଷତ୍ର ମନେ ପଡ଼ିଗଲେ ?

ମାନେ... ଏମିତି ଜାଣିବାର ଇଚ୍ଛା। ସାଧାରଣ ଜ୍ଞାନ। ତମେ ସ୍ୱାମୀ ଆନନ୍ଦଙ୍କୁ ଜାତକ ବିବରଣୀ ଦେଇ ପାରିଛ, ଅଥଚ ମୋତେ କହିବ ନାହିଁ ?

ମୋର ନକ୍ଷତ୍ର ବିଶାଖା, ରାଶି ବିଛା।

ବିଶାଖା ନକ୍ଷତ୍ର ତୁଳା ରାଶି ହେବା କଥା। ବିଛା କେମିତି ହେଲା ? ମୋ ସାଙ୍ଗ କୃତ୍ତିକାର ବିଶାଖା ନକ୍ଷତ୍ର, ତୁଳାରାଶି। ତୁମର କେମିତି ବିଛା ରାଶି ହେଲା ?

ହଁ, ବିଶାଖା ନକ୍ଷତ୍ର ତୁଳା ରାଶିରେ ଅଛି ତିନି ଭାଗ ଆଉ ଭାଗେ ଅଛି ବିଛା ରାଶିରେ। ଆଉ ତୁମର ରାଶି ନକ୍ଷତ୍ର କ'ଣ ଅନୁପମା ?

ତୁମର ରାଶି ବିଛା ? ତୁମେ ଚାହିଁଲେ ଅନ୍ୟ କାହାକୁ ବି ଡଙ୍କ ମାରି ଦେଇପାର। ବ୍ୟକ୍ତି ମାରାତ୍ମକ ହୋଇଥିବ।

ନା। ଜଣେ ବ୍ୟକ୍ତିର ଚରିତ୍ର ରାଶି ନକ୍ଷତ୍ରର କାଳ୍ପନିକ ଦୂରତା ବା ନାମକରଣ ଅନୁସାରେ ନିର୍ଣ୍ଣିତ ହୁଏନାହିଁ। ବିଛା ରାଶି ଅଧିକୃତ ବିଶାଖା, ଅନୁରାଧା ଓ ଜ୍ୟେଷ୍ଠା ନକ୍ଷତ୍ର ଆମଠୁ ଲକ୍ଷଲକ୍ଷ ମାଇଲ ଦୂରରେ ଅଛନ୍ତି। ଆକାଶରେ ତାଙ୍କୁ ଧରି ରଖି ଏକ କାଳ୍ପନିକ ସରଳ ରେଖାରେ ଯୋଡ଼ିଲେ ଯେଉଁ ଚିତ୍ର ଉତ୍ପନ୍ନ ହୁଏ ତାହା ଅନୁସାରେ ମେଷ, ସିଂହ ବା ମିଥୁନ ରାଶି ନାମକରଣ କରା ଯାଇଛି। ପୁରାଣରେ ଅଛି ରାଧାଙ୍କର ନକ୍ଷତ୍ର ଥିଲା ବିଶାଖା। ଏହାର ମୂଳତତ୍ତ୍ୱ ହେଲା ଅଗ୍ନି ବା ଶକ୍ତି। ରାଧାଙ୍କ ନିସର୍ତ୍ତ ପ୍ରେମ ଓ ଆଧ୍ୟାତ୍ମିକ ସମର୍ପଣର ଚେତନା ଏ ନକ୍ଷତ୍ର ସହ ଯୋଡ଼ି ହୋଇଛି। ପ୍ରଗତି ଓ ପରିବର୍ତ୍ତନ ଏ ନକ୍ଷତ୍ରପୁଞ୍ଜର ବୈଶିଷ୍ଟ୍ୟ... ହଉ, ତୁମର ରାଶି ନକ୍ଷତ୍ର କହିଲ ନାହିଁ ?

ମୋର ନକ୍ଷତ୍ର ହେଲା ରେବତୀ, ରାଶି ମୀନ।

ମାନେ ତମେ ହେଲ ସମୁଦ୍ର ତଳର ଗହୀର ମାଛ, ଯିଏ ବୁଡ଼ିବୁଡ଼ି ପାଣି ପିଏ। ବାହାରେ ଝଡ଼ ହେଉ, ଭୂକମ୍ପ ହେଉ କି ଘୂର୍ଣ୍ଣିବାତ୍ୟା, ସେ ପ୍ରତି ତମର ଖାତିର ନଥାଏ। ବାହାରେ ଅସ୍ଥିରତା ସତ୍ତ୍ୱେ ତମ ଆନ୍ତରିକ ପ୍ରଦେଶ ଥାଏ ସ୍ଥିର, ଶାନ୍ତ ଓ ଅବିଚଳିତ।

ମୋ ନିଜ ଚରିତ୍ର ବିଷୟରେ ମୁଁ ସବୁ ଜାଣିଛି ଗୌରାଙ୍ଗ। ଆମ ଫ୍ୟାମିଲି ଜ୍ୟୋତିଷ ଦାରୁଓ୍ୱାଲା ସେସବୁ କହି ଦେଇଛନ୍ତି। ମୁଁ ଯାହା ଜାଣିନାହିଁ ସେକଥା ଯଦି କହି ପାରନ୍ତି...!

ନିଜ ବିଷୟରେ ତମେ କ'ଣ ଜାଣିବାକୁ ଚାହୁଁଛ ?

ଜଣେ ବିବାହିତା ସ୍ତ୍ରୀ ଜୀବନରେ କ'ଣ ଚାହେଁ?

କ'ଣ ଚାହେଁ? ସାଂସାରିକ ସୁଖ, ଶାନ୍ତି, ଆନନ୍ଦ ଓ ସନ୍ତାନ ?

ସନ୍ତାନ ବ୍ୟତୀତ ଏମିତି ଆଉ କିଛି ଅଛି ପୃଥିବୀରେ ଯାହା ସମସ୍ତ ସ୍ତ୍ରୀ ପୁରୁଷ କାମନା କରନ୍ତି।

କ'ଣ ? ତୁମେ ଜୀବନରେ ଆଉ କ'ଣ ଅଧିକ ଚାହଁ?

ପ୍ରତ୍ୟେକ ବିବାହିତା ସ୍ତ୍ରୀ ଚାହେଁ ନିଜ ଶାଶୁଘରେ ଏକ ସମ୍ମାନଜନକ ସ୍ଥାନ ଓ ପରିବାରର ଅନ୍ୟ ସଦସ୍ୟଙ୍କ ପରି ସ୍ତ୍ରୀର ବି ସମାନ ଅଧିକାର ଓ ଦାୟିତ୍ୱ। ସନ୍ତାନ ସୁଖ ପ୍ରଦାନକାରୀ ସ୍ୱାମୀର ସାହଚର୍ଯ୍ୟ ଓ ଭଲପାଇବା। ଏହା ତମେ ମୋତେ ଦେବ ବୋଲି ପ୍ରତିଶ୍ରୁତିବଦ୍ଧ ହୋଇପାରିବ ଗୌରାଙ୍ଗ ?

ମୋତେ ଲାଗେ ବିବାହ, ପରିବାର ଓ ସଂସାରିକ ଜୀବନ ମଣିଷକୁ ସ୍ଥିରତା ଓ ସୁରକ୍ଷା ଦିଏ ସତ, କିନ୍ତୁ ଆଧ୍ୟାତ୍ମିକ ପ୍ରଗତିରେ ଏସବୁ ଆଣିଦିଏ ବାଧାବିଘ୍ନ ଓ ପ୍ରତିବନ୍ଧକ।

ତମେ ଜୀବନରେ କ'ଣ ଚାହଁ କହିଲ ନାହିଁ ଗୌରାଙ୍ଗ ?

ମୁଁ ଯଥେଷ୍ଟ ସୁଖରେ ଅଛି ଅନୁପମା। ଘର ପରିବାର ଭିତରେ ସବୁକିଛି ପାଉଛି। ଭଲ ପାଇବା। ଇନ୍ଦ୍ରିୟ ସୁଖ। କିନ୍ତୁ ମୁଁ ଖୋଜୁଛି ଆନନ୍ଦ। ସୁଖ ପାର୍ଥିବ ଓ ଶାରୀରିକ। କିନ୍ତୁ ଆତ୍ମା ଚାହେଁ ଅନନ୍ତ ଆନନ୍ଦ। ଅତୀନ୍ଦ୍ରିୟ ସୁଖ ମିଳିଥାଏ ଯୋଗ, ଧ୍ୟାନ ଓ ତପସ୍ୟାରେ। ସତ୍ୟାନ୍ୱେଷୀ ସଂଘ ଭିତରେ। ସ୍ୱାମୀ ଆନନ୍ଦ ହେଲେ ପକ୍କା ସାଧକ, ପ୍ରକୃତ ଗୁରୁ। ଏଥିରେ ଦ୍ୱିମତ ନାହିଁ।

ତମେ ହୁଏତ ତାଙ୍କର ପ୍ରକୃତ ପରିଚୟ ପାଇନାହଁ ଗୌରାଙ୍ଗ। ଧୀରେଧୀରେ ତାଙ୍କର ଯଥାର୍ଥ ପରିଚୟ ପାଇଯିବ। ଖୁବ ଶୀଘ୍ର।

୪୦

ଅନୁପମା ସକାଳୁ ଉଠି ବ୍ୟତିବ୍ୟସ୍ତ ହେଲା। କିଚେନ୍ ଭିତରେ ପଶିଲା ଓ ବାହାରି ଆସିଲା। ଟଏଲେଟ୍ ଭିତରେ ଦେଖିଲା। ବାଥରୁମରେ ନଥିଲା ଗୌରାଙ୍ଗ। ଶେଷରେ ବାଲକୋନି ପାଖରେ ଅଟକିଗଲା ସେ।

ଗୌରାଙ୍ଗ... ଗୌରାଙ୍ଗ... କୁଆଡ଼େ ଗଲ ? ପାହାନ୍ତା ପହରରେ ଅଭ୍ୟାସ ମୁତାବକ ଗୌରାଙ୍ଗ ବାଲକୋନିରେ ବସି ଚାହା ପିଉଥାଏ ଚୁପଚାପ୍। ପକ୍ଷୀମାନଙ୍କ କଥା ଶୁଣୁଥାଏ ନିରବରେ। ବେଳେବେଳେ ଦୁଇ ଜଣଙ୍କ ପାଇଁ ଚାହା ତିଆରି କରି କପେ ଫ୍ଲାସ୍କରେ ଢାଳି ରଖିଥାଏ ନିଶା ପାଇଁ। ଆଉ କେବେ କେମିତି ସିନ୍ଦୂରା ଆଡ଼କୁ ଅନେଇ ଥାଏ ତୀର୍ଯ୍ୟକ ଦୃଷ୍ଟିରେ: କେତେବେଳେ ସେ ଫାଟି ପଡ଼ିବ ବୋଲି... !

ମର୍ଣ୍ଣିଂଓ୍ୱାକ୍ କଲାବେଳେ ସେ ଯେଉଁ ସୁ ପିନ୍ଧେ, ତାହା ନଥିଲା ହଲରେ, ଯଥା ସ୍ଥାନରେ। ବୋଧହୁଏ ପାଖ ପାର୍କକୁ ଯାଇଥିବ ଗୌରାଙ୍ଗ।

ପଢା ଟେବୁଲ୍ ଉପରେ ଗୌରାଙ୍ଗର ଡାଏରୀ ମେଲା ପଡ଼ିଥିଲା। ଗତ ରାତିରେ ସେ କ'ଣ ସବୁ ଲେଖିଥିବ ବୋଲି ପୃଷ୍ଠା ଓଲଟାଇଲା ଅନୁପମା ଯଦିଓ ସେ କେବେ ତା'ର ଡାଏରୀ ଖୋଲି ପଢ଼ି ନଥିଲା।

'ଜନ୍ମ ଓ ମୃତ୍ୟୁର ମଧ୍ୟସ୍ଥ କଷ୍ଟଦାୟକ ଇଲାକାକୁ ଆମେ ଯନ୍ତ୍ରଣା ବୋଲି କହୁଛୁ। ବୁଦ୍ଧ ଏଥିରୁ ମୁକ୍ତି ପାଇବାକୁ କାମନାର ବିନାଶ କର ବୋଲି ଆହ୍ୱାନ ଦେଇଥିଲେ। କିନ୍ତୁ ଦୁଃଖର ବିନାଶ ଅର୍ଥ କ'ଣ ଆନଂଦ ? ଆଦୌ ନୁହେଁ।

'ଆମେ ଭଲରେ ଅଛୁ' କହିବାର ଅର୍ଥ ଆମେ ରୋଗମୁକ୍ତ। କିନ୍ତୁ ଆମେ ନିଜକୁ ନିରୋଗ ବୋଲି କହିଲେ ତାହା କୌଣସି ସୁଖମୟ ସ୍ଥିତିକୁ ସୂଚାଉ ନାହିଁ। ବନ୍ଧୁମାନେ ଆମ 'ଯାତ୍ରା ଶୁଭ ଓ ନିରାପଦ ହେଉ' କହିଲାବେଳେ ମନେହେଉଛି ଆମ ଯାତ୍ରା ଦୁର୍ଘଟଣାମୁକ୍ତ ହେଉ ବୋଲି ସେମାନେ ଚାହାନ୍ତି। କିନ୍ତୁ ଆନନ୍ଦଦାୟକ ବା ସୁଖଯାତ୍ରାର କାମନା ସେମାନେ କରୁନାହାନ୍ତି ଆଦୌ !

'ଆତ୍ମା ହିଁ ମହାଦୁଃଖର ସମସ୍ତ କାରଣ, କହିଥିଲେ ସୋପେନହାଓ୍ୱାର୍ It's a necessary evil.'

'ତମେ ଯଦି ପ୍ରଜନନରୁ ମୁକ୍ତ ରହିପାର, ତେବେ ଦୁଃଖ ଆଉ କାହାକୁ ସଂକ୍ରମିତ କରିବ ନାହିଁ। ତମେ ଏ ବିବାହ ଓ ଯୌନ ଦାସତ୍ୱରୁ ମୁକ୍ତ ହେବ କେମିତି? ହୋଇପାରିବ ନାହିଁ ସହଜରେ। ଏକଥା କହିଛନ୍ତି ଅଲଡସ୍ ହକ୍ସଲେ।

ହଠାତ୍ କାହାର ପାଦଶବ୍ଦ ଶୁଣି କରିଡ଼ର ପାଖକୁ ଆସିଲା ନିଶା। କବାଟ ଖୋଲି ଟିକିଏ ଅଟକିଲା। ନା। କିଏ କେଉଁଠି ଦିଶୁ ନାହାନ୍ତି। ହଠାତ୍ ଏ ଲୋକ କୁଆଡ଼େ ଅଦୃଶ୍ୟ ହୋଇଗଲା ହୋ? ସେ କହିଲା ମନକୁ ମନ।

ଘର ଭିତରକୁ ଫେରି ଗୌରାଙ୍ଗକୁ ଫୋନ ଲଗାଇଲା ସେ। ଆରେ? ଗୌରାଙ୍ଗର ତକିଆ ତଳୁ ଫୋନ ରିଙ୍ଗ ହେଉଛି। ଓଃ, ମାଇଁ ଗଡ୍! କି ଲୋକ ଯେ? ଫୋନ ଘରେ ଛାଡ଼ି ଯାଇଛି ଯୋଗୀଶ୍ରେଷ୍ଠ।

ଗତ ରାତିରେ ଖାଇସାରି କହିଥିଲା: ମୋର ସବୁ ପ୍ରସ୍ତୁତି ସରିଛି ନିଶା। ଗୁରୁ ଆନନ୍ଦଙ୍କ ପାଇଁ ମୁଁ ସବୁକିଛି ତ୍ୟାଗ କରିବାକୁ ପ୍ରସ୍ତୁତ। ସମସ୍ତ ସାଂସାରିକ ସୁଖ ଓ ଆନନ୍ଦ। ଏକ ମହତ୍ତର ସ୍ୱାର୍ଥ ପାଇଁ ଜଣେ ବ୍ୟକ୍ତିର ତ୍ୟାଗ ଯଥେଷ୍ଟ ନୁହେଁ। ଶହଶହ ସତ୍ୟାନ୍ୱେଷୀ ସାଧକଙ୍କ ସାମୂହିକ ତପସ୍ୟା ବଳରେ ମଣିଷ ଜାତି ଓ ପ୍ରକୃତିର ସଂରକ୍ଷଣ ସଂଭବ। ନହେଲେ ଭୟାବହ ପରିଣାମ ଭୋଗିବାକୁ ପଡ଼ିପାରେ ମାନବ ଜାତିକୁ, ପୃଥିବୀକୁ...।

ସଂଭବତଃ, ଗୌରାଙ୍ଗ ସ୍ୱାମୀ ଆନନ୍ଦଙ୍କ ସତ୍ୟାନ୍ୱେଷୀ ଆଶ୍ରମରେ ପହଞ୍ଚି ସାରିବଣି। ଏଯାବତ୍ ଅନ୍ୟାନ୍ୟ ସହ-ଯୋଗୀଙ୍କ ସହ ଗୌରାଙ୍ଗର ପରିଚୟ ପର୍ବ ସରିବଣି। ଜଣେ ଶିକ୍ଷିତ, ବିବାହିତ ଓ ଚାକିରି ବାକିରି କରୁଥିବା କର୍ମନିଷ୍ଠ ଯୁବକଙ୍କୁ ସାଂସାରିକ ଜୀବନରୁ ନିବୃତ୍ତ କରି ଆଶ୍ରମରେ ନିଯୁକ୍ତ କଲେ ଗୁରୁଙ୍କର କ'ଣ ଲାଭ ହେବ? ସଂଭବତଃ, ତାଙ୍କ ମାଦକ ଦ୍ରବ୍ୟର ଗୋପନ କାରବାର ବ୍ୟାପ୍ତ ହୋଇ ପାରିବ? ଅଧିକରୁ ଅଧିକ ନିଶାସକ୍ତ ଯୁବକ ଟ୍ରାନ୍ସମ୍ୟୁଜିକ ଓ ଯୋଗନିଦ୍ରାରେ ପ୍ରବେଶ କରିବେ? ଗୌରାଙ୍ଗର ସଂଗୀତ କଳାର ବିନିଯୋଗ ହୋଇପାରିବ?

କେମିତିକା ଏ ଅଦ୍ଭୁତ ଜୀବନ ନାଟକର ମଞ୍ଚରେ ଠିଆ ହୋଇ ରୋମାଞ୍ଚ, ରହସ୍ୟ ଓ ଦ୍ୱନ୍ଦ୍ୱକୁ ନେଇ କାହାଣୀ ସଂଚାଳନ କରୁଛି ଅଦୃଶ୍ୟ ନାଟ୍ୟକାର ! ଅଭିନେତାର ସମୟ ସୀମିତ। ସେଥିରେ ସଂଗୀତ ଅଛି, କୋଳାହଳ ଅଛି। କିନ୍ତୁ ଶେଷରେ ମନେହେଉଛି ସବୁକିଛି ମୂଲ୍ୟହୀନ, ଅଲୋଡ଼ା।

ପଞ୍ଚଦଶ ଶତାବ୍ଦୀର ଇଂରେଜ ନାଟ୍ୟକାର ୱିଲିଅମ୍ ସେକ୍ସପିଅର କହିଥିଲେ ଏକଥା:

ମଣିଷ ତ ଚଳମାନ ଛାଇ
ମହମର ଜୀବନ ଲିଭିଯିବ
ମଞ୍ଚ ପରେ ଘଡ଼ିଏ ଦିଘଡ଼ି
ଖେଳ ସରିଗଲେ ଶୁଭେନାହିଁ
ସଂଳାପ ଲେଖିଛି କିଏ ନିର୍ବୋଧ ଆଳାପ
ଗର୍ଜନ ତର୍ଜନ ଭରା ମୂଲ୍ୟହୀନ ଧରା।
(ମେକବେଥ୍ ନାଟକ ୫ମ ଅଙ୍କ, ୫ମ ଦୃଶ୍ୟରୁ ଅନୁଦିତ)

ସ୍ୱାମୀ ଆନନ୍ଦ ଓ ଗୌରାଙ୍ଗ ଉଭୟେ ଗୋଟିଏ ବିଦ୍ୟାଳୟର ପୂର୍ବତନ ସାଧକ। ଜୀବନ ଓ ସତ୍ୟ ସଂପର୍କରେ ଉଭୟଙ୍କର ଅଧ୍ୟୟନ ଓ ଦର୍ଶନ ଏକ ହେଲାବେଳକୁ ଦୃଷ୍ଟିଭଙ୍ଗୀ ପରସ୍ପର ବିରୋଧୀ କାହିଁକି ? ହୁଏତ ସତ୍ୟ ଓ ଜ୍ଞାନକୁ ନିଜ ଜୀବନରେ ଧାରଣ କରିବା ସମୟରେ କେଉଁଠି ଅନ୍ତର ଆସିଥିବ, ତେଣୁ ଦୃଷ୍ଟିଭଙ୍ଗୀରେ ତାରତମ୍ୟ ରହିବା ସ୍ୱାଭାବିକ। ସତ୍ୟ ଯଦି ସମସ୍ତଙ୍କ ପାଇଁ ଏକ, ସେ ହେବ ସାର୍ବଜନୀନ। ତେବେ ପରସ୍ପର ଭିତରେ ଏତେ ବିରୋଧାଭାସ କାହିଁକି ? ନା, ଏହି ରହସ୍ୟ ଉନ୍ମୋଚନର ଅପେକ୍ଷା ରଖେ। ନିଶା ଆଗକୁ ଭାବି ପାରିଲା ନାହିଁ।

ଡିସିପି ଅଞ୍ଜନଙ୍କ କଥା ମନେରଖିଲା। ପୁଲିସକୁ ସମସ୍ୟା ଜଣାଇଲେ ସେମାନେ ହସ୍ତକ୍ଷେପ କରିବେ। ଆଶ୍ରମରେ ଥରେ ପୋଲିସ ପଶିଲେ ସତ୍ୟାନ୍ୱେଷୀ ସଂପ୍ରଦାୟ ସତର୍କ ହୋଇଯିବେ। ସେମାନଙ୍କ ତରଫରୁ ଆଗକୁ କୌଣସି ସହଯୋଗ ମିଳିବନି, ଫଳରେ ଇଣ୍ଡସ୍ ପତ୍ରିକା ପାଇଁ ସେ ଲେଖୁଥିବା ଫିଚର୍ ସଂପୂର୍ଣ୍ଣ ହୋଇପାରିବ ନାହିଁ।

ଅନୁପମା ଏପରି ଧର୍ମ ସଂକଟର ସମାଧାନ କରିବ କେମିତି ? ନା ସମସ୍ୟା ଅଧିକ ଜଟିଳ ହୋଇଯିବ ? କୃତ୍ତିକାକୁ ଫୋନ କଲା ସେ।

ଡୋଣ୍ଟ ବି ସିଲି ନିଶା। ଏଇ ଛୋଟ କଥା ହ୍ୟାଣ୍ଡେଲ କରିପାରୁନୁ ? ପୋଲିସ ଡିଜି, ଡିସିପି, ହୋମ୍ ମିନିଷ୍ଟରଙ୍କୁ ହାତରେ ରଖିଛୁ, ସମସ୍ୟା ହେଲେ ଲିଗାଲ୍ ରିପୋର୍ଟରକୁ ଖୋଜୁଛୁ।

ସତ୍ୟାନ୍ୱେଷୀ ମିଶନ ଭିତରେ ପୋଲିସ ଇଣ୍ଟରଭିନ୍ କଲେ କ'ଣ ହେବ ଜାଣିଛୁତ ?

କ'ଣ ହେବ ? ପୋଲିସ ରେଡ୍ ହେଲେ ଭଲ। ତୋତେ ନୁଆ ଆଙ୍ଗେଲରେ ଷ୍ଟୋରି ମିଳିଯିବ। ସ୍ୱାମୀ ଆନନ୍ଦ ଆରେଷ୍ଟ ହେଲେ ସଂସ୍ଥା ଭାଙ୍ଗିଯିବ ଆଉ ଗୌରାଙ୍ଗ ଫେରି ଆସିବ ତୋ ସଂସାର ଭିତରକୁ। ଚିଲ୍ ବେବି ଚିଲ୍।

୪୧

ଗୌରାଙ୍ଗ ଅପେକ୍ଷାରତ ଅବସ୍ଥାରେ ଉପରକୁ ଚାହିଁଲା ସୋଫା ଉପରେ ବସି। ଛାତ ତଳେ ଅନବରତ ସିସିଟିଭି କ୍ୟାମେରା ପହରାଦାର ନିଘାରତ ଅଛନ୍ତି।

ଗୋପାଳନ କୋଠଘର ପ୍ରବେଶ ପଥରେ ପ୍ରଥମେ ସଶସ୍ତ୍ର ନିରାପତ୍ତା କର୍ମୀମାନଙ୍କ ସ୍କାନର ଯାଞ୍ଚର ସାମ୍ନା କଲା ଗୌରାଙ୍ଗ। ତା'ପରେ ସମ୍ମାନର ସହିତ ତାକୁ ସତ୍ୟାନ୍ୱେଷୀ ମିଶନ ବୈଠକ ଘରେ ବସେଇ ଦିଆଗଲା।

ସ୍ୱାମୀ ଆନଂଦ ଧ୍ୟାନରତ ଅଛନ୍ତି, ପ୍ରତୀକ୍ଷା କରନ୍ତୁ, ଜଣେ କିଏ ସୂଚନା ଦେଇଗଲା। ଅନ୍ୟ ଜଣେ ଫଳାହାର ଓ ବିସ୍କୁଟ ଥୋଇ ଦେଇଗଲା ତା' ଆଗରେ। ଆଶ୍ରମରେ ସବୁକିଛି ଥିଲା ଯନ୍ତ୍ରବତ୍ ଓ ସ୍ୱୟଂକ୍ରିୟ। ଅନେକ ସମୟ ଅପେକ୍ଷା କଲାପରେ ଦେଖାଦେଲେ ଗୁରୁଦେବ।

ମୁଁ ଦୁଃଖିତ ଗୌରାଙ୍ଗ... ତମକୁ ଅନେକ ସମୟ ଅପେକ୍ଷା କରାଇ ଦେଇନି ତ ? ବ୍ୟସ୍ତବହୁଳ ଏ ଜୀବନରେ ପୁରୁଷାର୍ଥ କରିବାକୁ ଯଥେଷ୍ଟ ସମୟ ମିଳୁନି। ତେଣୁ ମୁଁ ଚାହୁଁଛି ତୁମ ପରି ଶୁଦ୍ଧ, ସକ୍ରିୟ ଓ ସତ୍ୟନିଷ୍ଠ ଯୁବକ ଆଶ୍ରମର ଦାୟିତ୍ୱ ନେଇ ପାରିଲେ ମୁଁ ତେଣିକି ହିମାଳୟ ଚାଲି ଯାଆନ୍ତି ! ଅନେକ ଦିନରୁ ମୋର ଅଭିଳାଷ ଅଛି ମାନସରୋବର ତଟ କେଉଁ ନିକାଞ୍ଚନ ଗୁମ୍ଫା ଭିତରେ କିଛିଦିନ ତପସ୍ୟା କରି ରହନ୍ତି।

ଚାହା ନିଅ, ଗୌରାଙ୍ଗ। ମୁଁ ଜାଣିବାରେ ତୁମର ଏଇ ଚାହାପାନ ସଂସ୍କାର ଏ ଯାଏଁ ସଜୀବ ଅଛି। ତମେ ଏଠି ରହି କିଛି ସମୟ ସେବା ଦିଅ, ଯୋଗ ଓ ଧାରଣା ଯୁକ୍ତ ହୁଅ। ତା'ପରେ ତୁମ ପାଇଁ ଏକ ଗୁରୁ ଦାୟିତ୍ୱ କଥା ଚିନ୍ତା କରିଛି।

ଠିକ ଅଛି। ଯେତେବେଳେ ଆପଣ ଉଚିତ ମଣିବେ ଧୀରେଧୀରେ ସେ ଦାୟିତ୍ୱ ପ୍ରକଟ କରିବେ।

ତୁମ ଲୌକିକ ପିତାମାତା, ପରିବାର କଥା କିଛି କହିଲ ନାହିଁ ?

ସେମାନେ ସବୁ ଭଲରେ ଅଛନ୍ତି ଗାଁରେ। ଭାଇମାନେ ନିଜ ନିଜ ବୃତ୍ତିଗତ ଜୀବନ ନେଇ ବିଭିନ୍ନ ସ୍ଥାନରେ ଅଛନ୍ତି।

ତମେ ନିଜେ କେଉଁଠି ସରକାରୀ ବୃତ୍ତିରେ ଅଛ ପରା ?

ନା ଗୁରୁଜୀ, ମୁଁ ଏକ ଘରୋଇ ବ୍ୟାଙ୍କରେ ଯୋଗ ଦେଇଛି ଏଇ ଅଳ୍ପଦିନ ହେଲା।

ତମେ କ'ଣ ଭାବୁଛ ଚାକିରି କରି ଘରକୁ କିଛି ଆର୍ଥିକ ସହାୟତା କରିବ ? କିମ୍ବା ସେମାନଙ୍କୁ ସେପରି ସହଯୋଗର କୌଣସି ଜରୁରତ ହେବନାହିଁ ?

ମୋ ମତରେ ଏହି ବୟସର ପିତାମାତାମାନଙ୍କ ପାଇଁ ଧନ ଅପେକ୍ଷା ଭାବଗତ ଓ ସ୍ୱାସ୍ଥ୍ୟ ସହାୟତା ଅଧିକ ଜରୁରୀ। ତା'ଛଡା ଗାଆଁରେ ବାପାମା'ଙ୍କ ସହିତ ଲୌକିକ କଥାବାର୍ତ୍ତା କରିବାକୁ କେହି ନଥାନ୍ତି। ସଂପର୍କୀୟ କି ନାତିନାତୁଣୀମାନେ ପାଖରେ କେହି ରହୁନଥିବାରୁ ତାଙ୍କୁ ଏକେଲାପଣ ଆକ୍ରାନ୍ତ କରୁଥାଏ।

ଚାହିଁବ ଯଦି ସେମାନଙ୍କୁ ବି ଏଠିକି ଆଣିବା ବିଷୟ ତମେ ଚିନ୍ତା କରିପାରିବ, ଗୌରାଙ୍ଗ। ସେମାନଙ୍କ ପାଇଁ ସେବା ସହିତ ଏଠି ସ୍ୱାସ୍ଥ୍ୟ ସହାୟତା ବି ମିଳିଯାଇ ପାରିବ।

ତତ୍‌କ୍ଷଣାତ ହଁ କି ନା ନିର୍ଦ୍ଦିଷ୍ଟ ଉତ୍ତର ଦେଇପାରିଲାନି ଗୌରାଙ୍ଗ।

କ'ଣ କିଛି ଚିନ୍ତାରେ ପଡ଼ିଗଲ ଗୌରାଙ୍ଗ ? ତୁମ ବାପାମାଆ ସାଥିରେ ରହିଲେ ଆମ ସମସ୍ତଙ୍କୁ କିଛି କିଛି ଦୁଆ ମିଳିଯିବନି ?

ଦୁଆ କ'ଣ ବୁଝିପାରିଲିନି ଗୁରୁଜୀ।

ଗୁରୁଜନଙ୍କୁ ସେବା କରିବା ଅବସର ମିଳିଲେ ତାହା ପରମାତ୍ମାଙ୍କ ବରଦାନ ମିଳିଲା ଜାଣ। ତମେ ଜାଣିଥିବ ଗୌରାଙ୍ଗ ଯେ ପୁରୁଷାର୍ଥରେ ଚାରୋଟି ବିଷୟ ଅଛି ଯେଉଁଥିରେ ଆମକୁ ଉତ୍ତୀର୍ଣ୍ଣ ହେବାକୁ ହେବ। ଜ୍ଞାନ, ଧାରଣା, ଯୋଗ ପରେ ଆସେ ସେବା। ସେବାରେ ଦୁଆ ବା ଆଶୀର୍ବାଦ ସଂଯୁକ୍ତ ହୋଇଗଲେ ତପସ୍ୟାରେ ସିଦ୍ଧି ମିଳିବା ସହଜ ହେବ। ତେଣୁ ତୁମ ପିତାମାତାଙ୍କୁ ତୁରନ୍ତ ଏଠିକି ନେଇଆସ। ତମେ ସଂଶୟ ନକରି ଏଠୁ ଗାଆଁ ଅଭିମୁଖେ ବାହାରିଯାଅ। ଆରେ... ତମେ ଏଯାଏଁ ତମ ଚାହା ସାରିନାହଁ ?

ଧୀରେଧୀରେ ଚାହା ପିଉଥାଏ ଗୌରାଙ୍ଗ ଅଥଚ ଆଖିପତ୍ତା ତା'ର ମୁଦି ପଡୁଥାଏ ଯେମିତି କି ରାତିସାରା ସେ ଆଦୌ ଶୋଇ ପାରି ନାହିଁ...

ନା ଗୁରୁଜୀ, ମୋତେ କେମିତି ଭୀଷଣ ନିଦ ମାଡ଼ିଲାଣି ଏବେ।

ଏଇ ସମୟରେ? କାହିଁକି? ରାତିରେ ଶୋଇ ନଥିଲ କି ଗୌରାଙ୍ଗ? ହଉ, ଆମ ରେଷ୍ଟରୁମରେ ବିଶ୍ରାମ ନେଇଯାଅ କିଛି ସମୟ। ଦିନ ଗୋଟାଏ ସମୟରେ ଡାଏନିଂ ଟେବୁଲରେ ଦେଖାହେବା। ଓକେ?

ହଁ ଗୁରୁଜୀ।

ସୁରକ୍ଷା କର୍ମୀଙ୍କ ସୂଚନା ଦେଖି ସ୍ୱାମୀ ଆନନ୍ଦ ସମ୍ମତି ପ୍ରଦାନ କଲେ। କିଏ ଜଣେ ବରିଷ୍ଠ ପତ୍ରକାର। ସତ୍ୟାନ୍ୱେଷୀଙ୍କ ଜୀବନ ଶୈଳୀର ଚିତ୍ର ଓ ଦର୍ଶନ ପ୍ରକାଶ କରିବାକୁ ଆଗ୍ରହୀ। ସତ୍ୟାନ୍ୱେଷୀଙ୍କ ସହ ଚତୁର୍ଥ ସ୍ତମ୍ଭର ଅପୂର୍ବ ସମନ୍ୱୟ ସତ୍ୟକୁ କରି ପାରିବ ପ୍ରଶସ୍ତ ଓ ଉନ୍ମେଷ କରିବ ନୂତନ ଆଲୋକ। ପରମାତ୍ମାଙ୍କ ସଂପର୍କିତ ଜ୍ଞାନ ସବୁକାଳେ ସମାଜକୁ ଆଲୋକିତ କରିଛି। ଆଲୋକକୁ ସ୍ୱତଃ ବ୍ୟାପ୍ତ ହେବାକୁ ଦିଅ। 'ତମସୋ ମା ଜ୍ୟୋତିର୍ଗମୟଂ' କହେ ଉପନିଷଦର ଉଚ୍ଚାରଣ।

'ତମେ ସାରା ପୃଥିବୀର ଆଲୋକ। ପାହାଡ଼ ଉପରେ ଅବସ୍ଥିତ କୌଣସି ସହର ଚିରକାଳ ଲୋକଲୋଚନରୁ ଲୁଚି ରହିବ କେମିତି? (ନୂତନ ନିୟମ ମାଥ୍ୟୁ ୫: ୧୪)

'ପ୍ରଦୀପ ଜଳାଇ କିଏ କ'ଣ ତାକୁ ଟୋକେଇରେ ଲୁଚାଇ ରଖେ? ଚଉଁରା ମୂଳରେ ଦୀପଟିଏ ଥୋଇଲେ ତାହା ଘରର ସମସ୍ତଙ୍କୁ ଆଲୋକିତ କରିବ (ମାଥ୍ୟୁ ୫:୧୫)।

ଜଣେ ଭଦ୍ର ମହିଳାଙ୍କୁ ଅତିଥି ଗୃହକୁ ପାଛୋଟି ଆଣି ଆସିଲା ସୁରକ୍ଷା ସହକାରୀ। ସ୍ୱାମୀ ଆନନ୍ଦ ତାଙ୍କୁ ଅଭିବାଦନ ପୂର୍ବକ ସ୍ୱାଗତ ଜଣାଇଲେ।

ମୁଁ ଇଣ୍ଡସ ପତ୍ରିକାର ସ୍ୱତନ୍ତ୍ର ପତ୍ରକାର ତଥା ପରିବଶ ସଂପାଦିକା ଶ୍ରୀମତୀ ଅନୁପମା ଶ୍ରୀବାସ୍ତବ। ସତ୍ୟାନ୍ୱେଷୀଙ୍କ ପରିଚୟ ସମସ୍ତେ କେମିତି ପାଇପାରିବେ?

ସତ୍ୟ ସୂର୍ଯ୍ୟାଲୋକ ପରି ସ୍ୱଚ୍ଛ। ସକାଳ ହେଲେ ସ୍ୱତଃ ସବୁକିଛି ଉନ୍ମୋଚିତ ହୋଇଯିବ। ସେଥିପାଇଁ କୌଣସି ପ୍ରୟାସ ଦରକାର ହୁଏନାହିଁ।

କିନ୍ତୁ ସୀମିତ ଭକ୍ତଙ୍କ ପାଇଁ ଏହା ଉନ୍ମୁକ୍ତ। ଏହା କେମିତି ପରିବ୍ୟାପ୍ତ ହୋଇପାରିବ? ସତ୍ୟାନ୍ୱେଷୀ ସମାଜର ଉଦ୍ଦେଶ୍ୟ ଜନ ହିତକର ବୋଲି କୁହା ଯାଉଛି କିନ୍ତୁ ଏହାର କାର୍ଯ୍ୟକଳାପ ଏତେ ଗୋପନୀୟ, ରହସ୍ୟଜନକ କାହିଁକି?

ସ୍ୱୟଂ ପରମାତ୍ମାଙ୍କର ସ୍ୱରୂପ ଗୋପନୀୟ। ଫୁଲ ଫୁଟିବା, ପକ୍ଷୀ ପ୍ରଜନନ ଓ ଋତୁ ପରିବର୍ତ୍ତନ ହେବା ଏସବୁ କ'ଣ ରହସ୍ୟଜନକ ନୁହେଁ? ଆମମାନଙ୍କ ବିଷୟରେ ଆପଣ ଯାହା ଛାପିବେ ତାହା ଆଗତୁରା ଆମକୁ ପଢ଼ିବାକୁ ଦେବେ? ଦେବେ ନାହିଁ, କାରଣ ତାହା ଗୋପନୀୟ। ରାତିର ଅନ୍ଧାରରେ ଆପଣଙ୍କ ପତ୍ରିକା ଛପାଯାଏ ଦିନରେ

କାହିଁକି ଛପାଯାଏ ନାହିଁ ? କାରଣ ସେଥିରେ ଅଛି ଆପଣଙ୍କ ବୃତ୍ତିଗତ ଗୋପନୀୟତା । ସେମିତି ଆମ ତପସ୍ବୀ ଜୀବନ ନିରବତା ଓ ପବିତ୍ରତାର ବୟାନ କରେ ବୋଲି ଏହା ଏତେ ଗୋପନୀୟ ଓ ରୋଚକ ।

ଆପଣଙ୍କ ଆଶ୍ରମର ଯୋଗ ପଦ୍ଧତି ପ୍ରାଚୀନ ଭାରତର ପରଂପରାଠାରୁ କେତେ ଭିନ୍ନ ?

ଆପଣ ଏଠି ଆସି ଦୀକ୍ଷିତ ହୁଅନ୍ତୁ, ସେକଥା ନିଜେ ଉପଲବ୍ଧ କରିପାରିବେ... !

୪୨

ସକାଳ ସଂପୂର୍ଣ୍ଣ ଭାବେ ସମ୍ପ୍ରସାରିତ ହୋଇ ନଥିଲା ଦିଲ୍ଲୀ ମହାନଗରୀର ଆକାଶରେ। ଚବିଶ ଘଣ୍ଟା ଧରି ଗୌରାଙ୍ଗର କୌଣସି ଖୋଜ ଖବର ମିଳି ନଥିଲା। ଶୀତ ସକାଳର କୁହୁଡ଼ି ଭିତରେ ହଜି ଯାଇଥିବା ଅସ୍ପଷ୍ଟ ସହର ପରି ପ୍ରତୀୟମାନ ଥିଲା ତା'ର ଉପସ୍ଥିତି। ଅନୁପମା ସହ କୌଣସି ସଂପର୍କ ସ୍ଥାପନ କରି ନଥିଲା ଗୌରାଙ୍ଗ: ନିର୍ଲିପ୍ତ ଓ ଅବିଚଳିତ ଯୋଗୀଶ୍ରଷ୍ଠ ପୁରୁଷ ସେ।

ଝରକା ଖୋଲିଲା ନିଶା। ଆଶାର ଯେଉଁ କ୍ଷୀଣ ଆଲୋକ ବର୍ତ୍ତିକା ତା' ମାନସ ପଟଳରେ ଦେଦୀପ୍ୟମାନ ଥିଲା ତାହା ଥିଲା ପୋଲିସ ସହାୟତା। ଡିସିପି ସଂଜୟଙ୍କ ସହ ଯୋଗାଯୋଗ କରାଯାଇ ପାରିବ ସେହିଦିନ। ଏତେ ସକାଳୁ ତାଙ୍କୁ ଫୋନ କଲ ନକରି ସିଧାସଳଖ ତାଙ୍କ କ୍ୱାଟର୍ସରେ ପହଞ୍ଚିଗଲେ ସମସ୍ୟାର ସହଜ ସମାଧାନ ଓ ସହାୟତା ଉତ୍ତୁରି ପାରିବ ହୁଏତ।

ନିଶା ତରତରରେ ଚାହା ଟିକିଏ ପ୍ରସ୍ତୁତ କରି ବାଲକୋନି ଉପରକୁ ଆସିଲା। ସବୁଦିନ ଯେଉଁ ଚେୟାର ଉପରେ ବସି ଗୌରାଙ୍ଗ ଚାହାପାନ ପୂର୍ବକ ସକାଳୁଆ ପକ୍ଷୀମାନଙ୍କ ସଂଗୀତ ଶୁଣୁଥିଲା ସେଇ ଚୌକିରେ ବସିଲା ଅନୁପମା।

ଡିସିପି ସଂଜୟ ସହରରେ ଅଛନ୍ତିକି ନା ବୁଝିନେବା ଭଲ ଭାବି କଲ୍ କଲା ସେ। ଗୁଡ୍ ମର୍ଣ୍ଣିଂ ସାର୍ ଆପଣଙ୍କୁ ଦେଖା କରିବି ବୋଲି ଭାବୁଥିଲି। ସମସ୍ୟା ଟିକିଏ ସମ୍ବେଦନଶୀଳ ବୋଲି ଆପଣଙ୍କ ପରାମର୍ଶ ଚାହୁଁଥିଲି... କହିଦେବି ଫୋନରେ? ଗୌରାଙ୍ଗ କାଲି ସକାଳରୁ ଘରେ ନାହାନ୍ତି। ତାଙ୍କ ଫୋନ ସେ ଘରେ ଛାଡ଼ି ଯାଇଛନ୍ତି। ତାଙ୍କ ଅଫିସକୁ ବି ଯାଇ ନାହାନ୍ତି... ସାଙ୍ଗସାଥୀଙ୍କଠାରୁ ବି କୌଣସି ସୂଚନା ମିଳି ପାରିନାହିଁ। ଟିକିଏ ବ୍ୟସ୍ତ ବିବ୍ରତ ଲାଗୁଛି କ'ଣ କରିବି। ମୋର ଦୃଢ଼ ବିଶ୍ୱାସ ସେ ଗୋପାଳନ ୱେରହାଉସରେ ଅଛନ୍ତି...

ଆପଣ ସେଠିକି ଯିବାକୁ ଚାହାନ୍ତିକି ?

'ହଁ, ତା' ହେଲେ ସ୍ୱାମୀ ଆନନ୍ଦଙ୍କ ସହ ସାକ୍ଷାତକାର ପାଇଁ ତାଙ୍କଠୁ ସମୟ ନେଇଯିବି ? ଠିକ ଅଛି । ଇଣ୍ଟରଭିୟୁ ଫଳାଫଳ ଆପଣଙ୍କୁ ଜଣାଇଦେବି । ଓକେ ? ଠିକ ଅଛି ସାର୍ ନିଜ ପରିଚୟ ଦେବି ତା'ହେଲେ ?

ହଁ... ଯେମିତି ହେଉ ସ୍ୱାମୀ ଆନନ୍ଦ ଜାଣିବା ଉଚିତ ସଚେତନ ନାଗରିକ କେବେ ଚୁପ ହୋଇ ବସିବ ନାହିଁ । ହଁ, ସେ ସାଧାରଣ ନାଗରିକଙ୍କ ସରଳ ଆବେଗ ଓ ଶ୍ରଦ୍ଧା ସହିତ ଯଦି ଖେଳୁଥାଏ ...

ହଁ, ଧର୍ମ ଓ ଧ୍ୟାନର ଦ୍ୱାହି ଦେଇ ସେ ଶାନ୍ତିପୂର୍ଣ୍ଣ ପରିବାର ବ୍ୟବସ୍ଥାକୁ ତ ଭାଙ୍ଗିଦେଇ ପାରିବ ନାହିଁ ! ଠିକ ଅଛି ସାର୍, ଆଜି ରାତିରେ ମୁଁ ଜଣାଇବି ସବୁକଥା !

ଅନ୍ୟମନସ୍କ ଅନୁପମା ଫୋନ ଲଗାଇଲା । ଫୋନର ପ୍ରତ୍ୟୁତ୍ତର ବେଡ୍‌ରୁମ୍ ଭିତରୁ ଆସୁଥାଏ । ଓଃ, ଭୁଲବଶତଃ ଫୋନ୍ ବୋଧହୁଏ ଲାଗିଗଲା ଗୌରାଙ୍ଗ ପାଖକୁ । ଫୋନ୍ ଘରେ ଛାଡ଼ି ଯାଇଛି ସେ । ଅର୍ଥାତ ଗୌରାଙ୍ଗ ଶୋଇ ରହିଛି ବେଡ୍‌ରୁମ ବିଛଣା ଉପରେ । ନିମଗ୍ନ ଚେତନ ସ୍ତରରେ ଫୋନର ପ୍ରକମ୍ପନ ସ୍ପର୍ଶ କରିଥିବ ହୁଏତ ଗୌରାଙ୍ଗର ସ୍ନାୟୁତନ୍ତ୍ରୀକୁ ।

ଗୌରାଙ୍ଗ ଏବେ କ'ଣ କରୁଥିବ ? ମର୍ଣ୍ଣିଂୱାକ କରୁଥିବ ନା ଯୋଗାସନରେ ବସି ନୂଆ କିଛି ଶିକ୍ଷା କରୁଥିବ ?

ସତ୍ୟାନ୍ୱେଷୀ ମୋହନ ସିଂ ସହ ଭ୍ରାମ୍ୟଭାଷ ଲଗାଇଲା ନିଶା । ଆଜି ଦିନ କିମ୍ବା ସନ୍ଧ୍ୟାରେ ସ୍ୱାମୀ ଆନନ୍ଦଙ୍କ ସହ ଇଣ୍ଟରଭିୟୁ ସ୍ଥିର କରିଦେଇ ପାରିବେ... ଚେଷ୍ଟା କରି ଦେଖନ୍ତୁ । ସମୟ ସ୍ଥିରୀକୃତ ହେଲାପରେ ଜଣାଇବେ । ମୁଁ ଆପଣଙ୍କ ଫୋନର ଅପେକ୍ଷା କରିବି ।

ତରତରରେ ଅଫିସ ଯିବା ପାଇଁ ପ୍ରସ୍ତୁତ ହେଉଥିଲା ଅନୁପମା ଯେତେବେଳେ ସୁନନ୍ଦାଙ୍କ ପାଖରୁ ଆସିଲା କୁଶଳ ଜିଜ୍ଞାସା ।

ନିଶା, ତମେ ଦୁଇଜଣ ସନ୍ଧ୍ୟାବେଳେ ଘରେ ଥିବ ?

କାହିଁକି ? ଆଜି ପୁଣି କ'ଣ ରାତି ଭୋଜନ କାର୍ଯ୍ୟକ୍ରମ ରଖି ଦେଇଛୁ କି ?

ନା, ତୋ ବାପା ତୋ ଘରଦ୍ୱାର ଦେଖିବେ କହୁଥିଲେ । ମୁଁ କହିଲି ଝିଅ ଦେଖିବାକୁ ମନ, ଏତେ ନାଟ ପରପଞ୍ଚ କାହିଁକି କରୁଛ ? ଚାଲ ଘେରାଏ ବୁଲି ଆସିବା କହିବାରୁ ଯିବା ପାଇଁ ରାଜି ହୋଇଥିଲେ ।

ମାଆ, ଅନ୍ତତଃ ଆଜି ଦିନକ ପାଇଁ ମୋତେ ଅବ୍ୟାହତି ଦେଇଦେବୁ । ସନ୍ଧ୍ୟାରେ

ମୋର ଗୋଟିଏ ଜରୁରୀ ଆସାଇନମେଣ୍ଟ୍ ଅଛି। ଆଜି ସନ୍ଧ୍ୟାରେ ମୁଁ ଘରେ ରହି ପାରୁନି। ଅନ୍ୟଦିନ ପ୍ଲିଜ। ବାଇ ବାଇ ମାଆ।

ହଉ। ଆଜି ନହେଲା ଅନ୍ୟ କୋଉଦିନ ଆସିଯିବୁ। ଗୌରାଙ୍ଗ ଭଲ ଅଛନ୍ତି ତ ? ମାଆ ପଚାରିବାବେଳକୁ ଫୋନ ରଖି ଦେଇଥିଲା ନିଶା। ଗୌରାଙ୍ଗ କଥା ପଡ଼ିଲେ ଆଉ ଏକ ଲମ୍ବା କାହାଣୀ ଲମ୍ବି ଯାଇଥାନ୍ତା ଦିଲ୍ଲୀ କ୍ୟାଣ୍ଟନମେଣ୍ଟ ଇଲାକାରୁ ଗୋପାଲନ ୱେରହାଉସ୍ ପର୍ଯ୍ୟନ୍ତ। ଭଲ ହେଲା, କାଟିଦେଲା, ନିଜକୁ ଆଶ୍ୱାସନା ଦେଲା ସେ।

ସହରରେ ସୂର୍ଯ୍ୟାଲୋକ ସ୍ତିମିତ ହୋଇଗଲା ପରେ ଯେଉଁ ବିରହର ରାତି ଓଜନିଆ ହୋଇଆସେ ନିଶାର ଜୀବନରେ ସେହି ସମୟର ପୁନରାବୃତ୍ତି ହେଲା ରାତି ଅଧରେ। ଅତର୍କିତ ଭାବରେ ? ସିଦ୍ଧାର୍ଥ ଗୌତମ କେଉଁ ମହତ ଲକ୍ଷ୍ୟ ନେଇ ନିଶାର୍ଦ୍ଧରେ ସ୍ତ୍ରୀ ଓ ଶିଶୁପୁତ୍ରର ମୋହ ପରିତ୍ୟାଗ କରି ଅରଣ୍ୟ ପଥର ଯାତ୍ରୀ ହୋଇ ଯାଇଥିଲେ ?

ଦୁଇ ଦିନ, ରାତିଏ ଗୌରାଙ୍ଗ ଅନୁପସ୍ଥିତ ଥିଲା ନିଶାର ସିଙ୍ଗଲ ବି.ଏଚ.କେ କ୍ୱାଟର୍ସରେ। ଏମିତି କାହିଁକି ସେ କଲା ବିନା ସୂଚନାରେ ? ଜୀବନକୁ କେମିତି ସେ କଣ୍ଢେଇ ଖେଳଘରରେ ପରିଣତ କରିଦେଇ ପାରିଲା ନିର୍ବିଚାରରେ ? ସନ୍ନ୍ୟାସ ଅର୍ଥ ନିଜ ପ୍ରତି ଓ ପରମାତ୍ମାଙ୍କ ପ୍ରତି ଅନୁଗତ ରହି ନିର୍ଲିପ୍ତ ଜୀବନ ନିର୍ବାହ କରିବା। ସଂସାରର କଲ୍ୟାଣ ଓ ସେବାକରି ପରମାତ୍ମାଙ୍କ କାର୍ଯ୍ୟରେ ସହାୟକ ହେବା। ଗୌରାଙ୍ଗ ଏମିତି ଚିନ୍ତନ କରିଛି ?

କର୍ମ ଜୀବନରୁ ପଳାୟନର ଅର୍ଥ ଯଦି ସନ୍ନ୍ୟାସ, ସେପରି ତପଶ୍ଚର୍ଯ୍ୟାରେ ପରମାତ୍ମାଙ୍କର ଆଶିଷ ମିଳିଥାଏ ? ନା ସମାଜ ପ୍ରତି ସୂଚାରୁ ରୂପେ ଦାୟିତ୍ୱ ସଂପାଦିତ ହୁଏ ? ଗାର୍ହସ୍ଥ୍ୟ ଓ ବାନପ୍ରସ୍ଥ ଅବସ୍ଥା ପରେ ସାଂସାରିକ ଏବଂ ପାର୍ଥିବ ଧର୍ମ ତ୍ୟାଗପୂର୍ବକ ଆଧ୍ୟାତ୍ମ ପଥରେ ସମର୍ପିତ ହେବା ହିଁ ସନ୍ନ୍ୟାସ, ଏ ସୂଚନା ଅଛି ବର୍ଣ୍ଣାଶ୍ରମ ଧର୍ମରେ। ଜଣେ ଯୁବ ବ୍ରହ୍ମଚାରୀ ଚାହିଁଲେ ଅବଶ୍ୟ ଗାର୍ହସ୍ଥ୍ୟ ଅବଲମ୍ବନ ନକରି ସିଧା ସନ୍ନ୍ୟାସ ଜୀବନରେ ବ୍ରତୀ ହୋଇଯାଇପାରେ। କିନ୍ତୁ ଗୌରାଙ୍ଗର ସନ୍ନ୍ୟାସ କେଉଁ ଶାସ୍ତ୍ର ଓ ନୈତିକତା ସମ୍ମତ ?

ତୁମ ଜୀବନର ଚରମ ଲକ୍ଷ୍ୟ ଯଦି ସଂସାର ବନ୍ଧନରୁ ମୁକ୍ତ ରହିବା, ତେବେ ବିବାହ, ସ୍ତ୍ରୀ ଓ ସଂସାରର ଆବର୍ତ୍ତ ଭିତରକୁ ପ୍ରବେଶ କଲ କାହିଁକି ?

ଆଉ ସତ୍ୟାନ୍ୱେଷୀଙ୍କ ଧର୍ମ କେଉଁ ଲକ୍ଷ୍ୟପଥରେ ନିର୍ଦ୍ଦେଶିତ ? ନିଶା ଆଗକୁ ଚିନ୍ତା କରିପାରିଲାନି।

୪୩

କ'ଣ ଆଣିଛି ଏ ଶୀତ ସକାଳର କାକର ? କୁହୁଡ଼ି ଚାଦର ଓଢ଼ି ଠାଏଠାଏ ରାସ୍ତାକଡ଼ ଚାହା ଦୋକାନର ଉହ୍ନେଇରୁ ଉଷୁମ ସଂଗ୍ରହ କରୁଛି ରାଜଧାନୀର ଶ୍ରମିକ ଓ ଟ୍ରକ ଡ୍ରାଇଭର।

ସବୁଦିନ ପରି ଚାହା କପ୍ ଧରି ବାଲକୋନିର ବେତ ଚେୟାରରେ ବସିଲା ଅନୁପମା। ଦୁଇଦିନ ହେଲା ଏଇ ଚେୟାରରେ ବସୁଛି ସେ। ଏହେତୁ କି ଏଇ ଚୌକିରେ ବସି ଗୌରାଙ୍ଗ ପକ୍ଷୀମାନଙ୍କ କିଚିରିମିଚିରି ଶୁଣେ। ସେମାନଙ୍କ ସହ ଦୁଃଖ ସୁଖ ହୁଏ। ଗହମ, ରାଶି ଓ ଚିନାବାଦାମ ଦାନା ବିଞ୍ଚି ଦିଏ ଯାହା ସେମାନେ ନିଃସଂକୋଚରେ ଖୁମ୍ପି ଖାଆନ୍ତି, ଗୋଟାଇ ନିଅନ୍ତି।

ଏବେ ସମସ୍ତଙ୍କ ସନ୍ଦେହ ଘେରରେ ଯେମିତି ଏକୁଟିଆ ବସିଛି ଶୁକପକ୍ଷୀ ନିଶା ନିଜେ। ବିହଙ୍ଗ ତା' ପାଖ ମାଡ୍ରୁ ନାହାନ୍ତି। ସେ କି ଦୋଷ କରିଛି କେଜାଣେ। ଘର ଭିତରୁ ବିସ୍କୁଟ ଦି'ଖଣ୍ଡ ଆଣି ବିଞ୍ଚିଲା ସେ। କେଉଁଠୁ ଲୁଚି ଦେଖୁଥିଲା ମାଟିଆ ରଙ୍ଗର ଟିକି ଚଢ଼େଇଟି, ଉଡ଼ି ଆସି ବିସ୍କୁଟ ଖୁମ୍ପିଲା।

ନିଶା କହିଲା: ଥ୍ୟାଙ୍କ ୟୁ ଗୌରାଙ୍ଗ। ଥ୍ୟାଙ୍କ ୟୁ ସୋ ମଚ୍।

ଆଉ ଦି' ଟୁକୁରା ବିସ୍କୁଟ ଫିଙ୍ଗିବା ପରେପରେ ପାଖ ବିଲ୍ଡିଂ ଉପରୁ ମୋଟା କାଉଟି ବି ବୋବେଇଲା। କିଏ ଆସୁଛନ୍ତି କିରେ କୁଣିଆ ମଇତ୍ର ? ପଚାରି ଦେଲା ଅନୁପମା।

ରବିବାର ଦିନ କେହି ନା କେହି ଅଫିସରୁ ଆସି ଯାଇ ପାରନ୍ତି। ସହକର୍ମୀ ଆସିଲେ ଫୋନ କରି ଆସିବେ। ଗୌରାଙ୍ଗ କେତେବେଳେ ଆସେ କିମ୍ବା ଯାଏ ଜଣା ପଡ଼େନାଇଁ। ଫୋନ ନକରି ସେ ହଠାତ ଚାଲିଆସେ। କଲିଂବେଲ ଥିବା ସତ୍ତ୍ୱେ କବାଟ ଧଡ଼ଧଡ଼ କରେ। କିନ୍ତୁ ଭାଇ ଅଭିଜିତ ଆସିବା ଆଗରୁ କଲ୍ କରେ ନିଶ୍ଚୟ।

ଦିଦି ମୁଁ ଆସୁଛି କ'ଣ ଅଛି ଖାଇବାକୁ ବାଢ଼ିଦେଏ।

କିରେ ? କେଉଁଠି ଅଛୁ ? କେତେବେଳେ ଆସୁଛୁ ପଚାରିଲେ କହେ ଗେଟ ବାହାରେ ଠିଆ ହୋଇଛି ପରା ! ଦୁଆର ଖୋଲୁନୁ ?

ଦୁଆର ଖୋଲା ଅଛି, ଠେଲିଦେଇ ଭିତରକୁ ଆ ।

ହଠାତ ମନେପଡ଼ିଲା ନିଶାର । ମହର୍ଷି ଆଶ୍ରମରୁ ଗୁରୁଦେବ କହିଥିଲେ ଭଗବାନଙ୍କ ଦୁଆର ସବୁଦିନ ସମସ୍ତଙ୍କ ପାଇଁ ଖୋଲା ଅଛି । ସେ ଦୁଇ ବାହୁ ପ୍ରସାର କରି ସମସ୍ତଙ୍କୁ ସ୍ୱାଗତ କରନ୍ତି । ତେଣୁ ପରମାତ୍ମାଙ୍କୁ ଯେ ଦର୍ଶନ କରିବ, ସେ ଶୁଦ୍ଧ, ପବିତ୍ର ହୋଇ ଆସିବ । ମନରେ ଅଳିଆ, ଘୃଣା, ଅସନା, କାମ ଓ କ୍ରୋଧ ନେଇ ଏଠିକି ଆସିବ ନାହିଁ । ହଁ, ଏଠାରେ ଆମେ ଅପରିଚିତ ବ୍ୟକ୍ତିଙ୍କ ଅନୁପ୍ରବେଶକୁ ସ୍ୱୀକାର କରୁନାହୁଁ । କାହିଁକି ନା ଏଇଟି ଆମ ତପସ୍ୟା ସ୍ଥଳ, ପରିସର ସ୍ୱଚ୍ଛ ଓ ବୃତ୍ତି ପବିତ୍ର ହୋଇଥିବା ଦରକାର ।

ବୃତ୍ତି ପବିତ୍ର ମାନେ କ'ଣ ହୋଇପାରେ ସ୍ୱାମୀଜୀ ?

ବୃତ୍ତି ମାନେ ମନୋବୃତ୍ତି ବା ଆଟିଚ୍ୟୁଡ (attitude) । ଚଳନ୍ତି ସମୟରେ ମଣିଷର ଧନ ସଂପତ୍ତିର ଲୋଭ, କ୍ରୋଧ ଏବଂ ଯୌନ ପିପାସା ଅଜସ୍ର ଗୁଣରେ ବଢ଼ି ଯାଇଛି । ଏହି ସବୁ ବୃତ୍ତି ଧାରଣ କରି ଆଶ୍ରମରେ ଜଣେ ପ୍ରବେଶ କଲେ ପ୍ରଥମେ ଆଶ୍ରମର ବାତାବରଣ କଳୁଷିତ ହୁଏ । ଜଣେ ତପସ୍ୱୀ ପାଇଁ ସବୁଠୁ ବଡ଼ ପ୍ରତିବନ୍ଧକ ହେଲା ତା'ର ପାରିପାର୍ଶ୍ୱିକ ଅବସ୍ଥା, ବାୟୁମଣ୍ଡଳ ।

ଦୁଆର ବାହାରେ କିଏ ଜଣେ କଲିଂବେଲ ଚିପି ଚାଲିଛି । ଚାହା କପ୍ ପାରାପେଟ୍ କାନ୍ଥରେ ସନ୍ତର୍ପଣରେ ଥୋଇ ହଲ ଭିତରେ ପଶିଲା ନିଶା ।

କିଏ ? କାହାକୁ ଖୋଜୁଛନ୍ତି ?

ଜଣେ ମଧ୍ୟବୟସ୍କା ଦୁଆର ପାଖରୁ ପଚାରି ଦେଲେ : ଆମ ଲକ୍ଷ୍ମୀ ମାଆର ଘର କୋଉଠି ?

କୋଉ ଲକ୍ଷ୍ମୀଙ୍କ ଘର ଖୋଜୁଛନ୍ତି ମାଉସୀ ?

ଆମ ଗୌରାଙ୍ଗ-ଲକ୍ଷ୍ମୀଙ୍କ ଘର । ହଁ, ସେ ଆମ ସାନ ପୁଅ ଗୌରାଙ୍ଗ ନାୟକ । ଯେ ଗୌରାଙ୍ଗର ପିତାଜୀ । ଆସ, ଭିତରକୁ । ବୋହୂଟି ସୁନ୍ଦରିଆଟିଏ ହୋଇଛି । ଆଶୀର୍ବାଦ କରିବ ଆସ ।

ଆପଣ ଗୌରାଙ୍ଗର ପିତାମାତା ? ଭଲ କଲେ, ଛୁଟିଦିନ ଦେଖି ଆସିଛନ୍ତି । ଆସନ୍ତୁ, ଟିକିଏ ସଫାସୁତରା ହୋଇଯାନ୍ତୁ । ମୁଁ ଜଳଖିଆ ତିଆରି କରି ଦେଉଛି ।

ଗୌରାଙ୍ଗର ଦେଖା ଦର୍ଶନ ନାହିଁ ବୋହୂ । କୁଆଡ଼େ ଯାଇଛି ? ତୁ ଜାଣିଥିବୁ ? ଗଲାବେଳେ ତୋତେ କହିକରି ଯାଏ ?

ଜାଣିନି ମା'। ସେ କିଛି କହନ୍ତିନି।

ମୋତେ ବି ସେ କେବେ କହୁ ନଥାଏ। ବାହା ହେବା ପରେ ତୋତେ ଅନ୍ତତଃ କହିବ ବୋଲି ଭାବୁଥିଲି। ଗଲେ ଆଇଲେ ତୋତେ ମଧ୍ୟ କୁହେନାଇଁ? କି ଅଦ୍ଭୁତ ପିଲା କେଜାଣେ? କେତେବେଳୁ ଗଲାଣି?

ଦୁଇଦିନ ହେଲାଣି ସେ ନିଖୋଜ। କୁଆଡ଼େ ଗଲେ କେଉଁଠି ରହିଲେ କିଛି ଖବର ନାହିଁ।

ମାନେ ତୁ ଚୁପ୍ ବସି ଯାଇଛୁ?

ତାକୁ ଫୋନ ଲଗା। ମୁଁ କଥା ହେବି, କହିଲେ ମାଆ।

ମୁଁ ମଧ କଥାହେବି। ଇରେସ୍‌ପନସିବଲ୍... କହିଲେ ବାପା।

ଏବେ ତାଙ୍କ ସହ କଥାବାର୍ତ୍ତା କରିହେବନି ବାପା।

କାହିଁକି? ଫୋନ ସ୍ୱିଚଫ୍ କରିଦେଇଛି କି?

ଫୋନ ଘରେ ଅଛି। ନେଇ ନାହାନ୍ତି ଆଦୌ।

ଆଗ ପୋଲିସକୁ ଖବର କଲୁ...

ସେସବୁ ସରିଯାଇଛି ବାପା।

କ'ଣ ସରିଯାଇଛି ମାଇ ଫୁଟ୍? ଭାବୁଥିଲି ସେ ଜ୍ଞାନଚର୍ଚ୍ଚା, ତପସ୍ୟା ଓ ସନ୍ନ୍ୟାସ ଅନୁସରଣ କରି ଜୀବନରେ ସୁଧୁରିଯିବ। ପିଲାଳିଆମି ଛାଡ଼ିଯିବ। କିନ୍ତୁ ଯେ କ'ଣ କରୁଛି? ସନ୍ନ୍ୟାସ ଛାଡ଼ି ଘର ସଂସାର ତା'ପରେ ପୁଣି ସନ୍ନ୍ୟାସ... କ'ଣ ଚାଲିଛି ଏ ଲୁଚକାଳି?

କାଲି ସକାଳୁ ସ୍ୱାମୀ ଆନନ୍ଦଙ୍କୁ ଭେଟିବି। ଗୌରାଙ୍ଗ ତାଙ୍କ ଆଶ୍ରମରେ ରହିଛି ହୁଏତ। ଡିସିପି ସଞ୍ଜୟ ଆମର ଜଣେ ଶୁଭାନୁଧ୍ୟାୟୀ ଫ୍ରେଣ୍ଡ। ତାଙ୍କ ସହ ସବୁ କଥାବାର୍ତ୍ତା ବି କରିଛି।

ତୋ ସହିତ ଆମେ ଗଲେ କିଛି ଅସୁବିଧା ଅଛି?

ବାପା, ମୋର ଅଫିସ ଆସାଇନମେଣ୍ଟ ରହି ଥିବାରୁ ମୁଁ ସେଠିକି ଯାଉଛି କାଲି ...ସତ୍ୟାନ୍ୱେଷୀଙ୍କ ଜୀବନଚର୍ଯ୍ୟା ଉପରେ ଲେଖିବାର ଅଛି କଭର ଫିଚର ଓ ରିପୋର୍ଟ।

ତରତରରେ ପରଷା ଯାଇଥିବା ଗରମାଗରମ ଜଳଖିଆରେ ଆପ୍ୟାୟିତ ଗୌରାଙ୍ଗର ପିତାମାତା ସେମାନଙ୍କ ଦିଲ୍ଲୀ ଯାତ୍ରାର ଦୁଃସାହସିକ ଅନୁଭୂତି ବର୍ଣ୍ଣନା କଲାବେଳକୁ ବାଲକୋନି ଉପରକୁ ଆସିଲା ନିଶା। ତା' ହାତରୁ ବିସ୍କୁଟ ଟୁକୁରା ଖାଇ ଉଡ଼ି ଯାଇଥିବା ଟିକି ଚଢ଼େଇ ପୁଣି କାଳେ ଫେରି ଆସିବ! ବାଲକୋନି ପାଖକୁ। ସେ ନିଶ୍ଚୟ ଲୁଚି ରହିଥିବ ଆଖପାଖରେ, କେଉଁ ଗଛର ପତ୍ର ଗହଳରେ।

ଗୌରାଙ୍ଗ କ'ଣ ସତରେ ସେଇ ଟିକି ଚଢ଼େଇକୁ ଜାଣେ?

୪୪

ଆଚ୍ଛା, କର୍ମଫଳର ଅର୍ଥ କ'ଣ ସ୍ୱାମୀଜୀ ? ପୃଥିବୀରେ ସମସ୍ତେ କ'ଣ ନିଜନିଜ କର୍ମଫଳ ଭୋଗ କରିବାକୁ ବାଧ୍ୟ ? ପତ୍ରକାର ଅନୁପମା ପଚାରି ଦେଇଥିଲା ଆନନ୍ଦ ସ୍ୱାମୀଙ୍କୁ।

କର୍ମ କ'ଣ ଜାଣନ୍ତି ? ଆମେ ଯାହା ଚିନ୍ତା କରୁ, କହୁ କିମ୍ବା ଆଚରଣ କରୁ ସେ ସବୁ ଆମ କର୍ମ ହୋଇ ବାହାରକୁ ଯାଏ। ଫଳ ହୋଇ ଫେରିଆସେ। ଭଲ ହେଉ ବା ଖରାପ, ସବୁ କର୍ମର ପରିଣାମ ଅଛି। ଏ ଜନ୍ମରେ ହେଉ କିମ୍ବା ଭବିଷ୍ୟତ ଜୀବନରେ ହେଉ ଆମକୁ ଫଳ ଭୋଗିବାକୁ ହେବ। ଧରନ୍ତୁ ଆପଣ କିଛି କମଳା ମଞ୍ଜି ବୁଣିଲେ, କମଳା ଚାରା ହିଁ ଗଜୁରିବ, ଆମ୍ବ କି ପିଜୁଳି ଗଛ ହେବନାହିଁ। ସେମିତି ଦୟା, କ୍ଷମା ଓ ପ୍ରେମ ଭାବନା ସହ କିଛି କଲେ, ତା'ର ଫଳ ଆପଣଙ୍କୁ ଖୁସି ଓ ଆନନ୍ଦ ପରି ଭଲ ବା ସକାରାତ୍ମକ ପରିଣାମ ଦେବ। ସେମିତି ରାଗ, ଘୃଣା ବା ଲୋଭରେ ପଡ଼ି ଯାହା କରିବେ ତା' ଫଳ କଷ୍ଟ, ନଷ୍ଟ ଓ ଦୁଃଖ ହୋଇ କେତେବେଳେ ଫେରି ଆସିବ। ହଁ, ଇଚ୍ଛାକଲେ ଆପଣ କର୍ମଫଳ ବଦଳାଇ ପାରିବେ। ଶୁଭ ଭାବନା, ଦୟା, ପ୍ରେମ ଓ ଉତ୍ତମ ମନୋବୃତ୍ତି ପୋଷଣ କଲେ କର୍ମଫଳ ସକାରାତ୍ମକ ହୋଇଯିବ।

ଏହା କ'ଣ ଏତେ ସହଜରେ ହୋଇଯିବ ସ୍ୱାମୀଜୀ ?

ମୁଁ ବୋଧହୁଏ ସହଜ ଭାବରେ ଆପଣଙ୍କୁ ବୁଝାଇ ପାରିନି। କର୍ମ ବ୍ୟବସ୍ଥା କୌଣସି ଦଣ୍ଡବିଧି ନୁହେଁ। ଏହା ସ୍ୱାଭାବିକ କାରଣ ଓ ପରିଣାମ (cause and effect) ପରି ଏକ ପ୍ରାକୃତିକ ନିୟମ। ଆପଣଙ୍କ ଜୀବନରେ ଯାହା ଘଟୁଛି ତାହାର କାରଣ ଆପଣ ନିଜେ, ଅନ୍ୟ କେହି ନୁହେଁ। 'ମୁଁ ତ କାହାର କିଛି ଅନିଷ୍ଟ କରିନି, ମୋତେ କାହିଁକି ଏ ଦଣ୍ଡ ମିଳିଲା' ବୋଲି କେହି କେହି କହିଥାନ୍ତି। ଅତୀତରେ ମୁଁ ଯାହା କରିଥିଲି ତାହାରି ଫଳ ମୁଁ ଏବେ ଭୋଗ କରୁଛି, ଏହା ସୁନିଶ୍ଚିତ। ସେମିତି ଚାହିଁଲେ ଭବିଷ୍ୟତ କର୍ମକୁ ଆମେ ଏବେଠୁଁ ନିର୍ମାଣ କରି ପାରିବା, ବଦଳାଇ ପାରିବା।

କର୍ମଫଳରୁ ନିଜକୁ ମୁକ୍ତ ରଖିବା ପାଇଁ କିଛି ସହଜ ଉପାୟ ଅଛି ଆନନ୍ଦଜୀ ?

ଆମର ନକାରାତ୍ମକ ଚିନ୍ତନ, ଅନ୍ୟକୁ ଆଘାତ ପ୍ରଦାନକାରୀ ଶବ୍ଦ ଓ କଷ୍ଟଦାୟକ ଆଚରଣ ବିକର୍ମ ସୃଷ୍ଟି କରେ। ଅନୁତାପ କଲେ ଅବଶ୍ୟ କର୍ମ ଫଳ ଟିକିଏ ହ୍ରାସ ପାଏ। କିନ୍ତୁ ପରମାତ୍ମାଙ୍କ ଆଶୀର୍ବାଦ ନମିଳିଲେ କର୍ମର ସଂପୂର୍ଣ୍ଣ କୁପରିଣାମ ଆମେ ଭୋଗିବାକୁ ବାଧ୍ୟ। ତେଣୁ ଜୀବନରେ ଭଗବାନଙ୍କ ଆବଶ୍ୟକତା ରହିଛି।

କ'ଣ କଲେ ଭଗବାନଙ୍କର ବରଦାନ ମିଳିପାରିବ ?

ସେଥିପାଇଁ ପ୍ରଥମେ ଭଗବାନଙ୍କର ସଠିକ ପରିଚୟ ପାଇବାକୁ ହେବ। ଆମ ସମୟରେ ତାଙ୍କ ବିଷୟରେ ଅନେକ ମିଥ୍ୟା ଓ ଅପପ୍ରଚାର ପ୍ରଚଳିତ। ସେଥିରୁ ଆମକୁ ମୁକ୍ତ ହେବାକୁ ପଡ଼ିବ।

ତାଙ୍କ ବିଷୟରେ ମିଥ୍ୟା ପ୍ରଚାର କିଏ କରିଛି ?

ବୈଦିକ କାଳରୁ କଳ୍ପନା କରି ପୁରାଣ ପୋଥି ରଚନା କରିଥିବା ସାହିତ୍ୟିକ, ଭଗବାନଙ୍କ ବିଷୟରେ ସଠିକ ଜ୍ଞାନ ନଥାଇ ତାଙ୍କ ପ୍ରଚାରରେ ଶତମୁଖ ପଣ୍ଡିତମାନେ ଏଥିପାଇଁ ଦାୟୀ।

ପ୍ରଥମ କଥା, ମନେ ରଖନ୍ତୁ: ଭଗବାନଙ୍କର କୌଣସି ଶାରୀରିକ ରୂପ ନାହିଁ। କିନ୍ତୁ କଳ୍ପନା କରି ମଣିଷ ତାଙ୍କ ଆକୃତି ଓ ଚିତ୍ର କାଠ ବା ପଥରରେ ତିଆରି କରି ପୂଜା କରିବାକୁ ଲାଗିଲା। ଦ୍ୱିତୀୟ କଥା, ଯାହାଙ୍କର ଶରୀର ନାହିଁ ତାଙ୍କୁ ନିରାକାର ବୋଲି ସମ୍ବୋଧନ କରୁ ଅଥଚ ସେ ସର୍ବତ୍ର ବିଦ୍ୟମାନ କହି ତାଙ୍କୁ ସବୁଠି ଦେଖିବାକୁ ଚେଷ୍ଟା କରୁ। ତୃତୀୟ କଥା ହେଲା ମଣିଷର ସବୁ ଦୁଃଖ, କଷ୍ଟ, ଜରା ଓ ମୃତ୍ୟୁ ପାଇଁ ଆମେ ଭଗବାନଙ୍କୁ ଦାୟୀ କରିଦେଉ। ଉପରବାଲା ସବୁ କରୁଛି କହି ନିଜେ ଦୋଷମୁକ୍ତ ହୋଇଯାଉ।

କିନ୍ତୁ କାହିଁକି ? ତାଙ୍କର ଅସଲ ସ୍ୱରୂପ କ'ଣ ? ଆମ ଜୀବନରେ ତାଙ୍କଠୁ ସହାୟତା ମିଳିବ କେମିତି ? ଅନୁପମା ପଚାରି ଦେଇଥିଲା।

ଦେଖନ୍ତୁ, ଯାହା ମହା ତପସ୍ୱୀମାନେ ଏଯାଏଁ ବୁଝିପାରି ନାହାନ୍ତି ଆପଣ ସେ ଗୂଢ଼ ରହସ୍ୟ ବିଷୟ ଜାଣିବା ଚାହାଁନ୍ତି। ତେଣୁ ଆତ୍ମା ସଂପର୍କରେ ଆପଣ କିଛି ସାହିତ୍ୟ ଏବେ ପଢ଼ନ୍ତୁ। ତା'ପରେ ଦୈନିକ ସକାଳୁ ଘଣ୍ଟାଏ ଲେଖାଁଏ ଆମ ପାଖକୁ ଆସନ୍ତୁ। ଆମଠୁ ଡିସକୋର୍ସ ନେବେ ଓ ଆପଣଙ୍କର ସନ୍ଦେହ ହେଲେ ଆମେ ଆଲୋଚନା କରିପାରିବା। ତାହା ହେବ ଫାଉଣ୍ଡେସନ ପାଠ୍ୟକ୍ରମ...

ଆଚ୍ଛା, ଏଥିପାଇଁ ଫିସ୍ ମୋତେ କ'ଣ ଦେବାକୁ ହେବ ଆନନ୍ଦଜୀ ?

ଆରେ ? ଏ କି କଥା ? ଏହା ସ୍ୱୟଂ ପରମାତ୍ମାଙ୍କ ଦ୍ୱାରା ପ୍ରଦତ୍ତ ଜ୍ଞାନ। ଏହା

ଅମୂଲ୍ୟ। ଏଇଥିପାଇଁ ଫିଜ୍ ନେବୁ? ଭଗବାନ ଚାହୁଁଛନ୍ତି ଯେ ଏଇ କଳିକାଳରେ ପୃଥିବୀର ସମସ୍ତ ଅଜ୍ଞାନ ତାଙ୍କ ପ୍ରକୃତ ପରିଚୟ ପାଆନ୍ତୁ। ନିଶୁଳ୍କ। ଫିସ ନାହିଁ।

ତା'ହେଲେ କାଲିଠୁ ମୋର ବିଧିବଦ୍ଧ କ୍ଲାସ ଆରମ୍ଭ ହେବ?

ନିଶ୍ଚୟ। ଆପଣ ସେ ବିଷୟରେ ନିଶ୍ଚିନ୍ତ ରହନ୍ତୁ।

ସ୍ୱାମୀଜୀ, ପରମାତ୍ମାଙ୍କ ସ୍ୱରୂପ ବିଷୟରେ କହିଲେ ନାହିଁତ?

ହଁ, ସେକଥା କହିବାକୁ ଯାଉଥିଲି। ପ୍ରତ୍ୟେକ ମଣିଷର ମନ, ବୁଦ୍ଧିର ଉର୍ଦ୍ଧ୍ୱରେ ଆତ୍ମା ଅଛି ଯାହା ତାକୁ ପଶୁମାନଙ୍କଠାରୁ ଅଲଗା କରେ। ଆପଣ ଜାଣନ୍ତି କିଛି ପରିବାରରେ ଯାଆଁଳା ଶିଶୁ ଜନ୍ମିଥାନ୍ତି। ସେମାନଙ୍କ ଶାରୀରିକ ଚେହେରା ସମାନ ଦିଶିଲେ ବି ସେମାନଙ୍କ ଆଚରଣ ସମାନ୍ତରାଳ ହୋଇପାରେ କିମ୍ବା ସଂପୂର୍ଣ୍ଣ ବିପରୀତ। ଅର୍ଥାତ ଏକ ସମୟରେ ଦୁଇଜଣ ଆତ୍ମା ଗୋଟିଏ ମାଆ ଗର୍ଭରୁ ଜନ୍ମିଛନ୍ତି ଯଦିଓ ସେମାନଙ୍କ ମନ ଓ ଚରିତ୍ର ଅଲଗା।

ଆତ୍ମାର ରୂପ ଅଛି?

ନା। ଜଣେ ବ୍ୟକ୍ତିଙ୍କ ଆଚରଣରୁ ଆମେ କହୁ ସେ ଭଲ ଲୋକ କିମ୍ବା ଖରାପ। ବ୍ୟକ୍ତିର ପ୍ରକୃତ ରୂପ ହେଲା ତା'ର ଆଚରଣ। ଜଣେ ବ୍ୟକ୍ତିଙ୍କୁ ନିନ୍ଦା ବା ଅପମାନ କଲେ କଷ୍ଟଭୋଗ କରେ ତା'ର ଆତ୍ମା। ସେମିତି ଆତ୍ମାର ପିତା ବା ମାତା ହେଲେ ପରମାତ୍ମା। ତାଙ୍କର ସ୍ୱରୂପ ହେଲା ଗୁଣାତ୍ମକ। ଦୃଶ୍ୟମାନ ନୁହେଁ।

ଆପଣଙ୍କ ଆଶ୍ରମର ଅନ୍ତେବାସୀ ହେବା ପାଇଁ ସର୍ବନିମ୍ନ ଯୋଗ୍ୟତା କ'ଣ ହୋଇପାରେ? ପବିତ୍ରତା ଓ ସତ୍ୟନିଷ୍ଠତା ବ୍ୟତୀତ?

ପବିତ୍ରତା ହେଲା ମଣିଷର ସର୍ବୋଚ୍ଚ ସଦ୍‌ଗୁଣ। ଏହା କେବଳ ଶାରୀରିକ ବ୍ରହ୍ମଚର୍ଯ୍ୟକୁ ବୁଝାଇ ନଥାଏ। ଆମ ଦୃଷ୍ଟି, ବୃତ୍ତି ଓ ଏପରିକି ସ୍ୱପ୍ନ ଓ ଆଚରଣରେ ପବିତ୍ରତା ଭାବ ନଥିଲେ ଆମେ ହୁଏତ ଧାରଣାରେ ଫେଲ ହୋଇଯିବା।

ଆଛା, ସ୍ୱାମୀଜୀ। ଯୋଗୀ ଗୌରାଙ୍ଗ ନାୟକ ଆପଣଙ୍କ ଆଶ୍ରମର ଅନ୍ତେବାସୀ। ତାଙ୍କ ସହ ଆମର ପରିଚୟ ଅଛି।

ଗୌରାଙ୍ଗ ନାୟକ? କେଉଁ ଗୌରାଙ୍ଗ? ସ୍ୱାମୀ ଆନଂଦ ଦିଶିଲେ ସ୍ୱଚ୍ଛ ଚକିତ। ସଂଶୟାଶ୍ଳିଷ୍ଟ।

୪୫

ଓଡ଼ିଶାରୁ ଏଠିକି ଆସିଥିବା ଗୌରାଙ୍ଗ ନାୟକଙ୍କ ସହିତ ଆପଣ ପରିଚିତ କି ଅନୁପମାଜୀ ? ପ୍ରଶ୍ନ କଲେ ସ୍ୱାମୀ ଆନନ୍ଦ।

ହଁ ସ୍ୱାମୀଜୀ। ଗୌରାଙ୍ଗଙ୍କ ବାପାମାଆ ଏବେ ଦିଲ୍ଲୀ ଆସିଛନ୍ତି। ରହୁଛନ୍ତି ମୋ ପାଖରେ।

ଆପଣଙ୍କ ପାଖରେ କାହିଁକି ? ସେମାନେ ଆପଣଙ୍କ ସହ କେମିତି ସଂପର୍କିତ ? ଗୌରାଙ୍ଗ ସହିତ ସେମାନେ ସାକ୍ଷାତ କରିବାକୁ ଇଚ୍ଛୁକ ?

ହଁ, ଆପଣଙ୍କ ଅନୁମତି ମିଳିଲେ ମୋ ଶାଶୂ-ଶଶୁରଙ୍କୁ ନେଇ ଆସିବି ଆସନ୍ତାକାଲି, ସ୍ୱାମୀଜୀ।

ବୁଝିପାରିଲିନି। ଟିକିଏ ପ୍ରାଞ୍ଜଳ ଭାବରେ ବୁଝାଇ କହିବେ ? ଆପଣଙ୍କ ଶାଶୂ-ଶଶୁର କ'ଣ ଗୌରାଙ୍ଗର ନିଜ ପିତାମାତା ?

ହଁ ସ୍ୱାମୀଜୀ।

ଗୌରାଙ୍ଗର ମାଆ ଆପଣଙ୍କ ନିଜ ଶାଶୂ ? ଆଚ୍ଛା ? ଗୌରାଙ୍ଗ ତା'ହେଲେ ବିବାହିତ ? ସେକଥା ସେ ଆମଠୁଁ ଗୋପନ ରଖିଛି କାହିଁକି ?

ସ୍ୱାମୀ ଆନନ୍ଦ ସଙ୍ଗେସଙ୍ଗେ ଗୌରାଙ୍ଗଙ୍କୁ ଡକାଇଲେ।

ବିବାହିତ ବ୍ୟକ୍ତି ଆଶ୍ରମରେ ଧ୍ୟାନ ତପସ୍ୟା କରିବା ପାଇଁ କ'ଣ ଅନୁପଯୁକ୍ତ ସ୍ୱାମୀଜୀ ?

ଆଶ୍ରମର ନୀତି ଦୃଷ୍ଟିରୁ ତୀବ୍ର ପୁରୁଷାର୍ଥ ପାଇଁ କେବଳ ବ୍ରହ୍ମଚାରୀମାନେ ଏଠାରେ ଗ୍ରହଣୀୟ। ସଂସାରୀମାନଙ୍କ ପାଇଁ ଶନିବାର ବ୍ୟତୀତ ଅନ୍ୟଦିନ ଆଶ୍ରମ ନିଷିଦ୍ଧ। ଅବଶ୍ୟ ସାଂସାରିକ ଜୀବନ ଯାପନ କରି ମଧ୍ୟ ଜଣେ ଭଗବାନଙ୍କୁ ପାଇପାରିବ। କିନ୍ତୁ

ସତ୍ୟାନ୍ୱେଷୀଙ୍କ ଆଶ୍ରମରେ ତପଶ୍ଚରଣ କରିବାକୁ ହେଲେ ଅଖଣ୍ଡ ବ୍ରହ୍ମଚର୍ଯ୍ୟ ପାଳନ କରିବାକୁ ହେବ।

ମହର୍ଷି ଆଶ୍ରମ ତ୍ୟାଗ କରି ଗୌରାଙ୍ଗ ମୋ ସହ ଦାମ୍ପତ୍ୟ ଜୀବନରେ ଅନୁବନ୍ଧିତ। ଆମର ବିବାହ ପଞ୍ଜିକରଣ ସମ୍ବନ୍ଧିତ ପ୍ରମାଣପତ୍ର ବି ରହିଛି। ଆପଣ ଚାହିଁଲେ ସେସବୁ ମୁଁ ଦେଖାଇ ପାରିବି, ଆସନ୍ତାକାଲି।

ନା, ତା'ର ଆବଶ୍ୟକତା ନାହିଁ, ଅନୁପମାଜୀ।

ଆଉ ଖୁବ ଶୀଘ୍ର ଗୌରାଙ୍ଗ ବାପା ହେବାକୁ ବି ଯାଉଛନ୍ତି..., ସଂଯୋଗ କଲା ଅନୁପମା। ସ୍ୱାମୀ ଆନନ୍ଦ ଚମକିଲେ।

ଗୌରାଙ୍ଗ ଉପସ୍ଥିତ ହେଲା।

ଆସ ଗୌରାଙ୍ଗ ସ୍ୱାମୀ। ଆଗରେ ଅଛନ୍ତି ଇଣ୍ଡସ ପତ୍ରିକାର ପରିବେଶ ସଂପାଦିକା ଶ୍ରୀମତୀ ଅନୁପମା ଶ୍ରୀବାସ୍ତବ ନାୟକ। ସେ କହୁଛନ୍ତି ଯେ ମହର୍ଷି ଆଶ୍ରମର ପୂର୍ବତନ ତପସ୍ୱୀ ଗୌରାଙ୍ଗ ନାୟକଙ୍କୁ ସେ ଅନ୍ତରଙ୍ଗ ଭାବେ ଜାଣନ୍ତି। ଏହା କ'ଣ ସତ ? ତୁମେ ଅନୁପମାଜୀଙ୍କୁ ଜାଣିଛ ?

ଗୌରାଙ୍ଗ ମଥାନତ କରି ରହିଲା।

ପ୍ରତ୍ୟୁତ୍ତରର ଅପେକ୍ଷା କଲେ ସ୍ୱାମୀ ଆନନ୍ଦ। କହିଲେ, 'ଆମେ ବ୍ରହ୍ମଚାରୀଙ୍କୁ ସତ୍ୟାନ୍ୱେଷୀ ସଭ୍ୟ ରୂପେ ଗ୍ରହଣ କରୁ। ଅବଶ୍ୟ ବିବାହିତ ଦମ୍ପତିଙ୍କ ନୈତିକ ଓ ସାମାଜିକ ଦାୟିତ୍ୱକୁ ମଧ୍ୟ ଆମେ ସମ୍ମାନ ଦେଉ। ତୁମେ ବିବାହିତ ଏକଥା ନିଜ ତରଫରୁ ଆମକୁ ଜଣାଇ ଦେବା ଉଚିତ ନଥିଲା ଗୌରାଙ୍ଗ ?

ସତ କହିଥିଲେ ଆପଣ ମୋତେ ସତ୍ୟାନ୍ୱେଷୀ ସଂଘରେ ଗ୍ରହଣ କରିଥାନ୍ତେ ?

ତପସ୍ୱୀ ଜୀବନ ଅନୁସରଣ କରିବାର ଲକ୍ଷ୍ୟ ରଖିଥିଲେ ସଂସାର ଭିତରକୁ ଫେରିଲ କାହିଁକି ? ଥରେ ସଂସାରରେ ପଶିଲାପରେ ଆଶ୍ରମକୁ ବି କଳୁଷିତ କରିବାକୁ ବସିଥିଲ ! ଯାଅ, ତୁମ ବାପାମାଆ ସୁଦୂର ଓଡ଼ିଶାରୁ ଆସିଛନ୍ତି ତୁମକୁ ଦେଖିବା ପାଇଁ। ତାଙ୍କର ଓ ସ୍ତ୍ରୀଙ୍କର ଯତ୍ନ ନେବ। ଏହା ତୁମର ପ୍ରଥମ କର୍ତ୍ତବ୍ୟ। ତୁମକୁ ଯେଉଁ ସଂସାର ଭାଗ୍ୟ ମିଳିଛି ତାହା ତୁମର ଗୃହସ୍ଥାଶ୍ରମ। ସେହି ଦାୟିତ୍ୱ, ପ୍ରେମ ଓ ସହନଶୀଳତାର ସହ ସୁଚାରୁ ରୂପେ ତୁଲାଇଲେ ତାହା ହେବ ପରମାର୍ଥରୁ ଅଧିକ। ଯାଅ।

'ଘର ସଂସାରର ସବୁ ଦାୟିତ୍ୱ ତୁଲାଇବା ସମୟରେ ବି ଭଗବାନଙ୍କୁ ସ୍ମରଣ କରୁଥାଅ। ଖାଇବା ପିଇବା ସମୟରେ ବି ବାପା-ମାଆ ବୋଲି ତାଙ୍କୁ ଡାକ, ସେ ତୁମର ସବୁ ଆବଶ୍ୟକତା ପୂରଣ କରିଦେବେ। ପୂଜାପାଠ, ମନ୍ତ୍ରଜପ କିଛି ଦରକାର ନାହିଁ। ନିଜ ବାପାମା'ଙ୍କୁ ତମେ କେବେ ଫୁଲଚନ୍ଦନ ଦେଇ ପୂଜାକର ? ତାଙ୍କ ଆଗରେ

ଶଙ୍ଖ ଫୁଙ୍କି କେବେ ଘଣ୍ଟ ବାଡ଼େଇ ଥାଅ ? ଧୂପ ଦୀପ ଜଳାଇ ଥାଅ ? ନାହିଁନା ? ସେମାନେ ନିଜ ବାପାମାଆ ପରା ? ଏ ଅନ୍ଧ ଭକ୍ତି ଛାଡ଼ି ସତସତିକା ଭଗବାନଙ୍କୁ ଧ୍ୟାନ କର । ତା'ବୋଲି ଜୀବିତ ପିତାମାତାଙ୍କୁ ଜରାଶ୍ରମରେ ଛାଡ଼ିଦିଅନି... ସଂଯୋଗ କଲେ ସ୍ୱାମୀ ଆନନ୍ଦ ।

ଗୌରାଙ୍ଗ ଓ ଅନୁପମା ! ରହ । ଯିବା ପୂର୍ବରୁ ଦିହେଁ ପରମାତ୍ମାଙ୍କୁ ଟିକିଏ ସ୍ମରଣ କରିଯାଅ । ନିଜକୁ ଆତ୍ମା ମନେକରି ଆଖି ଖୋଲା ରଖି ବସ । ପ୍ଲିଜ୍ । ପରମାତ୍ମା ହେଲେ ଜ୍ୟୋତିର୍ବିନ୍ଦୁ ଆତ୍ମା । ସେ କୌଣସି କାଠ ପଥରର ମୂର୍ତ୍ତି ନୁହଁନ୍ତି । ମୁଁ କିଛି ଶବ୍ଦ ଉଚ୍ଚାରଣ କରିବି । ଆଉ ଆପଣ ସେ ଶବ୍ଦର ଦୃଶ୍ୟ ଓ ଭାବ ଉପରେ ମନୋନିବେଶ କରିବେ:

ମୁଁ ଏକ ମହାନ ଶକ୍ତିଶାଳୀ ଆତ୍ମା । ମୁଁ ପରମାତ୍ମାଙ୍କ ଆତ୍ମିକ ସନ୍ତାନ ହୋଇଥିବାରୁ ମୁଁ ଦୁର୍ବଳ କିମ୍ବା ଶକ୍ତିହୀନ ନୁହେଁ । ମୁଁ ପରମ ପିତାଙ୍କଠାରୁ ସୁଖ, ଶାନ୍ତି, ଆନନ୍ଦ ଓ ଜ୍ଞାନର କିରଣରେ ଭରପୁର ଆନନ୍ଦ ବିଭୋର । ମୁଁ ଅବସ୍ଥାନ କରେ ମୋର କପାଳ ପଛପାଖ ଭୃକୁଟି ମଧ୍ୟସ୍ଥ ଜ୍ୟୋତିବିନ୍ଦୁ ରୂପରେ । ନିଜର ସମସ୍ତ ଶକ୍ତିର ମାଲିକ ମୁଁ ଆତ୍ମା । ପରମାତ୍ମାରୂପୀ ବ୍ୟାଟେରୀ ଦ୍ୱାରା ନିଜକୁ ମୁଁ ଚାର୍ଜ କରୁଛି । ମୋର ସମସ୍ତ କର୍ମେନ୍ଦ୍ରିୟ ଆତ୍ମାର ଆଲୋକରେ ପୁଲକିତ । ମୁଁ ମନ ଓ ବୁଦ୍ଧି ଦ୍ୱାରା ମୋର ସର୍ବ ଶକ୍ତିମାନ ପିତାଙ୍କୁ ଦେଖୁଛି । ସେ ସଶକ୍ତ କିରଣ ଦ୍ୱାରା ନିଜ ସନ୍ତାନକୁ ବଳଶାଳୀ କରୁଛନ୍ତି । ମୁଁ ନିରନ୍ତର ପରମପିତାଙ୍କ ଦ୍ୱାରା ଋଦ୍ଧିମନ୍ତ ହେଉଥିବାରୁ ମୋର ଆତ୍ମିକ ଶକ୍ତି ବିକଶିତ ହେଉଛି । ବାରଂବାର ତାଙ୍କ ସ୍ତୁତିଚାରଣ କରିବାରୁ ମୋତେ ସେ ଅଧିକରୁ ଅଧିକ ଶକ୍ତିଶାଳୀ କରିଛନ୍ତି । ସେଥିପାଇଁ ହୃଦୟର ଅନ୍ତରତମ ପ୍ରଦେଶରୁ ମୁଁ ଭଗବାନଙ୍କୁ ଧନ୍ୟବାଦ ଅର୍ପଣ କରୁଛି ।

ଆଶ୍ରମରୁ ଫେରିଲା ଅନୁପମା, ଗୌରାଙ୍ଗ ସାଥିରେ । ଆଜି କ'ଣ ମୁକ୍ତିଲାଭର ଦିବସ ? ସେଇ ଛୋଟ ଚଢ଼େଇଟି ସକାଳୁ କ'ଣ କହୁଥିଲା ? ଗୌରାଙ୍ଗର ବାଲକୋନି ଉପରେ ଟ୍ୱିକଟ୍ୱିକ୍ କରି ? ସେଇ ଚିରନ୍ତନ ମୁକ୍ତିର ଗୀତ !!

ହଠାତ ଫୋନ କଲେ ଡିସିପି ସଞ୍ଜୟ । ପଚାରିଲେ: କ'ଣ ଅଗ୍ରଗତି ହୋଇଛି ଅନୁପମା ?

ସାର୍, ଗୌରାଙ୍ଗ ଆଜି ମୁକ୍ତିଲାଭ କରିଛି । ତାଙ୍କୁ କଗ୍ରାଟସ୍ କହିବେନି ?

ପାଖରେ ଅଛନ୍ତି କି ? ସିଓର୍ । ତାଙ୍କୁ ଫୋନ ଦିଅନ୍ତୁ । କନଗ୍ରାଚୁଲେସନ୍ ଗୌରାଙ୍ଗଜୀ । ଭଲ ହେଲା ଆପଣ ଆସିଗଲେ । ନହେଲେ ମୁଁ ଆପଣଙ୍କ ପାଖକୁ ଯାଇ ଦେଖା କରିଥାନ୍ତି । ମୋର ଖାଲି ବୁଝିବାର ଥିଲା ସେଠି ଟ୍ରାନ୍ସ ଯୋଗରେ କିଛି ମସଲା

ଦିଆ ହେଉଥିଲା କି ? ମାନେ ଯୋଗ ଏକାଗ୍ରତା ପାଇଁ କିଛି ବଟିକା କି ଭୋଗ ସ୍ୱୀକାର କରା ଯାଉଥିଲା ?

ନା ସାର୍, ସେମିତି କିଛି ନଥିଲା। ଯୋଗ ଭଚି ଦିନ ସଂପୂର୍ଣ୍ଣ ଉପବାସ କରା ଯାଉଥିଲା। ମାନେ ସେଦିନ ସମସ୍ତ ପ୍ରକାର ଭୋଜନ ବର୍ଜନୀୟ !

ହଉ ଠିକ୍ ଅଛି, ମୁଁ ପରେ କଲ୍ କରୁଛି।

୪୬

ବୁଢ଼ା ଲୋକଟିଏ ସମ୍ବାଦପତ୍ର ପଢୁପଢୁ ଘୁମେଇ ପଡ଼ିଛନ୍ତି। ସରୁ ବାଲକୋନି ଉପର ବେତ ଚୌକିରେ ବସି କୁହୁଡ଼ିଢଙ୍କା ଦିଲ୍ଲୀ ସହରର ଗଳିକୁ ସେ ସାମ୍ନା କରିଛନ୍ତି ସତ। କିନ୍ତୁ ଗଳିମୁଣ୍ଡ ଦେଇ ଫେରି ଆସୁଥିବା ତାଙ୍କର ପୁଅକୁ ସେ ଦେଖି ପାରୁନାହାନ୍ତି। ଆଦୌ। ବୟସାଧିକ୍ୟ ହେତୁ ଦୂର ବସ୍ତୁ ତାଙ୍କର ଦୃଶ୍ୟମାନ ହେଉନି।

ବାଲକୋନି ତଳେ ପ୍ରଲମ୍ବିତ ରାସ୍ତାରେ କାହାକୁ ବି ଦେଖି ପାରୁନାହାନ୍ତି ଗୌରାଙ୍ଗର ବାପା। ସମସ୍ତେ ଅସ୍ପଷ୍ଟ। ଅବଶ୍ୟ ଗାଡ଼ି ମଟରର ଘର୍ଘର ଶୁଣିପାରୁଛନ୍ତି ସେ। ଖବରକାଗଜ ଟିକିଏ ଆଡ଼େଇ ଦେଲେ ସ୍ପଷ୍ଟ ଦିଶିଯାଏ ସଂକୀର୍ଣ୍ଣ ଗଳି। ରାସ୍ତା ପାରି ହୋଇ ଆଗକୁ ମାଡ଼ିଆସୁଥିବ କି ଗୌରାଙ୍ଗ ? ଅନୁପମା ? ଆଉ ଏକ ଅନାଗତ ସନ୍ତାନର ପିତାମାତାଙ୍କ ଉପରେ ଲିଖିତ ବୃତ୍ତଚିତ୍ର ?

କ'ଣ ରହିବ ସେ ଚିତ୍ରରେ ? କିଛି ବାସ୍ତବ, କିଛି କଳ୍ପନା ଓ ଆଉ କିଛି ସ୍ମୃତିର ସମଷ୍ଟି। ଜୀବନ ବଡ଼ ଅଦ୍ଭୁତ। କିଛିବାଟ ସ୍ୱପ୍ନ ଆଉ କିଛିବାଟ ଅପୂରଣୀୟ କାମନା କେବଳ। କିନ୍ତୁ ବାଲକୋନି ଉପରେ ବସି ସେ ଦେଖି ପାରୁନାହାନ୍ତି ଏତେ ଦୂରକୁ।

ହେଇ, ଗୌରାଙ୍ଗର ବୋଉ। ଇଆଡ଼େ ଆସ।

କ'ଣ କହୁନ, ଶୁଭୁଛି।

ଦେଖ ରାସ୍ତାରେ ଗୌରାଙ୍ଗ, ବୋହୂ ଦେଖା ଯାଉଛନ୍ତି କି ?

ତୁମକୁ ଯଦି ଦେଖାଯାଉ ନାହାନ୍ତି ମୋତେ କେମିତି ଦିଶିବେ ? ସମୟ ହେଲେ ସେ ବଳେ ଆସି ଯିବେନି ? ଏତେ ଉଚ୍ଛନ୍ନ ହେଉଛ କାହିଁକି ?

ଜୀବନର ଗହଳିଆ ମାର୍କେଟ ଭିଡ଼ରେ ସୁଦୂର ବିଗତର ସ୍ମୃତିଚାରଣ କରୁକରୁ ଗୌରାଙ୍ଗ ସହ ପୁନର୍ମିଳନର ଆଶା ସଜୀବ ହୋଇ ଉଠିଲା। ତାଙ୍କ ପରଳ ପଡ଼ି

ଆସୁଥିବା ଆଖି ଖୋଜୁଥାଏ ବ୍ୟବସାୟୀ ଓ ଖରିଦଦାରଙ୍କ ମହା ସମୁଦ୍ର ଭିତରେ କେବଳ ଗୋଟିଏ ହସହସ ମୁହଁ ଯାହା ହଜି ଯାଇଛି ଅନେକ ବର୍ଷ ତଳେ।

ସବୁଜ ପନିପରିବା ଟୋକେଇରେ ଭରା ଦିଲ୍ଲୀ ବଜାରରେ ଲମ୍ବା ଛାଇମାନଙ୍କ ପ୍ରତିଯୋଗିତା ଦେଖୁଛନ୍ତି ସେ। ଗହଳି ଭିତରେ ସେ କାହାକୁ ଚିହ୍ନନ୍ତି ନାହିଁ ଯଦିଓ ସେ ଖୋଜୁଥିଲେ ନିଜ ଲୋକଙ୍କୁ ଯାହାର ଥିଲା ଦୁଇ ହଳ ଆଖି।

ପରିବେଶ ସଂପାଦିକା ତଥା ବୋହୂ ଅନୁପମାଙ୍କ ପ୍ରଭାବରୁ ସନ୍ନ୍ୟାସ ବନ୍ଧନରୁ ମୁକ୍ତ ହୋଇଛି ଗୌରାଙ୍ଗ। ଥ୍ୟାଙ୍କ ଗଡ୍, ନିରବରେ ଉଚ୍ଚାରଣ କରିଛନ୍ତି ଗୌରାଙ୍ଗର ପିତା।

ଏ ପିଲା ଏତେ ଦିନକୁ ମଣିଷ ହେଲା ବିଶ୍ୱାସ ଆସୁନି। ବୋହୂ ସହ କୋଉ ଅମୃତ ବେଳାରେ ଦେଖା ହେଲା ବୋଲି ପୁଅ ଆମର ବଦଳିଲା। ନହେଲେ ସେ ଏତିକି ବେଳକୁ କୋଉ ଆଶ୍ରମରେ କି ଦଣ୍ଡକାରଣ୍ୟର ବରଗଛ ତଳେ ପ୍ରବଚନ ଦେଇ ବସି ଥାଆନ୍ତା, ମତ ଦେଲେ ଗୌରାଙ୍ଗର ବୋଉ।।

ହଉ ଛାଡ଼। ଯାହା ହୋଇନାହିଁ ସେଥିନେଇ ଏତେ ଚିନ୍ତା କାହିଁକି? ବରଂ ଖୁସି ମନାଅ। ସେଲିବ୍ରେଟ କର। କୋଉ କଥାକୁ ନେଇ ବସିଯାଇ ଥିଲ?

ଆଉ ତମେ? ପିଅନ ଚାକିରି କରିବାକୁ ବି ତୁ ଅଯୋଗ୍ୟ ବୋଲି କହିଥିଲ ଗୌରାଙ୍ଗକୁ?

ହଠାତ ବାଲକୋନି ପାଖ ଗଛ ଉପରୁ ସଶବ୍ଦେ ତଳେ ଝଡ଼ି ପଡ଼ିଲା କାଠିକୁଟା ମେଞ୍ଚାଏ।

କ'ଣ ପଡ଼ିଲା ସେଇଠି ଦେଖିବଟି।

କାଉ ବସାଟିଏ ଝଡ଼ିଛି ଗଛରୁ।

ବସାଟିଏ ଉଜୁଡ଼ି ଗଲା? ଏହା ଶୁଭ ସୂଚନା ନୁହେଁ, କହିଲା ବୋଉ।

ବସାରେ ଅଛି ଶୁଖିଲା କାଠିକୁଟା ଦୁଇଟା। ବୋଧହୁଏ ପକ୍ଷୀ ବସା ଛାଡ଼ି ଯାଇଛି ଅନେକ ଦିନରୁ।

କାହିଁ? ବାପା, କୋଉଁଠି ଅଛି ବସା?

ଆରେ ଅନୁପମା, ତୁ ଆସିଲୁଣି? ଗୌରାଙ୍ଗ ଫେରି ଆସିଲାଣି? ନା ଆଉ କୁଆଡ଼େ ଚାଲିଗଲା? କାହିଁ ସେ?

ଆସିଲେ ବହୁ କଷ୍ଟରେ। ସେପଟେ ପୁଲିସ ସହାୟତା କରିବାକୁ ପ୍ରସ୍ତୁତ ହେଉଥିଲେ। ଏକ୍ସାଇଜ ଷ୍ଟାଫ ଆଶ୍ରମ ଉପରେ ଚଢ଼ଉ କରିଦେବା ପାଇଁ ବ୍ଲୁପ୍ରିଣ୍ଟ ତିଆରି କରୁଥିଲେ। କିନ୍ତୁ ସତ୍ୟାନ୍ୱେଷୀଙ୍କ ଆଶ୍ରମରେ କେବଳ ବ୍ରହ୍ମଚାରୀ ଗ୍ରହଣୀୟ ବୋଲି

ଜାଣିନଥିଲୁ। ଇଏ ବିବାହିତ ବୋଲି ସ୍ୱାମୀ ଆନନ୍ଦ ଜାଣି ନଥିଲେ। ସେ ବାହା ହୋଇଛନ୍ତି ବୋଲି ଯେମିତି ଜାଣିଲେ ଗୌରାଙ୍ଗଙ୍କର ମୁକ୍ତିର ବାଟ ଖୋଲିଗଲା... ହଁ, ବାପା, ପକ୍ଷୀମାନଙ୍କ ବସା କେଉଁଠି ପଡ଼ିଛି କହୁଥିଲେ... ?

ତଳ ଫ୍ଲୋରରେ କେଉଁଠି ପଡ଼ିଥିବ ଦେଖିବୁ।

ତରତରରେ ତଳକୁ ଓହ୍ଲାଇ ଗଲା ଅନୁପମା।

ବିଚାରୀର କେତେ ବଳିଷ୍ଠ ସାମାଜିକ ପ୍ରଭାବ ରହିଛି, କେତେ ହାଇ-ଲେଭେଲ ପ୍ରେସର ପକାଇବା କାରଣରୁ ଗୌରାଙ୍ଗ ଆଜି ମୁକୁଳିଲା। ପାରିବାରିକ ବନ୍ଧନକୁ ସୁଦୃଢ଼ କରାଇ ପାରିଲା ନିଶା। ଏଥିରେ ତା'ର ବୃତ୍ତିଗତ ସଫଳତାର ପ୍ରମାଣ ବି ରହିଛି, କହି ଆସୁଥିଲେ ବାପା।

ଗୌରାଙ୍ଗ ସହ ନିଶାର ପୁନଃପ୍ରବେଶ ଏକ ମିଶ୍ରିତ ଭାବାବେଶର ଇନ୍ଦ୍ରଧନୁଟିଏ ବୁଣିଦେଲା ଘରସାରା। ଦୀର୍ଘ ଦିନ ପରେ ଉଲ୍ଲାସ ଓ ହାଲ୍କାପଣରେ ବାପାବୋଉ ଗୌରାଙ୍ଗର ଗଳାବେଷ୍ଟନ କରି ରଖିଲେ: ପୁନର୍ମିଳନର ଉତ୍ତାପ ସହରର ଡିସେମ୍ବର କୁହୁଡ଼ିକୁ ପ୍ରଶମିତ କରିବା ପର୍ଯ୍ୟନ୍ତ।

ରାତ୍ରିଭୋଜନ ପାଇଁ ଯେତେବେଳେ ପରିବାର ଏକତ୍ରିତ ହୁଅନ୍ତି, ଗୌରାଙ୍ଗର ଆଧ୍ୟାତ୍ମିକ ଯାତ୍ରା ଓ ରୋମାଣ୍ଟିକ ଦୁଃସାହସର କାହାଣୀ ପରିବେଶରେ ନୂତନ ଶକ୍ତି ସଂଚରିତ କରି ଦେଇଥାଏ। ଆଉ ତିଆରି କରି ସାରିଥାଏ ଏକ ସ୍ମରଣୀୟ ପାରିବାରିକ ପୁନର୍ମିଳନର ପର୍ବ।

ରାତ୍ରିଭୋଜନ ସରିଲା। ଏକ ବ୍ୟସ୍ତବହୁଳ ଦିନର ପରିସମାପ୍ତି ହୁଏ।

ବୋଉ, ତୁ ଆଉ ନିଶା ବେଡରୁମରେ ଶୋଇ ଯିବ। ମୁଁ ଆଉ ବାବା ଶୋଇଯିବୁ ହଲରେ। କ'ଣ କହୁଛୁ ?

ନା, ତୁ ଆଉ ବୋହୂ ତମ ବଖରାରେ ଶୋଇପଡ଼। ଆମ ଦିହିଁଙ୍କ ପାଇଁ ହଲରେ ବିଛଣା ପାରିଦେବୁ।

ଛୋଟକାଟିଆ ଘରର ଅନ୍ତରୀଣ ସମସ୍ୟାର ମୀମାଂସା ତୁଟିଗଲା ଅକ୍ଲେଶରେ।

ମନେଅଛି ନିଶା, ମାଉଣ୍ଟ ଆବୁରୁ ଫେରିଲାବେଳେ କେତେ ଅନିଶ୍ଚିତ ଥିଲା ଆମ ଜୀବନ ? ଆମ ନାମରେ ପୋଲିସ କେସ୍ ଲାଗି ଯାଇଥିଲା ? ଆମ ପରିବାର ସଦସ୍ୟଙ୍କ ବ୍ୟବହାର ଓ ଆମ ପ୍ରତି ବିରକ୍ତି କେମିତି ଆମକୁ ହତୋତ୍ସାହିତ କରି ଦେଇଥିଲା ? ସେଦିନରୁ ଆଜିଯାଏଁ ଯମୁନା ନଦୀରେ କେତେ ପାଣି ବୋହିଗଲାଣି।

ଯମୁନାର ସବୁ ପାଣି ଆଜି ସାରିଦେବା ଗୌରାଙ୍ଗ ? ନା କାଲି ପାଇଁ କିଛି ରଖିବା ?

ନା, ମୁଁ ଶୁଭରାତ୍ରି ଜଣାଇବାକୁ ଯାଉଥିଲି। ଏଇ କଥା ଟିକିଏ ରହି ଯାଇଥିଲା...। ବାସ୍, ବାସ୍। ଏ ରାତିକୁ ଅତୀତ ମନ୍ଥନରେ ନ ସାରି କାଲି ପାଇଁ କିଛି ବୁଲାବୁଲି ପ୍ଲାନ କରିବା? ଆସନ୍ତା କାଲି ହେବ ସେଲିବ୍ରେସନର ଦିନ। ଇତିହାସକୁ ଫୁଲଷ୍ଟପ୍। ଗୁଡନାଇଟ୍।

୪୭

ନିଶା... ନିଶା।

ହଁ ଶୁଣୁଛି କୁହ। ହାତ, ଗୋଡ଼ ହଲଚଲ ନକରି କହିଯାଅ।

ସମୁଦ୍ର କୂଳରେ ତମେ କେବେ ଠିଆ ହୋଇଛ ?

ଖାଲି କାଠପଥର ପରି ସମୁଦ୍ର ବାଲିରେ ଠିଆ ହେଲେ କ'ଣ ହେବ ? କି ରୋମାଞ୍ଚ ରହିବ ?

ସେୟା ମୁଁ ବି କହିବାକୁ ଯାଉଛି। ସମୁଦ୍ର ବେଳାରେ ହଲଚଲ ହେବନାହିଁ; ମନଖୋଲି ହସିବନି, ପାଣିରେ ପାଦ ତିନ୍ତାଇବ ନାହିଁ, ଟିକିଏ ଠେଲାପେଲା କି ଚିମୁଟା-ଚିମୁଟି ହେବ ନାଇଁ... ତା'ହେଲେ ବଙ୍ଗୋପସାଗର ଯାଏଁ ଯିବ କାହିଁକି ? ପାଖ ଯମୁନା ନଈର ତୁଠ ପଥର ତା'ଠୁଁ ବରଂ ଭଲ।

ଏତେଦୂର କିଆଁ ? ଆମ ବାଲକୋନିର ବେତ ଚେୟାରରେ ପାଖକୁପାଖ ବସି ପୁନେଇଁ ରାତି କଟେଇ ଦେବା। ପରସ୍ପରର ବାହୁ ବନ୍ଧନ ଜୁଆର-ଭଟ୍ଟାର ଚିତ୍ରଠୁଁ କୋଉ ଗୁଣେ କମ୍ ?

ବେଡରୁମରେ ସମୁଦ୍ରସ୍ନାନ କରିବା ? ହନିମୁନ୍ ବି ଯିବ କାହିଁକି ?

ନିଶା ସହିତ ଆଲୋଚନା ପରେ ଦମ୍ପତିଙ୍କ ବିଶାଖାପଟନମ ଯାତ୍ରା ସ୍ଥିରିକୃତ ହେଲା। ଭିମୁନିପାଟନମଠାରୁ ଗାଜୁୱାକା-ଗାଙ୍ଗଭରମ ପୋତ ପର୍ଯ୍ୟନ୍ତ ସମୁଦ୍ରକୂଳିଆ ସହରରେ ମଧୁଚନ୍ଦ୍ରିକା ଭାବିଲେ ହିଁ ଲୋମମୂଳ ଶିହରି ଉଠିବ।

ପାଖାପାଖି ୧୩୫-କିଲୋମିଟର ବ୍ୟାପ୍ତ ସମୁଦ୍ର ତଟ ଓ ପୂର୍ବଘାଟ ପର୍ବତମାଳାର ସବୁଜ ଉପତ୍ୟକାରେ ପ୍ରେମିକମାନଙ୍କ ପଦ ଧୌତକାରୀ ବୀଚି ତମକୁ ନେଇଯିବ ଅଜ୍ଞାତ ପରୀ ରାଜ୍ୟକୁ। ପୂର୍ବରେ ଆକାଶଛୁଆଁ ଚିକଚିକ୍ ଜଳରାଶି ଉପରେ ସୂର୍ଯ୍ୟାଲୋକ ଓ ପଶ୍ଚିମରେ ବିଶାଳ ପର୍ବତ। ବେଳାଭୂମିରେ ପରସ୍ପରର ହାତ ଧରି ଚାଲିଥିବେ

ପୁରୁଷ ସହ ପ୍ରେମିକା। ଅନନ୍ତ କାଳ ଅନୁରାଗର ଅବଧି ସରିବା ପର୍ଯ୍ୟନ୍ତ: ପରୀମାନେ ଆଖି ଆଗରୁ ଅଦୃଶ୍ୟ ହେବା ଯାଏଁ। ଶୀତ୍କାରୀ ପବନ ମିଶ୍ରିତ ରୋମାଞ୍ଚକ ଜଳକଣାର ଛିଟା ତିନ୍ତେଇ ଦେଉଥିବ ପ୍ରେୟସୀକୁ ବାରଂବାର। ସେ ସାଗରର ଆଲିଙ୍ଗନ ନା ପ୍ରିୟଲୋକର ? ତମେ ମୁକ୍ତ ! ଯାହାକୁ ଚାହଁ ତମେ ବାଛି ନେଇ ପାରିବ। ତତକ୍ଷଣାତ କିମ୍ବା ସୂର୍ଯ୍ୟାସ୍ତ ପରେ।

ତମେ କହୁଛ ବିଶାଖାପଟନମ। ଚିତ୍ରିତ ଚାଦରର ମଧୁଶଯ୍ୟା ପାରିଦେଇଛି ଓଡ଼ିଆ ଦମ୍ପତ୍ତିଙ୍କ ପାଇଁ। ଆନ୍ଧ୍ର ଭାଷାରେ ତାହା ସବୁଦିନ ଭାଇଜାଗ ସୁନ୍ଦରୀ। ଯେକୌଣସି ସରକାରୀ ବସ ଚଢ଼ିଯାଅ, ଭିତରେ ଦେଖିବ ଲେଖା ହୋଇଛି ପଞ୍ଚଦଶ ଶତାବ୍ଦୀର ରାଜା ଶ୍ରୀକୃଷ୍ଣ ଦେବରାୟଙ୍କ ପ୍ରଖ୍ୟାତ ଉଦ୍ଧୃତି: ଦେଶ ଭାଷା ଲାନ୍ଦୁ ତେଲୁଗୁ ଲେସ୍ସା ? (ଦେଶର କୌଣସି ଭାଷାଠାରୁ ତେଲୁଗୁ ନ୍ୟୁନ ନୁହେଁ।)

ନିଶା ଓ ଗୌରାଙ୍ଗ ବୁକ୍ କରିଥିଲେ ପାହାଡ଼ ଉପତ୍ୟକାରେ ସ୍ଥିତ ଏକ ମନୋରମ ହୋଟେଲ ଯେଉଁଠି ଝର୍କା ଖୋଲିଲେ ଦିଶେ ନୃତ୍ୟରତା ତରଙ୍ଗିଣୀ। ଆର୍.କେ.ବିଚ୍ ପାଖ ବେଳାରେ ଜୁଆର ଥାଆନ୍ତି ଭଦ୍ର ଓ ବିନମ୍ର। କୁଆଁରୀର ଜଘନ ପରି ସ୍ପର୍ଶକାତର ସେ ବେଳାଭୂମି। ସେଠି ହୋହାଲ୍ଲା ପ୍ରବଳ ଥାଏ ଦିନସାରା। ବଙ୍ଗାଳୀ ଟୋକାମାନେ ପ୍ରେମିକା କିମ୍ବା ଗାର୍ଲଫ୍ରେଣ୍ଡଙ୍କ ସହ ଅଣ୍ଟେ ପାଣିରେ, ମୁକ୍ତାକାଶ ତଳେ ଯେଉଁ ରୋମାନ୍ସ କରନ୍ତି ତା'ଦେଖିଲେ ଓଡ଼ିଆ ଫିଲ୍ମ ଅଭିନେତ୍ରୀ ଲାଜେଇ ଯିବେ।

ଏମାନେ ଗାର୍ଲଫ୍ରେଣ୍ଡ୍ କି କ'ଣ କେମିତି କହି ପାରୁଛ ଗୌରାଙ୍ଗ ? ସ୍ତ୍ରୀ ବି ହୋଇପାରିଥାନ୍ତି ?

ବଙ୍ଗ ସ୍ତ୍ରୀ କପାଳରେ କେତେ ବଡ଼ ଷ୍ଟିକର୍ ବିନ୍ଦି ଲଗାନ୍ତି ଜାଣ ? ପୋଷେ ସିନ୍ଦୂର ଗୁଣ୍ଡ ଢାଳିଥାନ୍ତି ସିନ୍ଥିରେ। ଏମାନଙ୍କ ଭିତରୁ କାହାର ସିନ୍ଥାରେ ସିନ୍ଦୂର ଅଛି ଦେଖାଇ ପାରିବ ?

ବେଙ୍ଗଲୀମାନେ ପୁରୀ ନଯାଇ ଭାଇଜାଗ ଆସିବେ କାହିଁକି ?

ହଁ, ପୁରୀ ଆସିଲେ ବଙ୍ଗ ଯୁବକ ଗାର୍ଲଫ୍ରେଣ୍ଡ ସହିତ ଧରା ପଡ଼ିଯିବେ ! କାରଣ ସ୍ତ୍ରୀଙ୍କ ସଂପର୍କୀୟ, ଭାଇ ବିରାଦରି ପୁରୀ ବିଚ୍ କିମ୍ବା ଶ୍ରୀମନ୍ଦିରରେ ତମକୁ ଦେଖିଦେଲେ ସ୍ତ୍ରୀଙ୍କୁ ଚୁପଚାପ ମେସେଜଟିଏ ପଠାଇଦେବେ।

୦୪।

ବିଶାଖାରେ ଦଶପଲ୍ଲା ହୋଟେଲରେ ଇଡଲି ସମ୍ବାର ଓ କଫି ପାନ ପୂର୍ବକ ସକାଳୁଆ ରାୟତୁ ବଜାର ଆଡ଼କୁ ଟିକିଏ ଦୃଷ୍ଟିପାତ କରି ଆସିଲେ। ହାଟଭର୍ତ୍ତି ତଟକା

ପରିବା, ମିଳୁଛି ପୁଣି ଏତେ ଶସ୍ତାରେ ! ଦେଖିଲେ ମନ ଲୋଭେଇଯିବ ରୁଟିନ୍ ଗୃହସ୍ଥର। ବସ୍ତେ ଦି'ବସ୍ତେ ପରିବା ଘରକୁ ନେଇଯିବା କି ନିଶା ?

ନିଶା ଟିକିଏ ଲାଜେଇ ଯାଇଥିଲା... ବିଶାଖାପଟନମରେ କେଉଁଠି ପାର୍କ୍ ଅଛି ବୁଝିବା ?

କୋଉ ପାର୍କ୍ ? ହୋଟେଲ ମ୍ୟାନେଜର କୋଉ ପାର୍କ କଥା କହୁଥିଲେ ? ହଁ, କୈଳାସଗିରି ଯିବା ? କହିବାମାତ୍ରେ ଟାକ୍ସି ଡ୍ରାଇଭର୍ ବିଚ୍ ଆଡ଼କୁ ଗାଡ଼ି ଛୁଟାଇ ଦେଲା।

ସର୍ପିଳ ଗତିରେ କୈଳାସଗିରି ଉପରକୁ କାର୍ ଉଠେ ମେଘଭର୍ତ୍ତି ଆକାଶ ଆଡ଼କୁ। ଗିରି ଚାରିପଟେ ଘେରି ରହିଛି ଉତ୍ତାଳ ସମୁଦ୍ର। ଗିରି ଉପରୁ ହଠାତ ତଳକୁ ଚାହିଁଦେଲେ ମୁଣ୍ଡ ଘୂରେଇ ଦେଉଛି। ତଳେ ରହିଛି ତେନେଟି ପାର୍କ। ମାନେ ମଧୁଝରା ବଗିଚା। ନୂଆ ପ୍ରେମିକମାନଙ୍କ ପାଇଁ ସ୍ୱର୍ଗ। ସନ୍ଧ୍ୟା ଛଅ ପରେ ଯୁବତୀ ଯୁବକ ତେନେଟି ଭିତରକୁ ପ୍ରବେଶ କରିବା ମନା। ପ୍ରେମରେ ବିଫଳ ଅନେକ ତରୁଣ-ତରୁଣୀଙ୍କ ମଧୁମୟ ପ୍ରେମ କାହାଣୀର କରୁଣ ପରିଣତି ଦେଖିଛି ତେନେଟି ପାର୍କ। ପ୍ରେମିକମାନଙ୍କ ଆତ୍ମହତ୍ୟାର କାହାଣୀ ପଛରେ ଅଛି ପିତାମାତାଙ୍କ ପ୍ରତିରୋଧ; ବେକାରୀ, ପ୍ରେମ ପ୍ରୋତ୍ସାହନରେ ଦାରିଦ୍ର୍ୟ ଓ ହତାଶା।

ପବନରେ ଥିଲା ଉଚାଟ। ମନରେ ଥାଏ ଉଚ୍ଛୃଙ୍ଖଳତା। ସହରର ଗୋପନ ଦ୍ୱାର ଅନାବରଣ କରି ନୂତନ କିଛି ସ୍ୱାଦ ଚାଖିବାର ତୃଷା ଓ ତୃଷ୍ଣା।

କୈଳାସଗିରିର ନିଘଞ୍ଚ ଗଛପତ୍ରର ଉହାଡ଼ରେ ମଞ୍ଚାପରି ଥାଏ ଲଭର୍ସ ଭ୍ୟୁ ପଏଣ୍ଟ। ମଣ୍ଡପ ପିଣ୍ଡି ଉପରେ ପ୍ରେମୀଯୁଗଳ ବସିଥିବା ବେଳେ ହଠାତ ବର୍ଷା ପଡ଼େ। ସେଥିପାଇଁ ଉପରେ ଅଛି ଛାତ। ତା' ଉପରେ ଲେଖାଥାଏ ବୈଦେହୀ। ନିଶା ଓ ଗୌରାଙ୍ଗ ବୈଦେହୀ ଆଡ଼କୁ ଅଗ୍ରସର ହେଲେ। ବେଞ୍ଚ ଉପରେ ହାତ ଧରାଧରି ହୋଇ ବସିଲେ। ଚଉଦ ପନ୍ଦର ବର୍ଷର ପିଲାଟିଏ ତାଙ୍କ ପଛରେ ଆସି ଠିଆ ହେଲା।

ସାର୍, ଏମାଇନେ ତେମ୍ବାଣ୍ଟାରା ? ପିଲାଟି ତେଲୁଗୁରେ କହୁଥାଏ।

ତେଲୁଗୁ ବୁଝି ନପାରିବାରୁ ସେ କହିଲା ସେ ଇଂଲିଶି ମଧ୍ୟ ବୁଝିପାରେ।

ମୋ ନାମ କଲ୍ୟାଣ।

କି କଲ୍ୟାଣ ? ପବନ କଲ୍ୟାଣ ? କ'ଣ ପଢ଼ିଛୁ ?

ମୁଁ ଅଷ୍ଟମରେ ପଢ଼େ। ଭାଇଜାଗ ଆନନ୍ଦ ସ୍କୁଲ ଅରଫାନେଜରେ।

ଭେରିଗୁଡ୍। ଆନନ୍ଦ କ'ଣ ? ସ୍ୱାମୀ ଆନନ୍ଦ ?

ୟେସ ସାର୍... ଆପଣଙ୍କୁ କିଛି ଦରକାର ଥିଲେ ମୁଁ ନେଇ ଆସିବି। ପାଣି, ବିସ୍କୁଟ, ପପ୍‌କର୍ଣ୍ଣ, ଆଇସକ୍ରିମ, ଡ୍ରିଂକ୍ସ...

ପାନୀୟ ?

ଏନି ଡ୍ରିଂକ୍ସ, ସଫ୍ଟ, ହଟ୍, କୋଲ୍ଡ... ଚିଲ୍ଡ୍ ସୋଡ଼ା, ବିଅର, ଜିନ୍...

ଆଉ କ'ଣ ?

ଆଉ ଆପଣଙ୍କ ପାଇଁ କଭର।

ମାନେ ? ଗୌରାଙ୍ଗ ବୁଝି ପାରିଲାନି।

ଲଭର୍ସମାନଙ୍କ ଗୋପନୀୟତା ଭଙ୍ଗ ନହୁଏ ଯେମିତି ତା'ର ଦାୟିତ୍ୱ ନେବି। ଆପଣଙ୍କୁ କେହି ଡିଷ୍ଟର୍ବ କରିବେନି। କେହି ଆପଣଙ୍କ ନିରବତା ଭାଙ୍ଗିବେନି...

କେହି ଦାଦା କି ରାଉଡ଼ି ଆସିବ ଯଦି...

ସେମିତି କେହି ହଇରାଣ କରିବ ନାହିଁ। କଲ୍ୟାଣ ବୋଲି ଥରେ ପାଟିକରି ଡାକ ପକାଇବେ, ଆମର ବାଉନ୍ସରମାନେ ଅଛନ୍ତି, ମଫ୍‌ତି ପୋଲିସ ଅଛନ୍ତି। ଗୁଣ୍ଡାମାନଙ୍କୁ ସାବାଡ଼ କରିଦେବେ।

ମଫ୍‌ତି ମାନେ କ'ଣ ?

ସାଦା ପୋଷାକରେ ମଫ୍‌ତି ପୋଲିସ... କ'ଣ ଆଣିବି ? ବିଅର କି ଜିନ୍ କି କିଛି ଫଳରସ ?

ନୁଡୁଲ୍ସ ଅଛି ?

ହଁ ସାର୍। ଦୁଇ କପ ? ପଇସା ପରେ ଦେବେ। ବିଲ୍ ଦେଖି ପେମେଣ୍ଟ ଦେବେ।

ହଉ, ମାଲ୍ଟ ଆଇସ୍‌କ୍ରିମ ଅଛି ? ଆଣିବୁ ଦୁଇ କପ୍।

୪୮

ନିଶା ସହିତ ଗୌରାଙ୍ଗ ବେଳାପାଖ ହୋଟେଲରେ ପହଞ୍ଚିଲାବେଳକୁ ସୂର୍ଯ୍ୟାସ୍ତର ରଂଗ ଅଭିଭୂତ କରି ସାରିଥାଏ ବିଶାଖା ସହର। ଏହାର ନାତିଶୀତୋଷ୍ଣ ଜଳବାୟୁ। ସନ୍ଧ୍ୟାର ଲବଣାକ୍ତ ପୁରୁବା ହୋଟେଲ ଝର୍କା ଦେଇ ପ୍ରେମୀଯୁଗଳଙ୍କୁ ସ୍ୱାଗତ ଜଣାଇ ସାରିଥାଏ। ଆଲିଙ୍ଗନାବଦ୍ଧ କରି ସାରିଥାଏ ଅନେକ ବେଳୁ।

ଆଜି ପୁଣିଥରେ କୈଳାସଗିରି ଯିବା ? ଅଣନିଶ୍ୱାସୀ କରିଦେବା ପରି ଚମତ୍କାର ପାହାଡ଼ ଥିଲା କୈଳାସଗିରି, ଗୌରାଙ୍ଗ।

ଥିଲା ? ଏବେ ବି ଅଛି, କହି ନିଶାର ହାତ ଧରିଲା ଗୌରାଙ୍ଗ। ପାହାଡ଼ ତଳେ ଦେଖିଥିଲେ ତ୍ରିଶଙ୍କୁ ସ୍ୱର୍ଗ, ଶିଖର ଉପରକୁ ଉଠିଲା ପରେ କେମିତି ଲାଗିଲା ? ପୂରାପୂରି ପରମଧାମ।

ସତରେ ଗୌରାଙ୍ଗ, ତଳେ ଭୁଡ଼ା ପାର୍କରେ ଥିଲାବେଳେ ଉତ୍ତଙ୍ଗ ଲହରୀର କ୍ରୀଡ଼ାମୟ ଦୃଶ୍ୟରେ ଭରପୁର ଥିଲା ବିଶାଖାପଟନମ ମାଟି। ପାହାଡ଼ ଉପରକୁ ଚଢ଼ିଲା ପରେ ଲାଗିଥିଲା ଯେମିତି ବଙ୍ଗୋପସାଗରର ଅନନ୍ତ ଜଳରାଶି ଆମକୁ କୋଳାଗ୍ରତ କରିନେବ।

'ଏ ସ୍ଥାନ ହେଲା ପ୍ରକୃତିର ଶ୍ରେଷ୍ଠ କଳାକୃତି,' କହିଥିଲା ଗୌରାଙ୍ଗ। ବୈଦେହୀର ସବୁଜ କୋଳ, ପାହାଡ଼ର ଟେରାସ ଉପରେ ରଂଗବେରଂଗର ଫୁଲବଗିଚା। ଉତ୍ତରରେ ରାମାନାଇଡୁ ଫିଲ୍ମସିଟି। ପଶ୍ଚିମରେ ଜାତୀୟ ରାଜପଥ ୩୧୬କୁ ଅନେଇଥିବା ରୋଡ ଓଭରବ୍ରିଜ ଓ ସମଗ୍ର ବିଶାଖା ସହରରେ କୂଳଲଂଘା ସାଗର।

ଧୀରେଧୀରେ ଏ ସମୁଦ୍ର କୂଳ ଖାଇ ଗାଙ୍ଗୁଭାରାମ ପୋତକୁ ସଂପୂର୍ଣ୍ଣ ଗିଳି ପକାଇବ ହୁଏତ। ଲବଣାକ୍ତ ବାୟୁ, ବଙ୍ଗୋପସାଗରରେ ଜମାକାରୀ ନଈ ନାଳରୁ ପଟୁମାଟି ଓ ବାଲୁକାରେଣୁ ଭୂପୃଷ୍ଠକୁ ଧ୍ୱଂସ କରିବାରେ ଲାଗିଛନ୍ତି। ତେଣେ ଷ୍ଟିଲ ଶିଳ୍ପ,

ଖଣିଜ ପରିବହନ ଓ ଜାହାଜ ଯୋଗେ ନୌବାଣିଜ୍ୟ ଯେ ସହରୀ ସଭ୍ୟତାକୁ ଧରାଶାୟୀ କରିଦେବ ଦିନେ ନା ଦିନେ। ଅଚିରେ।

ସମୁଦ୍ର କୂଳରେ ଶୋଇ ରହିଥିବା ଡଲଫିନ୍ ପାହାଡ଼ ପେଟରେ ଲୁଚିରହିଛି ଇଷ୍ଟର୍ଣ୍ଣ ନାଭାଲ କମାଣ୍ଡ ନୌବାହିନୀର ଘାଟି। ୧୯୭୧ ଯୁଦ୍ଧରେ ବିଶାଖପାଟଣାର ତଟ ପର୍ଯ୍ୟନ୍ତ ମାଡ଼ି ଆସିଥିବା ପାକିସ୍ଥାନୀ ନୌବାହିନୀର ପି.ଏନ.ଏସ୍ ଘାଜି ଭାରତର ବିମାନବାହୀ ତଟରକ୍ଷକ ଜାହାଜ ବିକ୍ରାନ୍ତକୁ ଗୋପନରେ ଧଂସ କରିବାକୁ ବସିଥିଲା। ସତର୍କତାର ସହ ଭାରତର ଯୁଦ୍ଧ ଜାହାଜ ଆଇ.ଏନ.ଏସ ଖଞ୍ଜର ପାକ ନୌସେନାର ଘାଜିକୁ ଠାବ କରି ବୋମା ମାଡ଼ରେ ଜଳସମାଧି କରି ଦେଇଥିଲା। ତା'ର ଭଗ୍ନାବଶେଷ ଏବେ ବି ବିଶାଖା ମ୍ୟୁଜିୟମରେ ଦର୍ଶନୀୟ ବସ୍ତୁ ହୋଇ ରହିଛି।

ପବନର ହିଲ୍ଲୋଳରେ, ଚଗଲା ଗଛ ଡାଳ ସନ୍ଧିରେ ଉଜ୍ଜ୍ୱଳ ରଙ୍ଗବେରଙ୍ଗର ଫୁଲ ଗହଣରେ ଥାନଟିଏ ପାଇଥିଲେ ସେ ଦିହେଁ। ଦ୍ୱିପହର ଭୋଜନ କରିନଥିଲେ ବି ସେମାନଙ୍କୁ ଥକ୍କାପଣ ସ୍ପର୍ଶ କରିନଥିଲା।

ଏ ଦୃଶ୍ୟ କୌଣସି ରୋମାଣ୍ଟିକ ଉପନ୍ୟାସର କାହାଣୀ ପରି ଲାଗୁନି ଗୌରାଙ୍ଗ ?

ଅବଶ୍ୟ। ସମର୍ଥନ କରି ହସିଥିଲା ଗୌରାଙ୍ଗ।

ପରଦିନ ଦୁଃସାହସିକ ପାରା ସେଇଲିଂର ଝୁଙ୍କ ଦଂପତିଙ୍କ ଜୀବନରେ ସ୍ମରଣୀୟ ହୋଇ ରହିଗଲା। ଦିହେଁ ହୋଟେଲ ତରଫରୁ ଆୟୋଜିତ ପାରାଗ୍ଲାଇଡିଂରେ ଅଂଶ ଗ୍ରହଣ କରିଥିଲେ। ଏ ଅନୁଭୂତି ଥିଲା ସେମାନଙ୍କ ପାଇଁ ଅବର୍ଣ୍ଣନୀୟ। ସମୁଦ୍ର ଉପର ଦେଇ ଗତିଶୀଳ ପବନ ଦିଗରେ ପାରାସେଇଲ କରୁକରୁ ଉପତ୍ୟକାର ଆଞ୍ଚରେ ଲ୍ୟାଣ୍ଡଫଲ ହେଉଥିଲା। ପ୍ରତିଥର ଉଡ଼ିଲାବେଳେ ନିଶାର କିରିକିରି ହସ ସମୁଦ୍ର ଜୁଆର ଉପର ଦେଇ ଶିହରଣ ସୃଷ୍ଟି କରୁଥାଏ।

'ନିଶା, କନଗ୍ରାଚୁଲେସନ୍'। ଗୌରାଙ୍ଗର ଅଭିବାଦନ ଜୁଆରର ଫୁଙ୍କାର ଭିତରେ କେତେବେଳେ ହଜି ଯାଉଥିଲା। ଗୌରାଙ୍ଗର ଦୁଃସାହସିକ ଖୋଜ ଶେଷରେ ସେ ଜିପ-ଲାଇନିଂଗ କୋର୍ସରେ ପହଞ୍ଚି ଯାଇଥିଲା।

ବେଶ୍। ତମେ ପାରିବ ନିଶା। ମୁହୂର୍ତ୍ତକ ପାଇଁ ଆଶଙ୍କା ପ୍ରକଟ କରି ସାହସର ସହିତ କୁଦା ମାରିଲା ନିଶା। ଉଲ୍ଲାସ ଓ ଉତ୍ତେଜନାରେ ଏକ ଅସ୍ପଷ୍ଟ ଚିତ୍କାର ବାହାରି ଆସିଥିଲା ନିଶାର ମୁହଁରୁ। ଆଃ... !

ସୂର୍ଯ୍ୟାସ୍ତ ବେଳକୁ ସମ୍ମୋହକ ରଂଗରେ ଚିତ୍ରିତ ହୋଇ ଯାଇଥାଏ ଭାଇଜାଗ୍ ଆକାଶ। ଏ ଶୀତ ସନ୍ଧ୍ୟାରେ ସମୁଦ୍ର ବେଳାରେ ଧୂନି ଜାଳି ଡିନର୍ ବ୍ୟବସ୍ଥା ହୋଇପାରିବନି ?

କାହିଁକି ହେବନି ସାର୍? ଆପଣ ୱେଷ୍ଟ ସାଇଡ୍ ରେଷ୍ଟୋରାଁକୁ ଆସି ନାହାନ୍ତି ତା'ହେଲେ? ଆଠଟା ସୁଦ୍ଧା ସେଠିକି ଆସନ୍ତୁ, ମୁଁ ବନ ଫାୟାର୍ ସ୍ପଟ ବୁକ୍ କରି ଦେଉଛି କେବଳ ଆପଣ ଦମ୍ପତ୍ତିଙ୍କ ପାଇଁ, କହିଲେ ମ୍ୟାନେଜର।

ମୋଟା ଶାଲ ଘୋଡ଼େଇ ଅନେକ ସ୍ୱାମୀ-ସ୍ତ୍ରୀ ହଳହଳ ହୋଇ ୱେଷ୍ଟ ସାଇଡ୍ ରେଷ୍ଟୋରାଁରେ ପହଞ୍ଚିବା ଆରମ୍ଭ କରିଥିଲେ। ହୋଟେଲ ତରଫରୁ ପାନୀୟ ଓ ସ୍ନାକ୍ସ ବ୍ୟବସ୍ଥା ବି ଥିଲା ସୁଲଭ ମୂଲ୍ୟରେ। ଧୂନିରୁ ଉତ୍ତାପ ସହିତ ନିଆଁରେ କାଠଫାଳ ଫଡ଼ଫଡ଼ ହେବାର ଶବ୍ଦ ରାତିର ରୋମାଞ୍ଚକୁ ବହୁଗୁଣିତ କରୁଥିଲା।

ଏଥର ଟ୍ରିପ୍ ଚମକିଲା ଗୌରାଙ୍ଗ। ସ୍ୱପ୍ନ ପରି। ନିଶା କହିଲା ଧୀରେ ଗୌରାଙ୍ଗର କାନରେ।

ସମ୍ମତି ଜଣାଇ ଅଗ୍ନି ସ୍ଫୁଲିଙ୍ଗ ପ୍ରତି ଗଭୀର ଦୃଷ୍ଟିପାତ କଲା ଗୌରାଙ୍ଗ। ରୋଟି ଓ ପନିର ମଟର ମସାଲା ତରକାରି ପ୍ଲେଟ ନିଶା ଆଡ଼କୁ ବଢ଼ାଇ ଦେଲା ସେ। ବେଳେବେଳେ ସ୍ୱପ୍ନ ଏମିତି ସତ ହୋଇଯାଏ ନିଶା ଅପ୍ରତ୍ୟାଶିତ ଭାବରେ, ବେଳାରେ।

ଡିନର୍ ସାରି ହୋଟେଲ ରୁମକୁ ଫେରିଲେ ଦମ୍ପତ୍ତି। ଖୋଲିଲେ ବାତାୟନ: ବାହାରେ ଜହ୍ନରାତି ଜଳୁଥାଏ। ଫେନିଳ ଜଳରାଶି କୂଳ ଲଙ୍ଘୁଥାଏ ସବୁଦିନ ପରି ଯଥାରୀତି।

ଏ ଅପୂର୍ବ ଦୃଶ୍ୟମାନ ସ୍ୱର୍ଗର ଅନୁଭୂତି ମୁଁ ହାତଛଡ଼ା କରିବା ଚାହୁଁନାହିଁ ସଦାନନ୍ଦ।

ମୁଁ ବି ହାତଛଡ଼ା କରିବା ଚାହୁଁନି, କହି ନିଶାର ଦୁଇ ବାହୁ ଧରି ପାଖକୁ ଟାଣି ଆଣିଥିଲା ଗୌରାଙ୍ଗ।

ବିଶାଖାପାଟଣା ରହଣୀର ଶେଷ ପାବଛରେ ଗୌରାଙ୍ଗ-ନିଶା ଫେରି ଚାହାନ୍ତି: ବିଚ୍ ପାର୍ଶ୍ୱ ବାଲକୋନିରେ ବସି ଲହଡ଼ିମାନଙ୍କୁ। ଏଇ ଅନୁଭୂତି ଦୁଃସାହସିକତା ଓ ହସଖୁସିର ସ୍ମରଣୀୟ ସହଯାତ୍ରା ହୋଇ ରହିବ। ଚିରଦିନ।

ଗୌରାଙ୍ଗ ଏକ ଦୀର୍ଘଶ୍ୱାସ ଛାଡ଼ିଲା। ମୁଁ ଯାହା ଆଶା କରୁଥିଲି ସେସବୁ ଫଳବତୀ ହୋଇଗଲା ଏକାଥରକୁ, ନିଶା।

ଗୌରାଙ୍ଗ ଉପରେ ସ୍ୱଚ୍ଛ ଆଉଜି ପଡ଼ି କହିଲା ନିଶା: ହଁ ଏ ନିଶ୍ଚିତ ଏକ ଅନ୍ତହୀନ କାହାଣୀ, ଯାହାର ପରିସମାପ୍ତି ସ୍ମରଣୀୟ। ସବୁଦିନ।

ଗୌରାଙ୍ଗ ନକ୍ଷତ୍ର ଖଚିତ ଆକାଶ ଆଡ଼କୁ ଦୃଷ୍ଟିଦେଲା ଯା'ରି ଭିତରେ ନିଶା ସହ ସେ ରଚିଥିବା ଏକ ମହାନ ଯୁଗ୍ମ ପ୍ରେମ କାହାଣୀ ଲିପିବଦ୍ଧ ହୋଇଥିଲା।

ଆମ କାହାଣୀର ଏ ଶେଷ ପର୍ବ ନୁହେଁ। ବରଂ ଏ ହୋଇଥିବ ଅଧ୍ୟମାରମ୍ଭ, କହିଲା ଗୌରାଙ୍ଗ।

ରାତି ଯେମିତି ଅଗ୍ରସର ହେଉଥିଲା ଗୌରାଙ୍ଗ ଦମ୍ପତି ବେଳାଭୂମିର ନିରବତା ଓ ପ୍ରକୃତିର ପ୍ରସନ୍ନତାରେ ସେତିକି କୃତଜ୍ଞ ହୋଇ ଉଠୁଥାନ୍ତି । ଆଉ ଡଲଫିନସ ନୋଜ ପାହାଡ଼ ପଛରେ ଅସ୍ତଜହ୍ନ ଧୀରେ ନିଜ ମୁହଁ ଲୁଚାଇ କହୁଥିଲା ଯେମିତି ଗୁଡବାଇ ମାଇ ଫ୍ରେଣ୍ଡ, ଗୁଡବାଇ !

ବିଦାୟ କୁହନି, ଡୋଣ୍ଟ୍ ସେ ଗୁଡବାଇ ।

୪୯

ବିଶାଖାପାଟଣାରୁ ଫେରିଛି ଗୌରାଙ୍ଗ, ପତ୍ନୀ ଅନୁପମା ସହିତ । ଦକ୍ଷିଣର ପ୍ରଗତି, ସୁରକ୍ଷା ଓ ରୋମାଞ୍ଚକ ଜୀବନ ଶୈଳୀର ପ୍ରଭାବ ତାହାକୁ କରିଛି ଅଧିକ ପ୍ରାଜ୍ଞ । ଅଧିକ ହର୍ଷିତମୁଖ ।

ଦିଲ୍ଲୀସ୍ଥିତ ସିଙ୍ଗଲ ବି.ଏଚ.କେ ଘରେ ପହଞ୍ଚିବା କ୍ଷଣି ଉଭୟଙ୍କ ପାଇଁ ଏକ ଆକସ୍ମିକ ଅନୁଭବ ଅପେକ୍ଷାରତ ଥିଲା । ଆପାର୍ଟମେଣ୍ଟ ସଂଲଗ୍ନ କରିଡର ହୋହାଲ୍ଲାରେ ଉଠପଡ ହେଉଥିଲା ଗୋଟାପଣେ । ଗୌରାଙ୍ଗ ଓ ନିଶାର ଅନୁପସ୍ଥିତିରେ ପିତାମାତା ତାଙ୍କ ଘରେ ଥିଲେ । ସେମାନଙ୍କ ଅପୂର୍ବ ସଂଯୋଗ ପରିବେଶକୁ କରିଥିଲା ଅଧିକ ରସମୟ । ଏହି ସୌହାର୍ଦ୍ଦ୍ୟପୂର୍ଣ୍ଣ ଅବସରରେ ସମସ୍ତେ ପରସ୍ପର ସହ ଭାବ ମିଳନ ଓ ଆଦାନ ପ୍ରଦାନର ଅବସର ପାଇ ସାରିଥାନ୍ତି ।

ଗୌରାଙ୍ଗ ସହ ପିତାମାତାଙ୍କ ପୁନର୍ମିଳନର ମହାବାରୁଣୀ ନିଶାର ଗୁରୁଜନଙ୍କୁ ବି ଉତଫୁଲ୍ଲିତ କରିଥାଏ । ତେଣୁ ଏହି ଆନନ୍ଦ ମୁଖରିତ ଅବସରକୁ ସୁମଧୁର କରିବା ପାଇଁ ନିଶାର ବାପା-ମାଆ ଦୁଇ ପରିବାର ମଧ୍ୟରେ ଏକ ନୈଶ ଭୋଜିର ପ୍ରସ୍ତାବ ନେଇ ଆସିଥାନ୍ତି ।

ସନ୍ଧ୍ୟା ଯେମିତି ଆସନ୍ନ ହେଉଥାଏ ଉତ୍ତେଜନା ଓ ଉଦବେଗ ସେତିକି ପରିବେଶକୁ ପ୍ରଖର ଓ ମୁଖର କରି ଦେଇଥାଏ । ଉଦ୍ଦେଶ୍ୟ ଥାଏ ଏକ ପାରିବାରିକ ସମାବେଶ: ଯେଉଁଥିରେ ବିଭିନ୍ନ ଚରିତ୍ରମାନଙ୍କ ଆଗମନ, ଅଭିନୟ ଓ ସଂଳାପ ଅବଶ୍ୟମ୍ଭାବୀ ।

ନିଶା ଓ ଗୌରାଙ୍ଗ ଘରେ ପାଦ ଦେବାମାତ୍ରେ ପବନରେ ସ୍ୱଚ୍ଛ ହଲଚଲ ଅନୁଭୂତ ହେଲା । ଗୌରାଙ୍ଗର ବାପାମାଆ ପୁତ୍ରର ନବ ଜୀବନ ପ୍ରାପ୍ତିର ଉଲ୍ଲାସରେ ବାହୁ ବିସ୍ତାର ପୂର୍ବକ ତାହାକୁ କୋଳାଗ୍ରତ କରିନିଅନ୍ତି ।

ଆସ ଆସ, ଧନ ମୋର, କହି ବୋଉ ନିଶାକୁ ପାଛୋଟି ନେଲେ ଘର ଭିତରକୁ। ଯାତ୍ରା ଭଲରେ ଭଲରେ କଟିଲା ତ ?

ଖୁବ ମଜା ଆସିଗଲା ବୋଉ। ବିଶାଖାପଟନମର ସୌନ୍ଦର୍ଯ୍ୟ ଅତୁଳନୀୟ। ଆନ୍ଧ୍ରର ଅନ୍ୟ କେଉଁ ସହର ତାହାର ସମକକ୍ଷ ନୁହେଁ। ନିଶା ବି ଖୁବ ଭଲ ଏନଜ୍ୱାୟ କଲା।

ଏପଟେ ନିଶାର ବାପା-ମାଆ ରାତ୍ରି ଭୋଜନର ବିସ୍ତୃତ ମେନୁ ପ୍ରସ୍ତୁତିରେ ଦିଶିଲେ ବ୍ୟସ୍ତ। ଆଉ ନିଶାର ବାପା ଉଦ୍ବେଗ ଆନନ୍ଦକୁ ରୋକି ପାରି ନଥିଲେ।

ଠିକ ଅଛି ମାଆ, ଆମେ ଗୌରାଙ୍ଗଙ୍କ ବାପା-ମାଆଙ୍କ ସହ ସନ୍ଧ୍ୟା ପୂର୍ବରୁ ଘରେ ପହଞ୍ଚି ଯିବୁ... ଅଭିଜିତକୁ କହିବୁ ଆମ କମ୍ୟୁନିଟିରୁ ଚେୟାର କିଛି ଆଣି ଘରେ ପକାଇଥିବ, ମାଆଙ୍କ ଉଦ୍ଦେଶ୍ୟରେ ଜଣାଇ ଦେଲା ନିଶା।

ଆମ ଭାଗ୍ୟ। ଗୌରାଙ୍ଗ ସମେତ ସେମାନେ ଆମ ସହିତ ପ୍ରୀତି ଭୋଜନରେ ସାମିଲ ହେଲେ ସମସ୍ତଙ୍କୁ ଭଲ ଲାଗିବ, ଖୁସିରେ କହିଲା ମାଆ।

ଅନୁପମାକୁ ସୌଭାଗ୍ୟଶାଳିନୀ କହିବାକୁ ହେବନା ? ଗୌରାଙ୍ଗ ଏତେ ସରଳ ଓ ନିଷ୍କପଟ ପିଲା ଜଣେ ! ବିନମ୍ରତାର ପ୍ରତୀକ କୁହାଯାଇ ପାରିବ, ସୁନନ୍ଦାଙ୍କୁ କହୁଥିଲେ ବାବା।

ଆଉ ଭୋଜନ ବ୍ୟବସ୍ଥାରେ ଯେମିତି କେଉଁଠି ଭୁଲଭାଲ୍ ନରୁହେ, ତମେ ବିଶେଷ ଯତ୍ନ ନେବ, ହେଲା ? ସେ ସଂଯୋଗ କଲେ।

ଠିକ ଅଛି, ତମେ ସେ ଦିଗରେ ନିଶ୍ଚିଂତ ରୁହ, ଆଶ୍ୱାସନା ଦେଲେ ନିଶାର ମାଆ।

ସନ୍ଧ୍ୟା ପୂର୍ବରୁ ନିଶାର ପୈତୃକ ବାସଘରେ ବନ୍ଧୁବାନ୍ଧବ ଓ ଶୁଭାନୁଧ୍ୟାୟୀଙ୍କ ସମାଗମ ବଢ଼ିବାରେ ଲାଗିଲା। ହସଖୁସି ଓ ଚାପା ଉଲ୍ଲାସରେ ପରିବେଶ ହୋଇ ସାରିଥାଏ ବୈଦ୍ୟୁତିକ। ସରଗରମ।

କୃତ୍ତିକା ସମେତ ଇଣ୍ଡସର ସହକର୍ମୀଙ୍କ ଉପସ୍ଥିତି ଓ ଗୌରାଙ୍ଗର ଅଫିସ ଷ୍ଟାଫଙ୍କ ଗହଣରେ ସୂର୍ଯ୍ୟାସ୍ତ ହୋଇ ସାରିଥାଏ ବାଇଗଣୀ। ପଡ଼ୋଶୀଙ୍କ ହୋହାଲ୍ଲାରେ ମହାନଗର ଲାଗୁଥାଏ ଆଦିମ।

ଡିନର୍ ଟେବୁଲରେ ବହୁବିଧ ମହକିତ ଖାଦ୍ୟ ଓ ପରଷା ସାମଗ୍ରୀ ପ୍ରତିଫଳିତ କରୁଥିଲା ଗୃହକର୍ତ୍ତାଙ୍କ ଆଦର, ଯତ୍ନ ଓ ଅଭ୍ୟର୍ଥନାର ପରିପାଟୀ ଯାହା ଦୁଇ ପରିବାରକୁ ଆଜୀବନ ସଂଯୁକ୍ତ କରିପାରିବ। ଅନ୍ତରଂଗ ବି। ନିଶାର ମାମୁ ଅମିତ ଅତିଥିଙ୍କ ଅଭ୍ୟର୍ଥନାରେ ବ୍ୟସ୍ତ ଥାଆନ୍ତି।

ଏଇଠୁ ଆମ ଦୁଇ ପରିବାରର ସାମାଜିକ ଓ ସାଂସ୍କୃତିକ ଦେଣନେଣ ପାରଂପରିକ ରୀତିରେ ଆରମ୍ଭ ହେଲା... ଆପଣମାନଙ୍କ ଆଶୀର୍ବାଦ ଆମେ ଓ ଆମ ପିଲାଏ କାମନା କରୁଛୁ, କହିଲେ ନିଶାର ବାପା-ମାଆ।

ପରେ ଥାଳି, ଗ୍ଲାସ, ଚାମୁଚ ଓ କପ୍ ପ୍ଲେଟର ଝଣଝାଣ ସହ ଆଳାପ ଆଲୋଚନା ଓ ହସର ଲହରୀ ଘରସାରା ଗୁଞ୍ଜରିତ ହେଲା।

ଉଭୟ ପରିବାର ଏକାଠି ବସି ଖୁସିର ଦିନଟିଏ ମନେଇବା ବୋଲି ମୁଁ କେବେ କଳ୍ପନା କରିପାରି ନଥିଲି, ନିଜ ଆନନ୍ଦକୁ ସମ୍ବରଣ କରି ନପାରି କହିଦେଲେ ଗୌରାଙ୍ଗର ବୋଉ।

ଏସବୁ ଆୟୋଜନର ଶ୍ରେୟ ଆପଣ କାହାକୁ ଦେବେ ସମୁଦୁଣୀ, ପ୍ରଶ୍ନ କଲେ ନିଶାର ବାପା।

ଏ ଗୋଟିଏ କଥା ? କାହିଁ ଓଡିଶା, କାହିଁ ଦିଲ୍ଲୀ। ଏତେଦିନରେ ଦୁଇ ପରିବାର ମିଶିବାରୁ ଯେଉଁ ହସଖୁସି ମିଳିଛି ତା' ମୂଳରେ ଅଛି ମୋ ସୁନା ବୋହୂ ନିଶା। ସିଏ ହିଁ ସବୁ ଧନ୍ୟବାଦର ପାତ୍ରୀ।

ସବୁ କିଛି ବିଧି ନିର୍ଦ୍ଧାରିତ, ଆମେ ସବୁ ଖାଲି କାଠ ଖେଳନା। ଚଳେଇବା ବ୍ୟକ୍ତି ଅଛି ଅନ୍ୟଠେଇଁ, କହିଲେ ଗୌରାଙ୍ଗର ବାପା।

ଏତେଦିନକେ କଥାଟିଏ କହିଲ ଯାହା, ସମର୍ଥନ କଲେ ଗୌରାଙ୍ଗର ବୋଉ।

ଧନ୍ୟବାଦ ନିଶା। ଆମ ଜୀବନରେ ଅନେକ ଚିତ୍ରିତ ଚାଦରକୁ ତମେ ପାରି ଦେଇଛ ଗୋଟିଏ ପଲଙ୍କ ଉପରେ।

ଖୁସି ଓ ଆନନ୍ଦର ଏ ଚିତ୍ରପଟରେ ଆମ ସମସ୍ତଙ୍କର ଅବଦାନ ଅଛି, ଅଭିନୟ ରହିଛି। ବୁଝାମଣା ବି।

ବୁଝିପାରିଲି ନାହିଁ। ସ୍ୱାମୀ ଆନନ୍ଦଙ୍କର ଅବଦାନ ଅଛି ?

ହଁ। ତାଙ୍କର ଅବଦାନ ଓ ତୁମର ଅଭିନୟ ଗୌରାଙ୍ଗ।

ମୋର ଅଭିନୟ କ'ଣ ଥିଲା ?

ଏତେ ଜଲଦି ଭୁଲିଗଲ ? ନିଜକୁ ଅବିବାହିତ ବୋଲି ପରିଚୟ ଦେଇ ସତ୍ୟାନ୍ୱେଷୀଙ୍କ ଆଶ୍ରମରେ ପ୍ରବେଶ କରି ଯାଇଥିଲ... ତାହା କେବଳ ଅଭିନୟ ନଥିଲା, ମିଥ୍ୟା ମଧ୍ୟ। ଏ ମିଛୁଆ ଲୋକ ସବୁ କେମିତି ସନ୍ୟାସୀ ହୋଇଯାନ୍ତି ?

ସ୍ୱାମୀଜୀ ମୋତେ ସନ୍ଦେହ କରି ନାହାଁନ୍ତି ଆଦୌ।

ଗୌରାଙ୍ଗ, ଯେଉଁ ଯୋଗୀ ନିଜେ ସତ୍ୟନିଷ୍ଠ, ସେ ଅନ୍ୟର ମିଥ୍ୟା, ଶଠତା ଧରି ପାରିବନି କାହିଁକି ?

ରାତି ଆଗକୁ ବଢୁଥିଲା ଦ୍ରୁତ ଗତିରେ ଯଦିଓ ଜୀବନର ଏ ନୂଆ ପ୍ରସ୍ଥକୁ ଉତ୍ତାପ ଓ ସୁଖାନୁଭୂତି ସହିତ ଆତ୍ମସ୍ଥ କରିବା ଜରୁରୀ ଥିଲା। ଏହି ଦୁଇ ପରିବାରର ମିଳନାତ୍ମକ ସନ୍ଧିକାଳ କେବଳ ଏକ ଅନୁବନ୍ଧକୁ ସୁଦୃଢ଼ କରିଥିଲା ତା' ନୁହେଁ, ଏହା ଦୁଇ ଭୌଗୋଳିକ ଖଣ୍ଡକୁ ପ୍ରେମର ଅତୁଟ ଇଜଲ ଦେହରେ ଆଙ୍କିଥିଲା।

ଚାଲ ନିଶା, ଏବେ ଆମେ ନୂଆ ଚିତ୍ର ଆଙ୍କିବା।

କି ଚିତ୍ର ? କାହିଁକି ?

ହଜାରେ ଅନାବନା ଶବ୍ଦ ଉଚ୍ଚାରଣ କରିବା ବଦଳରେ ଜୀବନରେ ଗୋଟିଏ ସୁନ୍ଦର ଚିତ୍ରପଟ୍ଟ ଆଙ୍କିଦେବା ଭଲ।

୫୦

ଏମିତି ହୁଏନି: କେହି ନିଦରୁ ଉଠାଇବାକୁ ଆସିଲେନି।

ଡେରିରେ ଉଠିଲା ଗୌରାଙ୍ଗ ନାୟକ। କେତେ ଡେରି ହେଲା? ଅଣ୍ଟା। ବ୍ରାହ୍ମମୁହୂର୍ତ୍ତରେ ଉଠେ ସେ: ତିନି ପଇଁଚାଳିଶିରେ। ଶାର୍ପ୍। ରାତି ଡେରିରେ ଶୋଇଲେ ବି ନିତି ସେଇ ସମୟରେ ନିଦ ଭାଙ୍ଗେ। ଶାନ୍ତି ଓ ନିର୍ବାଣ ଲୋକରୁ ଆସେ ବୁଢ଼ା ଲୋକଟିଏ।

କଲିଂବେଲ ଟିପେ। ଗୌରାଙ୍ଗ ଦୁଆର ଖୋଲିଲାବେଳକୁ ବୁଢ଼ା କରିଡରରୁ ଅଦୃଶ୍ୟ ହୋଇ ସାରିଥାଏ। ନିଦ ବାଉଳାରେ ଉଠି ଯାଇଛି ଭାବି ଶେଯ ପାଖକୁ ଫେରି ଶୋଇବାକୁ ଲାଗେ ଗୌରାଙ୍ଗ। ଅଥଚ ସେ ବୁଢ଼ା କଲିଂବେଲ ଟୁଂଟାଂ କରି ଉଠାଉ ଥାଏ ଗୌରାଙ୍ଗଙ୍କୁ। ଏ ବୁଢ଼ାବଲଙ୍ଗ ଆଜି ଶୁଆଇ ଦେବନି। ଦୁଆର ଖୋଲି ଦେଖେ ବୁଢ଼ା ପାହାଚ ଦେଇ ଓହ୍ଲାଇ ଯାଉଛି। ଫେରି ଟ୍ରାନ୍ସଲାଇଟ ଜଳାଇଲା ବାଲକୋନିରେ। ଏ ଯାଏଁ ଦିଲ୍ଲୀ ଶୋଇଛି ନିଘୋଡ଼ ନିଦରେ।

ପ୍ରିୟ ଗୌରାଙ୍ଗ, ଉଠ। ତମେ ଭୁଲିଗଲଣି ତମେ କିଏ। ତୁମ ମୂଳ ପରିଚୟ ହେଲା: ତମେ ଜଣେ ଆତ୍ମା। ଦେହ ନୁହଁ। ତୁମର ମୃତ୍ୟୁ ନାହିଁ। ଅଥଚ ସତ୍ୟରୁ କଳି ମଧ୍ୟରେ ତୁମ ଦେହ ୮୪ଥର ମରି ସାରିଛି। ତମେ ଭାବୁଛ ଦେହ ପାଇଁ ତୁମେ କାମ କରୁଛ। ତମେ ଯାହାକୁ ମାଆ-ବାପା ବୋଲି ଡାକୁଛ, ସେମାନେ ହଲରେ ଶୋଇଛନ୍ତି କିନ୍ତୁ ସେମାନେ ତୁମର କେହି ନୁହଁନ୍ତି। ଆସନ୍ତା ଜନ୍ମରେ ତୁମକୁ ସେମାନେ ଦେଖିଲେ ବି ଚିହ୍ନି ପାରିବେନି। ପ୍ରତ୍ୟେକ ଜନ୍ମରେ ତୁମର ଅଲଗା-ଅଲଗା ପିତାମାତା ଅଛନ୍ତି, ପ୍ରତ୍ୟେକ ଜୀବନରେ ଚେହେରା ଅଲଗା ଓ ସ୍ତ୍ରୀ ଅଲଗା। ବୃତ୍ତି ଅଲଗା।

ତା'ହେଲେ ମୋର ପ୍ରକୃତ ପିତାମାତା କିଏ?

ମୁଁ ତୁମର ଆତ୍ମିକ ପିତା-ମାତା। ଉଭୟ। ମୋର ଦେହ ନାହିଁ। ମୁଁ ନିଜକୁ

ଅଯୋନିଜନ୍ମା ବୋଲି କହିଛି ଗୀତା ଭାଗବତରେ। ତୁମେ ମୋତେ ପରମାତ୍ମା, ଗଡ୍, ଆଲ୍‌ହା, ଶିବ ଏମିତି ଅନେକ ନାମରେ ଡାକିଛ। 'ତ୍ୱମେବ ମାତାଶ୍ଚ ପିତା ତ୍ୱମେବ' ଶ୍ଳୋକ ବୋଲିଛ, କିନ୍ତୁ ଅର୍ଥ କିଛି ଜାଣିନାହଁ। ଖାଲି ଆଖିରେ ମୋତେ କେହି ଦେଖିପାରନି। ମୋର ଶରୀର ଆଲୋକର। ତାରକା ପରି ମୁଁ ସ୍ଥିରନିଶ୍ଚିତ ବିନ୍ଦୁଟିଏ। ତମେ ମଧ୍ୟ ମୋ ପରି ଆଲୋକ ବିନ୍ଦୁଟିଏ।

ମୋ ପରିବାରର ଅନ୍ୟମାନେ ମଧ୍ୟ ଆତ୍ମା ? ନିଶା, ସୁନନ୍ଦାଜୀ, ମୋ ବୋଉ ? ବାପା ?

ଅଫ କୋର୍ସ। ସେମାନେ ତୁମ ପରି ଏ ପରିବାର ନାଟକରେ ସାମିଲ ଅଭିନେତା। ଦେହ ହୋଇ ତୁମେ ପୃଥିବୀରେ ଅଭିନୟ କରିବାକୁ ଆସିଛ। ତମକୁ ମିଳିଥିବା ରୋଲରେ ତମେ ହଜି ଯାଇଛ ଓ ଭୁଲିଛ ନିଜକୁ। ମୋତେ ବି ଭୁଲିଛ। ତୁମ ଘରକୁ ଭୁଲିଛ।

ମୋର ଘର ଏଠି ଅଛି ନା ଅନ୍ୟତ୍ର ?

ମୁଁ ଯେଉଁଠି ରହେ ସେଇଟି ହିଁ ତୁମର ଘର। ସେଠି ସମୟ ସ୍ଥିର। ସେ ପୃଥ୍ୱୀ, ଗ୍ରହ, ସୂର୍ଯ୍ୟ ଓ ନକ୍ଷତ୍ରପୁଞ୍ଜର ଅନେକ ଊର୍ଦ୍ଧ୍ୱରେ। ସେଠି ମାଧ୍ୟାକର୍ଷଣ ବି ପହଞ୍ଚି ପାରେନି। ସେଠି ଆଲୋକ ଅଛି, ପବିତ୍ରତା ଅଛି। ତୁମେ ମୋ ସହିତ ସେହି ସ୍ଥଳରେ ବାସ କରୁଥିଲ ପାଞ୍ଚହଜାର ବର୍ଷ ପୂର୍ବରୁ। ତାହା ପରମଧାମ ବା ବ୍ରହ୍ମଲୋକ ବା ଶାନ୍ତିଧାମ ବୋଲି ପରିଗଣିତ। ଏବେ ତୁମେ ତାହାକୁ ଭୁଲି ଯାଇଛ। ସେହି ଶାଶ୍ୱତ ଘରର ସୁନେଲୀ ନିରବତା ଓ ପ୍ରଶାନ୍ତ ପରିବେଶକୁ ବି ତମେ ପାଶୋରି ଦେଇଛ।

ସେଠିକି ଆମେ ଫେରିବା କେବେ ପରମପିତା ?

ଏବେ ତ ନାଟକର ଅନ୍ତିମ ଦୃଶ୍ୟ ଅଭିନୀତ ହେବାର ସମୟ। କଳ୍ପ ଶେଷରେ ଆମର ହେବ ଘର ବାହୁଡ଼ା। ନାଟକର ସମସ୍ତ କାହାଣୀ, ଚରିତ୍ର, ପ୍ରେମ ଓ ଶତୃତା, ସିଂହାସନ, ମଞ୍ଚ ସରଞ୍ଜାମ, ଘରଦ୍ୱାର, ସୁନା ଅଳଙ୍କାର ଓ ଅହଂକାର ଏଠି ଛାଡ଼ିଦେଇ ଯିବା।

ଆପଣଙ୍କ ପ୍ରକୃତ ଚରିତ୍ର କ'ଣ ହୋଇପାରେ ? ଆପଣ ଆମର ଆତ୍ମିକ ପିତା ହେଲେ ଆମ ଚରିତ୍ର କାହିଁକି ଆପଣଙ୍କ ପରି ମହାନ ହୋଇନାହିଁ ?

ମୁଁ ସଦା ପବିତ୍ର, ସଦାନନ୍ଦ। ସବୁବେଳେ ପ୍ରେମମୟ। ମୂଳତଃ ତୁମ ଚରିତ୍ର ମୋ ପରି ଥିଲା ଶୁଦ୍ଧ। ମୁକ୍ତ ଓ ଦୟାଶୀଳ। ମୋର ପ୍ରିୟ ସନ୍ତାନଗଣ। ତମେ ଯେଉଁଦିନ ଆସକ୍ତିରୁ ମୁକ୍ତ ହୋଇ ମୋତେ ଚିହ୍ନି ପାରିବ ଏବଂ ତୁମ ସମସ୍ତ ଚିନ୍ତା ମୋ ଉପରେ କେନ୍ଦ୍ରୀଭୂତ କରିବ ସେହିଦିନ ମୋର ଶକ୍ତି ଓ ଆଶୀର୍ବାଦ ପାଇପାରିବ।

ସଂସାର ତ୍ୟାଗ ନକରି କିଏ ଆସକ୍ତିରୁ ମୁକ୍ତ ହେଲାଣି ?

ଏ ସଂସାରର ସମସ୍ତ କର୍ମ କରି ନିର୍ଲିପ୍ତ ଜୀବନ ନିର୍ବାହ କରିବାକୁ ହେବ ତୁମକୁ। ଏଇ ସଂସାର, ସ୍ତ୍ରୀ ଓ ସନ୍ତାନ ତ୍ୟାଗ କରିବାକୁ ମୁଁ କାହାକୁ କହୁନାହିଁ। ଘର, ସମାଜ ଓ ମାନବ ଜାତିକୁ ପରିତ୍ୟାଗ କରିଥିବା କୌଣସି ବ୍ୟକ୍ତି ଭଗବାନଙ୍କୁ ପାଇ ନାହାଁନ୍ତି। ସନ୍ନ୍ୟାସ ଗ୍ରହଣ କରି ଯେଉଁମାନେ ଅରଣ୍ୟରେ ପ୍ରବେଶ କରିଛନ୍ତି, ସେମାନେ ବି ପରିଶେଷରେ ସେହି ସଂସାର ଭିତରକୁ ଫେରି ଆସିବାକୁ ବାଧ୍ୟ ହୋଇଛନ୍ତି।

ଶେଷରେ ଗୌରାଙ୍ଗ ଏକ ଅଦୃଶ୍ୟ ଶକ୍ତି ଦ୍ୱାରା ପରିଚାଳିତ ହୋଇ ବାସ୍ତବ ମାଟିର ଚରିତ୍ରମାନଙ୍କର ସାମ୍ନା କଲା। ସେ ଚରିତ୍ରମାନେ ଥିଲେ ଏକ ଚକିତ ବିଶ୍ୱର ଜୀବନ୍ତ ନାଗରିକ। ଏଇ ମଣିଷ ମାଟିର ହେଲେ ହେଁ ସେ ମାଟି ସହ ସଂପୂର୍ଣ୍ଣ ସଂପର୍କିତ ନୁହଁ। ମଣିଷମାନେ ଏହି ଅନନ୍ତ ଜୀବନ କାଳର ଅବଧି ଭିତରେ ପରସ୍ପରକୁ ଭେଟନ୍ତି ଅନେକ ଥର। ଅନେକ ଜୀବନାବର୍ତ୍ତ ଭିତରେ ବି ଅଳ୍ପ କିଛିକ୍ଷଣ ପାଇଁ ଭେଟାଭେଟି ହୋଇଥାନ୍ତି ଅଥଚ କେହି କାହାକୁ ମନେ ରଖି ନଥାନ୍ତି।

ତମେ, ମୁଁ, ଗୌରାଙ୍ଗ ଓ ନିଶା ସମୟର ଅନନ୍ତ ଅବଧିରେ ମିଳିମିଶି ସହଯାତ୍ରା କରିଛୁ ଅନେକଥର। ଅଥଚ ସମସ୍ତେ ନିଜ ନିଜ ଗନ୍ତବ୍ୟ ଷ୍ଟେସନରେ ଓହ୍ଲାଇ ଯାଇଛନ୍ତି। କେହି କାହାର ଠିକଣା ମନେ ରଖି ନାହାଁନ୍ତି। ସମସ୍ତେ ନିଜ ନିଜ ପରିମିତ ଜୀବନରେ ନୂତନ ସତ୍ୟର ସାମ୍ନା କରିଛନ୍ତି। ଅନୁଭୂତିକୁ ଆତ୍ମସ୍ଥ କରିଛନ୍ତି। ଚରମ ସୁଖର ବାସ୍ତବ ଅନ୍ୱେଷଣ ହୋଇଛି ପ୍ରେମ, ଦୟା ଓ ଆତ୍ମିକ ଅନୁଶୀଳନରେ।

'ବାସ୍ତବିକତା ଏବଂ କୁହୁକର ଚିତ୍ରପଟ୍ଟ ମଧ୍ୟରେ ସୁଖର ସହଯାତ୍ରୀ ଅଲୌକିକ ଭାବରେ ନୃତ୍ୟ ଓ ସଂଗୀତର ସନ୍ଧାନ ପାଇଥାଏ। ଜୀବନର ଅତି ସାଧାରଣ ବା ନଗଣ୍ୟ କ୍ଷଣରେ ବି ସେ ଯାଦୁକରୀ ପରିଣାମକୁ ଆବିଷ୍କାର କରିପାରେ।'

Courtesy: "Whispered Symphony: A Kaleidoscope of Poetic Reveries" by J.R Parker.

(ସମାପ୍ତ: ଅଥଚ କାହାଣୀର ଅନ୍ତ ନଥାଏ)

■

BLACK EAGLE BOOKS

www.blackeaglebooks.org
info@blackeaglebooks.org

Black Eagle Books, an independent publisher, was founded as
a nonprofit organization in April, 2019. It is our mission to
connect and engage the Indian diaspora and the world at large
with the best of works of world literature published on a
collaborative platform, with special emphasis on
foregrounding Contemporary Classics and New Writing.